EL ÚLTIMO CRUZADO

EL ÚLTIMO CRUZADO

ANTONIO CAVANILLAS DE BLAS

mr · ediciones

Diseño de portada: Factor 02 / Eleazar Maldonado

Bajo el sello editorial MARTÍNEZ ROCA
Avenida Presidente Masarik núm. 111, 2o. piso
Colonia Chapultepec Morales
C.P. 11570 México, D.F.
www.editorialplaneta.com.mx

Primera edición: junio de 2009
ISBN: 978-607-7-00022-8

Impreso en los talleres de Litográfica Ingramex, S.A. de C.V.
Centeno núm. 162, colonia Granjas Esmeralda, México, D.F.
Impreso y hecho en México – *Printed and made in Mexico*

A dos de los más geniales pensadores españoles de todas las épocas: Ramón Llull y Arnau de Vilanova.

In memoriam

1

Bujía, sexto día de los idus de febrero del año del Señor de 1307

Caro Arnau: luego de varias semanas de actividad febril hallo al fin el momento de tomar la pluma. Antes de nada quiero tranquilizarte: no es la holganza lo que motiva mi silencio ni has sido olvidado por nadie. De sobra sabes cómo valoro nuestra vieja amistad y conoces mi sincero afecto. El afán de redimir a los infieles llena todo mi tiempo y es la causa que ha dilatado mi respuesta a tu epístola de noviembre pasado. Ando inmerso en una lucha cruenta —hace poco resulté descalabrado predicando en la plaza— y de final incierto pero esperanzador, pues son ya nueve los conversos traídos a la luz y bautizados en algo más de un año.

Bujía sigue siendo la villa amable que conociera hace treinta y dos años. Entonces, con cuarenta, era más fuerte que hoy pero no más intrépido. Lo que perdí en vigor lo he ganado en coraje: sólo temo al Señor y desprecio a la muerte como ninguno puede sospechar. Componen mi familia los pocos cristianos de Bujía, apenas treinta, algún moro entusiasta y el fiel Segundo, lego de mi orden franciscana. Nos regimos por la regla que diseñara el gran santo de Asís: vamos descubiertos y descalzos, ceñimos nuestros hábitos con cuerda, nos ajustamos al horario monástico y, lo mismo que los perros, nos alimentamos una vez. El esquilón monacal, al caer la tarde, nos une en un improvisado refectorio. Comemos frutos secos, pan con miel de Bujía y queso tierno. Compartimos nuestra pitanza con los pobres. No probamos el vino por no escandalizar a la morisma, siempre al acecho intentando cogernos a contrapié para perdernos. Esta es mi humilde vida. Hoy sería incapaz de sentarme a una mesa de cuchara y mantel, como en Italia y no digamos de participar en los ágapes juveniles de mi casa paterna. Por estos andurriales no se mira si el pan es recental o de anteayer: al fruto que da el trigo lo hace bueno y apetecible el hambre y a ese indicio nos atenemos todos. Otrosí que el que come en exceso muelle el cuerpo, lo engrasa y entorpece, predisponiéndolo a la pereza, la gula o la lujuria.

Lejos de mi intención ilustrarte en un tema, el de la nutrición, que como médico dominas como pocos, pero sí recordarte que en la estrechez se halla la virtud mejor que en la opulencia. Me admiro de los arreos que precisaba en mis lejanas épocas de convivencia matrimonial al ver mi única túnica. Contemplando mis sandalias de cuero, probadas por cientos de leguas en todos los caminos, me sorprendo del aparato de calzados que utilizaba en Mallorca un día de fiesta: botines de media caña para oír misa en la catedral, botas de montar para cabalgar y lucir el palmito, borceguíes forrados para ir de caza, escarpines de seda para pasear y ser visto en la alameda y coturnos de cordobán con hebillas de plata para destacar en el baile cortesano de las madrugadas, en la Almudaina. Tenía, asignada por mi madre, una sirvienta encargada de lustrar mi calzado. Pocos pueden imaginar el placer que se siente al carecer de todo por autorrenuncia. Me he acostumbrado a mi propia fatiga: no preciso otro baño que el que procura el agua cristalina de la fuente, ni requiero abluciones, masajes, ungüentos especiales o bálsamos de olor. Enfrío mis sudores en el breve descanso y me dejo llevar por la razón en lugar de entregarme a la rutina, como antaño. Ahora entiendo hasta qué punto son superfluas las cosas: cuando no las tengo. Lo que ambicionaba en mi triste mocedad era en función de un cierto mimetismo: deseaba tener tanto como los otros, como si la frecuencia en el disfrute de un objeto hiciese más honesta su posesión. Nunca fui feliz hasta que conocí al Señor y me hice pobre, si bien el mérito no es propiamente mío pues fue Él quien me hizo ver la luz.

Hace ya mucho tiempo que el trabajo es mi droga. Conocí en Grecia a gente que se excitaba con la galénica *Triaca Magna*, supe en el Asia Menor de otomanos envilecidos con los vapores de la adormidera, observé en el Magreb a ciudadanos estuporosos bajo la acción del humo del hachís, tuve ocasión de ver en Persia y Siria el degradante efecto que el opio, el beleño y la mandrágora, macerados y cocidos en su jugo, procuran sobre el organismo al actuar. En nuestra Europa, hombres y mujeres tratan de evadirse de la realidad consumiendo el mosto fermentado. Beben los nórdicos hasta la ebriedad del *aqua vitae*, se embriagan los latinos hasta emular al puerco con el *aqua ardens*, al tiempo que britanos y escoceses se emborrachan con el *whirge beatha* que consiguen fermentando el centeno que ellos dicen *malt*. Y es que es rara la sobriedad en el siglo: lo que priva y abunda es ese homúnculo impuro, lascivo y temulento. Hasta en los monasterios, cartujos, benedictinos y trapenses destilan bebidas alcohólicas y componen cantos dionisíacos —como el *Catulli Carmina* o el *Carmina Burana*— exaltando el vino y los licores. Yo, experto conocedor de cualquier vicio, superé todos y no necesito ya de estimulantes. Lo que me mantiene con los ojos abiertos y el espíritu en vilo son las preocupaciones, la actividad constante, el mirar por la conversión de los paganos.

Son ya más de las doce en una noche clara, extrañamente cálida para estas fechas todavía invernales. He salido a la quietud silente del sereno para tratar de sosegarme, intentando echar fuera ese fuego interior que me consume y que me impide el sueño. Pasear antes de recogerme me despeja, noto que sienta bien a mis gastadas coyunturas. La luna —¿qué esconderán sus enigmáticas arrugas de vieja dama solitaria?— reverbera con resplandor solar. Flotando en el ambiente embalsamado de jazmines y dondiego de noche se respira una atmósfera que preludia el estío. No puedo darte noticia de mis proyectos porque no los tengo perfilados, aunque lo más probable es que pase en la ciudad y su entorno todo este año. Hacer planes a nuestra edad es, cuando menos, temerario. Todo lo que me aventuro a programar es de un día para otro. En cualquier caso habrá que retrasar nuestro reencuentro que no podrá ser en Sicilia, pues desde aquí me dirigiré directamente a Pisa o Génova. Antes de mi marcha he de alargarme a Argel, pues tengo allí importantes asuntos que atender lo mismo que en Bona y Constantina. La Tunicia me ha atraído desde siempre: perduran por aquí los frutos del gran apologista de Cartago, Tertuliano, la semilla antigua de San Agustín y los ecos más recientes del verbo de San Antonio. Agradezco tu opúsculo con indicaciones higiénico-dietéticas que sigo, y aún supero, en la práctica. Si esta carta modera tu ansiedad, conseguirá su efecto. Ten salud lo mismo que los tuyos. Vale. Ramón Llull.

Post data: Segundo te manda sus recuerdos. Anda alterado e insomne en estos días. Le ocurre siempre cuando atisba la llegada de la primavera. Se le van los ojos detrás de las moritas jóvenes...

✠

Arnau de Vilanova, a quien termino de escribir, es mi amigo dilecto desde que coincidiera con él en París en 1299, va para nueve años. Congregaba entonces La Sorbona lo más granado de médicos y pensadores ilustres desde el río Ebro al sur, hasta el Elba al noreste; pero el bueno de Arnaldo no acudía a la acreditada universidad como galeno: asistía a un congreso de teólogos, pues la teología es una de sus arriesgadas aficiones. Polemista incansable y fogoso orador, original en sus ideas, ordenado y consecuente en sus sistemas, lógico y trascendente hasta en la exposición de sus errores teológicos, médico genial e innovador cuya fama traspasaba todas las fronteras europeas, Vilanova se producía, además de en su materno catalán, en castellano, francés, latín, árabe y toscano con un lenguaje claro, conciso, en nada redundante. De aspecto muy agradable —no representaba los cincuenta y nueve años que decía tener— era alto y espigado, de tez morena clara, ojos intensamente verdes, compostura cabal, proporcionado de miembros y agraciado de rostro. Un poblado entrecejo sobresalía a modo de visera por encima de sus ojos, prestando a su fisonomía un toque adusto y enigmático, zoológico. Vestía sin afectación, gastando barba plateada, pomposo bigote que ocultaba por completo una boca menuda y risueña y una envidiable dentadura. Nos presentó a las puertas de la universidad un amigo común, Delfín Raluy, un simpático aragonés, de Monzón, que sentaba plaza de buscavidas a la orilla del Sena.

—Arnau de Vilanova, médico y teólogo, nuncio del rey nuestro señor ante el capeto innoble —dijo Delfín—. Y aquí Raimundo Lulio, discreto monje franciscano y místico del montón, que lo ha sido todo antes que fraile.

Reímos los tres la broma antes de dirigirnos a una taberna próxima para brindar con vino nuevo por aquel encuentro. El caso es que ya había oído hablar de Vilanova y ansiaba conocerlo.

—¿Tu Vilanova es patronímico o topónimo? —le pregunté.

—Me llaman Vilanova porque nací en Vilanova —dijo—. También lo hicieron mis padres y abuelos.

—Pero, que yo sepa —sostuve—, sólo en la Cerdaña, el Rosellón aragonés y Cataluña hay treinta Vilanovas y me quedo corto.

—Vilanova i la Geltrú es mi ciudad natal. Allí vi la luz en 1240.

—¿Eres médico o cirujano barbero?

—Médico al estilo del mejor Hipócrates. Odio la sangre.

Hablábamos en castellano, pues Raluy no entendía nuestro catalán rápido. Nos proveía de vino —un vino detestable que nos hizo añorar los del Penedés y Priorato— una mesonera obesa y desgreñada, granujienta, un verdadero antídoto contra la lujuria. Recordamos nuestros tiempos de Montpelier, la universidad en la que ambos estudiamos aunque no coincidiéramos. Se interesó por mí, preguntándome cosas sobre mi formación y proyectos.

—Y a ti —dije—, ¿qué te trae por la Sorbona?

—Quiero presentar a los doctores y teólogos de esta universidad, reunidos en pleno, uno de mis últimos libros, una obra que reconozco polémica: *De adventu Antichristi*.

Ya tenía conocimiento de aquella controvertida producción de Arnau, recalcitrante desde su juventud en arriesgadas proposiciones sobre la llegada del Anticristo, pero me hice de nuevas.

—¿Cuándo la sometes a controversia? ¿Será pública?

—El pleno tendrá lugar mañana, en el aula magna de la universidad. Pueden presenciarlo licenciados y doctores además de estudiantes de teología. Me vería muy honrado si asistieses.

Aún bebimos otra frasca de aquel insufrible morapio antes de despedirnos hasta el día siguiente, pues prometí asistir a la polémica. Delfín, a quien los ojos le echaban chispas, propuso que nos acercáramos a un burdel no muy lejano, un lupanar de putas de cuerpos meritorios y precios arreglados según dijo, pero yo rehusé de manera cortés.

—Si es por el hábito no debes preocuparte —aclaró—. Hablo de una mancebía reputada, a la que suelen acudir los canónicos de Notre Dame y hasta el deán catedralicio a veces. Allí el anonimato es tan sagrado como la santa patena.

Le agradecí de nuevo su interesante oferta, pero estaba de vuelta de golfas y rameras desde hacía mucho tiempo. El que dudaba era el buen Vilanova, hombre casado y fiel pero alejado del hogar conyugal. Ignoro su decisión final pues, al salir de aquel antro, yo me fui por mi lado y ellos siguieron juntos.

Lo que sí presencié fue la mentada reunión teológica. Resultó un esperpento —que Dios y Vilanova me perdonen— que nunca olvidaré. El aula magna se encontraba repleta. Había una mezcla de aguzada expectación y malsana curiosidad por ver a Vilanova producirse y sustentar sus disparatadas teorías. Y es que mi buen Arnau se expresaba en francés con un verbo encendido, mesiánico. Fue desgranando sus insensatas tesis con la gracia y la oratoria de un Demóstenes. Soltaba sus desatinos sin cortarse, rubro de furia y es que creía en ellos. Llenó el aula y los artesonados del techo de dislates, de extravagancias traídas por los pelos y de despropósitos. Al final fue aplaudido por los jóvenes, siempre idealistas y discrepantes de la doctrina oficial y por algún infiltrado averroísta. Yo me camuflaba en los últimos bancos. Los doctores y teólogos, tras una controversia que duró dos horas, condenaron el *Adventu Antichristi* por unanimidad no por herético, sino por temerario. Alguno meneaba la cabeza o amenazaba claramente a Vilanova con hacer caer sobre él el peso de la ley. Todavía lanzaba Arnau nuevas proposiciones heterodoxas aderezadas con invectivas contra el clero corrupto, cuando la sala se despoblaba poco a poco. Esperé a mi reciente amigo a la salida, para reconfortarlo. Sabía que sus aberraciones eran fruto de su demencia teológica antes que mala fe o desviación de sus creencias católicas romanas.

Aquella tarde me reunía en un figón de la orilla del Sena con un grupo de estudiantes españoles y Vilanova aceptó acompañarme. Había aragoneses, catalanes, valencianos, castellanos, navarros y un gallego. Era una reunión docta, en la que se debatían multitud de temas cultos. Adoraba encontrarme con aquellos jóvenes compatriotas ávidos de sapiencia. Era un remanso de paz en aquel París sucursal de Sodoma. Cada cual exponía sus tesis que luego se debatían de forma sosegada. Arnau tomaba enseguida el mando de la discusión, independientemente de la materia que tratara, para mostrar a aquellos estudiantes boquiabiertos su sapiencia helenística. Lo sabía todo, se interesaba en todo, todo lo dominaba. Verlo producirse era un prodigio: hablaba un catalán perfecto, el castellano con rara maestría, conocía el latín y dominaba el griego, el francés y el árabe clásico. Escuchar de sus labios la encendida exposición de su trabajo e ideas resultaba apasionante, admirando su saber inmenso y al tiempo la modestia de que hacía gala. Parecía imposible que fuese el mismo hombre que, aquella mañana, vertiera en la Sorbona sus desatinos dogmáticos. Y es que, fuera de su sinrazón teológica, Arnau de Vilanova era un ser tocado por la gracia, un adelantado. Semejaba que, antes que la ciencia de Hipócrates, la teología era su vocación primera.

Al día siguiente apareció por el Colegio Franciscano, que era mi residencia, el amigo Delfín.

—Se han llevado preso a Vilanova.

—Qué me dices...

—Esta mañana fue a buscarlo el Oficial Mayor de la policía parisina. Lo tienen en los calabozos del Hotel de Ville. He tratado de verlo pero lo han incomunicado. Está a la espera de una retractación oficial sobre su libelo del Anticristo. Va a intervenir la Inquisición Episcopal por si su contenido fuese herético.

Conociendo lo absurdo de la prisión de Arnau me acerqué a la cárcel y, prevalecido de ciertas influencias, me dejaron verle. Estaba enfurecido.

—País de mierda... —dijo nada más verme—. Dónde estarán los sagrados fueros y libertades que se disfrutan en España. Me han encarcelado sin oírme, me han maniatado como a un malhechor tan sólo por hablar, por expresarme. Han requisado mis libros... Debo pedirte un favor, querido amigo, —dijo—. Trae un notario. Quiero que dé fe ante el arzobispo de París y el rey de Francia de que han puesto entre rejas a un diplomático, al embajador plenipotenciario del rey de Aragón.

Hice lo que me pidió. En los tres días de su prisión quisieron los teólogos que se retractara de sus aberraciones, lo que consiguieron con esfuerzo y es que era terco, pareciendo más aragonés que catalán en ese aspecto. Posteriormente fue puesto en libertad bajo fianza. Pudo salir con un salvoconducto que el rey francés le hizo llegar por mediación del conde de Nogaret y el vizconde Amalrico, no sin antes retractarse por escrito y por miedo a la cárcel. Los nobles citados hicieron frente al aval de ciento veinte ducados de oro.

Ya en la calle fuimos juntos al juez, pues Vilanova detestaba la injusticia y la fuerza. Relató ante el magistrado, yo estaba presente, las insidias de que se valió el oficial de la gendarmería para retenerlo; luego, haciendo valer su condición diplomática y sus prerrogativas, lo denunció. Semejaba indignado, fuera de sí. Al día siguiente intervino el arzobispo de Narbona para que se anulase la condena y le fuesen devueltos los dineros de la fianza a Nogaret y al vizconde, como se hizo. Al final, la actuación de la Inquisición francesa —apersonada en su vicebailío— quedó en agua de borrajas, pues no pudo probarse que hubiese nada herético o contra el dogma en su mamotreto anunciador del final de los tiempos.

Días después, en su casa, una bella mansión en Enghiens les Bains, media legua al norte de París, me contó Arnau que los teólogos, arteramente, habían ordenado borrar la primera parte del tratado en cuestión, en la que se exponían las razones lógicas de la venida del Anticristo con gran riqueza de argumentos, enviando a Bonifacio VIII la segunda, más aleatoria e inverosímil, que el pontífice destinó a la hoguera. Luego, con mucho misterio y circunloquio, me preguntó:

—¿Quieres ver algo interesante?

—Por supuesto —respondí.

Imaginaba que iba a mostrarme algún legajo importante o un códice secreto, pues nos encontrábamos en la biblioteca.

—Sígueme... —dijo.

Me condujo por un largo pasillo en tinieblas al pie de una escalera de caracol de hierro despintado. Descendimos por ella a un semisótano. En una gran sala, mantenida en penumbra por la escasa claridad verdosa que se filtraba por varios tragaluces laterales, pude ver una maraña de aparatos metálicos y cachivaches de mil clases. Un tipo pequeño, flaco y desmañado, descolgado de carnes, zascandileaba entre los trastos lo mismo que un espectro. Su piel cerúlea, seca y sin brillo, denotaba su condición subterránea, de hombre topo, de no saber de qué color era la luz del sol. Vilanova, con un extraño fulgor en la mirada, me invitó a pasar adelantando el brazo. Estábamos en su sanctasanctórum, en su mismísimo y recoleto taller de alquimia. Algo que Vilanova sólo mostraba a los iniciados y si estos eran de mucha confianza.

—Ramonet... ¿Alguna novedad? —dijo a modo de saludo cuando pasamos a la altura del homúnculo.

Se trataba sin duda de un ayudante de confianza, catalán o valenciano por el diminutivo. Emitió aquél como respuesta una especie de bufido, harto quizá de tanto laboreo vano e inexplicable. Se afanaba entre aquellas redomas, probetas, artesas, barreños, matraces, retortas y alambiques como pez en al agua. La alquimia hacía furor en todas partes por entonces. Yo también me vi embriagado por su ilusoria ciencia hasta no ha mucho, pero venía ya desengañado de algo tan falaz como necio y absurdo. Me llevó Arnau hasta el escotillón de un horno grande. Un arcaduz de cobre, sobre nuestras cabezas, trasportaba por su caño algún líquido caliente y humeante. Olía a perro muerto.

—Estoy a punto de dar con el meollo de *Geber*, el paso previo que me conducirá a la piedra filosofal, —dijo observando de reojo a Ramonet, celoso quizá de sus secretos. Y con gesto teatral abrió el portón del horno.

Recordaré al sufrido lector que *Geber*, Abú Musa al Sufí, un alquimista iraquí que vivió en el siglo VII, es el padre de todos estos locos. Él nos trasmitió los saberes que heredó de los chinos y persas y que desde Alejandría expandieron los árabes. Una densa tufarada a azufre salió de aquella pequeña boca del infierno, casi el Vesubio. Cuando recuperé el aliento pude atisbar, sobre un zaque de barro, un líquido negruzco y maloliente.

—¿Y bien? —alcancé a decir mal repuesto del trance.

Antes de proseguir, nuestro héroe miró a ambos lados y bajó el tono de voz. No parecía fiarse ni de su sombra.

—He conseguido el perfecto maridaje del mercurio y el azufre, que simbolizan como sabes los principios masculino y femenino en la naturaleza, lo activo y lo pasivo...

Hubo un momento tenso y concentrado. Sabiendo quizá de mi antigua querencia por la alquimia, ignorante tal vez de mi reciente defección en dicha ciencia, mi nuevo amigo aguardaba un aplauso, un grito de ánimo. Se veía claramente que el bueno de Vilanova creía en lo que hacía. ¡Estaba en posesión de la esperanza! ¿Habrá algo más bonito? No fui capaz de desilusionarlo.

—¡Bravo! —exclamé—. De ahí a lograr la conjunción astral que permita la creación de plata queda un paso...

—Exacto —afirmó Arnau mirando a babor y estribor otra vez—. Tengo lo radicales y el fermento. Faltan sólo ocho días para la luna llena. Será el momento entonces de mezclarlos con plomo derretido, que he conseguido puro, de la mejor fundición de Rouen...

Aclarar para los no iniciados que el sol representa para los alquimistas el oro y la luna la plata. Para esta turba de mentecatos los metales tienen vida propia y se asocian a un planeta. Se trata de que alcancen, merced a la conjunción astral y al toque mágico de la piedra filosofal que buscan, el paso del estado imperfecto del mineral alterable al perfecto e inmutable del metal puro y completo: el oro, la plata y el platino. Yo estaba estupefacto, sin saber si reír o llorar, perplejo de que un ser de la sapiencia que demostraba Vilanova en todo, anduviese metido en aquellos turbios e infructuosos berenjenales.

—Pero todo esto supondrá un dineral... —dije mesándome la barba.

—Mucho, —aseguró—. Aquí se va la mitad de las rentas de mi gabela de la sal, en Burriana. Pero lo hago con gusto...

Sarna con gusto no pica, pensé para mí. Con lo bien que me vendría parte de aquel dinero para mis correrías entre moros... Y es que al margen de sus locuras alquimistas y de su presunta heterodoxia, Arnau de Vilanova es una de las mentes más ilustres y preclaras del siglo. Y, ciñéndonos estrictamente a su arte médica, un verdadero adelantado. Formado en París y Montpellier, como casi todos los estudiantes catalanes y aragoneses de nuestros días, ejerció la docencia algunos años en la capital del Languedoc, impartiendo clases magistrales y escribiendo numerosos tratados sobre medicina. Destacaría entre sus libros médicos los titulados: *de conservanda iuventute*, obra dedicada al rey Roberto de Nápoles, *de confectione vinorum*, *de phlebotomia*, *de coitu*, *de venenis*, *de sterilitate*, *contra calculum* y un larguísimo etcétera de más de sesenta títulos. Descubridor del espíritu del vino, del aceite de trementina y de las aguas aromáticas, es el precursor de las prácticas higiénicas en Europa, innovación sin duda captada en alguno de sus viajes al Oriente, donde son normales las abluciones diarias de gentes incluso de la gleba. Pretende Arnaldo introducir, siquiera sea en los ambientes cultivados europeos, la costumbre árabe y oriental del lavado diario del cuerpo, incluidas zonas íntimas.

Los europeos ignoran que, en cualquier medina del mundo árabe, los ciudadanos toman a diario baños de inmersión en piletas de mármol, desnudos, con aguas tibias calentadas en hornos especiales y llevadas a las piscinas por conducciones plúmbeas, tal como hicieran los romanos. Los turcos reciben de forma asidua baños de vapor hirviente —depurativos de los humores corporales— seguidos de masajes roborantes y tonificantes. Las mujeres disponen de locales especiales donde, sin ser molestadas, pueden beneficiarse desde antiguo de estas innovadoras técnicas originarias al parecer del Japón, el país de Amaterasu. Aquí mismo, en Bujía, son varios los baños donde hombres y mujeres, separados, pueden solazarse y adecentarse a su antojo. Además de ello, los creyentes deben lavar sus pies en fuentes adecuadas a la entrada de las mezquitas donde veneran a su falso profeta. Ello demuestra que las teorías de Vilanova referentes a la bondad del agua y su efecto benéfico sobre la salud corporal son acertadas y, desde luego, abonan el que las aguas puras, lejos de favorecer la aparición de pestes y otras calamidades, como aún sostiene más de un santón seudo científico en Europa, sólo provecho traen a las personas. De hecho, si el uso de las abluciones de los islamitas en sus mezquitas se extendiera a las iglesias cristianas, no se darían los irrespirables ambientes que han convertido a nuestros templos en nidos de pestilencias y miasmas, evitándose el enorme dispendio en perfumes e inciensos para evitar que las gentes huyan despavoridas de la casa de Dios.

Me vienen al caletre estas evocaciones en una hechicera madrugada de Bujía, especial como todas las de esta sin par población magrebí: la bóveda celeste se puebla de estrellas y luceros en cantidad difícil de ver en otras partes y la atmósfera aparece cargada de un cierto magnetismo que exime de la holganza. El silencio es completo y un relente benéfico te empapa esponjándote el alma. Hacia oriente se barrunta la albura premonitoria de la llegada de su majestad el sol, cuyo orto me es tan frecuente y grato contemplar. El ambiente se aroma de la miel silvestre que abunda en colmenas en torno a la ciudad. La cera de las mismas da origen a la industria principal en esta parte: la confección de velas y bujías, exportadas a España, Italia, Francia y Egipto. He curioseado en un obrador famoso y es más que interesante asistir a la elaboración de cirios, ver la forma en que la amarilla y aromática cera es extraída mediante compresión y agua hirviente de sus receptáculos geométricos, vacíos ya de miel, apreciar la disposición de los distintos moldes y el tensado de las mechas o pabilos que configuran el alma comburente de los hachones.

Escribiendo y meditando el tiempo vuela y es casi amanecida. A pesar de la benignidad del clima los días son frescos, húmedos, y las noches heladas. Mis rodillas se encuentran tumefactas, enrojecidas y brillantes, atacadas sin duda por el humor viscoso que Arnaldo llama *rheuma*. Estoy rendido luego de una jornada agotadora y claudican mis párpados. Sólo aparece en mi imaginación la amable tabla que conforma mi lecho en la quietud reconfortante de la celda.

✠

Me llamo Ramón Llull, lo mismo que mi padre y mi abuelo. Nací en la ciudad de Palma, capital de Mallorca en las Islas Baleares, el séptimo día antes de las calendas de febrero del año del Señor de 1235. Mi progenitor era caballero principal del rey D. Jaime I de Aragón y, combatiendo en sus huestes, ganó la isla al reyezuelo moro descendiente de los que conquistaran el archipiélago, poco después del 712, en nombre del emir cordobés. Mis progenitores, ambos de familias hidalgas, eran catalanes; en 1229, año de la reconquista de las Baleares, mi madre, Isabel Erill, se encontraba en Barcelona guardando las ausencias de su batallador esposo. Al poco de tomar posesión el rey aragonés de sus nuevos dominios, fueron repartidas entre los caballeros notables, hidalgos esclarecidos y destacados guerreros de sus tropas, las tierras más feraces, los mejores predios y los opimos y grandes mayorazgos. Correspondió a mi padre en el reparto una rica heredad en el término de Montuyri, aldea situada en línea recta saliendo desde Palma a Manacor, algo más cerca de ésta población que de la capital. La posesión, muy extensa, era en verdad opulenta por la variedad de su producción agrícola, la existencia de agua en abundancia —la regaba un torrente, el Pina, que bajaba del cercano Puig de Randa y sólo se agostaba en muy raros veranos— y la presencia de extensos bosques de coníferas, espesas manchas de palmeras datileras y cipreses amén de frutales de mil clases. Se incluían en la heredad varios pagos con una población conjunta de más de mil quinientas almas, a tercias braceros moriscos, operarios hebreos y cristianos mozárabes. En el centro de la hacienda se encontraba la mansión señorial, una vasta edificación rodeada de un frondoso parque ajardinado y vallado, un auténtico vergel con estanques, riachuelos y rumorosas fuentes. Disponíamos también de una casa solariega en la ciudad de Palma, en la calle de San Miguel, un estrecho carrer que daba a la ribera junto al muelle viejo, sin salida al mar. En mitad del parque, como un edén dentro del paraíso, mi madre ordenó construir un precioso jardín italiano, grande y claro, en el que destacaban varios gigantescos magnolios, un majestuoso cedro y un bosquecillo de naranjos y limoneros. En 1231, ya asentado firmemente en sus lares, mandó mi padre llamar a su señora esposa, la cual, dejando Barcelona, se presentó en Palma en enero de 1232.

A la llegada del rey *Conquistador* a Baleares la población de las islas se encontraba constituida por tres grandes comunidades: árabes, mozárabes y hebreos. Los árabes habían controlado la situación durante más de cinco siglos; sus notables: caídes, muftíes y grandes propietarios, se vieron impelidos a emigrar a los reinos amigos de Murcia o Andalucía o bien pasaron al Norte de África, quedando el resto más o menos integrado en la población ejerciendo sus oficios, especialmente la agricultura. Pasaron a engrosar una extensa minoría morisca mientras se respetaban sus creencias y costumbres. Los mozárabes, colectividad que triplicaba casi en número a la anterior, eran los cristianos descendientes de los habitantes originales de las islas, sometidos al yugo mahometano tras la conquista. Habían trabajado prácticamente como esclavos durante cinco centurias, pagando sus impuestos y alcabalas, pero —en general— sin ser molestados en su religión y formas de vida. Eran en su mayoría menestrales, campesinos, oficiantes en mil actividades o soldados. La casta hebrea formaba una cerrada y separada minoría. Sólidamente establecidos, los *chuetas* —tal era su apelativo popular— habían permanecido impávidos durante la dominación árabe y seguían ternes ante la nueva situación. Se dedicaban al comercio de ropas, compraventa de mercaderías, abogacía, medicina, banca y usura y eran, si no apreciados, al menos consentidos por la mayoría con la que convivían en paz aunque sin mezclas.

Mi madre, tras varios embarazos frustrados, me alumbró felizmente en la fecha predicha, lo que colmó a mi padre de inmensa alegría. Vivíamos desde noviembre a junio en Palma, por entonces una ciudad pujante que iba a más, pasando la estación estival y parte del otoño en la heredad, de clima más fresco y ventilado. Si ha habido una infancia ilusionada y una mocedad feliz, fueron las mías. Dudo que los infantes de Castilla, los infanzones de Aragón o l'hereu del Condado Catalán las hubieran mejores. Otra cosa fue mi juventud hasta los treinta años: afirmo que no ha existido nunca vida más desastrada y ruin, más despreciable, depravada, abyecta, despreocupada y perezosa. El Sumo Hacedor tendrá que derrochar misericordia para evitar que pase menos de dos mil años en el Purgatorio.

Disponíamos de un ejército de sirvientes: aposentador, lacayos, palafreneros, mayordomos, pajes, doncellas, camareras, criadas, cocineras, ayas, jardineros, mozos de cuadra... Mi padre tenía ayuda de cámara y dos pajes y mi madre contaba con camarera mayor y seis doncellas. Mis hermanos pequeños y yo éramos asistidos por tres amas de cría y un ama seca. En la ciudad, desde los siete años, era temido por mis travesuras, consentido por la calidad de mi linaje y apreciado en todas partes por mi gracejo y desenvoltura naturales. Después de las lecciones de gramática en catalán y castellano, la enseñanza religiosa y las clases de aritmética y geografía, que recibía de varios preceptores en mi casa con muy poca atención por mi parte, corría al puerto. El puerto de Palma era un lugar de ensueño con cientos de rincones atractivos; allí, los capitanes de los navíos, bergantines, galeras y goletas me aceptaban y trataban de igual a igual. Era amigo de todos los marinos, grumetes, carpinteros de ribera y asentadores de la lonja del pescado. Soñaba, algún día no lejano, con embarcarme a recorrer el mundo en cualquiera de los numerosos buques que zarpaban desde la bahía o con armar una galera pirata y dedicarme al corso. Me ilusionaba escuchar las historias de los viejos pescadores mientras zurcían sus redes o trasegaban vino al amor de las ascuas, sobre las que se doraban deliciosos salmonetes, langostas y sardinas todavía coleando. A los doce años hice franca amistad con el mejor amigo de mi mocedad: Lluis Puixart. Era Lluis dos años mayor que yo y los aparentaba. Le conocí una luminosa mañana en la lonja, mientras observaba hechizado cómo limpiaba pescado para después venderlo en un tablero que hacía las veces de mostrador.

—¿Eres el dueño? —pregunté.

El sol caía con fuerza sobre nuestras cabezas provocando un deslumbramiento cegador. Recuerdo que debía proteger mis ojos de la fuerte claridad con la mano en visera. Él estaba descalzo, en calzones, con una gorra de lona desteñida protegiendo la testa. Sonrió y, al hacerlo, se sustanció en la albura de sus dientes perfectos y en su boca menuda la alegría de vivir. Tenía la piel brillante, muy atezada, como de retozar al aire libre.

—¿Eres bobo o qué? —me contestó—. ¿Tengo pinta de dueño de algo?

—Perdona... —dije—. Serás entonces marinero o pescador...

—Ni lo uno ni lo otro —afirmó descabezando un mero—. Simplemente trabajo para ganarme un sueldo. Ya veo que no es tu caso —añadió echando una ojeada displicente a mis ropajes caros, a mis escarpines de cordobán lustrado, a mi aspecto de hijo de familia pudiente. En aquel momento renegué de mi alcurnia y quise ser como él.

—¿Tienes amigos? —inquirí.

—Todo el mundo es mi amigo —aseguró.

—Pues cuéntame entre ellos —dije—. ¿A qué hora terminas el trabajo?

—La lonja se cierra a las dos de la tarde. Ven a buscarme a esa hora y te enseñaré algo.

Hice lo que me dijo. Me llevó hasta el mercado, detrás de la Almudaina, y señaló con la barbilla los puestos de melones.

—¿Has comido?

Lo cierto es que, excitado por mi nueva amistad, apenas probé en casa un poco de amanida, algo de escalivada y medio pan.

—No...

—Comeremos melón gratis —aseguró—. Echa a correr cuando yo silbe y párate frente al puesto de especias —me aleccionó—. Una vez allí grita con fuerza, salta y patalea.

—¿Nada más?

—Hazlo, —me ordenó al tiempo que silbaba con gran fuerza, metiéndose dos dedos en la boca.

Obedecí sus órdenes y resultó. Fue tan rápido, que cuando quise buscarlo con la vista no lo hallé. Di la vuelta al mercado y lo encontré sentado en la escalinata de la iglesia del Carmen, cortando rodajas de melón con una gran navaja. Era una fruta dulce como ambrosía, pura miel, que se deshacía en la boca igual que la saliva de una mujer dispuesta y bella. Debió robarlo en un descuido del melonero cuando yo suscitaba la atención de todos. Nos lo merendamos disfrutándolo, empapando nuestros pechos del jugo amarillento. Jamás he probado un melón más sabroso.

Lluis me enseñó cómo sobrevivir con lo indispensable, la mejor forma de disfrutar sencillamente con lo puesto. De hecho sus enseñanzas me valieron después en mis viajes por el mundo, sacándome de apuros. Recorrimos todos los rincones de la ciudad, pero era el puerto lo que lo motivaba, su cuartel general. Nadaba como un pez, escalaba la cofa más alta de cualquier bergantín en un segundo y era capaz de pasar, buceando, bajo la quilla de la nave de más porte que se anclara en sus dársenas. Esta última actividad, además, era remunerada, pues las gentes y hasta los capitanes de los barcos pagaban su destreza con buenas blancas, maravedíes y hasta doblas de plata. Pasé junto a mi amigo cerca de dos años de placer y holganza, sin dar golpe ni mirar un libro, en medio de la inopia de mis progenitores.

En *vacaciones* se duplicaba el gozo. Durante las estancias en el campo mi deleite alcanzaba cotas inmarcesibles. Desde los once años cabalgaba por toda la heredad, no quedando escondrijo por remoto que yo no conociera. Me bañaba desnudo en el arroyo, pescaba a mano pececillos, renacuajos o cangrejos, trepaba a los cedros más altos de bosques y arboledas, escalaba las cimas más agrestes de las vecinas sierras, capturaba pequeños insectos y alimañas que coleccionaba, cazaba pajarillos con honda, perseguía a las liebres corriéndolas durante horas y organizaba pedreas con los muchachos campesinos resultando más de una vez descalabrado. Renuente a los consejos paternos y avisos de mi madre, vivía en la anarquía, actuando a mi albedrío a pesar de los frecuentes castigos y encerronas. Tras comprar el silencio de maestros y preceptores, abandoné el estudio por la vida rural. A los catorce años, súbitamente, me convertí en un zagal cabal y perfilado. Alto, espigado como el junco de un lirio, de ojos grandes y claros, recio y musculoso como un gañán del campo, con el moreno en la piel de la libertad al sol, me sentía el rey del mundo. Un ligero bozo sombreaba ya mi rostro que se transformaba con rapidez en el de un mozo apuesto, romántico, codiciado por las hembras.

A esa edad ocurrió el descubrimiento que trastornó mi vida. Una tarde de riguroso estío, buscando alguna pequeña posesión extraviada, me colé de rondón en la habitación de una de las doncellas de mi madre. Todo estaba en silencio y el calor agobiaba. El monótono cric-cric de las cigarras, un sonido que conformaba parte del ambiente y en el que raras veces había reparado, se encendió de repente en algún lugar de mi cerebro. Moncheta, una joven criada, dormía el sueño de los justos totalmente desnuda sobre el lecho. Quedé petrificado, con el mismo estupor que pueda presentar un caminante del desierto a la vista de un oasis soñado. Fue cuando el frotar de élitros martilleó mis sienes y me impidió pensar o razonar. Había apreciado que se trataba de una muchacha hermosa y tímida, pues, al cruzarnos por los corredores de la casa, un rubor delicioso hermoseaba su cara no explicándome la causa de aquella turbación. Moncheta solía peinar a mi madre en su dormitorio, al caer la tarde, tras lavarle el pelo. Lo almohazaba despacio, como si se tratara de las crines de *Sibila*, la yegua favorita de mi progenitora. Si yo aparecía por allí me sonreía o dejaba caer suavemente sus párpados sobre las mejillas. Una vez, mientras secaba y atusaba el cabello de su ama, reparé en la forma puntiaguda de sus senos a través de lo sutil de su camisa, cosa que me intrigó por novedosa. Los pechos de mi hermana de doce años eran distintos, más pequeños y lisos, recordándome las grandes tetas de las cocineras a las ubres de las vacas de leche. Quizá la evocación al trasluz de aquellos senos erizados fue lo que me llevó de forma maquinal ante Moncheta. La habitación se encontraba en penumbra, con las persianas entornadas, como es norma en los veranos para lograr un ambiente fresco en las horas más calientes del día. El visillo de gasa, al ser mecido por la brisa, acariciaba el pelo de la fámula. Ésta, de dieciocho años a la sazón y ajena a mi pesquisa, descansaba completamente inmóvil salvo el rítmico ascenso y descenso de sus pechos con la respiración. Al elevar el tórax se aupaban con él como una pleamar y sus rosados pezones, eréctiles, parecían cobrar vida. Al pánico inicial que casi me hizo huir sucedió un gozo nuevo, aventurero y belicoso. Permanecí expectante, extasiado ante la perfección de aquellos atributos femeniles que, sólo una o dos veces y de forma huidiza, había contemplado en mis hermanas o en mi madre. Aquel monte de Venus, intensamente negro, se levantaba conformando un promontorio enmarañado y delicioso; los muslos entreabiertos prometían, al fondo de una velada y sugestiva incógnita, enervantes incursiones al nido del placer, a la celeste ambrosía prohibida en forma cruda. Estudié con calma numismática su belleza morena. Era moza de rasgos inmaduros, mejor alta que baja, delgada, con una cabellera sedosa, negro-azul, que apenas alcanzaba a tapar parte del cuello. Decidido a arrostrar cualquier peligro, cerré la puerta suavemente al tiempo que una especie de nudo me atenazaba el gañote impidiéndome articular palabra aunque quisiera. La sangre me golpeaba las sienes con la fuerza de un martillo pilón y mi reseca lengua se encontraba adherida al cielo de la boca. Gruesas gotas de sudor me empapaban y corrían desbocadas por la espalda abajo. Intenté aproximarme, lo que logré con esfuerzo pues mis pies parecían anclados al suelo con un cepo. Una erección brutal, inédita con tal intensidad, semejaba centrar el universo en mi verga de acero, enloquecida, como si ninguna otra cosa existiera en el cosmos. Después de unos instantes y sin saber a ciencia cierta para qué, me desnudé y esperé que un milagro despertara a la hermosa durmiente y temiéndolo al tiempo. Por fin, luego de mil fatigas, me aventuré a llamarla quedamente por su nombre. Sólo tras insistir dos o tres veces Moncheta se desperezó de un modo encantador, se incorporó en la cama y quedó estupefacta y con la boca abierta, mirándome de hito en hito. La perspectiva de sus senos cambió, ganando consistencia y belleza. Eran perfectos de forma y de tamaño, levantados, de pezones veletos, tan elásticos como dos corzas jóvenes. Estiró ambos brazos, se restregó los ojos y me observó de nuevo, incrédula, dirigiendo su vista esta vez hacia mi enorme bálano. Su reacción, entonces, fue instantánea: saltó del lecho y, sin decir palabra, me atrajo hacia sí como si me esperara desde siempre, me estrechó entre sus brazos y me besó en la boca inundándola de su saliva tibia y dulce. Al contacto de sus carnes prietas, trémulas, me sentí desfallecer de dicha. Luego tornó a mirarme, esbozó una sonrisa pícara, acarició mi rostro, me tumbó en su lecho boca arriba, tornó a besarme con oficio y me poseyó suavemente, ahorcajándose sobre mi arreciado miembro varonil que introdujo sin vacilar en su húmedo interior.

El descubrimiento del placer carnal obró en mi ánimo el mismo efecto que la erupción de diez volcanes apagados a un tiempo. Continué los encuentros con Moncheta a la hora de la siesta, momento en que todos dormían. La moza no era virgen —sé que hablaba con el gañán de un casar colindante— pero sí estrecha del canal del amor, teniendo cierta experiencia e incluso una particular destreza en el arte de Venus. Para mí resultaba una experta, aunque pronto supe que estaba lejos de ello. Nuestros transportes de gozo debían ser silentes pues, a pesar de encontrarnos en un ala del caserón alejada del dormitorio de mis padres, a aquella hora cualquier rumor era audible a tres leguas. Por ello nos tapábamos las bocas, besándonos, al tiempo del placer y sofocábamos nuestras voces y risas. Ambos nos juramentamos en no soltar prenda de nuestras aventuras amorosas —en realidad pura lujuria— absolutamente a nadie, pues su conocimiento supondría la expulsión de Moncheta de casa y, en mi caso, el encierro por un tiempo sin duda prolongado.

Descubierto el goce de Afrodita, hasta los dieciséis años me dediqué a perseguir y acosar a las más bellas hembras de mi entorno con un ímpetu digno de mejor causa. Mitad por mi apellido y medio por un empaque varonil que iba en aumento, lo cierto es que triunfaba con las féminas de manera impensable en mozo de mi edad. No me ponía límites, ni me importaba condición, estado o raza. Copulé con una casada apetecible, morisca, aprovechando que su marido, jornalero a sueldo de mi casa, se encontraba trabajando en un campo lejano. Forniqué con una esclava negra, de no más de trece años, que se encontraba al servicio de un consignatario del muelle de levante. Ayunté hasta el agotamiento con una hermosa hebrea de piel tostada y ojos color almendra, campesina de una masía cercana, casada con un marino que andaba navegando. Cohabité con la costurera de mi madre, una viuda de veintisiete años que había perdido a su marido en la guerra y que, semanalmente, pasaba por mi hogar para tomar medidas, traer encargos o retocar vestidos. Con ella —poseía un cuerpo escultural— puede decirse que me doctoré en el difícil arte de la coyunda, pues era en verdad ducha y no existía nada que no conociera o practicara. Fue quien me inició en la copulación por cualquier orificio natural, la que me desveló la existencia de las zonas erógenas y, sobre todo, la que me instruyó en el autodominio imprescindible en el varón para hacer gozar a la mujer haciendo coincidir exactamente el momento del éxtasis. Y todo ello sin dejar de solazarme con Moncheta —mientras estuvo en casa, pues a raíz de quedar embarazada fue despedida por mi madre— y con una interminable serie de criadas, doncellas, cocineras y cualquier cosa que llevara faldas.

Poco antes de cumplir diecisiete años quiso enviarme mi padre a Montpellier para cursar allí letras y filosofía, tal como hiciera él. Me opuse tenazmente, negándome incluso a tomar alimento durante varios días. Me hizo mi progenitor, después de una descomunal demostración de gritos y portazos, la propuesta alternativa de entrar al servicio de la Casa Real como paje, disyuntiva que no tuve más remedio que aceptar. Me presenté en la Almudaina cual tímido cordero, pues comprendí que era preferible utilizar la astucia a enfrentarme a un poder superior. Sagazmente, demostré mi valía como organizador y, al abrigo de nombre y cuna y también merced a mi presencia física, medré con rapidez. A los dieciocho años me había convertido en un mancebo gallardo y apetecido; a los veinte era ya senescal de palacio, teniendo a mi cargo la organización de las audiencias reales cuando D. Jaime se encontraba en Mallorca así como el control de los gastos de la Casa Real.

Mi vida lujosa y desquiciada precisaba de crecientes sumas, por lo que admitía sobornos de los que pretendían ver al rey o hacerle llegar sus memoriales, de los proveedores del alcázar y de los aspirantes a cualquier trabajo, gentes todas que debían reservarme un corretaje. Si hasta los diecisiete años perseguía a las hembras, a partir de los dieciocho cambió la situación: las mujeres más bellas y ligeras de la isla —es decir, la mayoría— en los bailes y recepciones palaciegas, se me entregaban a la menor insinuación y aun sin ella. Durante dos años mi única obsesión fue yacer con cualquier fémina a condición de que fuese bella y deseable. Era un delirio obsceno, sin frenos ni barreras. Me dominaba una especie de fiebre lasciva que no respetaba a hembra alguna, siendo mis conquistas incontables. Me excitaba especialmente lo prohibido: púberes de doce años, jóvenes recién casadas, monjas o novicias —para lo que compraba a confesores y a las madres porteras de conventos y abadías— y sobre todo núbiles en vísperas de su matrimonio. Desflorar a una virgen era el desiderátum y a ello me dedicaba con pasión enfermiza, siendo rara la quincena que no alcanzaba alguna. Contaba con varias alcahuetas que me informaban de las novedades del mercado y, previo pago de crecientes sumas, ponían casi a mis pies a las desventuradas.

A los veintidós años accedí al grado de Mayordomo Mayor del rey, con potestad para designar cargos administrativos en el gobierno y administrar los gastos de la Corona en las Islas Baleares. Sin escrúpulo alguno acentué mis prácticas corruptas, aceptando dádivas infames, prevaricando abiertamente o permitiendo el medro de gentuza conocida en la taberna o en cualquier lupanar. En lugar de dedicarme a mi trabajo perdí el tiempo en todo tipo de saraos, timbas, orgías y fiestas cortesanas. Me excitaba el lujo y me complacía hasta el delirio el hedonismo, el ser servido como si fuese un sátrapa de la lejana Persia. Tañía cítaras y laúdes, declamaba y cantaba hasta ganar cumplida fama de excelente trovador en innúmeras correrías nocturnas que solían terminar, beodo y desastrado, en ínfimos burdeles. Descendí sin atajos el último escalón de la indecencia amancebándome con la prostituta más inmunda de Palma, una bellísima chueta que me recibía al final de sus noches lascivas después de copular con su numerosa clientela. En mi ignominia, perdida ya toda noción del respeto a mí mismo, me paseaba con la hermosa ramera ante mi casa y por la alameda, en actitud chulesca y retadora. En este punto y seguramente aleccionado por mis padres, tomó cartas en el asunto el propio rey. Fui llamado a capítulo en una de sus estancias en la Almudaina.

D. Jaime *el Conquistador* imponía a sus cuarenta y nueve años por su presencia mayestática, la voz grave, el fulgor de sus grandes ojos negros y la barba entrecana, emanando de su figura el respeto y la autoridad que deben suponerse en un monarca. Después de amonestarme en una larga prédica, aludiendo a los deberes y obligaciones inherentes a la calidad de mi linaje, me amenazó abiertamente con el destierro a uno de los islotes menores del archipiélago si no cambiaba inmediata y radicalmente de vida, para lo que no encontraba otro remedio mejor que casarme. Tenía yo tan pocas ganas de boda como de oír sermones, pero asentí a la real propuesta de buen talante y sin abrir la boca. *Mano que no puedas cortar*, *bésala*, aprendí de los árabes.

La elegida resultó ser Catarina de Labots, una doncella de la buena sociedad mallorquina a la que mi madre conocía por ser hija de una condesa, dama de compañía que fuera de la primera mujer de D. Jaime, Leonor de Castilla —hija de Alfonso VIII de aquél reino— muerta años atrás. Hube de acceder sin rechistar, poniendo buena cara, pues la posibilidad de pasar varios años en la isla Dragonera me erizaba el cabello. Los esponsales resultaron un sonado acontecimiento presidido por el rey en persona, quien nos apadrinó y al que asistió lo mejor de la sociedad palmesana y hasta parientes llegados de Barcelona.

He de reconocer que mi primer matrimonio fue un fracaso a pesar del carácter agradable y de la belleza, un tanto mustia y desvaída, de Catarina, una joven de quince años risueña y regordeta. Mi acicate venéreo, lejos de disminuir con el casorio, se incrementaba. Mi esposa era una niña inocente a la que nunca conseguí ver desnuda por completo y a la que tardé en desvirgar más de ocho días, pues me tenía un pánico para mí inconsecuente, irracional. Pasamos seis semanas en Montuyri y quedó embarazada. Me fue perdiendo el miedo poco a poco y, al final, incluso colaboró tímidamente en las bregas propias de la coyunda. Catarina me dio dos varones y una hembra, pero no por ello descuidé mis labores sensuales. Tuve relaciones con todas las féminas apetecibles de mi casa, doncellas, camareras y cocineras, ya fuesen libres o esclavas, violando a las pocas que se negaron a fornicar conmigo. Mi mujer sabía de unas andanzas que, en mi desfachatez, no me cuidaba de ocultar, pero se hacía la loca. Dejó de padecerme, si es que lo hiciera, cuando falleció a raíz de su tercer alumbramiento. Creo que no la motivaba el sexo. Conozco a las mujeres y juro que jamás disfrutó de un orgasmo el tiempo en que vivió, aunque a tales alturas yo era ya un consumado y magnífico amante. Acompañé sus restos al panteón familiar con cara inexpresiva y, justo al finalizar el luto establecido por la corte, de dos años, ya habían acordado entre mis padres y la reina, Doña Violante de Hungría, mi nuevo matrimonio. Fueron dos años en los que, como los bueyes sueltos, organicé mi propio duelo redoblando a destajo bacanales y orgías.

La designada en la segunda ocasión para llevarme al altar fue Blanca Picany, una hermosa mujer de veintiún años, rubia como los trigales por San Pedro, con el cuerpo escultural de una diosa del Olimpo, pero fría, gélida como un témpano. Los Picany eran una rancia familia balear de ascendencia mozárabe, que poseía inmensas extensiones de campos de labor en las islas mayores. Eran fabulosamente ricos, por lo que se fundirían dos de las principales fortunas del archipiélago. Tras la boda —en la que doña Violante ejerció el madrinazgo— y una vez en el tálamo, comprobé que me había casado con una estatua de mármol ya que Blanca ni sentía ni padecía. El problema era que, dotada por la naturaleza de infrecuentes gracias, me motivaba como ninguna hasta la fecha. Yo admiraba sus muslos de vestal, sus pechos de alabastro, su cintura de sílfide y su sexo alienante sin creer que aquella locura de mujer me hubiera correspondido en suerte. Ella, sin embargo, parecía tan inmaterial como hecha de humo, una especie de esfinge observando mi desnudez armada con cara inexpresiva y ojos bajos. Me costó Dios y ayuda desflorarla, pues no consentía que me aproximara a menos de dos varas de distancia. Traté primero de abordarla por lo fino, utilizando gran tacto y compostura y haciendo uso de mis dotes dialécticas. Ante el fracaso, una tarde a la hora de la siesta le mostré de sopetón mi tremendo badajo, eréctil y engrosado, tratando de encelarla, pero sólo gané un tremendo chasco y tal calentura que me duró tres días. La sexta noche lo intenté por las bravas, persiguiéndola por la cámara y la gran terraza mas fue inútil. Ya amostazado tanteé la baza de la astucia y la sorpresa, intentando pillarla dormida y desprevenida en el lecho, fallando nuevamente, pues al adivinar mis intenciones saltaba de la cama y corría a encerrarse en cualquier parte. Por último, casi a las tres semanas, jugué a atemorizarla con mis berridos exhibiendo al tiempo mi arreciado bauprés y un rebenque de púas —que no pensaba utilizar— y conseguí ablandarla. Tumbada en el lecho, rígida y temblorosa, revestida con enaguas y sayas, a través de la abertura vertical de su camisa de dormir que tan sólo dejaba entrever su tierna vulva, la penetré con descomunal fuerza, desgarrándola y escuchando al tiempo un alarido horrísono que retumbó en la casa lo mismo que un trueno de verano. Excitado por la sangre himeneal y por sus gritos despaché el negocio en media docena de vaivenes. Curiosamente, tras tan tragicómica coyunda pareció reaccionar y, lentamente, le fue encontrando cierto regusto al catre y al menos no me huía. Cuando, luego de intensas y variadas prácticas, fue remitiendo su frigidez para terminar buscándome anhelante, dejó de interesarme.

Al poco de nacer el primer hijo de mi segundo matrimonio conocí a la única mujer a la que he amado. Fue un domingo de invierno, en la misa de doce de la parroquia de Santa Eulalia de la que ambos éramos feligreses, en mi caso de forma nominal. El aire del templo era muy limpio y la luz que filtraban las vidrieras tenía la calidad del ámbar. Realmente iba a la iglesia por complacer a Blanca y a mi madre, y sobre todo a ser visto, pues jamás me había interesado por cosas de religión que estimaba irrelevantes cuando no franca superchería. A ello contribuía el lamentable estado general de la Iglesia, la poca consistencia de la fe en los creyentes fruto de años de abandono y coexistencia con el Islam, la presencia de multitud de herejías, impostores, truchimanes y falsos profetas y la vida disipada, regalada o abiertamente pecadora de monjes, frailes, sacerdotes y prelados. Durante el santo sacrificio buscaba una columna desenfilada, me adormilaba apoyado contra ella y daba solemnes cabezadas cuando no repasaba mis lascivias o los asuntos del día hasta el *ite, misa est*. Jamás pude acabar despierto una homilía, pero en aquella ocasión permanecí vigil y atento: en el banco anterior al nuestro se sentaba una pareja, sin duda un matrimonio, pues pude ver claramente sus alianzas. Bajo el sutil velo de gasa, lucía ella una blonda cabellera recogida en un gracioso moño a la italiana. Por bajo del copete escapaban los tiernos mechones de un cabello que, formando rizadas guedejas, adornaban sus sienes y le daban un aspecto aniñado. Exhalaba un suave aroma a lilas frescas. Cuando volvió de comulgar pude verla a mi antojo: eran las facciones más perfectas que nunca contemplara. Poseía unos ojos insólitos: inmensamente grandes, líquidos, de un tono indefinible entre azul lapislázuli, amatista y violeta. El resto de su cara cumplía el canon griego: frente despejada, nariz recta y cabal, boca roja, pequeña y de labios carnosos, sensuales. Sus pómulos marcados a lo tártaro daban a su expresión cierto aire exótico, completando su aspecto una esbelta figura, un ropaje selecto y ademanes sencillos. Cuando se levantó, terminada la ceremonia, me miró de soslayo y dibujó una sonrisa doliente y misteriosa. Pude admirar entonces la arcada celeste de sus dientes de diosa. Seguí su rastro igual que un perdiguero burgalés hasta que se perdió por las callejas portuarias. No aparentaba más de veintiocho años, siendo su marido un hombre ya mayor. Sentí de forma nítida el dardo del amor y, sólo por ella, alenté desde ese instante.

No fue difícil conocer su identidad y circunstancias. Se trataba de una hermosa genovesa, Ambrosia del Castello, dama de treinta años —casi mi misma edad— recién casada con un rico hombre aragonés, negociante y poseedor de varios buques que armaba él mismo y dedicaba al tráfico de mercaderías y especias entre los puertos del Mediterráneo Oriental y los de Palma, Génova, Barcelona y Valencia. Desde que contemplé su belleza sin mácula no pude sosegar. Ardía en deseos de conocerla, hablarle y poseerla. Mi vena lasciva, tan sólo adormecida, rugía nuevamente azuzada por un nuevo acicate nunca antes conocido. Mi corazón palpitaba en el pecho, desbocado, nada más escuchar el nombre de mi amada, que me parecía el nombre entre los nombres, la sustanciación de la elegancia y de lo bello. Su presencia —siempre en la iglesia de Santa Eulalia o en sus alrededores— ejercía en mi ánimo un efecto ignorado: reventaban mis sienes, se nublaba mi vista, jadeaba anhelante y mis piernas flaqueaban. Abandoné mis asuntos y me dediqué por completo a acecharla. Sabedor de la frecuente ausencia del esposo, la espiaba, estudiando el momento adecuado para abordarla y conseguirla. Llegó éste un domingo al salir de la iglesia; la llamé por su nombre cuando llegué a su altura pero, sin responderme ni mirarme, aceleró el paso ganando rápidamente su portal muy cercano. No me desanimé. Enfangado en mis planes lujuriosos le rondaba de noche al pie de su ventana, declamándole versos amatorios o cantándole trovas. Sabía que me escuchaba, pues apagaba los cirios de su cámara desde mi llegada. Luego de tres semanas de fracasado acoso amaneció un domingo de enero inolvidable para mí. Había estado toda la noche bebiendo con rufianes y luego en el burdel holgando con rameras inmundas. Una de ellas sacó a colación con medias palabras mi platónico y desastrado romance con Ambrosia, lo que causó en mi mente tal turbación y rabia que, loco de furia y desatentado de despecho, ciego de vino peleón, subí a mi caballo y me dirigí a Santa Eulalia con ánimo de buscarla e implorarle su amor. Llegué a la iglesia iniciada la primera misa, al tiempo de escuchar el tintineo de las campanillas que anunciaba el momento de la consagración. Con la vista nublada, perdido y ofuscado, dicen que entré con mi montura en pleno templo, me encaminé hacia Ambrosia e intenté subirla hasta la grupa del caballo. Será así cuando todos lo afirman. Yo no recuerdo nada, cuál no sería mi lamentable y temulento estado. Sé que me vi derribado por personas decentes que forcejeaban conmigo y, sujetándome contra el suelo, me golpeaban mientras mi hermosa enemiga imploraba no se me hiciese daño. Cinco días después un mensajero trajo hasta mi casa, a media mañana, un billete con un breve recado: Ambrosia aceptaba por fin entrevistarse conmigo a las doce de la noche de aquel mismo día, en su casa, a la que debería acceder por la puerta trasera del jardín donde me esperaría la dueña. ¡Faltaban apenas unas horas para el logro de mi felicidad!

El tiempo se me hizo eterno aquella tarde. Sufría la misma angustia esperanzada que podría sentir un purasangre de Berbería antes de la largada. Me cambié de jubón, de calzones y de coleto varias veces, probé cinco pares de escarpines hasta dar con el que juzgué más adecuado, de raso valenciano; me acicalé con pomadas de nardo, enjuagué varias veces mi boca con tisanas de ruda para eliminar cualquier rastro de vino y lavé mis cabellos con extractos de sándalo. Cuando las campanadas del reloj de la Torre de la Anunciación daban las doce, me hallaba ante el portillo del jardín de mi amada donde, indicándome con un dedo silencio, una vieja dueña me guió hasta la habitación de su señora. La cámara, en el piso superior de la casa, aparecía silenciosa y en penumbra. Un aroma delicado a jazmín, de algún sahumerio, perfumaba la estancia. En una chimenea relumbraban las ascuas residuales de un fuego muerto. Por toda luz, una lamparilla de aceite en la mesilla de noche esparcía su débil y vacilante claridad alrededor del lecho. La joven se encontraba recostada sobre él con expresión de sorpresa resignada que no ocultaba su radiante hermosura. Portaba por toda vestimenta una sutil camisa de dormir, de cendal transparente, que mostraba al completo el arranque de sus muslos. Su cabellera de oro, esta vez suelta, se desparramaba sobre hombros y senos. Llevaba preparada una pequeña plática a manera de excusa por mi comportamiento deplorable en la iglesia, pero, cuando carraspeé para iniciarla, me impuso silencio llevándose los dedos a la boca e indicándome al tiempo que me aproximara. Sin preámbulos, me arrodillé ante ella besándole los pies por el haz y el envés. Me engolfé en la visión de aquellos deditos adorables, gordezuelos, con las uñas decoradas en magenta. Recorrí con mi boca los tobillos. Lamí sus lindas piernas lentamente, hacia arriba. Desabroché, frenético, varios botones nacarados del etéreo camisón y ascendí por la delicia sin final de su entrepierna, acariciándola con mis labios y aspirando el delicado aroma floral que desprendía su dermis. Al llegar al final de sus muslos, presintiéndose ya el jardín del edén, noté que los contraía levemente. Alcé la vista mudo, con gesto interrogante. Entonces me atrajo suavemente hacia sí y me ofreció la boca. Después de una larga caricia en la que degusté avaramente su cálida saliva, clavó su mirada en la mía con un fulgor extraño y, sin otra ceremonia, destapó con una mano el camisón descubriendo sus pechos. La visión que se ofreció a mis ojos fue espantable: su seno izquierdo había desaparecido devorado por un terrible cancro que lo había amputado de raíz y, en su lugar, se veía un magma infernal de pústulas hediondas, negruzcas, saniosas, gigantescas, horadadas por varios orificios que rezumaban un licor nauseabundo, de un color parecido al agua de cloaca. Es la misma terrorífica visión que me desvela y no me da cuartel cuarenta años después. Antes de aullar como un chacal hambriento y saltar para huir despavorido, tuve tiempo de mirarle a los ojos: lloraba mansamente, como una Magdalena.

2

Catania, cuarto día de los idus de julio del año de Nuestro Señor Jesucristo de 1307

Mi buen Ramón: te escribo a vuelta de correo desde esta bella ciudad mediterránea, donde paso unos días, contestando a tu misiva de febrero. Mi salud se resiente estos días de un temblor en la mano derecha que va en aumento y apenas me deja sostener la pluma. Debo a la fuerza ser médico de mí mismo y no puedo gemir públicamente: malo sería que el rey D. Federico, quien me trajo hasta aquí recomendado por su hermano D. Jaime II de Aragón, viera vacilar a su físico en el ejercicio de su arte. He visto otros casos como el mío y he intentado tratarlos siempre con poco éxito, pues hablamos de una afección que tiene su asiento en las capas más profundas del cerebro y ante la cual nos hallamos inermes.

Te resumiré mi vida siciliana en cuatro trazos. Paso la mañana en el destartalado hospital de Palermo, ciudad en la que resido habitualmente, tratando a mis pacientes; dedico las tardes a visitar enfermos y, sobre todo, a redactar por encargo del rey Federico una Constitución en la que articulo todo lo referente al juego, esclavitud y asuntos eclesiásticos. Es un ordenamiento muy avanzado para lo usado en otras monarquías y al que el rey quiere dar fuerza de ley. El resto de mi tiempo lo dedico a pasear y escribir, mi pasión favorita como sabes. Trabajo en varios frentes a la vez: he culminado un *Arte de Agrimensura*, un extenso tratado de higiene y un tomo mediano sobre alquimia —ciencia que absorbe como sabes mi atención— titulado *Speculum alchimiae*, englobado en una obra más amplia: *Theatro Chimico*. Y aún me queda espacio para mi quehacer teológico; fundamentalmente revisar mi *Exposición del Apocalipsis* y corregir y retocar una de mis primeras obras en ese campo: *Las Profecías de los Siete Durmientes.*

Te preguntarás si todavía me quedan ganas y humor para ahondar en el siempre resbaladizo terreno de la fe y las creencias, después de los malos ratos que me hizo pasar mi *Adventu Antichristi*, mazmorra incluida, en nuestros buenos tiempos parisinos. Si el varapalo fue trágico para mí, lo que ocurrió después, a mi llegada a Roma, fue más bien cómico. Te contaré. El Papa había reclamado mis servicios médicos y, pensando hallar mejor acogida en la corte de Bonifacio VIII que en París, me presenté ante él y los cardenales conciliares. De poco me valió el escarmiento carcelario. Ni corto ni remiso les anuncié para este siglo el reino del Anticristo ofreciéndoles pruebas incontrovertibles, me dispuse a contestar a sus objeciones y solicité campo y autorización para la discusión pública. Por toda respuesta obtuve una unísona carcajada de resonancia homérica. Seguro de que mi mala fama era sólo debida a los pésimos informes que mis enemigos dominicos propalan *urbi et orbe*, insistí tercamente logrando ser encarcelado algunos días —esta vez en las cómodas logias papales— y viéndome obligado a firmar una retractación en duros términos. Se me impuso un silencio teológico que, como comprenderás, poco me he guardado de cumplir. Resultaba evidente que se me requería para la salud temporal y no la espiritual, pues al salir de mi encierro me ofreció el Papa asistirlo como físico, avisándome antes de ello, grave y cortésmente, mediante una epístola que encontré sobre mi mesilla de noche. Se iniciaba así: *Caro Arnaldo, intromitte te de medicina et non de theologia et honorabimus te...*

A ti, mi fiel Ramón, puedo asegurarte que jamás he pretendido apartarme del dogma. Unos me han tachado de albigense, otros de begardo o valdense y el resto de *insabattato* y hasta cátaro. Nada tengo que ver con aquellos herejes pestilentes ni con sus herejías y tú lo sabes. Soy tan sólo un reformador un poco loco de la Iglesia podrida, es cierto, pero sin mala fe. No soy distinto de otros. ¿Quién no desvaría en estos crueles tiempos en los que ya resuenan las trompetas del Apocalipsis? No niego mi inconformismo, ni mi ciega rebelión contra cualquier tirano temporal o eclesiástico, ni soy el único profeta sin misión que se levantó en sus días contra la opresión y la ignorancia. En ello sigo a Juan de Rupescissa, mi paisano catalán y tu colega franciscano, amante de las profecías de Cirilo y Joaquín y a tantos entre los que te cuentas.

Por lo demás mi vida transcurre casi plácida, pues cuento con la veneración del rey nuestro señor. Tengo tiempo hasta para pescar, cosa que suelo hacer en uno de los malecones del puerto los días festivos. Mi familia quedó atrás en mi posesión del Castillo de Ollers, en la Conca de Barberá, junto a Tarragona. Quizá sepas que aquel predio fue un regalo espléndido de la Corona por mis tiempos al servicio de la corte aragonesa desde el reinado de D. Pedro III. Gran señor fue D. Pedro y como *grande* ha pasado a la historia. Fue para mí un honor servirlo como consejero, médico, senescal y embajador. Lo asistí en el momento de su muerte, en las nonas de noviembre de 1285, autorizando su inhumación y firmando como testigo su último codicilo. Aunque no sólo él me hizo objeto de dádivas: su breve sucesor, Alfonso III *el Liberal*, hizo honor a su apodo excediéndose conmigo en donaciones y mercedes. Tampoco el rey D. Jaime II se está quedando atrás en su largueza. Desde que empuñó el cetro me llovieron regalos, no siendo el menor la gabela de la sal de Burriana, escriturada el día sexto antes de los idus de abril de 1297. Comprenderás ahora mi amor a Aragón y a nuestros reyes y mi correspondencia con la total entrega a su servicio.

Deseo tanto verte... No entra en mis planes viajar al Norte de África, pero sí debo pasar por Barcelona y seguramente por París el año próximo y tal vez podamos coincidir. Todo es cuestión de tiempo y de programación. A la espera de dártelo en persona, te envía un fuerte abrazo y te desea salud tu fiel Arnau de Vilanova. Vale.

✠

Después de contemplar la espeluznante visión del pecho de mi amada perdí por completo el control de mis actos. Regresé a mi hogar, confuso y angustiado, más perdido que después de una de mis noches de crápula: todos dormían. Dejé una escueta nota a mi mujer indicándole que partía con rumbo desconocido, excusándome torpemente y pidiendo perdón, huyendo a uña de caballo hacia la posesión de mis padres en el campo. Cabalgué sin descanso bajo el leve resplandor de la luna llegando con las primeras claridades a Montuyri. Mi padre descansaba, pero mi madre estaba ya despierta y se sobresaltó al verme pálido, desencajado y sudoroso. ¿Qué podía decirle? Le mentí lo mejor que pude y supe, cogí una vieja manta y un zurrón con agua y me dirigí caminando al Puig de Randa en busca de una oquedad muy cercana a la cumbre, lugar conocido por mí de antiguas aventuras y andanzas juveniles. Iba como sonámbulo, con la sensación de soñar o vivir una horrible pesadilla. Llegué a la cueva. Era angosta y húmeda, no muy profunda. Me tumbé en un rincón que hallé seco, me tapé con la manta y traté de dormir. Me desvelaba mi reciente tragedia, el olor amoniacal de las deposiciones de cientos de murciélagos y el revoloteo de sus alas cuando salían de caza. Estuve anonadado e insomne durante dos jornadas. Se me representaba en el caletre la macabra visión como grabada a fuego, atormentándome, impidiéndome el sueño. Caí luego en un extraño sopor que me mantuvo obnubilado durante tres o cuatro días. Al quinto me despertó la luz del sol brillando afuera. Me encontraba desfallecido, exánime, costándome trabajo hasta alentar. El aire gélido y mis pocos ropajes me hacían tiritar como en un día de nieve en la alta cumbre. Bebía de mi provisión de agua y seguía estuporoso, sin ganas de vivir, con la visión de la úlcera saniosa y putrefacta requemándome el alma. Luego de siete días tuve hambre. Salí de la covacha tambaleándome para inspeccionar el terreno: era zona boscosa, de pino bajo alternando con almendros en flor pero aún sin fruto. No había rastro de tierra cultivada, pero sí pude hallar una mancha de castaños silvestres y dos o tres nogales. Tras recoger algunas piñas, un buen puñado de nueces del suelo pues no quedaban ya en los árboles y dos docenas de castañas, regresé a mi guarida. Saqué de las prietas piñas los piñones, pelé de cáscaras las nueces, dulces la mayoría igual que las castañas tras quitarles la piel. Alguna había amarga, pero no lo bastante para rechazarla, por lo que pude aplacar mi apetito. El agua se acabó, pero no fue difícil hallar un manantial entre las rocas pues el año había sido bueno en lluvias. Lo que sí resultaba imposible era despejar de mi imaginación la imagen espantable, negra como mis manos. Se entremezclaban en ella el rostro inmaculado de Ambrosia y sus pústulas fétidas, el sabor de aquel mágico beso y el magma putrefacto, el aroma de su piel satinada y los negros orificios destilando un líquido sanioso y fétido. Aquellos agujeros atroces, terroríficos, taladraban mi ánimo. Sin apetito alguno, subsistí durante tres semanas mediante nueces revenidas, piñones sin sabor y castañas infectas. Tras semejante ayuno entré en una especie de vigilia sobresaltada y expectante. Me hallaba estuporoso y soñaba despierto. Dormía mal pues escuchaba, aumentados como con trompetilla de pregonero, los rumores del bosque: el fragor de las hojas mecidas por la brisa, el otilar del lobo y el peculiar sonido del otillo. No tenía ni humor ni ganas de regresar junto a los míos.

Una madrugada se desencadenó una gran tormenta con toda la zarabanda celestial de truenos y centellas. El vendaval huracanado preludió la caída de una tromba de agua que lo anegó todo. La lluvia, en turbiones y empujada por furiosas ráfagas de viento, penetraba en la cueva. Me retiré a lo más profundo de la grieta y quedé adormilado. Entonces sobrevino el singular suceso: al tiempo de un horrísono trueno apareció una luz cegadora que en un primer momento achaqué a algún relámpago. Pero la brutal claridad no remitía: antes, se incrementaba y no era de este mundo. Mucho más fuerte que cien soles, me impedía el intento siquiera de entreabrir los ojos. Estaba bien despierto y ni soñaba entonces ni exagero ahora. Me pareció escuchar entre los truenos una terrible voz, pero no puedo atestiguarlo. Las tres noches siguientes, en ausencia de cualquier meteoro, se repitió la inundación de luz y, a la cuarta, surgió en medio del fulgor la imagen nítida de Cristo crucificado. Incrédulo por naturaleza desde siempre, pensé de inmediato en alguna intervención del maligno, más proclive —con arreglo a mis merecimientos— que El Salvador a interesarse por mi persona; pero la visión, pues sin duda lo era, me habló con voz serena e imperativa, llamándome por mi nombre y exigiéndome solamente tres cosas: estudio, trabajo y oración. Fue así de simple.

Tras un sueño profundo amanecí totalmente aquietado de ánimo y con la mente extrañamente lúcida. El día era radiante. Me encontraba anormalmente fuerte para tan largo ayuno. Me levanté del lecho de hojas secas y consideré la situación con calma: no tenía duda alguna de que el Señor, sin mérito alguno por mi parte, me había elegido como instrumento para laborar entre las gentes en su nombre y propalar el evangelio. El estudio que se me exigía no podía ser otro que el del libro sagrado, además de las ciencias y letras que antaño despreciara. En cuanto al trabajo, debería sin duda referirse a la propagación de la doctrina entre los no creyentes. La oración la entendí aplicable a la redención de mis propios pecados. Y en lo tocante a mi elección, consideré que mi actitud debería ser de completa renuncia, sumisión y obediencia, pues los caminos de Cristo no son los nuestros. La grotesca aventura con Ambrosia podía haber representado mi camino a Damasco, ¿o acaso Pablo y Agustín no habían pecado casi tanto como yo? Una extraña reacción interior, una energía desconocida me consumía dándome una fuerza de cíclope. Me ardían las entrañas. No pretendo que creáis en prodigios ni me siento elegido por nadie. Simplemente relato la experiencia que, juro por Dios y por su Santa Madre, vivió este triste soldado. Veía nítidamente los pasos a seguir, la vereda que el Espíritu trazaba ante mí; sólo tenía que dejarme llevar igual que, cuando niño, caminaba guiado por mis ayas en las sendas del bosque.

Bajé a mi casa donde consolé a mis mayores que me daban por muerto. Aparejé la humilde cabaña que fuera de uno de nuestros aparceros al pie del monte, junto a un precioso lentiscal, hice renuncia expresa ante notario de tres tercios de mis bienes en favor de mi esposa y mis hijos, me hice traer de Palma recado de escribir y de nuestra propia biblioteca infinidad de libros y me apliqué al estudio y a la penitencia. Uno de nuestros colonos se encargaba de subir, semanalmente, las pocas provisiones que precisaba para subsistir. Después de ocho años alejado del mundo, ocho largos años contemplando la naturaleza y hablando con los pájaros, lustro y medio de estudio organizado e intenso y de densas vigilias, llegué a dominar, además de mi lengua natal catalana y su prima hermana de Castilla, el latín, occitano, toscano, francés, inglés, alemán, árabe clásico y griego. Me impuse en la historia del Mundo desde la más remota antigüedad, conocí el arte clásico, las ciencias filosóficas, las matemáticas, el álgebra, la física y la alquimia, la arquitectura y la astronomía. Luego, en dos años más, escribí varias obras además de los cuatro grandes tomos de mi *Arte General y Universal*, sin duda de inspiración divina, pues sus capítulos y sus intrincadas teorías y análisis fluían de mi pluma casi espontáneamente y sin esfuerzo.

Transcurrían los primeros meses del año de 1274. Había pasado diez años entre aquellas peñas. Me bullía la sangre: sin duda Dios no me buscaba para la contemplación aislada del Cister o la oración solitaria del eremita. Me sentía fuerte, capaz de predicar entre los bárbaros y sarracenos; me notaba dotado de una elocuencia persuasiva que el Espíritu me habría inoculado, pues nunca había destacado por la oratoria en el pasado. Con treinta y nueve años, sólo me dominaba un pensamiento: cruzar a Tierra

Santa y Berbería para predicar el evangelio a musulmanes y judíos, explicándoles mi *Arte Universal* como método para conocer racionalmente las verdades de nuestra religión. Bajé hasta mi casa, me adecenté —arrastraba la barba por el suelo— y, tras despedirme y obtener la bendición de mis ancianos padres, partí a Palma. Solicité al obispo la anulación de mi matrimonio para poder dedicarme al servicio de Cristo y aquél la cursó a Roma. Tomé como novicio el hábito franciscano al final de aquel año y me presenté de aquella guisa al rey D. Jaime II. El monarca no daba crédito a sus ojos: el más depravado y libidinoso de sus súbditos pidiéndole licencia y ayuda material para la creación de un colegio de lenguas orientales en Miramar, para que los Religiosos Franciscanos Menores, allí educados, pudieran salir a convertir a los infieles. En enero de 1275, tras llegar del Papa Juan XXI la aprobación de mi solicitud, quedaron anuladas mis nupcias y establecida aquella fundación.

✠

Pisa, primer día de las calendas de febrero del año del nacimiento de Cristo Redentor de 1308.

Ínclito Arnau: recién llegado a Italia y antes de partir a la Provenza, te escribo convaleciente aún de las heridas que recibiera en Túnez por mi mala cabeza y de las que escapé merced a la bondad divina. Es el caso que, en contra de los consejos de mi lego Segundo y mis otros dos mónacos, lancé una furibunda invectiva contra Mahoma y su libro sagrado en la plaza mayor de la ciudad, precisamente un viernes, coincidiendo con la salida de aquellos salvajes de sus rezos y salmodias en la mezquita principal. La mañana era tan soleada y luminosa como suele en aquella parte. Pronto nos vimos rodeados de una furiosa y desmandada chusma que derribó el pequeño templete que oficiaba de púlpito y nos corrió por la alcazaba a cantazos gruesos entreverados de escupitajos. Menudearon patadas y coscorrones que fue cosa de ver, no quedando sin seña parte alguna de nuestra anatomía. Los insultos, juramentos y alaridos de la torpe canalla atronaban las calles. Yo, como más viejo y caracterizado, llevé la peor parte por la escasa movilidad de mis rodillas, quedando rezagado y a merced de la turba que se cebó conmigo. Me llovieron por todas partes vergajazos, coces y hasta algún latigazo de refuerzo. Logré escabullirme gracias a la ayuda de varios alguaciles del Bey, conocidos de antiguas estancias y algaradas que, a riesgo de su integridad física, me ocultaron en el zaguán de unos cristianos que restañaron mis heridas, ungieron mis contusiones con bálsamos sedantes y calmaron mi dolor con tisanas y emplastos de hierbas aromáticas. Permanecimos nueve días con los samaritanos hasta que, sabiendo que zarpaba una corbeta con pellejos de vino, fardos de esparto, cirios y harina de acemite en dirección a Ostia, nos embarcamos a favor de las sombras en la noche anterior a su partida.

Me dices en tu carta del otoño pasado que te preocupan las asechanzas que trama contra ti el primer consejero del Reino de Sicilia y me pides consejo. Te lo daré por viejo antes que docto: veo la envidia detrás de la conjura, sabedor el mediocre de tu predicamento con el rey. Yo haría la vista gorda y quedaría a la expectativa, sosegado, conservando la calma. Ignorar al contrario trae a veces más cuenta que enfrentarlo. Si tienes motivo de preocupación por tu conducta anómala, en caso que la hubiere, es necedad adelantar una desgracia que ya llegará por sus pasos medidos ¿Qué necesidad hay de padecer los males antes de hora y amargarse el presente con el miedo al futuro? Y si de nada eres culpable, no demuestres zozobra con lo que desarmarás al intrigante. Hazme caso: si quieres paz y calma admite el mal que pueda sobrevenirte y, sea cual sea, comprobarás que o no es tan grave o es cosa breve. Pocas cosas podrán quitarte el sueño más allá de dos días. Y al final, ¿qué puede ocurrirte si caes en desgracia ante D. Fadrique? ¿Pueden hacerte algo más que mandarte al destierro o ponerte entre rejas? De esto último supongo te hallarás ya curado. En el peor de los casos, ¿pueden darte más castigo que quitarte la vida? Escucha pues indiferente las amenazas de tu enemigo y, aunque tengas la conciencia tranquila, espera la sentencia más justa pero preparándote para la más injusta. Queda seguro de que, al cabo, siempre resplandecerán la verdad y la justicia.

Referente a tu próxima marcha a Nápoles, será difícil que allí nos encontremos pues no entra en mis planes pasar por tan bello lugar. Sin embargo es seguro que estaré todo el mes de enero del año próximo en París, pues he sido citado en esas fechas por el decano de la Sorbona para ser escuchado por el Consejo de Teólogos, averroístas incluidos, que se reunirá Dios mediante a la orilla del Sena. Entonces sería un buen momento para reanudar personalmente nuestra amistad. Te desea salud R. Llull. Vale.

✠

El primer día de los idus de mayo del año de 1275, apenas cumplidos cuarenta de mi edad, me dirigí a Barcelona para visitar a Raimundo de Peñafort, cuya fama de santidad era ya notoria en toda Europa. Nacido en el castillo de Peñafort y descendiente de ilustre familia, el fraile dominico irradiaba, desde la tribuna de sus casi cien años, una paz y un sosiego como jamás he vuelto a ver en nadie. Me recibió en su austera celda del Hospital de Santa Eulalia, aneja al templo del mismo nombre donde se venera la imagen de la Virgen de la Merced, advocación mariana queridísima de los barceloneses que, según tradición extendida por toda Cataluña, se había aparecido a Pedro Nolasco y al rey D. Jaime I en 1218. Nolasco, aragonés del Languedoc, ya desaparecido, fue el impulsor junto a Peñafort de la Real y Militar Orden de la Merced, dedicada al rescate de cautivos cristianos en tierra mora.

—¿Qué noticias me traes de la hermosa Palma? —me dijo Peñafort—. ¿Siguen tan bellas sus mujeres? ¿Cómo andan los trabajos de su catedral?

—La fábrica del templo progresa a buen ritmo y las hembras supongo que seguirán igual de hermosas —dije—. Pero, más que a traer, vengo a recibir —añadí—. Antes de partir para mi largo e incierto viaje deseo obtener su bendición, padre.

—Me abrumas, buen Ramón —dijo—. Soy sólo un humilde siervo del Señor. ¿Qué viaje es ese?

Le conté mis planes y propósitos. Al final dije:

—Desde mi conversión he admirado su religiosidad, vuestra entrega a los más pobres, la redención que hacéis de los cautivos en tierras moras, la humildad de la orden mercedaria y el ejemplo que os dio Pedro Nolasco y que tan bien seguís. Con hombres así se aprecia el valor del verdadero monacato.

—¡Ay! Si él viviera... —dijo.

Pasó a hablarme de su insigne compañero de tantas horas. De su gigantesca obra, que había impactado en mi ánimo desde que viera la luz y que trataba de emular. Al hacerlo, sus opacos y mortecinos ojos se iluminaban desde dentro, poblándose de estrellas, y su rostro parecía revivir. Prácticamente ciego, se expresaba con la misma concisión que el mejor predicador de su orden, famosa por ser semillero de buenos oradores. Después de escucharlo con la misma reverencia que a un oráculo, tras arrodillarme ante él y conseguir su bendición, partí para Roma a presentar al Papa mi obra y mis proyectos. Llevaba cartas del rey D. Jaime y del Obispo balear para el recién elegido pontífice Gregorio X, aún cercana la muerte de su antecesor Juan XXI.

Con cuarenta años a la espalda iniciaba una nueva vida. Cuando otros llegaban, yo partía. Era un hombre fornido y corpulento, sin más temor que a Dios y a los ojos de una mujer hermosa. Tras mi turbulenta juventud, y luego de mi cruel desengaño, me creía curado del influjo de Eros. No obstante, no apostaba un adarme por mí en ese terreno: siempre pensé que la fuerza mayor, la atracción más irresistible dentro del universo, es la que ejerce una mirada femenina. Ni asistido del Espíritu Santo desearía verme expuesto otra vez a su influjo. Me conozco... Los ojos de las hembras poderosas y ardientes ejercen, al menos sobre mí, una fascinación insoportable. Despliegan nuestras bellas enemigas con la vista todo un mortífero arsenal capaz de cautivar a cualquier hombre, de rendirlo sin lucha. Utilizan amagos de mirada, lo que se ha dado en llamar caída de ojos, más expresivas a veces que un discurso. Usan de miradas seductoras, poseedoras de un influjo especial, que hace que nos sintamos observados y en la obligación de cruzar la mirada con la de su dueña. Tiene sin duda el cerebro que emitir una señal desconocida que alerta únicamente al destinatario del mensaje visual. Poseen ojeadas inquisitivas, privilegio exclusivo de las hembras, capaces de desnudar nuestro interior y conocer nuestros más ocultos secretos y entresijos. Por ello, no es aconsejable mantener la mirada más de lo necesario a una mujer. Se sirven de las miradas de deseo, profundas, húmedas y brillantes, arma de la mujer ante la cual me vi siempre inerme y cuya única defensa es la huida. Una mujer con embrujo maneja un sinfin de miradas, pero me estoy enfangando en un tema que disturba mi ánimo y que no quiero reavivar. Por no hablar de sus cuerpos... ¿Quién puede sustraerse a la atracción de un par de hermosos senos? Por si acaso, aun ahora y a mi edad, me mantengo alejado de las hembras, conservando en lo profundo de mi alma el temor a su encanto irresistible. No es temor al pecado. Si existe la mujer será por algo. Tengo mi teoría sobre el caso: sin mediar engaño ni falsía no puede ser pecado amar a una mujer, la obra cumbre de Dios. Y, en el caso de serlo, lo sería de entre los más veniales.

Roma en 1275 era una Gomorra pestilente. El Papa Gregorio x, un Visconti, era un ser venerable pero débil, incapaz de enfrentarse a sus propios parientes que pretendían ocupar sin rubor los cargos más importantes del Vaticano y el Colegio Cardenalicio. Cortesanas afamadas por su belleza y descaro pululaban por San Juan de Letrán, habitual residencia papal, accediendo a cualquier hora a las logias, muchas para dormir con miembros de la curia que no se recataban de exhibirse acompañados de sus coimas a plena luz del día. Era normal ver a pequeñuelos desnudos o descalzos corretear por los claustros de la vieja basílica de San Pedro —necesitada ya de una reforma— o por sus claros y rientes jardines. Los Colonna, rivales ancestrales de los Orsini en el dominio del estado, acechaban en la sombra esperando su oportunidad para derribar al anciano prelado de su solio, incluso violentamente, instalándose en el poder. La sociedad civil se encontraba podrida y extenuada por placeres ilícitos. La sodomía, el nepotismo, el cohecho, el asesinato y todos los tipos de latrocinio que puedan imaginarse se encontraban vigentes. Sicarios especialistas en dar muerte alevosa por dinero se podían comprar en el mercado o en la primera plaza. Comerciantes expertos en todo tipo de venenos ofrecían su género en la lonja de especias. Yo, a pesar de mi nada respetable pasado, sentí vergüenza ajena y hasta pánico y, tras acelerar los trámites que a la ciudad me habían llevado, me apresuré a abandonarla. El Papa aprobó mi *Arte General* luego de una ojeada displicente, examinó más detenidamente mis credenciales y cartas de recomendación, corroboró la anulación de mi matrimonio, fue testigo del juramento de mis votos, se deshizo en elogios al gran rey de Aragón y me facilitó lo que pedía: tres asistentes jóvenes de la orden de San Francisco. Luego de adoctrinar en cuatro días de charla a mis acólitos, partimos para Siria.

Eran mis franciscanos en ciernes tres buenos mozos rústicos. El mayor de ellos, Segundo, lego de la orden, procedía de un humilde pago cercano al Lago Garda. Los otros dos, Emilio y Eugenio, simples mónacos, eran primos hermanos, ambos naturales de una aldehuela montañesa de la Liguria. Hablaban toscano y ninguno pasaría de los veintidós años. Todos de humilde extracción, eran serios, sensatos, con la nobleza que da la hombría de bien esculpida en sus rostros. Sólo se inmutaban delante de unas faldas, nada de lo que tuviese que escandalizarme. Nombré a Segundo tesorero y ayudante de mano, entregándole al efecto los dineros. Iban estos en dos bolsas repletas de doblas castellanas de oro y plata de mi patrimonio y un talego con doscientos ducados de oro de la ceca vaticana, donativo del Papa.

Embarcamos en Bari en una galera genovesa con dirección a Zante, polvoriento poblachón en la isla de igual nombre, sin nada reseñable. Entre bascas y vómitos del bautismo marinero de mis alevines de fraile, siguió la nave su derrota a Kythira, deliciosa islita descolgada del Peloponeso como terráquea lágrima, con un antiguo monasterio en Acra Kapello donde nos recibieron los monjes cortésmente, obsequiándonos con vino de retsina. Navegamos luego hasta Candía, en Creta, posesión veneciana de variopinta población formada en orden decreciente en cuanto a número por griegos, bizantinos, venecianos, sefarditas, turcos y una curiosa minoría constituida por descendientes de muladíes españoles expulsados de Córdoba en el siglo noveno. Después seguimos derechos hasta el puerto de Antioquía, ya en la Siria, sin avistar en todo el largo periplo desde Bari nave corsaria alguna. Aproveché las encalmadas para progresar en el conocimiento de mis adláteres, cosa fácil pues eran parlanchines.

—Tendrás padres y hermanos... —dije dirigiéndome a Segundo.

—Sólo madre, mosén, que a mi señor padre se lo llevó la parca en un plis plas no ha mucho.

No pregunté su edad pero no pasaría de los veinte. Era alto, moreno, espigado, cejijunto, con ojos soñadores y oscuros y un mentón decidido, prognático, que avanzaba cual mascarón de proa para explorar el mundo.

—¿Tu madre está bien? ¿Cuántos hermanos tienes?

—Mi señora madre se halla siempre contenta, sana y dispuesta. Quedó allí, en el terruño, media hazada de tierra que apenas da para el sustento de ella y de mis nueve hermanos.

—Quedaría algo triste cuando te vio partir...

—Lloró, sí, pero más por perder dos brazos que por tratarse del hijo primogénito. Se consolará pronto. Y hay una boca menos.

—¿Dejaste novia atrás? —le pregunté.

—¿Novia? Dónde voy yo con novia... Mi madre dice que hay que trabajar mucho para sustentar a una mujer; que es mejor hacerse fraile.

—Entonces llevarías poco tiempo en el convento.

—Apenas cuatro meses.

—¿Te gustó? Cuéntame tu experiencia.

—Allá me hallaba bien: tenía techo y comía caliente. Con la tripa llena de nabo y berzas se alcanza bien el sueño. Disponía de un lecho, que en mi hogar compartía con tres, y manta propia. Arrebujado en ella me gustaba soñar. Veremos en qué para el asunto. Me dijo el padre abad que depende de su reverencia el que me haga fraile, de los informes que dé a la vuelta del viaje...

La galera costeaba en aquellos momentos frente al Peloponeso. Deslumbraba el resol de la tarde. Evitábamos navegar mar adentro por miedo a los piratas berberiscos. Ambos mónacos escuchaban en silencio nuestra conversación, mirando al mar azul.

—Y tú, Emilio, ¿de dónde eres?

Un rubor escarlata coloreó sus mejillas antes de contestar; si tenía dieciocho años eran muchos.

—Nací en Castelvécchio, una aldehuela al pie del Antoroto, en los Alpes Marítimos. De allí es también Eugenio. Allí viven mis padres.

—¿Trabajabas en el campo?

—Dónde si no... Mi familia tiene un trozo de tierra no mayor que la descrita por Segundo. Aunque no será tan buena como la de él, pues lo nuestro es secano. Nos arreglamos con los escasos frutos que da aquel secarral y una vaca de leche que pare un ternero al año, cuatro cabras, varios marranos, dos cerdas de engorde y un corral con gallinas.

—¿Cuántos erais a la mesa un día normal?

—Contando a los abuelos, nos reuníamos doce.

—¿Y cómo no ibais a contar con el *nonno* y la *nonna*? —pregunté.

—Desde luego contábamos. Es sólo que a veces estaban en el campo, cuidando de las cabras.

—Y de amores, ¿cómo andas? Eres un guapo mozo.

Y lo era, ciertamente: algo menor de estatura que Segundo, ancho de hombros, con el pelo muy rubio, facciones griegas y ligera osamenta que sonaba al andar. Traía el aire soñador de un trovador del sur.

—Hasta entrar al convento hablaba con la menor de mis primas, Rosalía, una zagala de trece años que es un primor.

—¿Únicamente hablabais?

Emilio se ruborizó esta vez hasta las cejas. Luego miró a su primo. Dudaba. Se expresó al fin.

—Sólo una vez la llevé al pajar chico, detrás de las moreras, con la idea de besarla. Lo juro. Juro que aquella era la idea...

—Se complicó la cosa —dije yo.

—¿Complicar? Fue algo más que eso, mosén. Fue cosa del demonio. Igual que por arte de magia sentimos de consuno un ardor tembloroso, imparable. Ninguno de los dos pusimos parte. Los besos se enredaron con caricias y éstas con achuchones que libraron botones y corcheas hasta vernos libres, yo del jubón, los calzones y calzas y ella de su sayal, la camisa, la enagua y las mismísimas bragas.

—No mezcles al demonio en esas cosas —dije—, la mujer es la mejor obra del Señor.

—Eso no hace falta que lo jure, mosén —intervino Eugenio—. Rosalía, la zagala de doce años, que no trece, es una de mis hermanas chicas. Bella y buena donde las haya, aparentaba más edad. Mi madre, que fue al pajar en busca de una tinaja donde poner el agua que sacaba del pozo, los pilló hechos un lío, un revoltillo de muslos, brazos, senos, manos y pies, tumbados encima de la paja.

—Fue la primera vez. Y no hubo nada... —dijo Emilio—. Ya te lo tengo dicho.

—Sabes que no te culpo —aseguró Eugenio—, la Rosalía siempre fue pizpireta. El caso es que mi padre, por sí o por no, habló con su hermano y decidieron enviar a Emilio con los monjes de Génova. A los tres meses me escribió contándome su vida regalada y me animé a seguirlo.

—¿Regalada? —inquirí.

—¿No ha de serlo disponiendo de comida caliente a discreción y lecho limpio y muelle?

Quedamos en silencio. Parvadas de gaviotas emitiendo su inconfundible gallí-gallí escoltaban la nave y exploraban su estela en busca de pitanza.

—¿Sois de la misma edad?

—Yo soy un mes mayor. En poco más de otro cumpliré dieciocho, —aseguró Eugenio.

—¿Lo acompañabas en las faenas del campo?

—Nunca, señor. A mí me tira el mar. Soy pescador —dijo temblándole la voz, esponjándose, con los ojos húmedos y lucientes.

Era esbelto lo mismo que su primo, claro de piel e igual de blondo, con idéntica disposición de cuerpo. Sólo sus ojos tenían más ensueño.

—Pero el monte Antoroto está lejos del mar... —dije.

—Trabajaba en Alássio. Con un tío de mi madre. Desde los nueve años como grumete en las barcas de pesca, luego de palangrero y por fin de ayudante en la pesca de altura. Sólo subía a mi casa los domingos y fiestas de guardar.

—¿Tuviste alguna aventurilla con las mozas del puerto?

—A fuer de honesto, me tentó más de una —afirmó—, pero nunca pasamos a mayores: algún roce en la playa con doncellas que remendaban redes, besos robados, pellizcos en las pantorrillas o viajes en las nalgas durante la subasta del pescado, en la lonja.

—No irás a decirme que eres virgen, que no has tenido relación carnal con ninguna hembra.

Los dos primos tornaron a mirarse. Parecían vergonzosos de hablar, como si les impusiese mi presencia. Segundo era esta vez quien dirigía su vista hacia lo alto, silbando una canción.

—La relación carnal, de buena fe, es algo natural —sostuve—. No debéis recataros conmigo.

—Más de una vez y también más de cuatro nos llegamos los dos hasta Savona, a una casa de citas arreglada de precios, junto al río —dijo Emilio—. Allí nos solazábamos con dos furcias que eran la flor de las tarascas, pura ambrosía.

—Y ¿de dónde sacabais los dineros?

—Íbamos recomendados por el viejo patrón de una falúa de Albenga, *La Esperancita*. La primera vez nos desplumaron bien. Aunque, cotejando precios y placer, nos pareció barato. Después, no sé si por altruismo de las coimas o por nuestro influjo benemérito, el caso es que hubo rebaja de aranceles, componendas de costo y ajustes en el pago. Al final nos fiaban.

Con estas sabrosas charlas hacíamos más cortas nuestras singladuras hasta que arribamos a Antioquía. Situada en un valle en la margen izquierda del Orontes, Antioquía no era ni sombra de la que fuera una de las mayores ciudades del Imperio Romano, con más de trescientos mil habitantes en la época de Augusto. Numerosos terremotos, así como la cegazón del puerto por los intensos aluviones del río, contribuyeron a su progresiva decadencia. Mi interés por conocer el lugar donde por primera vez los discípulos de Jesús adoptaron el nombre de cristianos y en el que Pedro estableciera su primigenia silla episcopal, era muy grande. Integraba la población un conglomerado de mendaces turcos y astutos sirios que, a gritos, trataban de engañarse mutuamente. Se dedicaban al comercio de la seda, que aparecía lustrosa y opulenta en los mostradores de los mejores bazares. Todo en la ciudad se caía a pedazos, no pudiendo hallar rastro del palacio episcopal donde tuvieran lugar varios concilios de la Iglesia. Anduve predicando por sus calles y plazas durante mes y medio seguido por mis monjes en esbozo. Yo trataba de convencer a los infieles con mis prédicas mientras ellos perdían sus miradas en los *hijabs* que portaban las hembras y en las doradas ajorcas que decoraban sus tobillos.

Catequicé a media docena de estuporosos árabes antes de desplazarnos hasta Aleppo, en pleno desierto, que nos impresionó por su bella ciudadela. Hicimos el viaje integrados en caravanas de mercaderes, a ratos a pie y a trozos a caballo, pagando un estipendio diario al jefe de la partida por la protección contra los bandidos que señoreaban el desierto sirio. Íbamos dialogando entre nosotros o rezando. Mis acólitos, al principio callados y luego lenguaraces, hablaban entre sí de sus madres, de sus lares natales, supongo que de aquellas hetairas que les dieran placer, del convento que dejaran atrás. Cuando rezábamos lo hacíamos en rueda. Repasábamos todas las oraciones desde el avemaría hasta la salve, dirigiendo yo el rezo.

En Aleppo nos acogieron miembros de la antigua comunidad cristiana, a los que aleccioné. Gobernaban la Siria desde hacía años los mamelucos del Egipto, islamitas de raza pero nada fanáticos, que me permitieron dirigirme a los pobladores de la ciudad en varias ocasiones, pudiendo incluso disputar amablemente con el imán de la gran mezquita. Seguimos viaje hacia Palmira, vieja urbe en un oasis muy al interior del arenal, con las ruinas de su inmensa fortaleza en la cima de un cerro, los restos del templo de Bel y, en la necrópolis, sus célebres sepulcros hipogeos con bellísimos bajorrelieves. En Palmira la vida discurre lenta y muelle, al ritmo del

Islam. El ambiente perfumado y cálido, suave como las sedas y satenes que produce la urbe, las mejores de Oriente, colabora a una existencia plácida. Nunca vi tantas celosías, pregón de los harenes, como en la antigua capital de la reina Zenobia. Recuerdo que al pasar bajo aquellas ventanas enrejadas, en penumbra, las ventanas nasales de mis escolanos se dilataban como ollares de mula al olor de las yeguas en celo. Por fin, tras sumarnos a una caravana que trasportaba aceite y dátiles y luego de una interminable cabalgada a lomos de camello que molió nuestros cuerpos, el quinto día después de las calendas de octubre entramos en Damasco.

La visión de la ciudad amurallada en medio del Oasis de Goutha, llegando del desierto, resultó inolvidable. La urbe, de antigüedad infinita, la más poblada del cercano Oriente con trescientos mil habitantes, es pura maravilla, un auténtico templo del arte en el que destacan la Gran Mezquita, la de los Omeyas Abbasidas y las puertas principales de las murallas de construcción romana. Todo ello entre jardines y parques de insuperable belleza, salpicados siempre de flores de mil clases. Nunca, ni en Sevilla, he olido a jazmín como en aquellas inquietas veladas de Damasco.

Damasco es ciudad comercial, pues parten de ella caravanas que van hacia Bagdad, a la Meca por Petra y a Jerusalén por Beirut, la vieja Berytus. Allí nos reunimos con los cristianos coptos, procedentes del Egipto igual que los gobernantes mamelucos señores de la Siria. Los coptos, en su mayoría eutiquianos, se entienden en un idioma derivado del griego, practican la circuncisión, comulgan bajo las dos especies y sus sacerdotes pueden casarse si así lo desean. Los de Damasco forman una familia bien avenida de diez o doce mil almas. Tras una misa concelebrada en su basílica nos regalaron con un exquisito cordero asado sobre ascuas de sarmientos de vid, que comimos con los dedos a la manera árabe y regamos con vino dulce de palmera, fuerte y aromático, que hizo pronto su efecto pues todos nos encontrábamos de un humor excelente. A los postres nos obsequiaron con pastelillos de hojaldre rellenos de dátiles. Después y ante mi asombro, aparecieron unas esculturales bailarinas, muy ligeras de ropa, que danzaron con gracia y picardía arrancando ovaciones y hasta gritos de entusiasmo de los presentes, mis bosquejos de fraile incluidos. Los coptos, seguramente desconocedores de nuestras normas, nos ofrecieron pasar la noche con las danzarinas cosa que yo me apresuré a rechazar sin consultar con mis camaradas, agradeciendo al tiempo la sugerente invitación. Ello ocasionó una curiosa discusión al día siguiente.

—Mosén Ramón —dijo Segundo—, los frailes católicos debieran tomar ejemplo de los coptos y casarse. O al menos, en un caso de fuerza mayor como el que se dio anoche en la danza del vientre, permitir a sacristanes, legos y monaguillos solazarse con hembras en sazón cuando son pura delicia. Y hablo como portavoz de Eugenio y Emilio, que, aunque son más pacatos, opinan como yo.

—Sé que no hablas en serio, caro amigo —contesté—. Es la carne la que discurre por ti y te hace desbarrar. La mujer es cebo primoroso y hasta excelso, pero incompatible con un convencido religioso. Las hembras te encandilan con su mirar sedoso y doble, con su aroma sensual y con sus formas brujas; consiguen anularte, te impiden razonar y pensar; mujer y sacerdocio son valores opuestos, antitéticos, igual que el agua y el aceite; pueden emulsionar de manera aparente, pero al fin se disgregan situándose en planos diferentes, superpuestos.

—Eso no suena mal, mosén —alegaron al tiempo los mónacos con un brillo indecente en la mirada—. Anoche mismo podíamos habernos superpuesto...

Los tres asentían. Yo estaba apunto de soltar el trapo ante las discretas ocurrencias de mis acompañantes, pero me contuve.

—El estado ideal de un monje —afirmé—, es la comunión con el Sumo Hacedor. Sólo ella le permite amar al prójimo. Una mujer hermosa te distrae, exige plena dedicación, te impide darte a los demás. Y sé bien lo que digo. Mal puede dedicarse a hacer caridad quien tiene que atender a una mujer coqueta y una cohorte de hijos.

Me impresionó el ambiente de tolerancia que se respiraba en la capital de Siria, cuyas autoridades no me molestaron en mis prédicas callejeras, algunas en la plaza central de la medina y a la hora de mayor afluencia. Incluso, el imán de los muftíes de la madraza principal se avino a mantener conmigo una encendida controversia en el aula magna de aquel antiguo centro del saber, rodeados de doctores de su ley, teólogos y estudiantes. Mantuvo mi antagonista que hay un solo Dios —cosa que yo corroboré—y que Mahoma es su profeta principal, mientras que Jesucristo, Moisés y Abraham son profetas menores, precursores de aquél. Rebatí punto por punto sus aberraciones, exhibí mis trabajos, expliqué los momentos culminantes de la vida y pasión del Señor y al final demostré —en palabras diplomáticas— que Mahoma era tan sólo un visionario. Los muftíes se rebulleron en sus sitiales mascullando dicterios y hubo un momento de tensión, provocado por lo encendido de mis palabras, que dulcifiqué achacando cualquier malentendido a mi por entonces imperfecto árabe. En cuanto a la teoría —que expuso sin cortarse ni aportar prueba alguna— de que su profeta descendía de la Virgen María, la deshice como un azucarillo en tres razonamientos, quedando finalmente el imán —por otra parte un anciano venerable y cultivado— corrido y sofocado.

✠

Nápoles, primer domingo tras los idus de mayo
del año de Cristo Salvador de 1308.

Mi buen Ramón: agradecí la tuya desde Pisa tanto como tus oportunos y acertados consejos. A la postre mi solapado enemigo, Bortolo Meneghini, quedó al descubierto en sus arteras tramas y resplandeció la verdad. El intrigante fue puesto en evidencia ante el monarca por sus propias falacias y, cuál no sería su vergüenza y sonrojo que, fingiéndose enfermo, se trasladó a una finca que posee cerca de Siracusa donde sigue después de mes y medio. Dicen que antes se alcanza al mentiroso que al zambo.

Me pides te ponga al corriente de mis actividades y paso a hacerlo con gusto. No ha mucho finalicé mi trabajo *Conservatio Philosophorum*, que traje hasta esta corte invitado por el rey Roberto de Anjou, como sabes muy amigo de filosofías y sobre todo el patrono obligado de cualquier alquimista que se precie. El rey, a pesar de estar emparentado con la Casa de Aragón —sabes que está casado con Doña Violante, hermana menor de D. Jaime II—, no se lleva bien con don Federico de Sicilia, su cuñado, quizá por la forma en que su padre, Carlos de Anjou, perdió la corona de la isla pasando ésta a manos aragonesas. Yo presencié los hechos, las famosas *Vísperas Sicilianas* que dieron lugar al cambio de dinastía en el trono, pues, en 1282, me encontraba en Palermo en calidad de médico del angevino. Las *Vísperas* dieron que hablar en toda Europa muchos años. Para entenderlas hay que remontarse a los monarcas Hohenstaufen, la familia alemana procedente del ducado de Suabia que pugnaba con Carlos de Anjou por la posesión de Sicilia. Manfredo Hohenstaufen, cuya hija Constanza se había desposado con Pedro III de Aragón, fue vencido por Carlos en Benevento y despojado del trono. Carlos, apoyado por el Papa, se coronó rey de Sicilia en medio de la reprobación de la nobleza, de los barones sicilianos y del pueblo llano, pues todos estimaban con más prerrogativas para el trono a Pedro de Aragón por su matrimonio con Constanza. En tales circunstancias estalló la revuelta en las calendas de abril de 1282, coincidiendo con la festividad del Martes de Pascua. Es aquella una fecha señalada en la que las gentes de Palermo gustan de recibir el perdón sacramental en la vecina localidad de Monreale, en cuya preciosa catedral se congregan a miles tras ascender una empinada senda. Se trata de una costumbre antigua y muy arraigada, semejante a nuestras romerías y procesiones.

Te contaré al detalle lo que prendió la chispa del motín. Entre la multitud iba un grupo de gentiles mujeres con sus maridos, así como doncellas escoltadas por amigos, hermanos y parientes. Reían y cantaban, parando en los figones del camino —que es muy cuesta arriba— para libar vino de Marsala o Caltanissetta. De pronto se toparon con un grupo de franceses malencarados, pertenecientes a la corte angevina, que estaban en Palermo al servicio del rey Carlos. Los rufianes, embrutecidos y borrachos, se acercaron a las mujeres, doncellas o casadas y, sin recato alguno, metieron sus sucias manos dentro de las enaguas para palpar sus pechos, levantar faldas y mandiles y mostrar a la vista de todos sus muslos y bragas. Incluso, en el colmo de la depravación, osaron sacar de los calzones sus genitales, engrosados por la enervante lascivia de que hacían gala, exhibiéndolos en medio de zafias risotadas. Los esposos de las mujeres y los demás que estaban con ellas tomaron la afrenta con calma, poco usual en aquellas latitudes, achacándola a los vapores del mosto y al día festivo, mientras decían:

—Calmaos apreciables señores; no hagáis ninguna villanía a las mujeres y seguid vuestro camino en buena hora, respetando la jornada ferial.

Pero ellos, tomando como apocamiento lo que era cortesía, respondieron como vil canalla y gentuza carcelaria que eran:

—¡Cerrad esa boca sicilianos de mierda y atentaos la ropa, que terminando con las hembras empezará la diversión con vosotros los hombres, canalla sin honor!

Y al tiempo de tan grosera respuesta, uno de ellos, un gigante pelirrojo de ojos claros, alzó una gran maza que portaba y la abatió contra la espalda de uno de los palermitanos descoyuntándole el tronco. No pudieron sufrir los compañeros del agredido y los familiares de las féminas asaltadas acciones tan execrables, villanas y perversas y, todos a una, se abalanzaron sobre los franceses golpeándolos con cualquier cosa contundente, al tiempo que clamaban:

—¡Muerte al miserable francés! ¡Muera Carlos de Anjou! ¡Abajo el usurpador!

Fueron muertos allí y descuartizados los franceses sin dejar uno, retornando la multitud a Palermo con sus cabezas ensartadas en picas y arrastrando por el suelo sus despojos todavía palpitantes. La algarada se extendió como la peste negra por Palermo y sus alrededores y se inició la caza del galo. Cualquier franco que era sorprendido en la calle, negocios o mercados, era asesinado de inmediato sin oportunidad de confesión. Se sacaron de sus casas a infinidad de angevinos que fueron lapidados, colgados por el cuello, arrastrados por los pies o muertos a estacazos. Yo mismo me vi en aprietos por mi aspecto foráneo, pero pude demostrar sin dificultades mi condición aragonesa exhibiendo mis cartas. Al saberme español algunos vitoreaban al rey Pedro. La rebelión se extendió a Trápani y Agrigento igual que un viento huracanado y, en días sucesivos, a Catania y Siracusa, fomentada también por la injusticia de que hacían gala los franceses desde siempre, pues tenían sometida a la población bajo sus botas y no dejaban de vejarla con humillaciones y crueldades. Las mujeres francesas, por lo general, sólo fueron violadas respetándose sus vidas. Carlos de Anjou, a quien sorprendió la rebelión en Roma, inició una contraofensiva que decidió a los barones sicilianos a ofrecer la corona al rey de Aragón, como depositario de los derechos históricos de los Hohenstaufen. D. Pedro se apresuró a desembarcar en Trápani con un ejército expedicionario, adueñándose de Sicilia en pocos días y siendo recibido en todas partes entre aclamaciones. Han pasado más de veinte años y aún queman mi retina aquellos episodios. Fueron días de crueldad cavernícola, inhumana, como en las primeras edades de la historia. Yo impedí la violación de dos mujeres galas, vecinas mías, pero presencié horrorizado innumerables muertes de franceses, comentándose que superaron las tres mil.

Pero me he desviado del motivo principal de esta carta, que es referirte los objetivos de mi presencia en Nápoles. El primero es entregar al rey Roberto un trabajo a él dedicado: *De Conservanda Iuventute,* en el que le aconsejo normas de vida —con la idea de alargarla— y un ejemplar de mi *Epistola super alchimian ad regem Naepolitanum* igualmente compuesta por su encargo. El segundo es ahondar en mis experimentos sobre alquimia en el laboratorio que Roberto se ha hecho preparar en los sótanos de palacio. Ya sabes de mi fe en esta apasionante ciencia. Has vivido conmigo el placer que se siente al penetrar en sus arcanos secretos. Estoy a punto de conseguir plata de altísima ley a partir de la sublimación de una mezcla fundida de plomo y cobre, en un horno especial de barro refractario. El catalizador que obra la trasformación es la combinación que tú conoces, pues te la referí en París, mejorada con una sustancia química descubierta por mí cuya composición no puedo referirte, pues sabes como yo lo poco fiable que es el correo hoy día. El rey de Nápoles se muestra convencido de la bondad de la alquimia para obtener oro, platino, plata y aun gemas preciosas, no dudando en dispensar lo necesario para lograrlo con mi apoyo. Los experimentos para obtener oro a partir de bronce fundido en presencia de un radical —espuma concentrada de coladas de cinc— bajo determinadas condiciones de temperatura y presión, están muy cercanas a dar su fruto. Pueden lograrse diamantes del cuarzo-feldespato, esmeraldas desde piedras de jade oriental y malaquita o rubíes partiendo del granate. Todo es cuestión de dar con el inductor químico adecuado y disponer de tiempo y medios. Detrás de todo anda la ambición de poder y de gloria de príncipes y reyes, pues no dudo que Roberto —siempre corto en dineros— no anhela otra cosa sino caer sobre Sicilia y apoderarse de nuevo del trono que perdiera su padre. Pero para armar naves y aparejar ejércitos se necesita plata acuñada. Lo cierto es que ofrecí, tiempo atrás, mis servicios y conocimientos de alquimia a nuestro señor D. Jaime de Aragón, quien —lo recordaré siempre pues era su invitado en el zaragozano palacio de La Aljafería— me sonrió burlonamente y, meneando la cabeza, me remitió a mis labores de físico y a mis estudios médicos tachando de simplezas cualquier teoría alquímica. Quiera Dios que no tenga que arrepentirse de su indiferencia en este campo.

Me preguntas en tu última misiva qué cosa es, sobre todas, la que más ambiciono. La respuesta no es fácil. No es desde luego la riqueza —mis trabajos de alquimia son siempre por encargo y no recibo pago— ni mucho menos el poder. Tras mucho meditarlo creo que lo que más valoro es la tranquilidad que da la soledad y, por ende, lo que más odio son el ruido y las turbas. Después de una vida que ya va siendo larga, enseño a mis discípulos lo que tardíamente logré aprender: huid, les digo, de todo aquello que place a la multitud; evitad, les insisto, lo que otorga el azar. Cualquier bien que nos regale la fortuna es una cruel celada, un cebo envenenado que nos engancha en su anzuelo herrumbriento, retorcido, del que sólo se sale con la garganta rota. Y luego la salud: conseguir un tenor de vida placentero compatible con la menor indulgencia para el cuerpo. Habrá que alimentarse para saciar el hambre, beber para calmar la sed, vestirse para ahuyentar el frío y morar dignamente, pero alejándonos del alabastro y los costosos mármoles. Por ello me mantengo siempre que puedo aislado y pocas veces acudo a recepciones o banquetes. ¿Puede el mayor príncipe italiano mejorar en sus ágapes de veinticinco platos los tres salmonetes a la brasa que degusté al mediodía en un figón del puerto? El mejor amigo del hombre es la sabiduría y un alma grande su mejor abrigo. La comida mejor es la que se ingiere con apetito y las papilas gustativas intactas y la mejor bebida el vino de nuestra tierra libado con mesura.

Ya casi con un pie en la diligencia, pues parto para Fóggia donde debo tratar a un alto dignatario de esta corte por el que está muy interesado el rey, me remito a nuestro proyecto de encontrarnos en París el año próximo. Te desea salud Arnau de Vilanova. Vale.

Disfruto con las cartas de Arnau. Es un hombre cabal, un verdadero amigo, el médico mejor formado que conozco y el más prestigioso, pues se disputan sus servicios todas las casas reales europeas. Desbarra un poco en el terreno teológico y es allí donde, quizá poco caritativamente, le sigo la corriente pues sé que jamás habla o escribe de mala fe. En materia de alquimia es otra historia: aquí marra lo mismo que un orate y mi comportamiento, debo reconocerlo, es francamente infame, pues me divierten tanto sus dislates y me hacen tanta gracia sus locuras que le he dado a entender que participo en ellas. Recuerdo que en París, años después su encierro *teológico*, quiso que le acompañara a un tenebroso taller en la orilla del Sena, en la *rue* de la Huchette, donde pasé con él una mañana fantástica intentando hacer oro. Había trasladado allí sus trebejos desde su casa de Enghiens, pues su mujer no los sufría y le daba a elegir entre ella y la alquimia. No merece la pena transcribir sus maneras ni lo que contemplé: los nunca vistos artefactos, tramoyas, ingenios, armatostes, innumeras redomas, hornos refractarios, retortas o alambiques y, mucho menos, nombrar la sarta de desatinos que aún me cuesta creer fueran pronunciados por un hombre tan sabio —fuera de su sinrazón alquimista— que habrá pocos lo superen en lógica y sapiencia clásica. Pero nunca olvidaré su rostro en aquellos momentos: irradiaba la misma luz que el de un niño en la noche de la Epifanía, sus ojos reflejaban la dicha interior que sin duda sentía y sus gestos, visajes y expresiones, eran las de un ser feliz que creía en lo que hacía: ¡lo poseía la ilusión! Retuve entonces mi primera intención de mostrarle desdén o manifestar mi desprecio a la alquimia y simulé interés o franca simpatía por sus experimentos. Le corroboré que era también adepto e incluso practicante de sus arcanas artes. Lo creyó de buen grado y aún lo cree. Me comenta muy serio sus teorías y ensayos en nuestra intimidad epistolar y con el secretismo de los iniciados: ¿cómo voy a desengañarlo de forma cruel y artera?

No hace falta haber escrito el *Árbol de la Ciencia* para saber que las cosas en el universo son como son porque un ser superior las ha creado y las gobierna. Cada metal está hecho de distinta materia, con radicales químicos desconocidos y diversos; las plantas, los animales, todos los seres vivos, tienen un nexo de unión común que es el soplo vital que Dios les ha infundido. Las materias inertes —si hay alguna— son todas diferentes y por mucho que el hombre intente convertir una piedra en pan o el agua en vino no lo conseguirá. Por mucha sal y pimienta con que aderecemos una rana, jamás podremos convertirla en mujer. Son nociones sencillas y simples, fáciles de entender y al alcance de cualquier aldeano, por lo que me admira y desconcierta el que tantas mentes cultivadas y algunas preclaras, hayan caído en la sin par burla de la alquimia y disputen sobre sus patrañas en doctas reuniones y congresos.

Pero sigamos con mi periplo que detuve en Damasco. En aquel punto contemplé la posibilidad de seguir a Tartaria, aventura que hubiera sido larga y penosa; tras consultar democráticamente con mis leales, nos decidimos a visitar los Santos Lugares y retornar a España predicando por el Norte de África. En consecuencia, nos agregamos a una caravana de dromedarios que bajaba hasta Petra, capital que fuera del reino de los nabateos y en la actualidad un villorrio desangelado —por nombre Wadi-Musa— con algunas docenas de familias de beduinos de aspecto desnutrido. Situada en un cruce de profundas gargantas excavadas por las aguas pluviales en el macizo calcáreo del Hejaz, resultaban impresionantes los templos hipogeos y monumentos labrados en la roca calcárea. En Petra nos procuramos un guía palestino llamado Ben-Alí, que se ofreció a llevarnos a recorrer los Santos Lugares por sólo la comida. A lomos de unas mulas llegamos al Valle de la Sal, haciendo aguada en pozos conocidos por nuestro cicerone. Era el mes de noviembre y las temperaturas, agradables durante el día y algo frescas a partir de la puesta del sol, se tornaban heladoras en las madrugadas. Avistamos el Mar Muerto y los restos de las ciudades bíblicas de Gomorra y Sodoma. No había nada en pie y apenas señales de vida: un perro asilvestrado y sarnoso hocicaba en los restos de la acampada de un campamento nómada y disputaba piltrafas de un gazapo a una nube de cuervos. La brisa racheada encrespaba las aguas grises y turbias del gran lago salado, que ofrecía un aspecto mustio y desapacible. Seguimos de inmediato hacia Masadá para ver los restos de la fortaleza judía, sobre un cerro imponente, donde los israelitas dirigidos por Bar-Koseva se enfrentaron por última vez a los romanos y, tras ser derrotados, iniciaron una diáspora que todavía perdura. Luego de descansar en un aduar cercano proseguimos camino hacia Hebrón y Belén, no sin antes intentar adoctrinar con la palabra al grupo de beduinos que nos acogió, quienes escucharon mi prédica incrédulos y boquiabiertos.

Belén era y sigue siendo un mísero pago destartalado y ventoso gobernado por un caíd dependiente del gobernador mameluco de Jerusalén. Igual que en Siria, mandaban en Palestina —con la sola excepción de la ciudadela de San Juan de Acre, donde permanecían tropas cruzadas— los mamelucos egipcíacos, gentes incultas pero tolerantes, aunque sólo fuera por evitarse molestias y no tener que salir de su desidia. Buscamos alojamiento en una mísera posada al pie de un torrente agostado, entre olivos polvorientos. Yo dormía con Segundo y mis jóvenes seglares con el guía palestino en la otra habitación. Visitamos la basílica de la Natividad, que edificara Constantino en el siglo cuarto y reconstruyera Justiniano. Lo único notable es la gruta que se encuentra en la cripta y que es tenida por el lugar donde nació el Señor, la que sirviera de refugio a San Jerónimo. Me permitió el caíd celebrar allí una misa sencilla y, sabedor de que peregrinábamos desde Roma, nos ofreció en su casa un cabrito detestable, duro y correoso como estopa y una especie de caldo en el que no pudimos identificar nada inequívocamente comestible.

Al cuarto día me desperté con cierto sobresalto. El lecho de Segundo aparecía casi intacto: había volado el pájaro. Tampoco hallé en su cuarto a los mónacos ni a Ben-Alí. Vi llegar a los cuatro a media mañana, cuando meditaba con el breviario abierto bajo la fresca sombra de un sicomoro. Venían contentos, parlanchines, con los ojos brillantes. Cesaron de perorar desde que me atisbaron al cruzar el barranco. Ni yo pregunté ni hacía falta: se colegía a la legua que era asunto de faldas. Lo único que no cuadraba era la fuente: ¿dónde se hallarían por aquella parte mujeres hacederas? Resolví investigar más adelante y apurar la partida para, muerto el perro, terminar con la rabia.

Continuamos a Jerusalén donde entramos por la puerta de Jaffa. Nos alojamos en un hospital de peregrinos que edificaran los cruzados de Godofredo de Buillón, dedicándonos a recorrer sus calles y monumentos cristianos. La ciudad era un hervidero de árabes de diferentes procedencias, judíos, palestinos, sirios y algún cristiano que otro: por junto la poblarían treinta mil almas. Las murallas se encontraban derruidas en su mayor parte, así como los vestigios de la época de Cristo. Del templo que construyera Salomón sólo quedaba la muralla occidental, donde decenas de hebreos se congregaban para orar, golpeando al tiempo sus cabezas contra las piedras para impetrar a Jehová les restituyera el templo y la ciudad perdida. Visitamos la Mezquita de Omar, los restos del Pretorio, el cenáculo, la supuesta tumba de David en el vecino Monte Sión, la piscina probática y la Vía Dolorosa o el lugar donde se encontraba, pues a raíz de la destrucción de Jerusalén por Adriano, para fundar la Aelia Capitolina, nada es lo que fue en la Ciudad Santa ni está donde debiera. Finalmente accedimos a la Basílica del Santo Sepulcro, tras abonar un modesto canon a la familia musulmana que ostenta el privilegiado fielato desde tiempos antiguos. El Calvario se encuentra subiendo una pequeña escalinata, a la derecha de la entrada al templo. En la roca, sobre la hendidura recubierta de plata en la que estuvo hincada la cruz del Salvador, lloré amargamente, implorando al Creador perdón por mi vida pasada y fuerza para acometer la venidera. Fuimos luego al Santo Sepulcro, traído hasta aquí por Constantino, donde se me permitió celebrar el Santo Sacrificio. Varias tardes, ante la Mezquita de Omar, instalamos una especie de púlpito desde el que traté de adoctrinar a los infieles en la verdadera religión mientras Segundo y mis acólitos repartían algunas Biblias.

La impresión que me llevé de Al Quds, nombre árabe de Jerusalén que significa *La Santa,* fue penosa. No hay restos de la obra que hicieran los cruzados, apenas hay monjes o sacerdotes católicos —no es el caso de los popes ortodoxos, bien representados— y los vestigios bíblicos se encuentran arruinados o en franca decadencia. Una turba renegrida de comerciantes árabes y judíos lo inficiona todo y convierte a la ciudad en un gran zoco en cuya algarabía es imposible concentrarse o pensar. En las callejuelas de detrás del templo, una legión de rameras sucias y desastradas ejerce su viejo oficio casi en plena calle o entre los soportales. Tras cinco días de ruidosa demencia salimos hacia Jericó, dejando atrás el Monte de los Olivos y atravesando el Valle de Josafat. Unas ruinas perdidas en el pequeño desierto de Judea, pudieran corresponder según nuestro guía a la que fuera posada del buen samaritano. Durante la jornada, que hicimos caminando, hubo lugar para preguntar a Segundo por la escapada nocturna de Belén. Los demás iban adelantados treinta varas, como una avanzadilla, despejando el camino.

—No ocultaré a mosén, pues bien lo sabe, que fue cosa de hembras. El culpable fue el guía, sin que ello signifique que no tengamos parte en la catástrofe. Llevaba varios días dándonos la tabarra con unas pelanduscas finas, jóvenes y muy limpias, según nos refería con los ojos en blanco. Ejercían su benéfico oficio en un lupanar familiar, un gineceo en penumbra pero bien ventilado en el camino de Belén a Ghazza, bajo la vigilancia y la gerencia de sus padres y hermanos. Daba gloria ver lo blanco recién enjalbegado del chamizo entre las verdes parras...

—¿Fuisteis los cuatro?

—Desde luego —Ben-Alí insistió en referirnos las gracias de las coimas, la albura de sus carnes, pues eran sirias de patria, lo mórbido de sus siluetas y contornos. Abundó en que jamás dejaba de visitarlas cada vez que pasaba por Belén—. Hágase su señoría a la idea: llevábamos sin oler una fémina casi tres meses.

—Resume; no te andes por las ramas... —dije por curiosidad y porque hubiera sido complicado no escucharlo. Se notaba en su afán anhelante que deseaba liberarse del secreto.

—Tras ajustar los precios a la baja entramos al tiempo Eugenio y yo. No crea, mosén Ramón, que ellos cedieron ni que fueron galantes: lo echamos a la suerte con una moneda que representaba al sultán de Damasco. Salió cara y ganamos nosotros. Lo cierto es que mereció la pena. De verdad que se trataba de busconas selectas: qué cuerpos, qué gracias en sus ojos y cara, qué modales y fineza de trato...

—¿Os recibieron en la misma habitación?

—Idéntica: un habitáculo con piso de tierra apelmazada y techo bajo, luz difuminada por sendos tragaluces y dos nichos excavados en las paredes a ambos lados. Un pebetero en una esquina aromaba la estancia con esencia de sándalo. Ellas estaban reclinadas sobre lechos de paja, vestidas con amplias túnicas morunas abiertas por delante, que es moda al parecer en Palestina. Ya acoplados a sus cuerpos, abotonaron sus chilabas otra vez e hicimos el amor.

—¿Os apuraron?

—La primera ocasión no fue todo lo lenta que quisiéramos, pues los otros esperaban fuera. El segundo encuentro fue mucho más pausado.

—¿Hubo otra vez?

—Fornicamos hasta cuatro. Intercambiamos las parejas para que ellas nos gozaran a todos...

—O sea, que lo hicisteis dos veces con cada mujer.

—Exacto. Nos llevó toda la noche. Recuerde vuesa merced que eran más de noventa días de abstinencia. Espero no lo hallamos ofendido...

—El fornicio es algo natural —dije—. Y más a vuestra edad. Es inútil tratar de controlarlo y mal puede ofenderme, pero ocurre que no debe prodigarse cuando la mente se afana en negocios del alma.

Jericó, ciudad de las más antiguas de la tierra, es hoy un lugarejo inhóspito tendido al sol en pleno páramo. Nada queda de restos del pasado, no hay rastros de la Fuente del Elíseo o de la casa de Zaqueo. Una mínima ermita en ruinas, levantada en la tercera cruzada, nos recuerda que aquí el Señor devolvió la vista a varios ciegos. Seguimos de inmediato a Betania, atravesando el río Jordán en una barca. Pernoctamos en esta pequeña aldea, patria de Lázaro y de sus hermanas Marta y María, en donde puede verse el sepulcro del amigo de Cristo al lado de una iglesia, de San Lázaro, construida en el siglo IV.

—¿Qué se sabe de Lázaro, mosén? —preguntó Emilio.

—Lázaro fue el amigo entrañable de Jesús —contesté—. Es el título más honroso, el más alto que ningún ser humano pueda ostentar en este mundo. Poco sabemos de él. Cuando el Maestro lo eligió como amigo dilecto tuvo que ser un hombre excepcional. No nos cuentan los evangelios los pormenores de aquella bella amistad, la edad exacta de Lázaro, su aspecto, ni si lo conoció el Salvador primero a él o a sus hermanas. Seguramente intimarían al ser de edad pareja, hablarían paseando por la aldea y comerían juntos muchas veces. Se comunicarían sus inquietudes y proyectos que, en el caso de Lázaro, se vieron truncados por su prematura muerte y renacieron tras su resurrección.

—¿Fue un hecho contrastado? —preguntó Eugenio.

—Se trata del milagro más imponente para mí de la vida de Cristo —respondí—. Un portento presenciado por cientos de personas imparciales y honestas, entre ellas los cuatro evangelistas que dieron fe de él. ¿Ganarían algo tratando de engañarnos?

—¿Qué sería de Lázaro en su segunda vida? —quiso saber Segundo.

—No se narra en parte alguna la misma, los años que sobrevivió a su amigo y Señor y sus vicisitudes de camarada muy amado —dije—. Yo quiero figurármela trabajando entre los discípulos y asistiendo a los más desvalidos, para morir definitivamente con cien años.

De Betania pasamos, por Siken, a Samaria, donde lo único reseñable son los restos de una iglesia de los cruzados. En una humilde posada a la salida del pueblo degustamos un cordero encomiable, partiendo al poco hacia Nazaret que es la localidad más bella que vimos en Palestina. Varias colinas pobladas de vegetación la rodean, formando una especie de anfiteatro natural; recostada en la falda de una de ellas aparece su blanco caserío destacando desde lejos entre el verdor de sus vistosos palmerales, como una perla engastada entre esmeraldas. La aldea está poblada por varios cientos de árabes cristianos que nos acogieron con delectación, sin dejarnos partir en cuatro días. Nos llevaron a visitar la Gruta de la Anunciación —donde celebré una emotiva misa— y la Fuente de la Virgen, muy cercana, que es donde necesariamente tendrían que hacer aguada las familias nazarenas pues es la única existente. Entornando los ojos imaginé a una bella y jovencísima María, con el cántaro sobre la cabeza, madrugando para llenar el recipiente del líquido esencial con el que hacer el puchero familiar y lavar el cuerpecillo de un Jesús infante. Tras visitar las ruinas de la sinagoga donde acudía la Sagrada Familia y adonde un aguerrido Mesías de treinta años regresara un día para lanzar una encendida homilía a sus paisanos, partimos para Cafarnaun.

A poco de salir de Nazaret se tropieza con Caná de Galilea; una humilde capilla del siglo VI, con ánforas de la época bíblica, nos recuerda el primer milagro de un Cristo renuente a darse a conocer. Algo más adelante aparece Magdala, sin nada reseñable y, enseguida, el Mar de Tiberiades. Nada más dejar atrás la orilla de este lago —llamado también de Galilea— llegamos a Cafarnaun. Entre Magdala y Cafarnaun se desarrolló casi toda la vida pública de Jesús. Visitamos los restos de la casa de Pedro, donde vivió el Señor en sus largas estancias en la aldea. Está representada por un muro semiderruido y unos mosaicos bizantinos con inscripciones griegas, sumidos en la incuria. Aquí inició Cristo su andadura, predicó en su sinagoga, anunció la Eucaristía, eligió a sus primeros apóstoles, resucitó a la hija de Jairo, sanó a varios paralíticos, curó al siervo del centurión, limpió a varios leprosos y maldijo a la ciudad por su incredulidad. Y allí fue donde decidí dedicar el resto de mi vida a la organización de la novena cruzada.

Tras predicar varios días en una sórdida plazuela, en medio del polvo e indiferencia de los cuatro árabes cetrinos que componían el censo de la villa, planteamos la disyuntiva de subir a Cesárea de Filippo o dirigirnos directamente a Haffa. Optamos por lo último y, cruzando el torrente Quisón, lugar donde Elías retó y degolló a los sacerdotes del dios Baal, avistamos el Monte Carmelo, sitio preferido por el profeta Elías y en cuya falda septentrional se encuentra aquel destartalado y colorista puerto.

✠

Génova, en las nonas de octubre del año de Nuestro Señor Jesucristo de 1308.

Caro Arnaldo: recibí la tuya de mayo desde Nápoles. Me place que estés bien. Antes de nada confirmar que iré a París a mediados de enero del año entrante: la Junta Teológica de La Sorbona me tiene concedida audiencia en los idus de aquel mes y al día siguiente, es decir el trece y el catorce según el calendario juliano. Espero acomodes tus negocios a los míos y podamos coincidir, ya que nada sería más de mi gusto.

A punto de embalar mi modesto equipaje —parto para Burdeos en los próximos días, donde me entrevistaré con Clemente v— he releído tu misiva, deleitándome con los episodios que desconocía al detalle de las *Vísperas Sicilianas*, en las que Carlos de Anjou y sus angevinos fueron tan duramente escarnecidos por los nuestros. Para mí, el responsable final del desastre fue el Papa francés, Urbano iv, uña y carne de Carlos. Lo convenció de que se apoderara de Sicilia para convertirla en un reino galo feudatario de Roma. Su mente enferma soñaba con establecerse en Creta y en Bizancio para dominar el Mediterráneo, mediatizar al otomano y adueñarse del tráfico de especias y mercancías del Oriente. Le salió rana: el Papa creyó ganarse un servidor y se encontró con un amo despótico. Después de aquellas lluvias vinieron estos lodos: se formó un partido francés en el Sacro Colegio que no logró ni a fuerza de sobornos los dos tercios necesarios del cónclave para elegir Papa, quedando la Santa Sede vacante cuatro años a la muerte de Urbano. Vino luego Gregorio x, también paniaguado francés, que apenas duró un lustro. Al morir Gregorio el angevino inició la rapiña y el mangoneo cardenalicio. Designó en rápida sucesión a tres fantoches serviles de entre sus acólitos, que no merecen ni ser recordados como sucesores de San Pedro. Carlos de Anjou solía alimentar pródiga e indecentemente a sus partidarios y aduladores y dejaba morir de inanición a sus oponentes y detractores. Sólo Nicolás iii, un Orsini, intentó oponérsele hasta que murió de modo súbito y sospechoso. Hay quien dice que su ayuda de cámara, francés, añadió a su purgante un buen chorro de arsénico. Nunca pudo probarse, pues dicho servidor desapareció de la faz de la tierra. Su sucesor, Martín IV, también galo, estaba convencido de que los intereses del Pontificado coincidían con los de sus amos Capetos, por lo que se rodeó de gentuza francesa para los primeros cargos en la curia y en la nunciatura. Como ves, a un Papa malo sucede otro peor y encima francés.

Vinieron después los reveses que tan bien referiste de las *Vísperas*, pero no por ello dejaron de influir los angevinos en el cónclave: Carlos II de Anjou, sugirió en 1294 el nombramiento como sumo pontífice de un piadoso ermitaño de los Abruzzos, un insignificante *prete* cuyo buen hacer había obrado la transformación, para mejor, de numerosas abadías. Pietro di Murrone, que tal era su nombre, se convirtió en Celestino V en mayo de aquel año. Celestino era una marioneta en manos de Carlos; entregado a sus prácticas piadosas y mortificaciones, las decisiones de estado las tomaba el déspota. Alma cándida, pronto empezó a creer que el cargo le venía grande y a pensar en renunciar al Papado y volver a su retiro conventual, para lo que no hizo falta demasiada presión pues el cardenal Benedetto Caetani lo convenció en pocos días: seis meses después de su subida al trono, Celestino V abdicó. Es el primer y único caso de abdicación de un Papa. La víspera de la Natividad, un rápido y sospechoso cónclave eligió para su sucesión al propio cardenal Caetani, quien tomó el nombre de Bonifacio VIII. Los enemigos del nuevo Papa no vacilaron en sembrar dudas sobre su integridad. Se decía, por ejemplo, que había amañado una extraña aparición en las cámaras papales, en las que una voz de ultratumba aconsejaba al buen Celestino a renunciar y le *ayudaba* a superar sus dudas y escrúpulos sobre la abdicación. Hubo quien dijo que el propio Caetani andaba entre las bambalinas, arrastrando cadenas y haciendo chirriar goznes.

Perdona esta farragosa digresión. El poder temporal tiene la culpa, querido Arnau. Mientras no se deslinden fe y dineros, espíritu y placer, aviados vamos. Desde el pasado siglo el Vicario de Cristo ejerce una autoridad absoluta sobre la vida religiosa en todas las naciones europeas. Este poder espiritual es superior a cualquier dominio temporal. Los príncipes y reyes tienen poder sobre sus súbditos, pero sólo lo ejercen si acatan las normas dictadas por el Papa. La más importante es la que se refiere al Sacro Romano Imperio: únicamente puede ser entregado a un candidato aprobado por la Santa Sede. A mi entender, tal aberración sólo puede devenir en corrupción rampante, rápido deterioro de la fe y las creencias y, por fin, en un cisma que empieza a vislumbrarse y que terminará por partir a los católicos en varias facciones irreconciliables. Al final, el cisma de Focio se quedará pequeño. En mis muchas visitas a Roma siempre encontré a los sucesores de Pedro enfangados hasta el cuello en mil miserias: buscaban ducados para tropas, tramaban estrategias contra tal o cual rey, rastreaban nuevos impuestos o nefandas regalías y postulaban indulgencias a cambio de doblones. El aspecto religioso, lo puramente espiritual, se orillaba ante el oro, los dineros o el brillo de las sedas. Los miembros de la curia discutían de guerras y de reinos y no se recataban muchas veces de atender a sus vástagos espurios en medio de la plaza. Yo, que he sufrido de cerca a muchos pontífices, puedo hablar con propiedad. Obtuve de Honorio IV la creación de una Escuela de Lenguas Orientales en Roma, conocí a un Gregorio X perdido en la corrupción absoluta, lleno de buenos deseos que nunca vio cumplidos, visité en dos ocasiones a Nicolás III, un Orsini, hombre tan corpulento como simple, cuyo único mérito fue el enfrentarse a los Anjou, insté inútilmente a Nicolás V, un patán temulento y mujeriego cuya mayor gloria fue su brevedad, para que llamara a los pueblos cristianos a una nueva cruzada y acudí a Bonifacio VIII con nuevos proyectos de cruzada y para presentarle mis escritos. De todos fue Bonifacio el de mente más clara y recia voluntad. Mal aconsejado, no comprendió que Felipe IV de Francia, *el Hermoso*, el mismo que había dirigido la guerra contra Aragón en varios frentes, sería el principal obstáculo a sus ambiciones. Como represalia a un desaire contra su nuncio en París, Bonifacio eximió al clero francés de pagar tributo al rey. Para no tensar demasiado la cuerda se avino a canonizar al abuelo de Felipe, Luis IX, paladín de la última cruzada. Poco después, *el Hermoso* detuvo a un obispo francés por sospechar que había participado en una conjura contra la Corona. Entonces Bonifacio, en virtud de su precedencia sobre los poderes temporales, reclamó el derecho a investigar la administración gala y convocó a Roma a los prelados franceses para trazar un proyecto de reforma del Reino de Francia y censurar al rey. Habló de excomulgar a Felipe si éste no se avenía a sus pretensiones. Guillaume de Nogaret, nuestro común amigo, dirigió el contraataque. Asesoró a Felipe para que acusara al Papa de haber sido designado ilegalmente, de crímenes horrendos, de sodomía y herejía, proponiendo convocar un concilio general en Anagni, a pocas leguas de Roma, para juzgarlo. En septiembre de 1303, la pequeña ciudad feudo del Papa fue ocupada por tropas galas que sitiaron el lugar de reunión de los prelados con Bonifacio dentro. Sciarra Colonna, enemigo mortal de los Caetani, pagado con dineros franceses y aleccionado por el propio Felipe, hubiera asesinado al Papa de no haberlo detenido en el último instante Nogaret. Bonifacio murió un mes más tarde, a los setenta años, quizá como resulta de tantas emociones. El *Incidente de Anagni* es la causa de un debate ideológico que, cinco años después, persiste entre los teóricos que defienden la supremacía de la monarquía apoyándose en las teorías del derecho romano y los que somos partidarios de un estado laico e independiente, alejado del antiguo y aceptado triángulo Dios, Patria, Rey.

Mi alusión al próximo encuentro con Clemente V —a quien no conozco pero de quien tengo las peores referencias— me ha sugerido traer a colación esta larga relación de Papas mediocres. Espero que Clemente mejore de actitud. Es notorio que Bertrand de Got, que así se llama, tiene un comportamiento desigual: por un lado se enfrenta a Felipe *el Hermoso* negándose a efectuar la farsa de un juicio póstumo contra Bonifacio VIII y por otro se plega a la voluntad real condenando a los Caballeros del Temple como herejes. Pero nada como el desconcierto que supone para la cristiandad hacerse coronar en Lyon en vez de Roma. El asombro llega al límite ante el rumor de que el año que viene quiere llevar la Santa Sede a un villorrio llamado Avignon, en el mediodía de Francia. La soberbia francesa es capaz de eso y más. Quieren trasladar la sede de San Pedro a la dulce Francia para cocinarse allí sus propios guisos. Pero no juzguemos al Papa hasta que lo conozca, no haya de ser que tenga que tragarme mis palabras.

Dices te gusta recibir mis epístolas. Aquí tienes una larga y tediosa que espero no te haga cambiar de opinión. Te deseo salud. Vale. R. Llull.

✠

Zarpamos de Jaffa a finales de 1275 con rumbo a Alejandría. Nuestra nave era una galera veneciana, vieja y renqueante, que se dedicaba al cabotaje entre Antioquía, Latakia, Trípoli, Jaffa, El Arish, Port Said y Alejandría con carga general. Al embarcar me llamó la atención un cierto tufo, acre y desagradable, que desprendía el navío y que desapareció tan pronto como levamos anclas. Íbamos bordeando la costa, pues los piratas otomanos asolaban la zona. Enarbolaba la embarcación una gran vela trapezoidal envergada en un único mástil y se ayudaba en la navegación por el cansino y rítmico bogar de una caterva de galeotes uncidos a sus bancos con pesadas cadenas. Componía la chusma un revoltillo de la peor canalla que imaginarse pueda: convictos cristianos, esclavos mahometanos, asesinos, forajidos, violadores y ladrones recalcitrantes. El hedor que despedía la cámara de boga era insufrible: una mezcla desabrida de deyecciones descompuestas, orina rancia, sudor antiguo y ropa mugrienta que no había visto el agua en años. Era el mismo, hipertrofiado, que olisqueamos al subir a bordo y que desaparecía con la brisa durante la navegación. Rogué al capitán me permitiera visitar y consolar a los galeotes, a lo que se negó; sólo ante mi insistencia y acompañado por el cómitre, pude al fin acceder a la cubierta donde faenaban. Todos se hallaban desnudos a pesar de que el día era fresco; llevaban grilletes de grueso alambre en los descalzos pies y una doble cadena de hierro en la cintura que los anclaba al puesto, permitiéndoles poca movilidad. Los remos que manejaban —cada uno entre tres hombres— eran enormes y sus manos, encallecidas y amarillas, eran grandes como batanes para enfurtir paños. Más que cantar, emitían entre dientes un rumor sincronizado y sugestivo, extrañamente cautivador, que terminamos entonando todos. Dime a conocer como religioso de la Orden Franciscana y me dirigí al grupo exhortándolos en el nombre de Dios a llevar su merecido castigo con resignación si eran creyentes o, de ser infieles, a convertirse y abjurar de sus errores y herejías. Todavía, después de treinta y tres años, flota en mi pituitaria el hedor pestilente que exhalaban aquellos desgraciados. Algunos me miraban boquiabiertos, sin comprender muy bien qué significaba aquella prédica, los más me ignoraban y la mayoría blasfemaba contra Cristo y Alá en un concierto estremecedor que recordaba a un aquelarre: me increpaban, lanzaban escalofriantes dicterios, pugnaban por desasirse de sus ataduras o escupían espumajeantes salivazos. Les mostré entonces mi crucifijo tratando de exorcizarlos y parecieron calmarse y comprender que deseaba ayudarles, o quizá se aquietaron cuando el capataz hizo restallar varias veces su rebenque de púas. Increpé al vigilante por aquel alarde, instándole a liberarlos de sus ataduras al menos mientras durase el turno de boga, que era de doce horas, de forma que se atenuara algo su sufrimiento. Me contestó el truhán —supe después que él mismo había sido galeote— que el trato a la canalla debe ser despiadado pues, más de una vez, en un descuido, habían estrangulado a un capataz con las cadenas o lanzado al agua a un vigilante poco avisado. Sólo, añadió, con la disciplina más severa, que incluía el látigo de cáñamo embreado, el rebenque de púas o la estancia por tres días amarrado desnudo al palo de mesana a la menor trasgresión, podía un cómitre mantener la autoridad y hacerse respetar.

Dos veces en la travesía hubimos de refugiarnos a toda prisa en abrigos costeros a la vista de naves sospechosas, ya que la posibilidad de ser capturados por naves corsarias sarracenas no era desdeñable. Nos contó el capitán que, a simple vista, la apariencia de los barcos piratas es la propia de cualquier buque y sólo cuando se encuentran muy próximos a su presa enarbolan sus banderas negras ya sin tiempo ni opción para la huida.

—¿Se ha visto usted en tal trance? —pregunté al capitán una ocasión.

—Nunca, a Dios gracias —dijo—. Pero sé de referencias lo que ocurre. Una vez capturada la nave, los corsarios hacen inventario de su contenido: las monedas contantes, lingotes de oro y plata, gemas y objetos de valor, se reparten entre ellos reservándose el capitán un tercio del botín; las mujeres jóvenes, tras ser violadas por la tripulación, son vendidas como esclavas para los harenes de Alejandría y Damasco, las viejas que puedan hacer frente a un rescate son desembarcadas y retenidas, las que nada tienen se venden como siervas para el trabajo, los hombres fuertes, salvo que abonen una elevada manumisión, son uncidos al banco de boga y los enfermos o viejos son arrojados por la borda sin mayor ceremonia o con la mínima de amarrar a sus tobillos dos balas de cañón para que no aparezcan flotando en cualquier playa. Tienen los piratas prohibido terminantemente retener u ocultar a bordo a cualquier hembra para refocilarse con ella, incluso si la mujer actuara voluntariamente, bajo pena de ser colgados de una entena o pasados por la quilla.

Aún impresionado por tamaño discurso, al tercer día arribamos al Puerto Viejo de Alejandría. La ciudad que fundara Alejandro Magno en 332 antes de Cristo me conmocionó vivamente. No era la Alejandría de la época helénica, que albergara trescientos mil pobladores libres, pero constituía un hervidero humano con más habitantes que París, Nápoles y Barcelona juntas. Se extendía sobre una estrecha banda de terreno escarpado desde el asentamiento de la antigua aldea de Rakotis, a poniente, hasta el Delta del Nilo en la desembocadura de su brazo canópico. El islote de Pharos se alzaba frente a ella en el Mediterráneo y la laguna de Mareotis la limitaba al sur. Sede que fuera de la dinastía de los Ptolomeos, reyes lágidas descendientes de Lago y Arsínoe, apenas si quedaban vestigios de las construcciones que la hicieran mundialmente famosa. Algunos restos de la *cella* y una columna del *opistódomos* delataban lo que fuera el Serapeion, grandioso templo dedicado a Serapis. Del monolito a Diocleciano, bellamente labrado en mármol blanco, no quedaba ni rastro. Recorrimos el Bruqueion, señorial barrio aristocrático diseñado por el propio Alejandro, buscando trazas de los templos dedicados a Augusto y Cleopatra, pero fue tarea inútil. En Juliópolis, uno de sus barrios orientales, hallamos algunas columnas del atrio y varias metopas con inscripciones y otros restos del templo de Mitra, diosa hindú que reunía a sus adeptos el primer viernes después del solsticio de verano para practicar la *taurobolia*, bebiendo la sangre tibia del toro votivo recién inmolado, fuente de vida según sus idólatras creencias. En cuanto a la sin par construcción dedicada a las musas de la fábula griega, que incluía la célebre biblioteca consagrada a Clío y que se dice llegó a reunir más de setecientos mil volúmenes manuscritos, no quedaba la menor huella. Dice Polibio que contenía secciones dedicadas al resto de las musas clásicas: un *planetarium* que presidía Urania, una sala de conciertos bajo la advocación de Euterpe, la escuela de danza patrocinada por Terpsícore, un pequeño teatro encomendado a Talía y a Melpómene y un adecuado estrado, con su púlpito, para mímicos, oradores y vates ofrecido a Polimnia y Calíope. Si lo dice el famoso historiador romano será sin duda cierto, pero de todo ello no existía, fatalmente, indicio alguno. Pasamos al islote de Pharos, que había prestado su nombre a la inmensa atalaya tenida como maravillosa luminaria en todas partes. De aquella fabulosa construcción de doscientos sesenta codos reales de altura, levantada el año 274 antes de Cristo por Sostratos de Knidos, arquitecto de Ptolomeo II, apenas si se restaban algunos ladrillos de su base octogonal. Vestigios de la ciclópea estatua situada en la cima de la torre, en cuya cabeza se abría un colosal quemadero que emitía llamaradas visibles desde siete leguas a la redonda, se encontraban sumergidos bajo el agua del puerto, según nos informó un viejo pescador. Centurias de abandono e incuria bajo el dominio árabe, habían conducido a Alejandría a aquella postración. No obstante la vida comercial era notable, los zocos y medinas se encontraban abastecidos, el barrio judío renacía y el puerto cobraba lentamente su antiguo vigor, siendo la entrada al Occidente de toda clase de mercaderías orientales.

Se distinguían en Alejandría a nuestro paso varios grupos étnicos: los árabes de distintas procedencias —beréberes, egipcíacos, sirios y saudíes—, grupo dominante en la administración y gobierno así como tenderos y traficantes en los zocos, los negros de la Nubia y las fuentes del Nilo, generalmente esclavos o libertos, los griegos dedicados al comercio y a la navegación, los hebreos que vivían en su guetto atendiendo sus negocios de siempre, es decir la banca, la usura y la medicina y un amplio mestizaje que incluía persas, portugueses, venecianos, españoles —casi todos catalanes o mallorquines— y germanos. La inmensa mayoría de la población era de creencias mahometanas, siendo la segunda religión en importancia la judía. Los escasos cristianos alejandrinos eran del rito copto egipcíaco, el que nos tropezamos en la Siria, más próximos a Atenas que a Roma, con la que sin embargo guardaban muy buenas relaciones. Además de las religiones monoteístas se veían adoradores de Serapis e Isis, Mitra y Ra, Amón y Apis, amén de una turbamulta de nigromantes, truchimanes, embaucadores, proxenetas y cantamañanas que en cualquier parte anunciaban prodigios, ofrecían curaciones milagrosas, adivinaban el futuro, prometían delirios amorosos, deshacían hechizos o echaban mal de ojo. Legiones de hurgamanderas y rabizas de la más baja estofa pregonaban sus precios y mostraban sus ajados encantos sin pudor, a cualquier hora, en la trasera del zoco principal. Sabedor de la querencia de mis presuntos monjes por la carne de alquiler, solía dar un rodeo al pasar por sus proximidades.

Anduvimos perdidos dos días con sus noches en el barrio de los embalsamadores, algo muy original y poco visto. Aquellos profesionales de la muerte, descalzos y revestidos con túnicas verdosas, acondicionaban cientos de cadáveres —conservados dentro de piscinas en un líquido extraño— tras colgarlos de los talones mediante un garfio y destriparlos con rara habilidad, como si fuesen reses. Era meritoria la forma en que les vaciaban la cabeza: tras horadarla con gruesos trépanos introducidos por las fosas nasales, troceaban con un fino escalpelo los sesos hasta hacer una pulpa que aspiraban con cánulas de caña. Los vaciados del tórax y abdomen eran más sencillos. Rellenaban las cavidades con estopa empapada en bálsamos de olor, cosían los despojos con la misma maestría de un matarife y los devolvían a sus deudos tras recibir el estipendio prefijado. A veces, previa petición, conservaban determinados órganos: ojos, senos, narices, orejas, penes, manos o pies en vasijas de barro, las célebres ánforas de Hidria. Todo ello en plena calle y en medio de una competencia feroz y descarnada. Voceros de distintas y acreditadas casas de embalsamar recorrían Alejandría anunciando precios especiales y rebajas para el caso de ser dos los difuntos.

Los mamelucos del Egipto que —igual que en Siria y Palestina— gobernaban la ciudad eran muy tolerantes con cualquier actividad y credo, siempre que no denostase públicamente al Islam o a su libro sagrado, el Alcorán. Desde el amanecer, la inmensa población era un pandemonium de gritos, algarabía y rumores confusos que ensordecían el ambiente. Las chirimías de multitud de bandas, los atabales de los militares en los cuarteles, los muecines desde sus alminares y el tráfico incesante de carros y caballerías no ofrecían un instante de silencio y reposo. Nosotros levantábamos nuestro púlpito ambulante en las proximidades de alguna mezquita y, desde allí, pugnábamos a voz en grito con los demás competidores anunciando el evangelio. Recorrimos toda la ciudad predicando la buena nueva, llegando incluso al guetto hebreo. Un día, en la mezquita de Abdalàh, en el Brucheion, fuimos perseguidos por un grupo de exaltados muftíes que quemaron nuestro pequeño estrado y nos siguieron hasta la ribera arrojándonos gruesas piedras, una de las cuales descalabró al pobre Eugenio. Huimos hasta conseguir confundirlos, refugiándonos debajo de unas barcas hasta el anochecer. A la mañana siguiente Segundo nos reservaba una sorpresa. Se había esfumado desde el amanecer y volvió sonriente hacia las once.

—He conseguido —nos dijo—, un caldero prestado, ajos, cebollas, sepia fresca y óptimo arroz del Delta. Voy a prepararos un *riso nero con la sepia* que os chupareis los dedos.

Y dicho y hecho, se puso a la tarea. Preparó un buen fuego de tablas, esperó a que sus ascuas adquiriesen determinada consistencia, hizo un sofrito y puso a hervir aquellos ingredientes en cierta cantidad de agua de mar. Todos teníamos hambre. Más que hambre era la posibilidad de probar, después de muchos meses de fatigas y bazofias, una delicia, algo que nos recordara nuestras tierras: un guiso mediterráneo del humilde arroz que nos hermanaba a todos. Limpiamos el caldero rebañando con pan ácimo.

—¿Dónde aprendiste a cocinar? —pregunté a Segundo.

—En Chióggia —contestó—. Un pueblito en la franja de tierra que cierra la laguna de Venecia. Mi arroz es bueno, pero no se parece nada al que elabora allí *mamma* Justina, que fue quien me enseñó.

Reconfortados y hartos nos trasladamos aquella tarde a Cánope, la pequeña aldea colindante con el Delta del Nilo donde los Ptolomeos fundaran una ciudad de lujuria y desenfreno que Adriano, siglos después, visitara para satisfacerse con sus jóvenes amantes, Antínoo y Lucio. Al lado del templo de Serapis, famoso desde antiguo por las curaciones achacadas al dios, arengamos a una gran multitud invitándola a convertirse. Los adoradores de Serapis, sanos o no, pasaban tras salir del templo a cualquiera de los inmundos lupanares que atestaban la zona para dar gusto al cuerpo. Hasta allí fuimos, mis ayudantes con la mente en lo suyo y yo tratando de imbuir a aquellos infelices las virtudes de la castidad y aconsejarles en los peligros que acarrea la lujuria.

Los familiares de los desahuciados que fallecían eran acosados por multitud de embalsamadores que ofrecían sus servicios a precios más módicos que en Alejandría. Al regresar a la ciudad, navegando por los cenagosos canales que rodean *Canopus*, visitamos un pequeño santuario cristiano establecido en Menutis y dedicado a los santos Ciro y Juan. Los popes nos obligaron a acompañarlos durante cuatro días, cosa que aceptamos sin esfuerzo pues resultó reparador descansar en la quietud de su sencillo claustro.

Tras bautizar a varios conversos islamitas y nubios y dejarlos encomendados a los coptos, en la primavera de 1276 partimos hacia Cyrene integrando una caravana de camellos que regresaban hacia el Magreb con especias y sedas. Costeando, dejamos atrás El

Alamein, El Bardiya y Tubruk antes de llegar a la capital de la Cirenaica, en un inacabable viaje de veintiséis jornadas. La tarde anterior a la llegada hubo un incidente reseñable. Segundo y yo íbamos sentados en la parte trasera de un carro cargado con dátiles y garrafas de aceite del Oasis de Siwa. Eugenio y Emilio caminaban algo retrasados, supe luego que escoltando la carreta de un mercader de especias cuya mujer, una hermosa saudita, iba a las riendas. Al parecer la bella, que iba descalza y cubierta con un *hijab* de gasa trasparente, era al tiempo coqueta y no se recataba de mostrar de manera indecente sus desnudos pies a mis prosélitos. Los incautos se relamían ya de admirar aquellas simétricas delicias, artísticamente decoradas con alheña, cuando surgió el marido. Debió de sorprender una mirada codiciosa de la mujer a alguno de los jóvenes o de estos a su cara mitad. El caso es que la emprendió a gritos con su esposa y a estacazos con los que la acosaban. Llegó a nosotros el rumor de voces demandando ayuda y hubimos de intervenir. El escándalo era tal que se detuvo la caravana entera. Me acerqué al carromato para tratar de poner paz. Una simple ojeada me bastó para entender del negocio; el hombre no era tal, era sólo un proyecto: canijo, renegrido, calvo como un limón, casi tan agrio, con ojillos de rata y un pegote por nariz que daba sentimiento. La mujer tampoco lo era en puridad: se trataba de una niña, estilizada, de piel muy blanca y mórbida, pelo moreno como de hebras de seda, con una chilaba sutil que no bastaba para borrar sus curvas y un *hijab* que dejaba apreciar unos rasgos perfectos. Separé a los contendientes. Mis muchachos aseguraron que sus miradas iban sin intención, que tan sólo alababan el perfecto tatuaje de aquellos pies tan chicos y el brillo nacarado de sus uñas. Satisfecho el marido agraviado se aclaró cualquier malentendido. Todo tornó a sus cauces.

—Mal asunto para un hombre celoso matrimoniar con una joven bella... —dijo Segundo.

—Especialmente si la hermosa es guerrera, como parece el caso —sostuve yo—. Es cuestión de tiempo que la sangre le hierva.

—Tengo entendido que en el Islam castigan el adulterio con la lapidación —dijo mi tesorero.

—Así es, Segundo. No le arriendo la ganancia a aquella pobre. En Europa las adúlteras pierden su hogar. Aquí pierden la vida.

La Cyrene que yo conocí no era ni sombra de la que fuera pentápolis griega, en la época del esplendor de la ciudad. Puñados cenicientos de árabes y beréberes formaban su exigua población, que completaban algunas decenas de hebreos mal encarados y griegos sudorosos. Su cenagoso puerto, otrora floreciente, albergaba algunos míseros jabeques incapaces de salir a mar abierta. Una hilera de magnolios, espléndidos y en flor y algunas palmeras datileras desperdigadas por la plaza, junto a la mezquita, contribuían a alegrar y aromar el ambiente pesado y húmedo.

Siempre anhelé conocer esta ciudad: ardía en deseos de respirar el aire embalsamado de sus parques y deambular por las sinuosas callejas de la vieja medina, las mismas que pisara en su niñez el hombre que ayudara a Jesús a llevar el madero. El *Cireneo* ha pasado a la posteridad por estar en el sitio adecuado en el momento justo. Lo imagino caminando indolente hacia su casa de Jerusalén, de vuelta de mercar algo en el zoco, tras la dura jornada laborando en el campo. Andaría distraído parando a dialogar con los amigos, saludando a unos y a otros, bebiendo un vaso de mosto o echando el ojo a una bella muchacha en un zaguán. Quizá supiese —era la comidilla del momento en la ciudad— que iban a ajusticiar al que se hacía pasar por rey de los judíos. Posiblemente oyese el retumbar de los tambores de la comitiva dirigiéndose al Gólgota y le picó el aguijón de la curiosidad. Caminaría con urgencia por las estrechas callejuelas repletas, marchando hacía la vía principal por donde transcurría. Se abriría paso a codazos para ver mejor el espectáculo, siempre interesante, del sufrimiento ajeno. Encontraría un lugar apropiado, en primera línea, precisamente en el instante en que se aproximaba el cortejo. Miembros de una centuria de la guardia pretoriana, con sus legionarios revestidos de brillante cuero y una enseña del senado romano con unas raras siglas, despejaban el camino; dos atabales iban a su zaga y seis soldados más escoltaban al reo. Éste era un hombre, judío por su apariencia, de unos treinta y cinco años, moreno, bien parecido, que llevaba una corona de gruesas espinas encajada en las sienes por las que sangraba copiosamente; cargaba con una enorme viga de madera que arrastraba con dificultad. Se trataba del travesaño al que iba a ser clavado pues, según la costumbre romana, el pie de la cruz lo esperaba hincado en el lugar del suplicio. Al llegar a la altura del hombre de Cyrene el condenado lo miró de una manera extraña, hipnótica, desplomándose acto seguido al suelo. Un centurión se aproximó hasta él azotándolo inmisericorde con un vergajo, mientras una mujer de edad mediana se abrazaba a su maltrecho cuerpo intentando protegerlo del castigo. Después, todo se sucedió en segundos: el que parecía jefe de la fuerza se aproximó al de la Cirenaica y, de modo imperativo, lo conminó a tomar la parte posterior del pesado tablón y ayudar al penado. Hizo nuestro hombre un movimiento reflejo de rechazo, intentando rehusar como cualquiera, pero el militar lo asió con fuerza del brazo y lo situó detrás del penitente, sin contemplaciones, blandiendo al tiempo el látigo que restalló en el aire con silbido de ofidio.

Se reanudó la marcha. Ya era mala suerte —pensaría nuestro héroe— que se hubiesen fijado precisamente en él habiendo tanta gente. En mal momento desvió su camino. El travesaño era en verdad grande y pesado y el cireneo tornó a maldecir en su interior su inoportunidad. Todo el día soportando el calor del trabajo bajo un sol de justicia y ahora esto... Cavilaría que quizá lo habrían escogido por ser árabe, pues ahora recordaba que los judíos odiaban al reo, de su misma raza, por lo que ninguno se prestaría a socorrerlo. La calle se empinaba levemente y aquel madero pesaba lo mismo que una losa. Era lo que le faltaba después de una jornada agotadora destripando terrones. Se sorprendió un momento ante la fuerza de aquel hombre, capaz hasta su llegada de portar tanta carga en soledad. Lo mejor sería —pensó—, adoptar una actitud sumisa y terminar cuanto antes. Miró de reojo al centurión: había replegado el zurriago y parecía haberse sosegado. No era bueno indisponerse con la autoridad. Pudo apreciar que eran varias las mujeres que acompañaban al castigado tratando de consolarlo, pero no vio varón alguno. Todas lloraban mansamente. Luego de varios minutos de fatigosa marcha cuesta arriba hubo una parada y, entonces, fue cuando se produjo el prodigio que el hombre de Cyrene contempló boquiabierto: una joven y hermosa hebrea se aproximó al condenado y enjugó con gran delectación su sudoroso rostro: la huella de sus facciones quedó grabada en el blanco lienzo con la misma perfección que un retrato a pincel. La doncella se escabulló a la carrera con lo que semejaba para ella un precioso tesoro, como temiendo que se lo arrebataran. A partir de aquel instante le pareció que el grueso leño levitara y no sintió su peso. Además, percibió en el aliento de las mujeres que acompañaban al penado que éste era inocente. El pobre debía sufrir mucho, pues lo sentía gemir; el cuerpo le temblaba con fineza; se doblaban sus piernas; sangraba por la nuca y el cuello, resbalando su sangre que impregnaba el madero y manchaba sus manos. Sintió conmiseración por quien era tan injustamente zaherido y, aproximándose, intentó coger el travesaño más hacia la mitad, para aliviarlo de su carga. Lo tenía muy cerca, lo rozaba, aspiraba el extraño olor dulzón de su sudor. Al llegar a la cima de la colina de *La Calavera* el centurión lo despidió de un empellón, pero la víctima, con aspecto de cansancio infinito, le volvió a dirigir una mirada tierna, cálida y suplicante, de intenso agradecimiento, mucho más expresiva que cien proclamas de gratificación. Mientras bajaba del Gólgota, tuvo tiempo de oír los golpes de martillo sobre los clavos que atravesaban las carnes de aquel desventurado.

Recorrí el intrincado laberinto de la Cyrene antigua sin poder apartar de mi imaginación el singular personaje. Su puesta en escena fue súbita y su desaparición fulminante. Se conoce tan sólo su nombre, Simón, y su nación, La Cirenaica, ignorándose su estado, su oficio —simplemente sabemos que era jornalero—, si se encontraba de paso en Jerusalén o moraba habitualmente en la ciudad. Lo que sabemos con certeza es que fue el único hombre que ayudó físicamente al Salvador, sostuvo su mirada de súplica, aspiró su sudor, contempló el goteo de su preciosa sangre desde cerca impregnándose de ella y recibió su gesto mudo de agradecimiento que le valió por toda una vida de fatigas y le abrió de par en par las puertas del Paraíso.

Una semana paramos en Cyrene. Tras algunas infructuosas prédicas frente a la mezquita y más de una mediana bronca con su imán, embarcamos en un navío maltés que hacía el cabotaje entre Cyrene y Túnez con algunas escalas. Recalamos dos días en Benghasi, bella ciudad de fundación helénica que el rey Ptolomeo III rebautizara con el nombre de Berenice, en honor de su esposa; atracamos después en Trípoli, luego de atravesar el gran golfo de Sirte. La capital de la Tripolitania era una ciudad inhóspita donde las haya, con cuatro calles polvorientas en torno a una triste mezquita y sin un árbol. Coincidió nuestra breve estancia con un violento simún que traía del desierto un pestífero aire que hacía irrespirable el ambiente. Al amanecer se desató un corto diluvio que lo anegó todo, tintando gentes, casas y pertenencias de un marrón sucio, cuál no sería la cantidad de barro e incluso de pequeñas culebras, renacuajos y sapos, que bajaba del cielo con las aguas. Zarpamos en cuanto amainó el aguacero y, tras varias jornadas de navegación, llegamos finalmente a Túnez entrando en su puerto por la bocana de la Goleta. Hacía apenas seis años que la ciudad había rechazado el cerco al que le sometieron los cruzados franceses, suspendido ante la aparición de una terrible epidemia de peste negra que causara la muerte de su rey, el ya canonizado San Luis, viéndose aún en la fortaleza rastros de la lucha. Dominaban en la Tunicia los Hafsíes, pero la influencia aragonesa y mallorquina se dejaba sentir al menos en Túnez y Bizerta.

La medina de Túnez, verdadero rompecabezas de callejuelas articuladas anárquicamente en torno a la venerable mezquita de El Olivo, es quizá la más atractiva del mundo árabe. La estrechez de sus vías es tal que no pueden pasar a la vez dos personas. El paso de un borrico con las alforjas llenas es anunciado mediante gritos por su dueño, debiendo los viandantes refugiarse en los diminutos zaguanes para no ser arrollados. Sus zocos bien abastecidos, su paseo de palmeras al borde del mar, sus huertos y arboledas y sus gentes —verdadero crisol de razas: tirios, griegos, cartagineses, romanos, beréberes y sicilianos— amables y hospitalarias, convierten a la población en un rincón apacible donde la vida se hace grata. Contribuye a igual fin un clima suave y deleitoso. Recorrimos despacio sus plazas y paseos e inicié la difusión del evangelio a poco de llegar. Nos alargamos una mañana a la cercana Cartago, bello rincón con pocas muestras de su pasado esplendor: de los baños romanos quedan cuatro columnas, algún mosaico roto y medio murallón desangelado.

Fuimos ganando adeptos a favor del apoyo de la pequeña pero floreciente colonia cristiana, establecida en Túnez desde antiguo. Era ya entrado agosto cuando un *irade* califal nos prohibió ejercer el testimonio de la palabra. Nos trasladamos, pues, a Kairuán, primitiva capital de la región. Se trata de una de las ciudades santas del Islam; se encuentra en el centro del país en una zona un tanto desolada, hallándose circuida de murallas de adobe rojizo bien conservadas y de gran belleza. Es notable su medina y radiante su mezquita de Sidi Oqba, con un patio central tan sólo superado en grandeza por el de la mezquita de la Meca. Haciendo oídos sordos a los consejos de Segundo instalamos nuestro humilde púlpito frente a su puerta, intentando catequizar a los muchos infieles que salían del templo. A pesar del calor infernal, algunos se detenían y escuchaban mis alegatos contra la doctrina de Mahoma hasta que, al tercer día, fuimos prendidos por un destacamento de guerreros a caballo y arrojados a un inmundo calabozo donde permanecimos, a pan y agua, tres semanas. Luego de ese período fuimos llevados a presencia del muftí principal, un venerable anciano con el que me entendía indistintamente en árabe y en castellano, pues había sido profesor de teología en la medersa cordobesa. Después de toda una mañana de controversias bizantinas, en las que ninguno sacó nada en limpio, se avino a concedernos la libertad con la condición de salir de la ciudad de inmediato. Lo hicimos en dirección a El D'jem y Bona, la mayor parte del tiempo caminando y el resto acomodados en la parte trasera de carromatos campesinos cargados de hortalizas. Hacía tiempo que nuestra bolsa, aligerada de doblones, languidecía con rapidez creciente, por lo que nos manteníamos de fruta, muy abundante en la zona, y algún pan que mercábamos. Tras once días de marcha llegamos a Bona, la antigua Hipona de la que fuera obispo San Agustín, deleitosa población en el fondo del pequeño golfo de su nombre, donde nos acogieron varias familias cristianas. Nada más reponernos del hambre y las fatigas del camino, inicié mis sermones en la plaza del mercado a horas del mediodía, la más concurrida por gentes que acudían al zoco para abastecerse o solazarse. Al quinto día surgieron cuatro alguaciles que desbarataron nuestra tribuna, nos requisaron varias Biblias y nos dieron azotes, lo cual no fue impedimento para volver a la carga al día siguiente: entonces el populacho se abalanzó sobre nosotros insultándonos, tirándonos de las barbas, escarneciéndonos a bastonazos e intentando lapidarnos. Salvamos nuestras vidas por la pronta intervención de agentes de la ley, que nos trasladaron a la alcazaba presentándonos ante más de cincuenta doctores de la ley mahometana y del Corán, al objeto de que mi doctrina fuese examinada y expurgada. Disputé varios días con absoluta libertad, exponiendo mis enseñanzas y rebatiendo sus aberraciones teológicas. Es lo cierto que me escucharon con paciencia, demostrando una tolerancia muy difícil de encontrar en los reinos cristianos. Nos exhortaron finalmente a abandonar la población pues, de otra forma, no podrían asegurar nuestra integridad física.

Zarpamos en una carraca de carga para Argel, población que nos impresionó por la belleza de su medina y mezquitas y por su privilegiada situación en un promontorio sobre el mar, muy luminoso y ventilado. Antigua dependencia del califato cordobés, era entonces gobernada por un sultán fatimí que rendía vasallaje a los mamelucos del Egipto. La ciudad contaba desde siempre con numerosos cristianos, casi todos inficionados de las teorías del impío Averroes. Como es norma entre herejes, los averroístas habían ido más allá que el fundador de su secta, el médico y filósofo árabe nacido en Córdoba: dirigidos por Siger de Brabante, negaban la inmortalidad del alma y exacerbaban la dicotomía entre filosofía y religión y entre razón y fe, apoyándose en tesis aristotélicas. Uno de los principales seguidores de Brabante se encontraba en Argel y a él me enfrenté dialécticamente. Tras varias semanas de encendidas polémicas me iluminó el Espíritu y tuve la alegría de convertirlo, junto a más de sesenta secuaces de aquella secta herética. Pasé luego a adoctrinar a los islamitas pero el bey, amoscado por lo referido o quizá alertado por algún mensajero tunecino, nos retuvo en prisión catorce días y a mí con el añadido de un freno de caballería en la boca para evitar que hablara e intentara aleccionar a otros presos. Luego de tan inhumano castigo recibí ochenta azotes —doble ración que mis prosélitos— y, tras ser embadurnados con aceite de palma, espolvoreados con pimienta negra y envueltos en lienzos de lino por toda vestimenta, fuimos desterrados de por vida de Argel en una galera que partió de aquel puerto con dirección a Palma en las nonas de noviembre de 1276.

✠

Castillo de Ollers, Conca de Barberá, Tarragona, a dos días de las calendas de abril del año del Señor de 1309.

Caro Ramón: recién llegado a mis lares en el albor primaveral, cojo la pluma con la evocación de nuestras felices jornadas parisinas del pasado enero. Por aquí los campos estallan en una bella sinfonía de colores y aromas. Todo apunta a una buena cosecha de lo que da la tierra: los argénteos olivos dejan adivinar sus aceitunas, almendros, avellanos y nogales muestran las apretadas yemas de sus frutos, los trigales, las huertas, los sotos de ríos y arroyos aparecen cuajados de verdor y los campos se alfombran de hierba salpicada de flores entre las que se afanan las abejas. En cualquier parte surge la esperanza de vida. Sólo yo desentono en un ambiente de ilusión y renuevo. Pero no es hora de enhebrar desdichas ni de amargarte el día con mis cuitas.

Aún altera mis pulsos la dura controversia mantenida en París con los teólogos de la Sorbona a cuenta de mi obra: *De mysterio cymbalorum Ecclesiae* en la que, además de exhortar a la buena predicación y estudio de las escrituras, hago algunas referencias a la próxima llegada del Anticristo. No puedes ni imaginar el revuelo que causó entre los teólogos tal alusión, ni cómo me increparon llamándome de todo a grandes voces: audaz inconsecuente, seudo-teólogo, predicador oportunista, hereje fatuo y médico de tres al cuarto metido a salvador. Hube de responderles en su mismo lenguaje tachándolos de doctores hinchados de su ciencia, espantapájaros y ciegos recalcitrantes ante las maravillas del Señor. Sé que hice mal, mas no pude evitarlo. Sólo por zaherirles, añadí que precisamente se conoce la inminente llegada del Anticristo por el gran número de sus secuaces, algunos revestidos de pontifical. ¡Para qué dije aquello! Tuvo que intervenir el Canciller Real, que moderaba la reunión, un gran amigo desde los tiempos de mi embajada ante el rey galo, para evitar ser linchado allí mismo. Todavía dolido, me despaché en invectivas contra los frailes codiciosos, vagos, concupiscentes y aseglarados, los prelados hipócritas y la curia vana y perezosa. Respeté como siempre al monacato de clausura, lo único sano en la general corrupción de la Iglesia. Tras la ojeriza desatada contra mí en París, Roma y ante el Papa Clemente, deben de andar los inefables dominicos y a su cabeza su primer lebrel, el ínclito Bartolomé de Puig Certós, quien no para de acecharme intentando cogerme a contrapié. En la mesa del tribunal de La Sorbona tuve acceso a una misiva suya, que me atañe, llena de falsedades; sé, además, que trabaja en la sombra con el obispo de Gerona para que sean prohibidos mis libros en tierras de Aragón. Pero dejemos este enfadoso asunto que pretendo olvidar cuanto antes e incluso perdonar, desde que reciba la más pequeña rectificación por parte de Certós.

Veo que te interesa la historia. Hagamos una cosa: tú me ilustras sobre los chismes del Papado y yo en nuestros recientes avatares bélicos. Llegan estos días a Cataluña noticias del Oriente relativas a las hazañas de los almogávares, aguerridas tropas integradas por catalanes y, en menor medida, por piamonteses, navarros y castellanos. Sabrás que, perdidas para el Islam Córdoba y Sevilla y culminada la conquista de Murcia, aquellos bravos guerreros mercenarios quedaron brazo sobre brazo. Hubieron por ello de dirigirse a Sicilia apoyando a Aragón contra los angevinos y, al finalizar las hostilidades con la Paz de *Calcabellota* hace ahora siete años, otra vez una ingente soldadesca cuya única profesión era la lucha se encontró sin quehacer.

Su jefe más señalado, el mejor almirante de Aragón, Roger de Flor, se encontraba entre los invitados a la fiesta que el rey de Sicilia, Federico III, daba en Palermo para conmemorar la paz con los Anjou. Cavilaba en silencio el almirante mientras todos celebraban la fiesta, solazándose. El monarca, que lo vio ensimismado, se dirigió a él.

—Almirante, ¿qué os sucede? Todos beben y se divierten mientras vuesa merced, con el ceño fruncido, parece tratar de descifrar un jeroglífico

—Así es, majestad —aseguró el bravo militar—. Mi problema, que lo es y grande, lo será también de la Corona y de Sicilia. Estoy a punto de perder un gran señor, porque su majestad ya no podrá ofrecernos luchar lograda la paz en su reino. Mis hombres son de carne y hueso. No pueden vivir sin comer y si no reciben estipendio lo obtendrán por la fuerza, saqueando y devastando el país. Preciso es pues que, en pago de los honores y sueldos recibidos, busque yo la manera de librar a vuestra majestad de esta tropa a mayor honra de la Corona.

En términos tan cabales se expresó Roger de Flor. Don Fadrique, repuesto de la sorpresa que le causó lo oído se dirigió a su almirante.

—Lo que decís parece razonable. Pero no se me alcanza qué es lo que pueda hacer para contentar a tanta gente, honrando al tiempo a la Corona de Aragón y evitando problemas a Sicilia.

—Majestad —intervino el marino—, os expondré un proyecto que he urdido y que dará tierras a Aragón y a mis hombres gloria y dineros. Llevo tiempo preparándolo y no puede fallar. Dadme licencia para viajar en una galera armada hasta el emperador de Constantinopla; le haré saber que estoy dispuesto a acudir a Bizancio con tanta gente de a caballo y de a pie como él quiera, todos catalanes y aragoneses, para que nos dé acogida y sueldo. Sé a ciencia cierta que tiene necesidad de tal socorro, pues los turcos le han arrebatado más de treinta jornadas de tierras de labor y amenazan con quitarle aún más y hasta la vida. Y él de nadie se fiaría tanto como de los aragoneses, pues sabe de la fama de las tropas españolas que hacen la reconquista contra el musulmán y han arrojado de Sicilia al rey Carlos de Anjou casi sin despeinarse.

Tal dijo el animoso capitán dejando al rey admirado por su perspicacia. Sin más pasaron a la acción, navegando Roger de Flor hasta Constantinopla donde entró al servicio del emperador bizantino Andrónico, en la primavera de 1303, tras aceptar el monarca todas sus propuestas. La amenaza otomana se cernía efectivamente sobre Bizancio y sus posesiones mediterráneas. Vuelto a Sicilia, en septiembre de ese mismo año, Roger de Flor zarpó de Mesina con siete mil hombres y una escuadra de veinte navíos que le facilitó el rey Federico. A principios de 1304 pasaron los almogávares al Asia Menor, donde derrotaron a los turcos obligándolos a levantar el sitio de Filadelfia, al tiempo que ocupaban Magnesia y Efeso. Poco después se les unió un nuevo contingente de mil doscientos guerreros al mando de Bernat de Rocafort. Ante el empuje almogávar los turcos retrocedieron hasta los contrafuertes del monte Taurus, donde también fueron vencidos. En su avance, los bravos guerreros llegaron hasta las puertas de Cilicia, pero entonces Roger de Flor fue llamado a Constantinopla para parlamentar con Andrónico, estableciendo sus cuarteles de invierno en Gallípoli. Allí se les agregó Berenguer d'Enteça con un contingente de mil trescientos hombres enviados por D. Jaime II. Las desmesuradas pretensiones de Roger de Flor y de los restantes jefes almogávares, que ambicionaban crear un reino propio en las orillas turcas del Mediterráneo estableciendo la capital en Esmirna, suscitaron el recelo de Bizancio. El ansia de poder perdió al bravo almirante catalán. El sucesor de Andrónico, Miguel, lo hizo asesinar arteramente junto a sus lugartenientes en Adrianópolis, durante un banquete, en las calendas de abril de 1305. Berenguer d'Enteça y Bernat de Rocafort lograron salvarse por el aviso de un traidor a Bizancio, al no acudir al ágape, sucediéndose en el mando de los almogávares y devastando en represalia gran parte del imperio bizantino. *Venganza Catalana*, vienen llamando algunos a este evento desde entonces. Ciertamente lo fue y merecida. Hace dos años se sumaron a las fuerzas expedicionarias Ferrán Ximénez de Arenós y el infante D. Fernando, hijo de Jaime II de Mallorca, quien se ha destacado como brillante y valeroso adalid guerrero. Las noticias recientes indican que los almogávares se baten triunfales en la Tesalia y en el Ática, tras asolar y saquear la Macedonia y la Focea, dirigiendo sus miradas al ducado de Atenas que es al parecer su objetivo final. Si consiguieran, como nadie duda por aquí, establecer una cabeza de puente entre Atenas en el Ática y Corinto en el Peloponeso, el dominio de Aragón en el Mediterráneo Oriental se haría casi definitivo y podría ser la base de futuras conquistas en la zona.

Confiando no espantarte con novedades bélicas, volvamos a Francia, donde estábamos. Al dejar París pasé por Montpellier, una de las ciudades que venero por ser allí donde ejerciera tantos años la docencia médica; pretendía saludar a los pocos amigos de aquella insigne universidad que aún quedan vivos. Algunos de ellos son conocidos tuyos y te envían sus saludos a mi través: es el caso del Obispo Durando y del teólogo Lluis de Mareschal. Mi intención es permanecer en Tarragona al menos cinco meses, ya que debo finalizar trabajos atrasados y noto que me cuesta escribir, pues me falla la vista. A Barcelona me dirijo sólo cuando es imprescindible, pues el intenso tráfico de carruajes y caballerías, la multitud de gentes alocadas, la profusión de ruidos, el libertinaje en hombres y mujeres y la licencia desmedida en las costumbres, hace que me retraiga evitando disgustos.

Como pudiste ver estoy hecho una lástima. Apenas oigo y ando medio ciego, por lo que el amanuense se me hace imprescindible. Me viste cojear del pie derecho, cercado por el morbo reumático, no pudiendo deambular sin mis bastones. Las vértebras del cuello se rebelan y crujen cual cuadernas desvencijadas de un viejo galeón. Orino despacio, a toda hora, gastando un siglo en cada micción. Por lo demás no puedo quejarme de mi salud excepto si la comparo con la tuya, irritantemente buena. Y soy cinco años más joven... Algún día me contarás tu secreto pues, curiosamente, yo conozco la teoría y tú te complaces en dominar la práctica. Ten salud. Te la desea A.V. Vale.

3

Tras regresar de Argel, llagado y zaherido, pasé en Montuyri dos largos años de estudio, meditación e intenso trabajo con la pluma. Escribía con rabia. Me apliqué en los retoques del *Arte Magna* y en culminar mi *Árbol de la Ciencia*, redactado con didácticos simbolismos alrededor del árbol que comprende todas las ciencias y las artes. Resultado del estudio de la obra de Tomás de Aquino, el más profundo teólogo cristiano de nuestro tiempo, fallecido hace dos años, fue el inicio de mis escritos contra Averroes y sus secuaces, plaga pestífera que trata de emporcar toda la cultura europea. Desde entonces he escrito más de treinta opúsculos y aún faltan, combatiendo las herejías del falso filósofo cordobés. Me propuse y lo conseguí muchos años después en el Concilio de Viena, que la obra de Averroes fuera prohibida en todos los gimnasios de los reinos cristianos. Pasé a continuación a Montpellier, pensionado por el Papa, para enseñar en su universidad mi *Arte Magna*, sin dejar por ello de hacer incursiones en la poesía e incluso en la novela caballeresca, viendo la forma de impregnar de moral práctica aquella literatura fantástica y quimérica. Permanecí en el Languedoc casi un año, tal vez el más feliz de mi vida, rodeado de alumnos, colmado de amistad verdadera y filosofando libremente sobre temas candentes en deliciosas reuniones hasta el amanecer. Qué inmenso placer el que proporcionan las controversias cultas, sosegadas y exentas de acritud. ¿Habrá un gusto mayor que ver amanecer disputando de temas trascendentes con gentes cultivadas?

En 1280 senté mis reales en París, igualmente comisionado por el pontífice, para ejercer la docencia en filosofía cristiana y perfeccionar mi gramática francesa y latina. Si Montpellier había sido un remanso de calma, rodeado de alumnos españoles y en un ambiente claro y luminoso, mis años parisinos fueron una dura prueba para mi espíritu que ya creía aquietado. Roma, cuando la conocí, era una Sodoma con lagunas benéficas, mientras que París, a mi llegada, era una pústula, un inmenso y hediondo lupanar. Parecía una Babel de gentes enloquecidas en busca del placer más abyecto, que pretendían a cualquier precio. Cientos de obesos comilones vivían para y por la gula contrastando con millares de famélicos seres emaciados, con sólo piel y huesos. Existían banquetes que duraban quince horas. Después de muchas descomunales cenas era normal ver reventar a más de un gordinflón en plena calle. Legiones de ludópatas poblaban los garitos de ambas orillas del Sena jugándose dineros, casas, tierras y hasta mujeres; las clases adineradas se endeudaban comprando grandes villas que tardaban un mes en visitarse, llenas de servidores y de amantes lujosas; los menestrales se arruinaban para vestir caros brocados orientales y calzar escarpines de seda exclusivos, venidos de Lyon y de Génova; cientos de facinerosos robaban impunemente al primer desgraciado que pillaban en descampado después del crepúsculo y un sinfín de sicarios asesinaba por encargo con la mayor frialdad e impunidad. Tabernas y figones sin cuento poblaban la ciudad, viéndose a todas horas infinitos borrachos por sus avenidas, muchos de ellos tirados en el fango en medio de la indiferencia general, mientras la policía, corrupta y connivente con las bandas de maleantes, sólo atendía previo pago. Numerosos miserables, desarrapados y hambrientos, se arrastraban por el barro en invierno o mostraban impúdicamente sus vergüenzas en los tórridos y polvorientos veranos, siendo normal encontrar cadáveres de muertos de hambre o cuerpos mutilados flotando en las fétidas aguas del Sena. Eran miríadas los prostíbulos, casas de lenocinio, guaridas de lesbianas o antros de sodomitas. En cuanto a cantidades, cualquier estimación se quedaría corta. Oí decir que eran más de veinticinco mil las rameras, putas de casta, hurgamanderas, rabizas, izas, prostitutas, colipoterras, furcias de balde o de ocasión, sotas, coimas de salón, pelanduscas y mamonas que ejercían sus oficios en París y sus alrededores, sin contar las alcahuetas, proxenetas, pederastas, bardajas, trotaconventos y mediadores de ambos sexos que pululaban por doquier. Casi la mitad de la población vivía o se relacionaba con el juego o con prácticas venéreas remuneradas.

A pesar de ello —refugiado en el oasis de un convento franciscano— logré concentrarme en el estudio y proseguí mis escritos, versando esta vez sobre temas místicos por extraño que puede parecer en tal ambiente: me refiero a mi obra *Liber contemplationis*, de la que me siento íntimamente satisfecho aunque sólo sea porque se gestó rodeada de impudicia. En las calendas de septiembre de 1281 se abatió sobre París una terrible epidemia de peste negra, sin duda una penitencia equivalente a la lluvia de fuego de las ciudades bíblicas, que diezmó la población y dio paso a escenas tragicómicas: los mismos borrachos lascivos e idénticas inmundas meretrices marchaban en simultáneas procesiones revestidos de harapos, flagelando sus carnes corroídas con cilicios de púas, en medio de la humareda que presuntamente alejaba las miasmas y con sus frentes marcadas por la cal, impetrando del Altísimo perdón y salvación quizá para seguir pecando. No pudiendo soportarlo, puse tierra de por medio dirigiéndome a Roma.

Acababa de coronarse Papa Martín IV, un francés que ejercía como tal y que, según ya dije, sólo miraba en beneficio de sus amos Capetos. Casi todos los miembros de la curia, el Sacro Colegio o la nunciatura eran franceses o pro-galos. Insté a Martín para que congregase a los reyes cristianos a una Santa Cruzada para recuperar Jerusalén, que languidecía en manos otomanas, pero fue hablar con una piedra. Conseguí sin embargo que autorizase libramientos para la fundación de una escuela de lenguas orientales en Roma, primer paso para obtener un vivero de misioneros dispuestos a pasar a África. Cansado de mi inactividad y de soportar corruptelas me reuní con Segundo y mis otros dos legos, alertados previamente por correo y, en las calendas de enero de 1282, partimos hacia Armenia.

Nos embarcamos en Pescara en un navío veneciano que se dirigía a Atenas. Algo habían cambiado mis jóvenes seglares en cuatro años: se veían más hombres, más seguros de sí, más circunspectos. Habían pasado aquel tiempo en el convento —los informes que de ellos di no fueron malos— pero no habían medrado. Entregué a Segundo la bolsa con los dineros, la mayor parte donativos Vaticanos, un resto de mi antiguo peculio y una pequeña parte regalo de la Orden Franciscana. Hicimos escala en Gythion, delicioso abrigo de pescadores —sus salmonetes tienen fama de ser los más sabrosos del Mediterráneo— al fondo del Golfo de Leconia, en el Peloponeso, donde los monjes del Monasterio de Ajios Pelajia nos hospedaron cordialmente mostrándonos el tesoro de sus arcaicos manuscritos. Pasamos a El Pireo, populoso barrio portuario donde mercamos cuatro borricos a lomo de los cuales llegamos a la cercana Atenas. Los asnos eran tan diminutos que dos de mis satélites, que tallaban casi cinco codos reales, arrastraban los pies por los caminos levantando más polvo que un ciclón. Por el contrario, jamás vi jumentos más despiertos: eran listos como los sordomudos huérfanos, orientaban las orejas lo mismo que lobos esteparios y aparentaban más inteligencia que muchos sacristanes.

Tenía curiosidad por contemplar de cerca los cenobios helenos y comprobar *in situ* las diferencias que nos separan de la ortodoxia Griega. Recorrimos sin especial delectación las ruinas clásicas atenienses, encaminándonos derechos a Tebas, Stirion y su vecino monasterio de Osios Lukas, que nos impresionó por la perfección de su antigua fábrica de ladrillo rojizo, la belleza de sus mosaicos bizantinos y el orden, pulcritud y religiosidad de sus monjes, tan distintos de sus primos occidentales. Tras cruzar la isla de Eubea, que recorrimos de sur a norte, nos embarcamos para pasar a Volos, ya en la Tesalia, siguiendo a Larissa y Trikala pues queríamos ver los famosos monasterios de Meteora. Siguiendo el cauce del río Murikani llegamos a Kalambaka, pequeña aldea en cuyo derredor se hallaban los conventos. Las aguas del río, a lo largo de milenios, han arrastrado ingentes masas de tierra y arcillas calizas dejando decenas de gigantescos monolitos de roca, desnudos y enhiestos, apuntando al cielo. Algunos superaban las cien varas de altura y eran delgados, mientras otros, menos elevados, eran más gruesos: casi todos presentaban sus cumbres ocupadas por mínimas y bellísimas abadías inaccesibles para cualquier mortal, pues lo abrupto de las paredes graníticas no ofrecía resquicio alguno donde aferrarse ni a los pájaros. Tuvimos ocasión de visitar los principales monasterios, a los que se accedía izados hasta la cima en una red de malla elevada por forzudos monjes mediante sogas, poleas y cabrestantes. Los habitáculos, capillas, refectorios y celdas parecían de juguete, hechos en miniatura. A algunos hubimos de acceder casi en cuclillas para no dejarnos la crisma en el artesonado. No pudimos visitar los cenobios de monjas, facultad que únicamente tienen los abades en caso de grave enfermedad, cosa que apruebo, ya que en nuestros conventos no son raros los casos de novicias preñadas por lascivos frailes que, prevalecidos de su superioridad y atrincherados en el confesionario, abusan de la inocencia de muchas infelices hasta llevarlas al despeñadero. Apreciamos diversas oquedades y grietas en escarpadas rocas ocupadas por eremitas y penitentes, quienes llegaban a las mismas trepando a favor de gruesas cuerdas anudadas o de escalas que recogían luego de ser utilizadas, permaneciendo en las mismas meses enteros a pan y agua. En conjunto, el aspecto que ofrecía aquella inmensa llanura salpicada de gigantes de roca coronados de tan insólitas cartujas bizantinas no era de este planeta, semejándose a algún mundo onírico e irreal. Comenté con mis acompañantes lo visto.

—¿Qué os ha parecido Meteora?

Era una tarde gris, plomiza; el camino, en suave curva ascendente, ofrecía una bella perspectiva del Egeo; varias velas surcaban la bruñida superficie del mar pareciendo volar. Íbamos encaramados sobre nuestros jumentos que, de tan chicos, apenas se veían. Escuché opiniones dispares.

—Increíble —dijo Segundo—. Ya hace falta humor para vivir tan alto, tan aislado...

—Huyen del acoso otomano —dije yo—. Los turcos han hecho razias desde tiempos seculares para raptar tanto mujeres como hombres, en busca de un rescate. Y lo siguen haciendo. No son raras las incursiones de aquellos bárbaros, incluso hoy día. Allí arriba se encuentran totalmente seguros.

—Yo alabo el gusto a las monjitas —dijo Eugenio—. Con la perversión de costumbres que se alcanza en el siglo, no hay lugar más seguro para ellas que sus conventos aéreos.

—Y ni así —opinó Emilio—. Seguro que más de un confesor ha mancillado la honra de una novicia.

—Sería raro —sostuve yo—. Nunca sube el confesor si no es acompañado del abad de su monasterio.

—Además los popes ortodoxos pueden casarse —dijo Segundo—. Ello presupone que tienen aquietada la carne.

—No necesariamente —sostuvo Eugenio—. Si fuese tan sencillo, ningún casado entre nosotros se desmandaría y no existiría el adulterio.

—¿Dónde se dan más casos de ilícitos amores entre frailes y monjas, mosén? ¿Aquí o en Italia? —preguntó Emilio.

—Más entre nosotros que aquí, sin duda —respondí—. Es lamentable, pero el nivel religioso de nuestros conventos deja mucho que desear. El monacato vive allí malos momentos. Aunque también hay buenos monjes.

—Luego está en relación con la posibilidad de matrimonio de los popes —sostuvo Emilio—. Si aún dudo en hacer mis votos es por lo que me cuesta prescindir de una mujer.

—Yo opino igual —dijo Eugenio.

—Pues no sé qué decir —habló Segundo—. Hay veces, en la quietud del claustro, en que lo veo todo claro sobrándome hasta el mundo, y otras que me derrito a la vista de una mujer hermosa.

Con estas curiosas pláticas proseguimos a Tesalónica, ciudad populosa que atravesamos sin detenernos, para bajar por la Península Calcídica hacia la estrecha y larga lengua de tierra del Monte Athos, una de las tres en que se deshilacha aquélla. Descendimos entre selvas y mesetas recubiertas de vergeles y huertos de naranjos e higueras. En medio de la vegetación fueron aparecieron hasta veinte conventos pertenecientes a la Orden de San Basilio, amén de decenas de ermitas ortodoxas, algunas del siglo IV. Casi todas eran griegas, pero había también de nación búlgara, rusa y serbia. Al fondo del apéndice de tierra se elevaba la mole cónica del Monte Athos, de dos mil trescientas varas castellanas de altitud.

—Ante nosotros el legendario Monte Athos —dije.

—¿Por qué es famoso? —preguntó Eugenio.

—Esta minúscula península constituye una organización monacal, verdadera república teocrática única en el mundo, en la que los cenobios se encuentran conectados entre sí, rigiéndose por normas comunes y siendo dirigidos cada uno por un monje elegido cada seis años —dije—. Hay un Consejo de cuatro miembros y una Asamblea de veinte que dirige los destinos de la singular y cristiana república.

No pusieron objeción los monjes a nuestra visita, pudiendo admirar sus bibliotecas con miles de manuscritos bizantinos, griegos, persas y caldeos, además de un ingente tesoro artístico en capillas, pinturas, murales y mosaicos. Descansamos en el monasterio de Ajios Paulus, al pie del monte, meditando al tiempo sobre las escasas divergencias entre nuestra fe y la ortodoxa, fundadas siempre en la intransigencia y la soberbia humanas. Establecida por Focio en la segunda mitad del siglo IX y remachada por el patriarca Miguel Cerulario en 1054, la ortodoxia griega niega la autoridad del Papa romano y permite el matrimonio de sus sacerdotes, con otras diferencias de orden menor. Seguro que en la raíz del cisma hubo pataletas griegas, alcaldadas romanas o entrambas a la vez, pero es el caso que la separación va para cuatro siglos y, lejos de resolverse y limarse asperezas, se encastillan y enconan las diferencias y nadie quiere dar su brazo a torcer.

Continuamos a Constantinopla en donde entramos el 3 de los idus de abril. La ciudad, edificada junto a la antigua Bizancio por Constantino el Grande, es pintoresca donde las haya. Situada en la boca meridional del estrecho del Bósforo, totalmente amurallada, tiene una población que supera las doscientas mil almas de extracción variopinta, predominando griegos, turcos, búlgaros, hebreos, bizantinos y algún ruso varego en la Guardia Imperial. Resultaba curioso contemplar a los varegos, de ascendencia vikinga, altos, rubios y de ojos claros, pasear por el Hipódromo. El principal monumento de Bizancio es la bellísima iglesia de Santa Sofía, erigida por Justiniano, de planta circular, con su impresionante cúpula, la más alta de entre las cristianas, sin olvidar los templos de San Juan Bautista, Santa Teodosia y el del Pantocrátor, todos ellos en depurado estilo bizantino. Cuenta además la ciudad con mezquitas notables, según dicen de artísticos trazados interiores y hermosas vidrieras. Pero lo más atractivo de la urbe es el intenso colorido y la febril actividad mercantil de sus barrios de Pera y Gálata, edificados por los genoveses en las riveras del Cuerno de Oro y unidos a la ciudad por varios puentes. Tras visitar a los padres Franciscanos, que nos invitaron a pernoctar en su convento, acudimos al puerto, en el Mar de Mármara, para ajustar nuestros pasajes y acomodar a nuestros rucios en un barco que zarpaba para Trebisonda. Largamos anclas en un galeón bizantino que, luego de atravesar el Bósforo, nos llevó costeando y haciendo escala en pequeños puertos turcos hasta aquella ciudad, capital de un estado escindido de Constantinopla.

Trebisonda, que fuera la principal ciudad del Ponto Euxino elevada a tal rango por Trajano, conserva todavía un monolito labrado en mármol jaspeado dedicado al emperador romano que naciera en Itálica. Se veían notables iglesias de estilo bizantino y un gran zoco abarrotado de especias recién llegadas del Oriente, balas de algodón egipcio, fardos con alfombras y tapices persas, bronces, marfiles chinos y japoneses y tallas en maderas raras y preciosas. Las tiendas, negocios y tugurios donde se fumaba opio y se bebía hirviente té llegado de Ceilán, eran innumerables. Un aroma *sui generis*, mezcla de perfumes exóticos, sándalo, mirra, canela, mirto, pimienta y clavo, lo inundaba todo. Pasamos ante un mercado donde se subastaba en aquel momento una partida de esclavos acabada de llegar de Bakú, a orillas del Mar Caspio. Dos hermosas jóvenes semidesnudas fueron compradas ante nuestra vista por unas monedas de oro e introducidas en el carro de un tártaro con aspecto feroz, pero de fino gusto. Ninguna mujer merecería un destino tan cruel... Mis jóvenes satélites bufaban. Hube de reprimirlos pues pretendían liberar de su despiadado comprador a las esclavas y huir con ellas.

—Salvajes... —repetían los tres casi al tiempo.

—¿Cómo puede permitirse la esclavitud en pleno siglo XIII? —dijo Eugenio indignado.

—La esclavitud es algo natural —sostuve yo—. Ha existido, existe y existirá siempre. Cambia según los lugares; hay diferentes formas. En Europa la gleba es esclava de sus amos y, casi más, de la tierra. En Italia, España o Inglaterra ya no se compran los siervos con dinero ni se amarran con cadenas, pero están sujetos a un salario mísero. Tienen la peor de las esclavitudes: la ignorancia. Y en otras latitudes es aún peor.

Nos informaron que la ruta hacia Armenia era muy peligrosa a pesar de viajar, como pretendíamos, en una expedición de mercaderes, pues los asaltos y desvalijamientos se sucedían en medio de la impotencia de las autoridades. Fuimos por ello conminados a armarnos con alfanjes y gumías turcas, pues sin tal precaución no seríamos acogidos en ninguna de las diarias caravanas que salían hacia Persia. De aquella guisa partimos sobre nuestros jumentos tan pronto como pudimos, pues la temporada —comienzos del verano— era la más propicia para transitar por el Cáucaso, zona muy fría a partir del otoño. Siguiendo el cauce del río Píscites e integrando una gran columna con recuas de caballos y mulas, innumerables carromatos y jinetes sobre todo tipo de monturas, nos adentramos en lenta ascensión hacia el Portillo de Zigana, estrecho desfiladero entre montañas cuyas cimas desaparecían ocultas por nubes densas y plomizas. Las límpidas aguas del río corrían al fondo del barranco y originaban, al despeñarse entre las rocas, un rumor relajante. Manadas de íbices salvajes retozaban en las empinadas praderías mientras los grandes machos se disputaban el favor de las hembras en celo, embistiéndose con sus retorcidas cornamentas y causando un clamor fuerte y diferenciado cuyos ecos se repetían amortiguados a lo largo del angosto cañón. Llegamos sin novedad en tres días al Valle de Araxes, cruzándonos varias veces con grupos de mercaderes que hacían el recorrido en sentido contrario. Tras doce días de viaje entre montañas encrespadas, profundos barrancos y encajonados ríos de salvaje belleza, llegamos a las puertas de Erivan, la capital y el corazón de Armenia.

Se encuentra esta antigua ciudad en una alta meseta a orillas del río Zanga, rodeada por las majestuosas cumbres de los macizos caucásicos, algunas con alturas superiores a las cinco mil varas. Es zona rica en producción agraria, toda de regadío de las aguas del Zanga, abundando las huertas atestadas de hortalizas y árboles frutales. Dominada por los otomanos, vimos una hermosa mezquita —llamada azul por estar barnizadas sus tejas en tal tono— como único edificio digno de mención. Coloristas turbas de armenios, chechenios, cosacos, tártaros, uzbecos, persas y judíos, entendiéndose en mil jergas distintas, pugnaban por embaucarse recíprocamente mientras legiones de mendigos y tarados poblaban sus polvorientas calles y asaltaban a los viandantes en busca de mendrugos de pan o monedas de cobre. Nos acogieron en el convento de monjes ortodoxos, muy respetados en toda la región por ejercer la caridad desde antiguo con los más desvalidos, iniciando allí nuestra misión evangélica. Llamaba la atención el gran número de ancianos que se veían por todas partes, muchos de ellos aparentando cien años e incluso más, cuando en Europa es difícil encontrar viejos que sobrepasen los sesenta. Es un tema que en su día comenté con mi buen amigo Vilanova, indicándome mi sabio compatriota que tal longevidad quizá fuera debida a la tranquilidad de las montañas caucásicas, a una alimentación correcta y moderada o motivada por algún componente mineral de sus aguas y manantiales. Yo creo que, amén de todo ello, llegar a la senectud es cosa de familia: sé de parentelas cuyos miembros han cumplido los ochenta con independencia de su actividad o forma de vida y el caso de familias que, sin fundamento alguno, mueren jóvenes al margen de su frugalidad y sosiego. Ignoramos tantas cosas del organismo humano... Es muy posible que, lo mismo que se heredan el color de los ojos, los rasgos físicos y hasta la inteligencia, recibamos de nuestros ancestros una enigmática carga genética con tal peculiaridad. En ella fío, pues mis ascendientes desde hace seis generaciones murieron todos a avanzada edad.

En los tres meses que permanecimos predicando en distintos lugares de Erivan bautizamos a veintiséis conversos, uno de ellos judío. Al iniciarse los primeros fríos, después de los idus de octubre, bajamos hacia Tabriz pasando al pie del monte Ararat, inmensa mole cubierta de nieves eternas donde Noé embarrancara con su arca al descender las aguas diluviales. En la curiosa ciudad persa apenas nos detuvimos para contemplar su antigua fortaleza amurallada, siguiendo hacia Teherán. En ambas márgenes de los ríos que bajaban del Cáucaso, multitud de mujeres lavaban y aprestaban llamativas alfombras cuya contrastada calidad es proverbial desde la antigüedad remota. Precisamos dieciséis jornadas para llegar a la capital de Persia, situada en una abierta y ventilada llanura al pie de las montañas de Elburz, que la separan del Mar Caspio. Sus murallas la circundan por completo, protegiéndola de los vientos del sur, siendo numerosos los monumentos y reliquias de su esplendoroso pasado. Visitamos la célebre madraza dedicada a los estudios médicos, lugar que conoció el paso de Avicena antes de instalarse en Bagdad. Allí proseguía la fama y el buen hacer del ilustre físico y filósofo, practicándose las más avanzadas intervenciones quirúrgicas que hoy reconoce y avala la ciencia médica: trepanaciones, herniorrafias, intervenciones oculares, amputaciones de todo tipo y ablación de tumores nocivos. Según un docto y anciano profesor que entendía el castellano, pues había completado su formación en la medersa cordobesa hasta que en 1236 hubo de abandonarla al conquistar la ciudad el rey Fernando, los resultados de las operaciones eran óptimos, presentando menos de un setenta y cinco por ciento de malos resultados entre complicaciones y óbitos. Ciertamente es un buen resultado en cirugía, pues en cualquiera de los escasos nosocomios europeos con prácticas quirúrgicas, no llegan al diez por ciento los que escapan vivos o quedan tarados tras someterse al escalpelo y ello a pesar de que las intervenciones son de menor entidad. Rehusamos visitar Persépolis y sus antiguas construcciones y palacios donde medos, aqueménidas, seléucidas, partos y sasánidas se sucedieron hasta la llegada de los árabes de Damasco. Los abassíes sirios, a su vez, habían sido desalojados por los mongoles, quienes gobernaban Persia a nuestra llegada. Aunque los persas tienen un complicado idioma propio, las gentes cultivadas hablan árabe, efectuándose las transacciones comerciales de cierta envergadura en la citada lengua en la que están también escritas las célebres *gazelas*, *casidas* y las epopeyas nacionales.

Permanecimos en la ciudad todo aquel invierno, pudiendo comprobar el alto grado de tolerancia de sus habitantes y un adecuado nivel cultural, superior desde luego al de cualquier ciudad europea. Jamás fuimos molestados en nuestros sermones callejeros, a pesar de efectuarlos muchas veces a la salida de las mezquitas, que son muchas y bellas. Multitud de religiones y creencias tenían asiento en Persia: predominaban los islamitas, pero se veían judíos, budistas, animistas, brahmanes, contados cristianos coptos y seguidores de Siva y de Confucio; mas la población persa, por lo común, sigue fiel a las doctrinas de Zarathustra y de su libro sagrado, el Zendavesta, amando sobre manera las odas de su poeta nacional, Omar Jayyám, autor de las famosas *Rubaiyyat*. Vimos a los curiosos seguidores de un santón hindú, una especie de tótem esquelético con cara inexpresiva, a quien rodeaban sus acólitos descalzos y envueltos en sutiles mantones de color ladrillo mientras entonaban canciones rítmicas jaleadas con palmadas. Iban totalmente rapados, barriendo con una escobilla el suelo que iban a pisar para evitar aplastar cualquier hormiga, pues sus infantiles creencias les impiden destruir todo tipo de vida. Al acabar sus cánticos y danzas se despiojaban en rueda y guardaban en pequeños frascos de vidrio pulgas, garrapatas, chinches, piojos y demás parásitos pues, en el colmo de la ignorancia y la superstición, consideran que el insecto comensal que ha aspirado sangre humana participa de la naturaleza de su huésped y, de no ser tratado con miramientos, en el futuro se reencarnarán en uno de ellos. Imagino que seríamos contemplados por aquellos zotes con idéntica curiosidad y expectación con la que les observábamos nosotros, aunque he de reconocer que los transeúntes nos miraban con indiferencia, sin que lográramos hacer proselitismo alguno durante los casi tres meses de nuestra permanencia en la ciudad.

Nos hospedábamos en una posada detrás del zoco chico. Preferí tomar habitaciones separadas para evitar saber de posibles ausencias nocturnas de mis conmilitones. A pesar de ello y al ser de sueño ligero y quebradizo, los oía regresar, sobre todo a los primos, de madrugada o al clarear el día. Curioso antes que intrigado, pregunté un día a Segundo. Era desde luego un asunto de féminas. No podía tratarse de burdeles de pago, pues los ataba corto y sólo les daba monedillas de cobre para gastos menudos. Tampoco deberían ser amores clásicos, ya que estaba mal visto que las hembras persas hablaran con foráneos. Mi tesorero me desveló el secreto. A fuerza de constancia y de indagar por señas, pues ninguno de mis adláteres sabía una palabra de árabe, prevalecidos de su aspecto varonil y un tanto exótico, habían conectado con una vendedora de frutas del mercado cuyo marido andaba de viaje. Era mujer madura, próvida de maneras, generosa de carnes, de senos palpitantes que marcaban su túnica escotada. Debía de echar de menos los favores de su hombre, que andaba por Damasco en una caravana de especias, porque a la primera insinuación se dejó acompañar por los dos a su casa. Al parecer cenaban como los pavos, en silencio, mirándose con ansia, fornicando a los postres por turno.

En las nonas de febrero de 1283 salimos, siempre caballeros en nuestros fieles asnos, acompañando a unos mercaderes que formaban caravana hacia Bagdad. El tiempo era suavemente invernal, el más adecuado para afrontar tan largo viaje que cumplimos en veintidós jornadas.

✠

Perpignan, en los idus de junio del año de Cristo Redentor de 1309.

Caro Arnau: contesto a vuelta de correo la tuya desde tu posesión de Ollers, de abril pasado, celebrando estés bien. Yo también disfruté de tu amena compañía en París. Lo que siento es haberme perdido la incruenta batalla que libraste con los filósofos de la Sorbona y que tan fielmente me relatas. En lo tocante al buen Certós, me consta —he comentado el caso con amigos comunes— que sus diatribas contra ti son producto de cierta sana envidia a tu capacidad, al dominio de tu arte médico, a tu sabiduría y prestigio antes que verdadera animadversión o insana saña. No debieras ahondar la herida del rencor, siempre malo, sino pensar que, como falibles que somos, cometemos errores. El mejor escribano echa un borrón y no hay ballestero que atine siempre el blanco: todos marramos alguna vez y acertar siempre es también azaroso. No olvida los agravios el ocioso, quien rumia su revancha y se regodea en el desquite. No deberá ser tal tu camino, sino el del hombre honrado, laborioso y fiel que sin duda eres. Si aceptas el consejo de tu viejo amigo, considera el punto de vista del dominico antes de lanzar definitivo anatema sobre él. Quizá lo has ofendido con tu verbo encendido o algunas de tus proposiciones futuristas son más aleatorias que reales. Sabes mejor que yo que la razón absoluta es imposible y que cualquier cuestión contempla, al menos, dos lecturas. Y basta ya por hoy de sermoneos.

De lo relativo a mi periplo francés, a mi lucha con Clemente v —quien termina de trasladar estos días a Avignon la sede de San Pedro en medio del estupor de la cristiandad— y a mi desesperada búsqueda de dineros conque sostener la Guerra Santa en Palestina, ya te adelanté algo en París. Dame la enhorabuena: el Papa ha aprobado mi *Arte General*, que será de estudio obligatorio en los gimnasios de Francia, Inglaterra, la España cristiana y los Estados Pontificios. En cuanto a mi reunión con los teólogos de la Sorbona, posterior a la tuya y de la que por tanto no tendrás noticia, te adelantaré que fue un completo éxito. Leí extensos párrafos de mi *Arte* y conseguí que fuese reconocida públicamente mi doctrina, verdadera máquina de guerra contra los averroístas que, como sabes, proliferan en Francia como el vómito negro. Algunos de ellos se sentaban entre los doctos miembros del tribunal que me escuchaba, pero no osaron responderme, ni estaban capacitados para sostener alegaciones o polémica alguna. Presenció mi ponencia teológica mi buen amigo Duns Escoto, el célebre —a pesar de su juventud— filósofo escolástico escocés, quien aprobó mis escritos sin ver en ellos rastros de heterodoxia como los averroístas proclaman. No creas que me engallé o recibí con alborozo el espaldarazo que tan precoz y encumbrado sabio me prestaba: cuanto más se aproxima el final de mi vida, más me doy cuenta de mi inutilidad y de mi ignorancia. Cuanto más alto esté el prestigio o la satisfacción mundana, más grande será el aldabonazo y el estrépito que ocasionará la caída.

Como soy más feliz, mi fiel Arnaldo, es escribiendo. Y más cuando describo la grandeza de Dios. Aprovecho cualquier rato del día —me he vuelto un avaro del tiempo— y de la noche —cada vez duermo menos— para coger la pluma y llenar páginas y páginas con reflexiones, recuerdos de mis muchos viajes, novelas, disquisiciones teológicas o correcciones. Ando ahora trabajando en una extensa obra que quiere describir mi propia vida, desde que acierto a recordarla en la claridad luminosa de un huerto ajardinado, en mi Palma natal. Mi más precoz vivencia se remonta a mi primera infancia, con apenas tres años: reposo en un blando regazo en medio de una luz deslumbrante, cegadora; un seno turgente y entrañable destila dulces gotas de leche que libo sin ansiedad y sin premura; todo es perfecto, ordenado, bello y apacible. Percibo un aroma suave y embriagador, mezcla de limón, lavanda y el propio de los efluvios lácteos y del sudor de una mujer joven. Evoco el adormecedor rumor de multitud de pájaros y el ladrido entrecortado y familiar de un perro. Voces femeninas suenan próximas y se mueven girando a mi alrededor como libélulas. Soy el centro del mundo. Una especie de toldilla amarillenta me protege del sol, a pesar de lo cual, al oscilar levemente batida por la brisa, deja pasar de vez en vez sus fuertes rayos. Hay una voz de hombre, grave, profunda, que se impone a las demás que enmudecen cuando resuena desde atrás y a lo lejos, impartiendo órdenes. Quizá por mis claros recuerdos infantiles en la luz de mi tierra mallorquina he puesto al libro un nombre: *Blanquerna*.

Paso unos días en la hermosa capital de nuestro Rosellón hospedado en el palacio de los Reyes de Mallorca, el grandioso Castellet. Ha sido una gentileza de D. Jaime que no he sabido soslayar. He visitado a antiguos conocidos y parientes que me abruman con agasajos y recepciones que tolero mal, con la agravante de mi poco tacto y ausencia de prejuicios que me convierten en una especie de troglodita intratable y huraño. Escribo para el rey algunos trabajos referentes a la conquista de Mallorca, un poema que llevará mi nombre: *Lo Cant de Ramón* y una efusión lírica: *Els cent noms de Deu*. Es verdad que en mi ocasional aposento, una vastísima dependencia rodeada de comodidades y de lujos, no me encuentro tan bien como en mi humilde morada del monte Randa. Toda la turbamulta de lacayos que te envían avisos, camareras que irrumpen de repente en la cámara, doncellas que limpian y pretenden poner orden, servidores metomentodo, etiquetas y horarios para cualquier cosa, me sobra: ¿habrá mayor riqueza que la independencia? Me gusta ser feliz en la anarquía organizada de mis libros y en el desbarajuste concertado de mis propias reglas. Me agradaría poder vacar alguna vez, pero ello es imposible pues nunca he sido más desgraciado que en las pocas ocasiones en que estuve de feria o guardé cama. Bastantes bacanales y fiestas tuve en mi juventud y estoy curado de ellas. Amo la soledad. Quisiera no tener que escuchar el chirriar de los goznes de mi puerta anunciando una visita siempre intempestiva. He odiado el ejercicio que fortalece el cuerpo y te convierte en un vulgar Narciso y he amado desde los treinta años —¡cuánto tiempo perdido!— todo lo que contribuya a templar el espíritu. Muchos imitan a los atletas que van a la palestra a potenciar sus músculos y muy pocos emulan a los sabios que acuden a las aulas para robustecer el alma y prepararla para soportar los envites de la fortuna, con toda certeza venideros. El vulgo ama su cuerpo y desprecia la ética. Para lograr un físico aceptable es menester de sacrificios, asiduo entrenamiento, masajes apropiados con aceites y unturas, amén de comida y bebida en abundancia, al cabo que la virtud puede lograrse sin abastecimientos especiales y casi de balde: sólo hay que proveerse de amigos verdaderos, recado de escribir y textos apropiados. El rico tiene tantas servidumbres, tantos afanes y negocios, tantas inquietudes porque no mengüe su patrimonio, que raro es el que adelanta en lo inmaterial. La libertad, el autogobierno, son la esencia de la vida del hombre y no pueden comprarse con dineros ni por supuesto enajenarse. Uno propio ha de darse una y otro, perdiendo el temor a la pobreza y encarando la muerte como un hecho vital, de largo el más importante de nuestra singladura. A la postre, siempre será más dichoso el que no tenga nada que perder que aquellos que se llaman a sí mismo felices cuando basta mirar a sus ojos sin brillo para comprender su tremenda aflicción o escuchar el sonido de sus risas fingidas y huecas para entender sus mil miserias. Deberás perdonarme: me prometí no hacerlo, pero insisto en adoctrinarte con mis filosofías.

Disfruto enormemente con tus informaciones sobre los avances del Reino de Aragón en el Mediterráneo Oriental, algunos de los cuales conocía. Las batallas que me relatas de los bravos almogávares y de sus capitanes catalanes son en verdad épicas. Debo hacerte, no obstante, una mínima objeción: el insigne almirante de Aragón, Roger de Flor, no era catalán de nacimiento aunque sí de adopción. Hijo de Ricardo Blum, halconero del emperador Federico II Hohenstaufen y de una mujer de Bríndisi, nació en algún lugar de la Basilicata —posiblemente Táranto— en fecha incierta. Sus comienzos en la milicia no fueron precisamente edificantes. Antiguo templario, fue expulsado de dicha benemérita orden por haberse enriquecido a sus expensas en la caída de Acre, en el 91, dedicándose luego al corso para, al poco, ofrecer sus servicios a Federico II de Sicilia. Enmendó su turbia trayectoria, ya al servicio de la Corona de Aragón, hasta ser nombrado almirante y realizar las proezas que tan certeramente refieres en tu carta.

Hablas en la misma peyorativamente de tu salud y la comparas con la mía. Cumplidos los setenta y cuatro, he de reconocer que me encuentro mejor que la generalidad de mis amigos, para a la vez afirmar que de un tiempo a esta parte adolezco de achaques fastidiosos. Oigo fatal. No sé si ello es realmente malo pues, exagerando un poco mi defecto, he logrado espantar a importunos, evitar charlatanes y enterarme de ciertos secretillos ajenos. Noto cierto temblor en mi mano izquierda que va a más, aunque no me inquieta especialmente pues soy diestro y no me afecta al manejar la pluma. No he perdido vigor y soy capaz de caminar durante horas sin apreciar fatiga, pero ha menguado la movilidad de mi cuello que aparece yerto, como un bloque de yeso. Tras permanecer inclinado algún tiempo sobre mis escritos, aparece un intenso dolor cervical que trato de remediar con emplastos de ruibarbo caliente y pobres resultados. Es cierto que soy algo mayor que tú, pero la edad reside más en el ánimo y en la voluntad que en las vísceras. Hay un aspecto en el que no me cambio por ninguno: es el espiritual, en donde mi coraje puede igualarse al de un zagal. Además no temo a la vejez —¡estoy en medio de ella!— siempre que no llegue aderezada de la temida parálisis, la sequedad del cerebro, la idiocia que impide apreciar la belleza o la espantable locura senil. Ten salud. Vale. Ramón Llull.

✠

Permanecimos en Bagdad menos de dos meses. La ciudad, muy reciente en comparación con Damasco o Teherán, era un revoltijo de árabes fatimíes, saudíes y suníes que completaban turcos, persas, armenios, judíos, griegos y mongoles, viviendo cada colectividad en sus barrios. Extendida sobre ambas márgenes del Éufrates, era la ciudad más poblada del Asia —y quizá de todo el Orbe— con cerca de seiscientas mil almas. Insoportable horno en los tórridos y secos veranos, se convertía en un barrizal en los cortos y gélidos inviernos. La algazara y el colorido de sus calles era la misma de cualquier población musulmana, siendo toda ella un inmenso zoco en el que podía mercarse cualquier producto de las siete esquinas del orbe. Interminables recuas de dromedarios y caballos procedentes del Oriente llegaban a diario con multitud de especias, sedas, tapices, objetos lacados, gemas exóticas y opio chino cuyo consumo era cada vez más frecuente en los fumaderos de una extensa zona desde Eriván a El Cairo y de La Meca a Argel. El mercado de esclavos de Bagdad tenía justa fama de ofrecer los varones más fuertes y las hembras más bellas, en competencia única con el de Damasco. Nunca vi reunidas beldades a la venta tan sugerentes como las bagdasíes. Ni tan exóticas. Los ojos de mis coadjutores se salían de sus órbitas. Yo procuraba no dejar los míos mucho tiempo en sus rostros, por mor de no resucitar viejas querencias. Había blancas caucásicas, tartáricas de pómulos salientes, siríacas de ojos zarcos, sumisas indostánicas de pieles cobrizas, pálidas y ruborosas féminas de Siam, amarillas de China, mongolas de poderosas nalgas, delicadas del país de Amaterasu con pechitos de corza y ojos rasgados y un largo etcétera. Su venta, en plena calle, reunía a una legión de compradores ávidos. No pude por menos de evocar la pasión que una vez me dominara por las hembras. De haber caído en Bagdad con veinte años y dinero en la bolsa, hubiera reunido un harén más grande que el del propio sultán. Eugenio y Emilio se desmandaron varias veces, regresando de madrugada a nuestro albergue; volvían alegres pero no de vino, que no lo delataban en su aliento, sino mansos y sosegados, con luz de estrella en la mirada; se derrumbaban en sus catres y dormían diez horas lo mismo que lirones; el asunto olía a gineceo desde lejos pero, por más que pregunté o lancé indirectas, no soltaron prenda.

Residía en la ciudad una pequeña colonia de cristianos maronitas, fieles a sus viejas y hermosas tradiciones, que se entendían en siríaco y que nos acogieron con verdadero entusiasmo. Predicamos muchas tardes frente al gran bazar, logrando reunir a grupos de islamitas que atendían interesados o meneaban la cabeza, escépticos, pero siempre tolerantes. Nos asistían y apoyaban los maronitas. Gracias a ellos y con la ayuda del Espíritu, a nuestra marcha el grupo se había enriquecido con diecisiete neófitos.

Salimos hacia Siria subiendo por la margen izquierda del gran Eufrates, en compañía de unos mercaderes venecianos que regresaban de la India. Eran los primeros días de mayo y el calor se hacía ya notar, por lo que la marcha era muy lenta. Una noche, a la altura de Mayädine, hubimos de hacer frente al ataque de unos forajidos que, al amparo de las sombras, irrumpieron en nuestro campamento. Gracias al centinela, que dio a tiempo la voz de alarma, pudimos ponerlos en fuga al precio de algunos heridos y de la pérdida de un carromato cargado con ámbar, cinamomo, clavo y pimienta negra. Llegamos sin otra novedad hasta Aleppo y de allí, en las calendas de junio, a Antioquía, donde nos solazamos con antiguos conocidos de nuestra primera estancia.

Frescos y reconfortados embarcamos hacia Chipre el día de los idus de aquel mes, arribando a Famagusta. Reinaba en la isla un descendiente de Guido de Lusignan, caballero cruzado normando que la comprara a Ricardo Corazón de León en 1195. El enclave, poblado por más griegos que turcos, era mayoritariamente cristiano pero inficionado por herejías múltiples, costumbres licenciosas como la sodomía, libaciones sin tregua del mágico vino de la tierra, prácticas nigrománticas y misas satánicas. El rey Edgardo era de trato cordial, firmes creencias, costumbres morigeradas —hecha la salvedad de un gran harén con más de treinta concubinas— y gobierno aceptable. Nos recibió con alborozo. Traté en mis conversaciones, pues era afable, de convencerle de que la concupiscencia desmedida acarrea abatimiento y desconsuelo, pero fue tarea perdida. Sincerándome con él, le relaté mi propio caso. Entonces se explayó en alabanzas hacia sus hembras asegurándome que les era fiel, que no había lascivia de por medio, que jamás visitaba los burdeles de Famagusta, que nunca las despedía sin motivo y que, cuando lo hacía, llenaba cumplidamente sus alforjas para que nada les faltara, ni a ellas ni a sus proles. Me dibujó las gracias de su última adquisición, una negrita nubia de trece años, mujer en agraz que se movía por el serrallo como una gata de Siam y tenía los ojos del color de la almendra. Me juró que prefería morir antes que privarse de la visión de la belleza en la mujer. Insistió en que necesitaba la presencia permanente de un recién nacido y de multitud de niños correteando por el parque, lo que le proporcionaba la mayor felicidad. No hacía distingos entre morenos, blancos, cobrizos o amarillos. Abundó en que el Antiguo Testamento está lleno de ejemplos de patriarcas rodeados de esclavas y de esposas, sosteniendo que el copular variada y juiciosamente era para él más necesario que el comer. Era tal su acento persuasivo que no quise insistir, pues, amante apasionado como fui de las féminas, llegué a temer que el cautivador acabara siendo cautivado y preso. Me centré después en Olayo de Lusignan, uno de los hermanos menores del monarca, que vivía una vida de lujuria desatada en medio de borracheras del delicioso vino de la isla, juergas a todas horas y prácticas de magia negra. Eran famosas en la isla sus timbas; en algunas se apostaban mujeres y podían durar tres días seguidos. Había abandonado el cristianismo y los islamitas le tendían sus redes, encontrándose casi en sazón para abjurar de sus creencias. Nuevamente me iluminó el Señor y, tras pocas pero profundas charlas, conseguí hacerlo salir de su sinrazón moviéndolo a cambiar de vida. He sabido después que terminó casándose, dando desde entonces ejemplo de caballero honesto, caritativo y noble. Confío que el ejemplo de su hermano mayor, recientemente fallecido, cale en él —obviando el tema mujeriego y sensual— pero lo dificulto. Si siempre es difícil resistir al embrujo de una mujer, en aquellos ambientes orientales de deleite y hedonismo desatado se hace casi imposible.

Recorrimos a lomos de borrico hasta el último rincón de la isla, pero especialmente su parte nororiental, feudo otomano, en cuyos pueblos soltábamos nuestras arengas evangelizadoras con resultados desiguales: hubo lugares donde hicimos alguna conversión, bautizando a los neófitos en emotivas ceremonias y los más donde nos corrieron a cantazos gruesos. Mi fiel Segundo sufrió la peor parte pues, en Kerinia, localidad costera al norte de Nicosia, alcanzó tal pedrada en la frente que perdió el tino durante media tarde, salvándose gracias a la sangre que vertió al exterior, pues es sabido que los golpes craneales que suceden en seco aparejan normalmente daños irreparables en las membranas del cerebro y aun en la misma sustancia que compone los sesos, que es frágil en extremo, dejando a veces secuelas en forma de parálisis o crisis comiciales.

A comienzos del otoño de 1283 navegamos a Rodas, colonia entonces griega, donde permanecimos sólo unas semanas para pasar a Creta, enclave bizantino. En esta bella y misteriosa isla pasamos el invierno adoctrinando a una curiosa y ya nombrada minoría étnica de origen hispánico, pues sus miembros eran descendientes de expulsados de Al-Andalus. En efecto, según averigüé, en 814 fueron arrojados de Córdoba por el emir de turno gran número de renegados españoles, vulgarmente llamados muladíes, a raíz de un motín que estalló en el inmenso arrabal de la ciudad del Guadalquivir, poco tiempo después de los sucesos de Toledo que han pasado a la historia con el nombre de *Jornada del Foso*. Los renegados, más de veinte mil, recorrieron el Norte de África en un peregrinaje épico, tomaron Alejandría a los árabes y la dominaron cerca de diez años pasando al fin a Creta. Conquistaron la isla a los bizantinos y allí se aposentaron casi siglo y medio, manteniendo su estirpe que ha recuperado la religión cristiana y conservado su gracioso lenguaje: una peculiar jerga de romance castellano con vocablos latinos y griegos. A ellos dedicamos preferentemente nuestra atención, pues sus convicciones no eran muy sólidas, logrando que muchos afirmaran fuertemente su fe al tiempo de nuestra marcha.

Desde Creta, un navío maltés nos llevó a La Valleta el 4 de las calendas de abril de 1284. En esa época hacía ya dos años que habían sido expulsados de la isla los normandos franceses e imperaban las armas de Aragón. Malta es un enclave pequeño y desangelado, ventoso e inhóspito, con un comercio que languidece y una iglesia pobre, pero saneada moralmente en comparación con la italiana o francesa. Yo me aburría pero mis legos, los muy ladinos, deseaban permanecer en la isla y es que habían descubierto en la bella muralla un burdel donde les hacían precio. Cortando por lo sano y tras saludar al obispo, partimos para Túnez donde no faltaba labor. Durante siete meses recorrimos antiguos itinerarios familiares: Bizerta, Bona, Constantina y Bujía, reanudando en todas partes viejas amistades. Esta vez cambiamos de sistema para intentar catequizar a los islámicos: abríamos dispensarios en zonas populosas para atender enfermos y alimentar a los más miserables y, al calor del afecto que nuestra humanitaria labor ocasionaba entre la plebe, tres veces por semana los congregábamos para que escucharan nuestras prédicas. El resultado fue espectacular: casi doscientas conversiones en algo más de medio año.

Una mañana, paseando por Bujía sin la compañía de mis acólitos, fui reconocido en plena calle por un muftí con el que disputara años atrás. Denunciado a los alguaciles me condujeron a la cárcel donde, sin mediar palabra, fui desnudado, apaleado, pisoteado y abofeteado sin piedad durante cuatro días. Me dejaron por fin cargado de cadenas y tirado en un húmedo calabozo en compañía de siete forajidos. Uno de ellos, un moro descompuesto de rostro por nombre Homero, que decía ser filósofo, estaba dotado de un verbo cautivador y realmente conocía los entresijos de la ciencia teológica. Una tarde, en el gran patio, rodeados por toda la turba de penados, me retó a una disputa sobre la Santísima Trinidad. Me chocó el tema elegido por aquel bellaco, pero no lo rehuí. Debatimos con ardor durante horas en medio de la expectación de presos, guardianes y hasta del alcaide de la prisión, que al ver el alboroto se acercó para oírnos. El agareno era en verdad un contrincante experto y demostraba erudición y fundamento. La controversia —en árabe clásico— resultó apasionante y dejó estupefactos a los asistentes: habrá que recordar que los muslimes debaten entre sí en las mezquitas, de forma cotidiana, sobre mil temas del Alcorán y que, unos más y otros menos, poseen ciertos rudimentos filosóficos o conocen las triquiñuelas del arte dialéctico. No hay que decir que resulté brillante vencedor en la polémica, como honestamente reconoció mi rival —que resultó ser un muftí celoso, puesto entre rejas por haber asesinado a su mujer tras sorprenderla en los brazos de un mancebo al que igualmente degolló— y como resultas de la misma fui puesto en libertad a los veintitrés días. Me esperaban a la puerta del presidio los pollinos y, dando saltos de alegría, mis asistentes.

El 2 de las calendas de octubre zarpamos para Palma luego de un periplo de dos años, nueve meses y catorce días. Con el tiempo justo de dejar en Montuyri los manuscritos y notas del viaje, más de tres mil infolios, salimos para Ostia y Roma. Allí di cuenta al Papa del resultado de mi gira, exhortándolo otra vez a apoyar una nueva cruzada y a proveer los medios para formar misioneros y enviarlos al Oriente y África. Me escuchó con un aire de superioridad tan insufrible y tal cara de estulto, que abandoné el Vaticano a la carrera para embarcarme en la primera nave refugiándome en Randa.

✠

Zaragoza. Nonas de septiembre del año de gracia de 1309.

Fiel Ramón: celebré mucho tu última epístola desde Perpignan y el que tus alifafes sean llevaderos; los míos, al contrario, van en gradual aumento mas, no temas, me he propuesto sobrellevarlos sin quejas ni espantar a nadie con su relación. Paso en la corte varias semanas invitado por el rey D. Jaime y disfruto —en este caso disentimos— de la magnificencia del

Palacio de la Aljafería, que es, de todos los alcázares reales que conozco, el mejor por la riqueza de su mobiliario y decorados, lo amplio y ventilado de sus aposentos, lo abastecido de sus provisiones y despensas y la calidad de su servicio. Sabes muy bien que siempre odié la gula y los banquetes al uso en las altas instancias, pero agradezco una buena comida siempre que sea morigerada con alimentos frescos y bien condimentados. No comparto los ágapes cortesanos, ni tomo carne, caza o salazones desde hace más de cuarenta años. Estoy seguro de que el consumo de tales productos origina el mal de piedra, la *rheuma* y también la podagra, males que afligen a príncipes, aristócratas y altos miembros de la curia, pues he observado que los monjes contemplativos y los campesinos muy pocas veces padecen aquellos crueles morbos. En cuanto al mecanismo por el que se depositan en las articulaciones, riñones y conductos urinarios las ponzoñas resultantes de la degradación en el estómago de aquellos alimentos, he especulado con varias teorías que tengo publicadas sin que hasta el momento haya podido demostrar ninguna. A la espera de probar aquella relación de causa-efecto me abstendré de comer tales manjares pues, mientras haya verduras, frutas y pescado fresco, no preciso otra cosa.

D. Jaime II goza de mejor salud que sus ancestros, algunos también pacientes míos. Su abuelo Jaime, conocido como *el Conquistador*, era mejor guerrero que político, debiendo su apelativo a las conquistas de Mallorca —tu padre estuvo a su servicio en aquellas jornadas donde ganó renombre y tierras—, el reino moro de Valencia y poco después las villas de Alicante, Elche, Orihuela y Murcia, guerras a las que acudió en ayuda de su yerno castellano, Alfonso X. En Francia conservó Montpellier, pero hubo de renunciar a la Occitania. Su proyecto de cruzada a Tierra Santa, casi al inicio de su reinado, fue frustrado por una tempestad al sur de la isla de Cerdeña, que dispersó las naves malbaratando las ansias de gloria de los más de dos mil caballeros aragoneses y catalanes que la integraban. Faltó también fortuna, pues tras el impulso bélico se abrían las inmensas riquezas orientales. De sus dolencias poco sé, pues me limité a asistirlo en su lecho de muerte.

Su hijo Pedro III, designado por muchos como *el Grande*, hubo de aceptar la política de partición de reinos que Jaime dictara en su testamento. Aragón, Cataluña y Valencia permanecieron en sus manos, mientras que Mallorca, los condados del Rosellón y la

Cerdaña y el señorío de Montepellier pasaban a las de su hermano Jaime. La política peninsular de D. Pedro, que desde el primer momento me confirmó como médico y asesor diplomático, estuvo marcada por su actuación al dar cobijo y retener luego en su poder a los infantes de la Cerda, Alfonso y Fernando, aspirantes al trono castellano. Amagando con apoyar las reclamaciones de ambos refugiados y provocar el estallido de la guerra civil en Castilla, consiguió del rey *sabio* y luego de su hijo Sancho IV, una alianza militar y la repartición de Navarra y algunas villas fronterizas. Al tiempo entró en tratos —yo era su embajador en Francia— con los galos, además de con Inglaterra, Portugal, Bizancio y el rey nazarí de Granada, en vistas a crear una amplia red de apoyos internacionales que lo sostuvieran en su incipiente política de expansión mediterránea. Su actitud conmigo fue fraternal más que de amigo, consultándome decenas de problemas incluso familiares. Tal distinción es la causa de que, incluso gentes avisadas, me crean emparentado con la Casa de Aragón. He llegado a escuchar que soy hijo bastardo de D. Jaime, especie que nunca he precisado desmentir pues no la propalé.

La salud de D. Pedro, libradas ciertas pústulas crónicas anales que hube de dilatar o cauterizar y un estreñimiento pertinaz que le causaba intercurrentes trombos hemorroidales, puede decirse que fue buena y a ello contribuyó mi lucha por moderar su apetito insaciable. Sólo en sus últimos años sufrió de cruel podagra. Su mujer, Doña Constanza, primogénita de Manfredo de Hohenstaufen, rey de Sicilia, era una princesa encantadora y jovial además de muy bella; la traté de diversas afecciones cutáneas inculcándole el amor a la higiene, dedicándole incluso un pequeño opúsculo dietético. Fruto de mi constancia fue lograr que se instalara en la Aljafería una gran tina circular de madera de raíz de roble, en la que la reina tomaba hasta tres baños semanales de agua del río Ebro, atemperada, a la que se añadían sales aromáticas y roborantes. Tratando de dar ejemplo a otras damas de la corte y a mis instancias, Doña Constanza se bañaba en presencia de sus dueñas y camareras con sólo una sutil enagua de cendal por toda vestimenta, pues hube de dejar por imposible que lo hiciese desnuda.

De las andanzas de D. Pedro en Sicilia, con motivo de las nombradas *Vísperas*, ya te hice mención. Vuelto a la Península, de la defensa de Sicilia y la lucha contra los angevinos se ocupaba su almirante Roger de Lauria, quien derrotó a una escuadra francesa en Malta en 1283 y un año más tarde hizo lo propio en el Golfo de Nápoles con la flota angevina. Reaccionaron las tropas de Felipe III, el rey francés, quien, aliado con el Papa Martín IV, entró en Cataluña en octubre de 1285 y sitió Gerona. Una oportuna peste que asoló el campamento galo, la eficaz labor de desgaste de las galeras catalanas que impidieron el abastecimiento de las tropas invasoras y la llegada de la escuadra de Roger de Lauria desde Sicilia, obligaron al Capeto a levantar el sitio y a retirarse desordenadamente, sufriendo un descomunal descalabro en el Coll de Panissars. D. Pedro entró triunfal en Barcelona pero, en plena celebración de la victoria, se sintió indispuesto falleciendo —asistido por mí— tres noches antes de los idus de noviembre de aquel año. Algunos maliciosos han especulado con lo rápido de su muerte, queriendo ver venenos o una mano asesina que jamás existió, pues sus hijos lo amaban de manera entrañable y en su óbito no apareció señal alguna de ponzoña en los alimentos ni signos corporales de atosigamiento. Yo lo atestiguo: jamás me aparté de la cabecera de su lecho en los dos días que duró su agonía y, de haber ocurrido algo extraño, lo hubiera sin duda advertido. Siempre recordaré su talante caballeresco y, como muestra de él, su célebre cabalgada a Burdeos, donde acudió con otros nobles y un pequeño destacamento de lanceros emplazado por Carlos de Anjou a un desafío a espada. Sabedor por ignoro qué vías de que su rival le tendía una trampa para asesinarlo, íbamos todos —yo era de la partida— disfrazados de arrieros. Llegados al campo del honor, una pradera junto al río Garona, nos situamos como espectadores a la espera del despreciable Anjou, quien no se presentó. La trama consistía en que un oculto ballestero asaeteara a D. Pedro desde un altozano colindante. Puesto al descubierto y muerto el vil sicario, el monarca hizo sonar clarines y atabales, dio tres vueltas a caballo a la palestra en demanda de su infame y cobarde enemigo y se declaró vencedor en la lid. Luego nos regalamos en una reputada hostería con lo mejor de las mesas de Francia, brindamos con vino de Borgoña, firmamos la minuta y la dejamos al hostelero para que la abonara su deshonrado amo, si es que le diera por aparecer.

Viene a mi mente ahora la excomunión de que fuera objeto el cristianísimo rey D. Pedro por Martín IV, aquel Papa corrupto y venal. El pontífice se deshonró a sí mismo en aquel acto, poniendo en evidencia sus preferencias angevinas. ¿Cómo mezclar religión y política? Si pretendía que D. Pedro devolviera Sicilia a los estados pontificios por miedo al anatema, se equivocó de medio a medio. He aquí otra muestra del antagonismo entre lo temporal y espiritual, entre Iglesia y Estado, tan contrarios como el barro y la nieve. Por demás está decir que la Iglesia española hizo oídos sordos a tal aberración y no privó jamás de los sacramentos a nuestro amado rey.

Muerto éste, los estados patrimoniales —Aragón con sus condados catalanes y el reino de Valencia— pasaron a su hijo Alfonso, al tiempo que Sicilia era legada a su segundogénito Jaime. A ambos traté como pacientes; los dos adolecieron de fístulas anales, agravadas sin duda por su común estreñimiento pertinaz y ambos oyeron mis consejos de gobierno y de vida. Ninguno de los dos alcanzó la inteligencia paterna, pero sí heredaron su hidalguía. En sus seis años de reinado Alfonso III completó la conquista de las Baleares, tomando Menorca a los moros, que fueron reducidos a servidumbre o vendidos como esclavos en los mercados de Barcelona, Valencia y Palermo. Dando respuesta a las actitudes pro galas de Sancho IV de Castilla, Alfonso hizo proclamar rey de Castilla a Alfonso de la Cerda y declaró la guerra a Sancho. Afortunadamente las hostilidades no pasaron de mínimas escaramuzas fronterizas. Al final prefirió ceder a verter sangre española en luchas fratricidas. Fue una lástima su fallecimiento prematuro. Yo presencié su muerte, debida a unas fiebres consuntivas que arrastraba desde la campaña menorquina y que le habían extenuado hasta tal punto que, al final, era sólo un saco de huesos y pellejos alrededor de sus ojos sonrientes. No conseguí con purgas ni sangrías detener el curso de su mal, que pocos logran curar las fiebres hécticas o tisis galopante. Nunca perdió D. Alfonso el buen humor y su gracejo proverbial, manteniendo la lucidez hasta su tránsito. Dejaba el monarca sus reinos a su hermano D. Jaime, rey de Sicilia, con la condición de que la isla pasara a manos de su tercer hermano, Federico o Fadrique. De esta forma Jaime de Sicilia se convertía en Jaime II de Aragón, nuestro actual príncipe.

Como sabes, soy médico personal de Federico desde hace muchos años, aunque me licenciara oficialmente. Mi compromiso actual es acudir a Palermo en caso de grave enfermedad del rey, cosa poco probable pues el monarca une a su madurez una salud envidiable. Es el más sano de los soberanos de la Casa de Aragón que yo he tratado. Imbuido desde el principio en mis consejos dietéticos y mis normas higiénicas, desconoce podagras y otras clases de diátesis y no sabe de cólicos, pústulas y apostemas. Merced a una ingestión equilibrada de alimentos, diseñada por mí y plasmada en unas tablas que presiden su mesa, ha logrado hasta ahora evitar el estreñimiento, fuente de muchos males, exonerando su vientre de modo regular y casi matemático. Dispone en su palacio de conducción de agua caliente y toma cuatro baños semanales en una original bañera de madera de ébano, de una sola pieza, recibiendo a continuación masajes estimulantes. Tan sólo en dos ocasiones hube de dilatarle dolorosos abscesos dentarios, procediendo después a la avulsión de las piezas cariadas.

Luego de esta prolija narración de avatares políticos y médicos de nuestra Real Casa, te pondré al corriente de mis actividades. Trabajo estos días en varios tratados médicos: *De parte operativa* y *De concepcione*, que afectan el primero a problemas quirúrgicos frecuentes y el segundo a aspectos propedéuticos y teóricos sobre la gestación. Hace poco concluí una obra más extensa: *De aquis medicinalibus*, en la que hago una amplia exposición de las virtudes clínicas de las aguas termales de los principales manantiales salutíferos de Aragón y Cataluña. Las aguas, a pesar de su aparente similitud, son todas diferentes, como puede fácilmente comprobar un entendido degustándolas. Las hay ricas en cal, otras contienen mayor o menor cantidad de sales minerales, unas presentan espontáneas burbujas de gas y otras son completamente insípidas; existen aguas con sabor ferruginoso, arcilloso, cúprico, ácido, plúmbeo, arsenical y muchos más sabores que detallo detenidamente en mi tratado. Amén de ello, su acción, como ya explicaran Hipócrates, Galeno, Dioscórides, Maimónides, Rhaces, Avicena y tantos otros, incide sobre el organismo depurándolo de humores perniciosos y facilitando la digestión de los alimentos. El agua ferruginosa y áurica detiene o aminora los procesos reumáticos, las plúmbeas purifican y desatascan los filtros renales, las saladas y gaseosas mejoran las digestiones lentas y pesadas, las arsenicales tonifican el corazón y la musculatura, las ácidas limpian los riñones y todas ellas pasan a la orina dejando allí su impronta, como cualquier médico avezado puede testificar con un pequeño sorbo.

Tengo intención de partir para mis lares tarraconenses en los idus del próximo octubre y la idea de bajar hasta Valencia antes de fin de año, pues debo resolver asuntos pendientes en Burriana. De planes para el futuro es mejor no hablar e incluso ni pensar, pues a nuestra edad además de arriesgado es insensato. ¿De qué vale idear proyectos de trabajo, imaginar viajes de ocio o diseñar venturosas hipótesis si nuestras existencias penden de un sutil filamento de seda? Lo que sí me propongo es alargar mi vida todo lo que pueda y una forma sensata e inteligente de estirarla es vivirla con intensidad. La jornada tiene las mismas horas para todos, pero a unos los coge el sol del mediodía en plena modorra por la crápula de la noche anterior, mientras que a otros nos alcanza el alba en pleno laboreo. Si la actividad es esencial manifestación de vida, prolonguemos las tareas y viviremos doble. Yo espero vigil las primeras luces del amanecer que es cuando, en el silencio roto por el canto del gallo, la mente se encuentra virgen y despejada y las ideas brotan sin esfuerzo. Así me aplico desde mis tiempos mozos en la escuela y te aseguro que, si echamos cuentas, habré vivido un tercio más que cualquier fraile dominico. Te desea salud Arnau de Vilanova. Vale.

Post data: Antes de que me corrijas me doy por enterado de que Roger de Lauria, el glorioso almirante al servicio de Aragón, no era catalán como muchos suponen. Nació en Scale, en la Calabria, aunque muy joven fue llevado a Barcelona criándose en su corte. Después de demostrar sus dotes marineras y guerreras en cien lides, se retiró a Valencia donde murió en las calendas de enero de 1304, hace ahora cinco años. Fue sepultado en Santas Creus, en Tarragona, muy cerca de mi predio, a los pies del sepulcro de su señor D. Pedro III *de Aragón.*

4

Luego de mi amarga experiencia romana me encerré durante cuatro años en Randa, igual que un ermitaño. Escribía sin descanso, noche y día, con una ansiedad casi obsesiva. Terminé el *Liber contemplationis*, mi obra mística más importante, en la que hice la apología de la verdadera meditación, dedicada a los monjes cartujos. Recapitulé la *Tabula generalis ad omnes scientias applicabilis*, obra que pretende resumir mediante esquemas fácilmente comprensibles el estado actual de la ciencia puesta al servicio del hombre, y culminé *De articulis fidei*, trabajo teológico racional inspirado en mis disputas con los sarracenos. Pero sobre todo finalicé una obra magna dedicada a la formación de los reyes cristianos, al objeto de instruirlos en el gobierno recto, huyendo de la corrupción, del nepotismo y la lascivia, especialmente en la edad de juventud, propensa —y más en cualquier príncipe— a caer en las redes de la molicie y la lujuria. Si alguien está capacitado a aconsejar sobre los vicios de la carne ese soy yo y admito apuestas. Una parte esencial de mi tratado versa sobre el orden debido para la consecución de la evangelización de los infieles y la conquista de Jerusalén y los Santos Lugares. Mi idea era lograr poner en marcha la novena cruzada, volver a ilusionar a los reinos cristianos y a sus gentes, acercar a los diversos pueblos y hacerles olvidar sus luchas intestinas, intentar abatir las murallas y fronteras entre las naciones europeas creando una comunidad de intereses culturales, políticos y comerciales afines, bajo el signo de la cruz. Era un plan ambicioso, que ampliaba y perfeccionaba en mucho al que trazara Carlomagno. Para ello era imprescindible encontrar un nuevo adalid que liderase mi proyecto y fuese el sucesor de Godofredo de Bouillon, San Bernardo, Ricardo Corazón de León, Simón de Monfort, Juan de Briena, Ricardo de Cornuailles o Luis IX de Francia, capitán de las dos últimas cruzadas y muerto por la peste en el cerco de Túnez, no hace aún veinte años.

Me consumía de ansiedad perfilando mi proyecto. Bajaba de la montaña apenas dos veces al año, en fechas señaladas, para visitar a mi anciano padre y confortar a mi madre. Todo el resto del tiempo lo pasé en soledad. Entiendo perfectamente a los eremitas, que aborrecen igual que yo la multitud. Sentí en su día la llamada de mi propia redención y por ello y bien a mi pesar, debo enfrentarme a las masas e intentar domeñarlas para Cristo, mi único Señor. Pero la turbamulta es de por sí dañina, aborrecible; de su contacto sólo pueden obtenerse vicios pues está formada por hombres y el ser humano es de natural depravado, ambicioso, lascivo, cruel y aun homicida. El roce con seres voluptuosos enflaquece el espíritu, la visión del lujurioso hunde los ánimos, el contacto con cualquier opulento excita la codicia, la proximidad de un mentiroso hace perder el miedo a la calumnia y la vecindad del deslenguado el respeto al honor. Únicamente en soledad y en la oración encuentra el ser humano su camino. Por ello, desde que vi la luz, procuro retraerme en mí mismo escuchando sólo a los que puedan enseñarme. Mejor es para el sabio hablar consigo propio que oír necedades de vacuos que únicamente buscan notoriedad. Preferible es pasar desapercibido en un destierro inicuo o en el retiro voluntario, que ganar fama en los salones mundanos donde imperan los vicios, la mentira, la gula y la lujuria. Y os habla un doctorado *cum laude* en todas las lacras de la tierra.

Después de encargar a varios amanuenses copias de mi *Tratado del Príncipe Cristiano*, tras la Epifanía del año de 1289 partí para un largo periplo por el Norte de Italia, los Estados Imperiales, Polonia, Suecia, Dinamarca, Escocia, Inglaterra, Holanda, Borgoña y Francia. Embarqué en Palma y pasé directamente a Ostia donde me esperaba mi fiel Segundo, esta vez mi único acompañante. Prescindí a sabiendas de los mónacos, pues no adelantaban e incluso suponían una rémora. Segundo me recibió en el muelle con dos caballos de muy buena apariencia. No quise entrar en Roma para no disturbar mi excelente ánimo y seguimos directamente a Asís, en cuyo convento franciscano recalamos tres semanas. Los frailes nos recibieron con alegría enseñándonos su gran basílica, casi ultimada, en cuya parte superior se afanaba un joven pintor de apenas veintiséis años, Giotto de Bondone, discípulo dilecto del gran Cimabue, quien decoraba al fresco sus capillas. Me extasié con la visión de sus motivos bíblicos, en los que utilizaba tonos áureos hábilmente mezclados con azul añil. Tras visitar a las madres clarisas en el convento que fundara la hija espiritual de San Francisco, Santa Clara, una de las mujeres de mayor talla espiritual que ha producido Italia, continuamos a Padua. En su ya ilustre universidad fui invitado a disertar sobre temas teológicos y, especialmente, a exponer los principios de mi *Arte Universal* rodeado de un auditorio de estudiantes. En la Basílica de San Antonio oramos ante la tumba del sin par luchador del evangelio, gloria imperecedera de Lisboa que lo viera nacer, de Coimbra que lo formó, de la Tunícia que lo forjó y de Pádova que lo adoptara por hijo predilecto. Seguimos a Venecia, donde me entrevisté con el Dogo en su majestuoso gran salón y a quien hice entrega de uno de mis tratados. Parecieron bien al mandatario mis ideas de marchar contra el turco, pero quise verlo enfrascado en mil planes: indicome su primaria intención de asentarse firmemente en Ragussa, estratégica ciudad de la costa croata, antes de distraer dineros, tropas, pertrechos bélicos y naves para empresas más aleatorias. Supe que poco podría aportar la Serenísima República a una cruzada a Tierra Santa, pues vi brillar en los ojos de su mandatario la codicia.

Luego de orar ante el altar de nuestra Señora del Amparo, en el bellísimo *duomo* de San Marcos, partimos a lomos de nuestras cabalgaduras hacia Innsbruck, atravesando los Dolomitas, las montañas más bellas que conozco. Subimos por Bassano del Grappa, orillando las virginales aguas del Brenta, hacia Trento. Desde esta preciosa localidad alpina ascendimos siguiendo el cauce del Ádige hacia Bolzano y Merano y, enseguida, atravesando el paso del Brennero que se hallaba expedido, bajamos a la capital del Tirol. Sólo nos detuvimos en Innsbruck el tiempo justo para coger resuello dirigiéndonos a Praga por Salzburgo y Linz.

La capital del reino de Bohemia, perteneciente al Sacro Romano Imperio, es una encantadora ciudad asentada a orillas del río Moldava, con bellas iglesias y un colosal castillo erigido en la cima de un otero, residencia del soberano Venceslao II. Éste me recibió a poco de solicitarle audiencia, escuchando entusiasmado mis ideas que prometió trasladar al emperador Rodolfo de Habsburgo tan pronto como pudiera verlo. El rey Venceslao, uno de los electores imperiales, no era para un español muy de fiar y ello por el comportamiento que demostrara su padre Otakar I, años atrás, en la elección para el imperio. Es sabido que, a la muerte del emperador Federico II Hohenstauffen, el solio imperial quedó vacante. Pensaron algunos electores en designar pretendiente a Alfonso X, el rey castellano. El descender de una princesa de Suabia, su madre Doña Beatriz, le daba legitimidad dinástica; el prestigio, la fama de sabiduría, su largueza y bondad alabadas en todos los reinos europeos, hizo el resto: una embajada de electores alemanes se presentó en Burgos, en 1256, para ofrecer a D. Alfonso la dignidad imperial. Ante el rey, los emisarios afirmaron que los electores le eran favorables por la mayor parte, estando seguros de que también el Papa, y más tratándose de un príncipe católico en esforzada lucha contra los agarenos, apoyaría y sancionaría su designación coronándolo emperador. Pero el rey *Sabio* no era el único pretendiente a la silla imperial: Otón de Brandeburgo, también emparentado con la casa de Suabia y Ricardo de Cornuailles, hermano del rey de Inglaterra y glorioso adalid en la última cruzada, eran también firmes candidatos. Había que contar con la influencia decisiva de Roma, pues a la postre el Papa —en este caso Gregorio X— era quien sancionaba la elección y coronaba al elegido rey de romanos. Pudo convencer D. Alfonso a sus súbditos de la bondad de su pretensión y lo que, de obtenerla, supondría para el engrandecimiento de Castilla y León y a la postre de todos los reinos españoles e inició de inmediato la movilización de embajadores para inclinar a su favor la voluntad de los electores. Removió Roma con Santiago en busca de dineros: elevó los impuestos sobre el trigo y la lana, promovió una alcabala especial sobre el comercio, implantó rigurosos fielatos a la entrada de las ciudades para controlar las mercaderías de carros y caballerías, estableció un canon en las extracciones mineras, exigió un décimo de las rentas de los mayorazgos, pidió a su suegro Jaime de Aragón fuertes préstamos y solicitó del rey moro de Granada un tributo especial a cuenta de interrumpir las hostilidades fronterizas por algún tiempo. Consiguió parcialmente el objetivo recaudatorio en sus estados, pues la mayoría de los ricoshombres se negó a aportar nada y hubo zonas en las que aparecieron revueltas y asonadas. El rey aragonés, aduciendo los inmensos gastos que sus campañas mediterráneas provocaban, no soltó ni un doblón. El nazarí granadino no le falló y aportó, en buenos cequíes de oro, la mayor parte de lo solicitado. Con oro y plata fresca, los embajadores del incauto D. Alfonso acudieron a llenar los insaciables bolsillos de los príncipes electores que, al tiempo que escuchaban las bondades y méritos del candidato, recibían en la sala contigua otras gabelas, ducados y promesas de los demás aspirantes. Lo cierto es que el castellano estuvo a punto de ver cumplidos sus afanes: cuando al año siguiente se celebró la elección, obtuvo cuatro de los siete votos emitidos. Su triunfo, empero, quedó invalidado pues Otakar I, en artero doble juego, adujo defectos de forma en la elección y en una reunión posterior, en Colonia, dio su voto al candidato inglés. Es clamor popular que el rey bohemio había recibido, en el ínterin, a una embajada llegada desde Londres con dádivas, dineros y la promesa de apoyar su candidatura para el trono polaco. En vista de la igualdad obtenida, cada partido proclamó a su candidato sin que lograran imponerlo en la práctica. Se iniciaron entonces dieciséis largos años de gastos, tributos, componendas, viajes, contrapropuestas y falsas promesas que amargaron la vida a D. Alfonso, hastiando al pueblo y a la nobleza castellana. Mientras tanto el Papa jugaba sus cartas dilatorias imponiendo su arbitraje hasta encontrar un emperador a su medida: Rodolfo de Habsburgo. Sólo entonces, cuando lo tenía todo perdido, se avino D. Alfonso a entrevistarse con Gregorio X en Beaucaire, en el otoño de 1273. Allí, exhausto, avejentado, bolsa y mente vacías, con Rodolfo ya sentado en el solio, hubo de renunciar a cualquier pretensión sobre el imperio y aceptar los hechos consumados.

Es obvio que no hice mención ante el joven monarca del poco valor de la palabra de un rey de Bohemia. Le entregué uno de mis manuscritos mientras farfullaba algo sobre sus pretensiones al trono de Polonia —al parecer una obsesión de familia— y, lo más rápido que pude sin faltar al decoro, partí hacia la vecina Sajonia no sin tachar primero al bohemio de mi lista de adalides cruzados. Hicimos el camino siguiendo el curso del río Moldava y luego el del gran Elba. El paisaje era idílico: verdes prados, hendidos por la ancha cinta plateada del río, henchían de agua bajo un sol de verano. Únicamente rompían el bucólico cuadro centenas de humildes chozas de paja a cuyas puertas asomaban famélicos chiquillos descalzos y semidesnudos. Pasado Dresden nos desviamos a la izquierda, hacia Leipzig, hermosa capital del ducado sajón.

Nos hospedamos en la colegiata de Santo Tomás, regentada por los Agustinos, a la espera de la entrevista con el duque Alberto. La ciudad disfrutaba de un ambiente cultural que superaba al de cualquier otra capital europea hace veinte años: se sucedían los conciertos, existían varios grupos polifónicos, no eran raras las representaciones teatrales incluso con compañías fijas, abundaban las disertaciones teológicas en la catedral y, en su tortuoso núcleo, podían verse *librerías*, que son negocios abiertos al público donde pueden comprarse manuscritos de diversas procedencias, libros orientales y ediciones musicales de los maestros alemanes más famosos. El mercado de pieles era posiblemente el mayor de Europa. El duque nos recibió afable mientras agradecía mi libro y se comprometía a interesar en el proyecto de cruzada al emperador Rodolfo. Pero lo observé inquieto, con la cabeza en otra parte y es que, según supe después, todos sus afanes se centraban en la preparación de unas jornadas cinegéticas muy próximas a las que estaban invitados importantes personajes del imperio. Partí de Leipzig con la impresión de que sólo podría contar con Alberto de Sajonia para mi cruzada si organizaba para él una cacería de leones en el desierto sirio.

Del resto de los electores suprimí la visita a los arzobispos de Maguncia, Tréveris y Colonia pues, al ser eclesiásticos, dependían del Papa y sólo tenían oídos, veían, sentían y hasta respiraban a través del pontífice. El margrave de Brandeburgo me atendió en su ciudad y el conde de Renania-Palatinado en Maguncia. Ambos parecieron sinceros al escuchar mis proposiciones mientras aceptaban mi libro y los dos prometieron trasladarlas al emperador, ofreciéndose incluso el margrave para comandar la futura cruzada aportando hombres, armamento e impedimenta. De todos los electores, fue el conde quien más me impresionó por su entusiasmo. Creo conocer la naturaleza humana: aquellos arrebatos y sus encendidas expresiones no eran fingidos, pero al tiempo puedo corroborar que el amor y el entusiasmo los modera el tiempo.

Crucé Polonia en el otoño de 1289. El país se hallaba dividido en mil facciones azuzadas por germánicos y rusos entre el Oder y el Vístula. Cracovia era una ciudad fantasma azotada por una epidemia de vómito negro que causaba estragos entre la población. Pasé aquel invierno hospedado en su arzobispado ayudando a combatir la plaga, tratando de aliviar a los enfermos y enterrando a los muertos. De Segundo diré que, aunque desazonado y descompuesto, dio la cara en el aspecto sanitario. El castillo real, con la catedral el monumento más vistoso de Cracovia, no tenía inquilino pues el trono se encontraba vacante. Rusos, germanos y bohemios acechaban como buitres el momento de disputárselo, mientras los descendientes de la dinastía polaca se enzarzaban en mil estériles diatribas. Polonia me impresionó por su severa pobreza y por el triste sino de sus gentes, animosas y llenas de fe pero inmersas en una lucha de intereses cruzados entre el coloso ruso y el ávido teutón. El 3 de los idus de marzo de 1290 me embarqué en Gdansk rumbo a Kalmar, en la costa báltica sueca frente a la isla de Öland.

Tardíamente cristianizados por San Ansgario durante el siglo noveno, los Svear al norte y los Gotari al sur constituyen la población predominante en Suecia. Toda ella se encuentra plagada de herejías, sectas sacrílegas, adoradores de diversos dioses, grupos blasfemos y hasta veneradores de Satán. Son multitud los apóstatas, embaucadores, magos, hechiceros y nigromantes que se mueven a su antojo en medio de la ignorancia más absoluta que imaginarse pueda. El hambre asola de forma endémica el país, que es por demás espacioso, grato a la vista, con abundantes lagos, saltos de agua y frondosos bosques que lo hermosean. Sus hembras son agraciadas, pero unas con otras se entregan al fornicio con el primer cristiano que las solicite, incluso ofreciéndose de balde, sin la menor muestra de pudor. Legiones de brujas y alcahuetas ejercen sus oficios con total impunidad, viéndose en los arrabales de cualquier ciudad tal variedad de furcias y rameras que París o Venecia, en proporción, se quedan chicas. Pero, a diferencia de aquellas ciudades del sur, aquí las rameras van desastradas, tatuadas por costras de inmundicia, alguna desorejada o manca y todas famélicas y hediendo a rayos por falta de la más elemental higiene, pues agua no se usa ni para beber. Gobernaba el país un rey viejo y despótico del que entendí estaba en las últimas, pues se moría sin remedio según información veraz, por lo que me cuidé de solicitar audiencia para informarle de mis planes. Se trataba de Magnus Ladislao Folkungar, quien no descendía del grande y santo Erik del pasado siglo, ni se le parecía por los forros de la pelliza, pues la monarquía en aquella parte era electiva. En cualquier caso no existen en Suecia asomo de libertades, fueros, privilegios, franquicias o exenciones, medrando malamente la plebe, esclava y hambrienta, en medio de la tiranía más feroz que haría buena a la peor de nuestros reyes godos. No es raro encontrar desgraciados ahorcados en cualquier cruce de caminos por cazar un faisán o presenciar en la plaza de las ciudades el descuartizamiento de un humilde campesino por robar un mendrugo de pan con que alimentar a sus retoños. De cultura no hay rastro. Tan sólo en varios monasterios de monjes agustinos existen libros. La universidad es algo de lo que allí se desconocía incluso el nombre. Yo calculo el atraso de aquellas miserables gentes con respecto a España, Italia o Francia en trescientos años y me quedo corto. Anduve por el sur de la Península, en la parte que dicen Scania, durante cinco largos meses predicando el evangelio en latín, que muy pocos entienden por allí. Hice un tímido intento de aprender su lengua, pero hube de abortarlo pues es un galimatías abstruso y jeroglífico. Aun así hicimos varios prosélitos que encaminamos a los agustinos. Lo que sí pretendí fue socorrer a las más desgraciadas de las rameras que encontré tiradas en el arroyo y a mendigos cuya miseria haría sofocar de vergüenza a los pordioseros del Islam. En aquel cometido hube de sujetar a Segundo, pues se le iban los ojos detrás de las golfillas jóvenes, niñas de doce y trece años que ofertaban sus géneros, semidesnudas, en el primer zaguán.

En septiembre cruzamos el estrecho de Öresund hacia Dinamarca, nación durante muchos años dominadora de Inglaterra, la Pomerania, el ducado de Schleswig-Holstein hasta el río Elba y extensas zonas noruegas y suecas. Introducido el cristianismo por el mismo Ansgario, no fue hasta mediados del siglo décimo cuando Haroldo *Diente Azul* lo asentó definitivamente, culminando la obra de su padre Gorm *el Viejo*. El hijo y sucesor de *Diente Azul*, Sven *Barba Partida*, conquistó al frente de sus vikingos toda Escocia e Inglaterra, creando un potente reino. Gobernaba Dinamarca a mi paso Erick Menved, un rey menos despótico que su colega sueco, pues al menos se veía obligado a reunir anualmente la Dieta de los Estados, una parodia de cortes que trataba inútilmente de limitar sus prerrogativas. El monarca danés es el amo y señor de vida y haciendas en su reino feudal y no ha nacido quien lo tosa. Me aventuré a visitarlo para darle mi obsequio, pero lo encontré un tanto embrutecido, temulento y sólo atento a tratar de atajar los muchos problemas de aquella primitiva corte. Juraría por el tufo que exhalaba y por sus chapetas malares, que se trataba de un consumado amante del *acquavit*, un aromático licor de hierbas que destilan por aquellos pagos. Miró la tapa de mi libro con ojos de estupor, como sin entender que hubiesen turcos y cruzadas o preguntándose qué se le daba a él con el Islam y Tierra Santa. No hay que decir que taché al rey danés de mi ilusoria lista.

El cristianismo está más asentado en Dinamarca que en el resto de Escandinavia, sobre todo a partir de su rey San Canuto, martirizado a las puertas de la Catedral de Odense en el siglo XI. No obstante los daneses participan con los demás nórdicos en creencias absurdas, infantiles, adorando falsas divinidades como Tor, dios del trueno u Odín, dios de la guerra. Su paraíso es el *Valhall*, al que van los buenos guerreros con su espada y caballo. Hace diecinueve años, cuando transité por Selandia, Fionia y Jutlandia, la nobleza y la plebe se rebelaba contra la monarquía, que se había embarcado en una costosa guerra para volver a dominar el sur del Báltico a costa de aumentar de modo exorbitante los impuestos. Una terrible hambruna se asociaba a la más cruel represión que imaginarse pueda, haciendo inhabitable el reino. Las danesas son tan bellas o más que sus vecinas suecas —allí me empleé a fondo con Segundo, pues temblaba a su vista— y los hombres más sociables, con mejor carácter y más fieros y recios. Los vikingos, aquella raza guerrera que asoló media Europa hasta hace un siglo, eran daneses mayormente y tenían en los fiordos de Schleswig y de Kolding sus guaridas preferidas. Cuando visité Dinamarca no había huella de ellos. La cultura aparecía algo más cuidada en las principales ciudades, Copenhague, Roskilde y Ährus, que en las poblaciones suecas, aunque tampoco había universidad y los pocos vestigios del saber se hallaban en los monasterios del Cister. No intenté predicar, pues la lengua danesa es tan enrevesada para un español como la sueca, por lo que nos dedicamos hasta la entrada del otoño a ayudar en un lóbrego nosocomio de Roskilde a los monjes que lo regentaban. Después de un húmedo y frío invierno en el que apenas lució el sol, en la primavera de 1291 embarcamos en el puerto atlántico de Esbjert hacia Edimburgo.

La capital de Escocia era un mísero lodazal en torno al palacio real que ordenara construir, hace dos siglos, Malcolm III. Evangelizados por San Columbano durante el siglo sexto, los pobladores autóctonos que los romanos del general Agrícola denominaran pictis luchaban secularmente con sus vecinos del sur, los britones, hasta que en 844 los vikingos sometieran a ambos pueblos después de años de crueles incursiones. Los guerreros nórdicos convirtieron Escocia en reino independiente de Inglaterra. Las gentes cultas, más numerosas que en Escandinavia, se agrupaban en torno a los monasterios e iglesias destacando entre todos Duns Escoto, el celebérrimo teólogo recientemente fallecido, gloria imperecedera de la Iglesia escocesa que entonces, a sus veinticinco años, deslumbraba por su sabiduría y vigorosa doctrina. Con Escoto, a quien había conocido en París, conversé noches enteras al amor de la lumbre de su hogar y ante un vaso de *wirge beatha* o agua de vida, excelsa bebida espiritosa que destilan, desde los tiempos celtas, los montañeses escoceses fermentando la malta. Escoto, formidable polemista, se producía además de en gaélico, su natal lengua celta, en latín, inglés, francés y toscano, con un habla encendida, poniendo la vida en cada controversia, poseyendo un verbo seductor con el que era capaz de convencer hasta una piedra. Su vida toda la conformaban, por este orden, la búsqueda del mejor *wirge beatha* elaborado en sus montañas, el estudio de la teología y la captura de los ejemplares más bellos de salmón que pudieran existir en sus límpidos ríos. Era capaz de trasegar una pinta —equivalente a medio de nuestros azumbres— de *agua de vida* en una noche de polémica intensa. Cuanto más se empapaba de *wirge beatha* más le acompañaba la facundia y mejor discurría. Pero Escoto era la luminaria solitaria en el firmamento de la cultura escocesa, debatiéndose la mayoría de la población en la ignorancia y sometida a un despotismo vandálico por señores feudales, atentos únicamente a su provecho. Aconsejado por Escoto omití mi intención de visitar al rey Roberto Bruce, un déspota iletrado pendiente sólo de sus cacerías y lascivias. Y, a propósito de lascivias, descubrí a punto de pasar a Inglaterra que Segundo se entendía, durante nuestras charlas filosóficas, con la dueña de Escoto, una viuda de unos cuarenta años que cocinaba para el escocés y lo cuidaba. Fue casual. Regresaba a mi estancia después de una polémica nocturna cuando vi luz en el desván. Subí pensando en el peligro de una bujía encendida y olvidada y me encontré a Lucrecia tumbada sobre el heno con los ojos en blanco y a Segundo cubriéndola.

Bajamos hacia Londres a inicios del estío atravesando el muro que levantara Adriano y tras hacer escalas en York —la vikinga Yorvik— y Oxford. A medida que descendíamos hacia el sur la miseria de las gentes, aún grande, iba menguando y su aspecto semejaba en parte al de los ciudadanos de los reinos meridionales europeos. Oxford, especialmente, me impresionó por su riqueza arquitectónica, la belleza de su catedral todavía sin culminar y lo airoso de sus iglesias, especialmente la de Santa María, aneja a la universidad. Ésta, con Salamanca, París y Bolonia la más antigua de Europa, brilla con luz propia sin tener nada que envidiar a sus coetáneas del continente. Si acaso anoté ciertas lagunas entre el profesorado y constaté el discreto número de cátedras. Está instituida en *colleges* agrupados y agregados a la universidad, que es la que ejerce el control de los exámenes y brinda las titulaciones, pero disfrutando de plena autonomía en cuanto a organización. Visité el más antiguo, el Merton College, cuyo rector me ofreció su hospitalidad y me dio la oportunidad de dictar un breve curso teológico y explicar mi *Arte General*. El bello idioma inglés es el legado más importante que los vikingos dejaran en las britanas islas, pues palabras de origen danés comportan casi el cincuenta por ciento de su vocabulario, configurando el resto influencias latinas y sajonas. Encontré gran fervor mariano entre los estudiantes sacando, en conclusión, una excelente impresión de la ciudad.

Por contra, la capital de Inglaterra me decepcionó. Asentada en ambas márgenes del río Támesis, sobre las ruinas de la romana *Londinium*, era un desangelado centro comercial con varias colonias mercantiles extranjeras —francesas, escandinavas, germánicas y flamencas especialmente— que hacían sus transacciones en húmedos y sórdidos muelles, en medio de una fina y pegajosa lluvia. Apenas si vi brillar el sol aquel verano. Únicamente el palacio real, una mole en piedra gris sobre un altozano a la orilla derecha del río, recordaba que aquello no era un muladar. Me atendió en el alcázar el rey Eduardo I, quien recibió mi obsequio jurándome por sus antepasados participar directamente en la cruzada, si ésta se organizaba. Las libertades cívicas inglesas estaban tan desarrolladas como en el sur europeo. La nobleza y el pueblo tenían sus propias prerrogativas, que los Plantagenet se habían visto compelidos a aceptar. Se reflejaban en la Carta Magna, base de los fueros ingleses y en las Provisiones de Oxford de 1258, una especie de constitución a la que el monarca debe someterse. A pesar de ello la anarquía campeaba por doquier: bandas de maleantes y asesinos pululaban desde el atardecer por la ciudad, sin ley ni fuero. Cientos de sórdidas tabernas congregaban, a cualquier hora, a bebedores del mismo licor escocés conque me regalara mi buen Escoto y que en Inglaterra llaman *whisky*. Beben también una suerte de brebaje corrompido, elaborado fermentando el lúpulo, semejante a sus parientes las cervezas alemanas y bohemias, pero de muy inferior calidad, así como infinidad de variedades de hidromiel. Supe que había un clan de forajidos que clasificaba los delitos por secciones, con arreglo a la calidad de las fechorías que efectuaba. Así, había un jefe de descuideros, quien controlaba a legiones de chiquillos famélicos que vaciaban los escaparates de cualquier mercancía en un instante; otro de rateros, los que se introducían tras los puestos del mercado y corrían con las mejores cestas de frutas a la menor distracción de sus dueños; un tercero, capitán de los carteristas, verdaderos especialistas en el arte de hacer desaparecer las bolsas de los viandantes en un rápido movimiento de los dedos índice y corazón, más veloces que el viento; existía un responsable de los estafadores, quintaesencia de la imaginación y de la más depurada técnica en mil clases de fraudes engañosos en el peso, calidad o falsa apariencia de objetos y productos; y así sucesivamente encontrábamos al patrón de los timadores, cacos, cleptómanos, chorizos, chivatos, usureros, apostadores, truhanes, trileros, truchimanes y falsos sanadores, todos ellos versados en sus mañas y responsables de sus tropas de canalla desarrapada —generalmente muchachos imberbes de cinco a trece años— ante el gran Comandante General de los Ladrones de Londres, personaje importante, que sentaba sus reales en las cloacas centrales de la gran urbe, junto al río, dando cuentas directamente al jefe de la policía del rey con el que estaba conchabado. Existía otro clan diferente e igual organizado que entendía del juego, de la prostitución y de su inmensa telaraña circunstante. Alrededor del mercado del puerto, al lado del puente de piedra anejo a la gran torre del reloj que algunos decían de *Los Carniceros*, se veían a cualquier hora bandadas de desgraciadas rameras que vendían sus cuerpos en la misma calle o se entregaban en cualquier portal por una moneda de cobre o por un negro mendrugo de pan, conformando la fauna más variopinta y degenerada de las de su especie que yo haya visto en parte alguna. Las meretrices venecianas son princesas orientales a su lado. A ellas nos dirigíamos en nuestras homilías matinales en la plaza de abastos y, aunque al principio nos miraban con indiferencia e incluso hubimos de soportar más de un empellón de sus proxenetas, es lo cierto que al abandonar Londres, en enero de 1292, dejamos a un gran número en manos de las monjas agustinas descalzas, excelentes religiosas que se ocupaban en su espacioso convento de Tilbury de rehabilitar a aquellas descarriadas. No puedo asegurar que Segundo, en los momentos en que parlamentaba con la madre abadesa, no aprovechara para gozar alguna, pues las había muy bellas y dispuestas.

Cruzamos el Canal de la Mancha hacia Ostende y subimos a los condados holandeses, visitando Frisia, Drende, Utrecht y Brabante con sus ciudades principales: Groninga, Assen, Ámsterdam, Rótterdam y Breda. Tanto los condes como los arzobispos nos recibieron con cortesía, ofreciéndonos su espontánea ayuda en la empresa que alentábamos y que interpreté sincera y a veces entusiasta. Son los holandeses laboriosos en el trabajo y secos en el trato, desconfiados y recelosos ante lo foráneo. Únicamente atentos a su medro, son tan comerciantes como los fenicios, más avarientos y huidizos que un usurero judío. Bajamos al poco al ducado de Borgoña y, en Bruselas, nos recibió su duque en una corte clara y luminosa, la más abierta de todas las que recorrí en aquel viaje. Sometida Borgoña a la influencia primero de las tribus germánicas de los burgundios, que les dieron el nombre, luego al poder romano, al de los francos y merovingios, quedó al fin englobada en el imperio Carolingio hasta que, a la repartición del Imperio en 843, Carlos *el Calvo* fundó el actual ducado. Lo mismo que en Holanda, las ciudades borgoñonas son limpias y ventiladas, con signos del cultivo de las distintas artes, especialmente la pintura, en la que sus artífices se demuestran verdaderos maestros. Recorrimos Amberes, Gante, Brujas, Lovaina y Lieja, apreciando en todas ellas el adelanto en el comercio, la belleza y elegancia de sus catedrales e iglesias y lo abastecido de sus mercados. Carecen de universidades —igual que en los condados holandeses— pero en torno a los Consejos Municipales y las abadías hay importantes círculos culturales premonitorios de aquéllas, que confío no tardarán en surgir. El estado general de las creencias cristianas es bueno, muy superior al de Inglaterra o Escocia, por no hablar de los países nórdicos. Por ello, en este campo, nos limitamos a pasar por los conventos franciscanos y abadías agustinas donde descansamos en el silencio de sus claustros.

De Lieja pasamos fugazmente a París, aprovechando nuestros días de estancia para reanudar viejos contactos con los teólogos de La Sorbona amén de entrevistarme con el rey Felipe IV, *el Hermoso*, quien me atendió cortés en su amaneramiento. El nieto de Luis IX, aunque sólo fuese por descender de tan glorioso paladín cruzado, era el personaje en quien más confiaba para relanzar mi proyecto de conquistar definitivamente para la cristiandad los Santos Lugares. Le expuse durante dos tardes mis planes con todo lujo de detalles y los oyó con atención no exenta de interés, especialmente cuando hice alusión a la franquía que supondría para la importación de las especias y mercaderías orientales el dominar las rutas del Mar Rojo y Palestina. Entonces sus ojillos de ratón hebreo revivieron, vibraron sus aletas nasales y tremularon sus belfos de beodo. No obstante erré en mi cálculo: su ojeriza a Bonifacio VIII —empeñado en recortar los privilegios de la corona francesa y mermarle los ingresos eclesiásticos— y su odio a los caballeros templarios, a los que finalmente expulsó del país, pudieron más que ninguna otra consideración instándome a replantear el asunto ulteriormente, lo que equivalía a una negativa. Fue para mí un mazazo casi definitivo.

Se decía en París que el Capeto mantenía media docena de amantes, cuando bastaba una ojeada experta para comprender que una, quizá, le hubiera sobrado. Los asuntos de sábanas son temas resbaladizos en los que es preferible no entrar pero, según mi vasta y antigua experiencia, el vino y las mujeres son tan incompatibles como el fuego y el agua; y, o no conozco la naturaleza humana o *el Hermoso* era a la sazón un borracho impenitente. Lo delataba su aliento a mosto rancio, su confuso decir, el tremor de las manos y sus mejillas violáceas e infiltradas de vénulas. Nadie con esas trazas es capaz de dar placer, no digo a seis mujeres: ni siquiera a la propia.

En aquella visita a París escuché por vez primera el nombre de Arnaldo de Vilanova, que había sido embajador durante cuatro años del rey aragonés Pedro III ante la corte gala. Un día coincidí con él en el arzobispado, cautivándome de inmediato por su aspecto y sus buenas maneras. La fama de mi compatriota era de iluminado pensador, fogoso polemista y médico genial. Algunos lo tenían por hereje albigense y los más por valdense, es decir por seguidor de Pedro Valdo, mercader de nuestro León que en 1160 comenzó a predicar la pobreza como norma esencial, convirtiendo en precepto el consejo evangélico. Lo cierto es que ardía en ganas de conocerlo y, cuando lo hice, comprobé que era sólo un cristiano místico y romántico desengañado por la rampante corrupción del clero y de la curia, que veía el apocalíptico final de los tiempos cada vez que temblaba el Vesubio o tronaban los cielos.

En la primavera de 1292 retorné a Mallorca luego de tres años largos de peregrinaje. Llegué a la conclusión de que el estado de la Iglesia en los países visitados —con la salvedad de Holanda y Borgoña— era penoso, peor que en España o Italia. El bienestar de las gentes del Norte y de Escocia se asemeja poco al de nuestros países meridionales, mucho más avanzados en alimentación, vestido e higiene, siendo esta última muy superior entre los islamitas. La cultura prácticamente no existe en el septentrión, fuera de algunos círculos privilegiados, siendo un libro tan raro de hallar como un diamante en bruto entre nosotros. Y, finalmente, aprecié que los hombres son más sanguinarios y despiadados cuanto más claro es el color de su piel, sin que se me alcance a comprender la causa de tan extraña concordancia. He conocido a multitud de negros y todos eran apacibles, incluso espontáneamente amables con cualquiera. Los mulatos, cuarterones y mestizos son por lo general agradables de trato y es raro ver violencia en ellos. Los árabes, persianos, siríacos y saudíes, de atezada piel, son algo más proclives a la violencia y pueden ser crueles aunque justos: hacen cumplir sus leyes y lapidan a la adúltera o amputan la mano ladrona, pero sin regodeo ni humillaciones añadidas. Nosotros, los mediterráneos, de piel morena clara, somos apasionados, sanguíneos y coléricos, pudiendo ser crueles pero nunca bestiales. Somos capaces de dar de puñaladas a una hembra sorprendida en los brazos de nuestro rival, pero sólo en caso de locura la despedazaremos. Jamás vi crímenes tan horrendos como en Dinamarca o Escocia. Nunca había visto decenas de ahorcados en hilera hasta que recorrí los caminos de Suecia. Las ejecuciones son públicas en todas partes, pero en el Norte son además de asistencia obligatoria para que sirvan de ejemplo y escarmiento a aquellas pobres gentes hambrientas y descalzas. En un pequeño poblado del norte de Inglaterra presencié horrorizado el descuartizamiento de un jornalero pillado en el robo de una mula y en otro de la Alta Sajonia cómo una jauría de perros hambrientos destrozaba a un zagal tierno, sorprendido en la caza furtiva. Es frecuente en las tabernas de la orilla del Támesis presenciar discusiones que terminan en peleas brutales, con alguno de los asistentes degollado o atrozmente golpeado por todos, incluso espectadores ocasionales, que se refocilan en el dolor ajeno. En nuestros reinos mediterráneos se decapita en medio de la plaza al asesino convicto o se condena a galeras de por vida al homicida, pero la saña, la ira indomeñable que demuestran los bárbaros señores feudales del Norte o la maldad que aflora en el comportamiento de sus súbditos, supera con mucho a la de los salvajes sarracenos. Algún día, si me queda lugar, humor y tiempo, quizá acometa el estudio científico de esa mayor ferocidad septentrional, tal vez relacionada con la ausencia prolongada de luz solar en sus largos inviernos o motivada por una alimentación defectuosa e insuficiente. Es sabido de antiguo que el hombre es feliz y no busca pendencias con el estómago cumplido y satisfecho; y en los tres años de mi largo peregrinar por aquellas heladas latitudes no llegué a alcanzar un mísero cocido, un pingüe pan de hogaza untado en el aceite de nuestros olivos venerables o una mala caldereta de pescado al modo de mi tierra.

✠

Montuyri, sexto día después de las calendas de diciembre del año del nacimiento de nuestro Señor Jesucristo de 1309.

Querido Arnau: paso unos días de quietud campestre en vísperas de mi partida para Italia, que preveo para los idus de febrero. Mi intención es participar en el Capítulo General de la Orden Franciscana que tendrá lugar en Asís, la pequeña localidad de la Umbría que alumbrara a nuestro santo fundador, al cual he sido invitado por el actual general, mi viejo amigo Saverio di Sannazzaro. En este solar de mis mayores, hoy vacío y silente, mi sola ocupación es meditar, pasear aspirando el aroma de las verdes pinedas y escribir, escribir siempre. No ceso de garrapatear sin darme pausa pergaminos con mis plumas de ganso, faisán y pavo real. Utilizaba en mis escritos todo tipo de tintas sin hallar la idónea hasta que, cansado de probar, no ha mucho di con una de mi propia invención que me complace. Hace tiempo que deseché las tintas de oro y plata, caras y poco perdurables; probé después con las purpúreas, fabricadas con la sangre del múrice, también costosas y nada fiables; usé luego tinta china hecha de negro de humo, cola y alcanfor, quizá la más segura y fija, pero nada económica; he gastado tinta negra, tintura azul cobalto, tintas rubras a base de cinabrio —que por último utilizo sólo para la rúbrica— y por fin he logrado una que me satisface en extremo pues es duradera, de un color agradable, no se corre ni difumina en el papel pues se orea pronto, permite ahorrar polvos secantes y es barata. Paso a darte la fórmula, que me agradecerás, pues quizá tu problema sea parecido al mío: tanino de ochenta por ciento, 60 óbolos; ácido gálico cristalizado, 12 dracmas; solución de cloruro ferroso al quince por ciento, 25 óbolos; colorante de anilina para matizar, una o dos pizcas; glicerina, un escrúpulo. Todo para disolver en un cuarto de azumbre de agua de lluvia filtrada y tamizada. Con dicha tinta estoy logrando ahorrar, pues, entre infolios, pergaminos, cueros, tintas, plumas, polvos secantes, lacres, goma arábiga, lupas y cuchillas, gasto más en recado de escribir que una docena de amanuenses.

Prosigo mi batalla solitaria contra los averroístas con mi mejor arma: la pluma. Culmino estos días mis últimos trabajos contra la satánica secta. Son estos un *Liber inter Raymundum et Averroystam* y otro titulado *De reprobatione errorum Averrois*, con los que pretendo asestar tal golpe en la dura cerviz de aquellos réprobos herejes, que espero no levanten cabeza hasta después de arder cien años en el purgatorio. Como no tengo a nadie con el que disputar en estas soledades, a veces leo mis tesis a Ferrán, el guardés de la finca, un aldeano que me vio nacer y contempló mis años mozos. Tendrías que ver su expresión de estupor, su gesto resignado ante mis reflexiones. No alcanza a comprender qué demencia me aqueja, en qué género de disparates anda metido el niño revoltoso que tuvo en sus rodillas. Seguro que me tiene por loco.

Tus apuntes históricos son interesantes pues, enfangado en mis teologías, hay muchas cosas que ignoraba del reciente pasado y, con mayor razón, del azaroso presente de los reinos hispanos. No sólo no me aburre que abundes en tus cartas sobre el tema: antes, me agrada, placiéndome sobre manera tus indicaciones médicas. Al hilo de ello quisiera me informaras sobre el origen de una discreta inflamación de mis tobillos que, amaneciendo desinflados e indoloros, a lo largo del día y más cuando no doy mi habitual paseo vespertino, terminan abotagados, cerúleos, brillantes y sensibles. Demás de ello, no puedo darte quejas sobre mi salud. Sí decirte —y guárdame el secreto— que con la vejez le he cogido cierto regusto al buen yantar. No le hago ascos a los guisos caseros que cocina para mí la gruesa matrona que me atiende, antigua criada de mi casa, que debe de andar por los ochenta años, edad ideal para una sosegada convivencia. Amparo me regala con buenos estofados, calderetas de langosta, sobrasada, pescado a la parrilla y arroz con pollo y alioli, siendo la responsable del engrosamiento de mi cintura, de mi gruesa papada y de que, desde mi llegada de Montpellier, haya ganado casi media arroba.

Las noticias que me llegan de Italia no pueden ser menos edificantes. El desorden, cuando no el caos abierto, reina en los Estados Pontificios. Ni una sola vez se ha dignado visitar Clemente v su sede romana —ni siquiera ha cruzado los Alpes— y por ello no es de extrañar que cundan allí desgobierno y desánimo. La Secretaría de Estado vuelve a ser una oficina donde se despachan bulas, se venden títulos nobiliarios al primer tendero enriquecido, se anulan los matrimonios de los poderosos, se bendicen cohechos, se arreglan asesinatos por encargo, se falsifican documentos y datos, se dispensan venenos, se reparan virgos, se conciertan bodas ilegales y se encubren abortos. En los bajos de la Prefectura de la Fe, un cirujano barbero a sueldo vaticano practica uno de los negocios más rentables del siglo: recomponer el himen de las doncellas desfloradas por la clerecía. El hedor de tanta ignominia —me escribe mi buen Segundo— es tal, que sólo se arreglaría con la ceniza hirviente de cuarenta volcanes. Mientras tanto los gibelinos triunfan de los güelfos —quienes por tradición apoyan la sede romana del papado— en un toma y daca inacabable y trágico. Rara es la mañana en que no se recogen varios cadáveres en las márgenes del Tiber o en los cercanos muladares de Monte Mario, trabajando los sepultureros a destajo. Cuando todos esperábamos que el Papa restableciese el orden en Italia, sale ahora designando Avignon como insólita sede de San Pedro e, impávido, toma posesión del sillón pontificio haciéndose coronar el pasado mes de agosto en aquel triste y desconocido villorrio. Por supuesto que, excusándome cortésmente, rehusé la invitación a presenciar la farsa de Avignon, una tragicomedia que nada más que problemas, odios y divisiones pueden acarrear a la Iglesia. Apenas han pasado cuatro meses y ya llegan hasta aquí los rumores del melodrama: una legión de cardenales —amigos seminaristas del gascón— llena el Sacro Colegio y se disputa el favor de Clemente. El Papa se ha echado sin pudor en brazos del rey Felipe y aprueba el nombramiento del resto de los cargos de la curia, que el Capeto elige de entre amigos de correrías nocturnas y otros miembros de su camada de libertinos. En un indigno chalaneo, más propio de jayanes y de tratantes de ganado que de eclesiásticos y príncipes, *el Hermoso* ha renunciado a un juicio póstumo contra Bonifacio VIII —en el que tanto insistía previamente— mientras el Papa se ha visto obligado a condenar a los Caballeros del Temple, que poseían extensas propiedades y tierras en Francia, ante las falsas imputaciones de prácticas infames y de ¡negar a Cristo! Al final se ha llegado a un contubernio innoble: Clemente, si bien ha abandonado a los Templarios en manos de jueces seculares sometidos a la presión del rey, ha dulcificado la condena y transferido sus bienes a otra orden de su invención, los Caballeros Hospitalarios. Los predios y dineros del Temple han engordado las arcas del Tesoro Francés, es decir del monarca, viéndose el Papa compelido a convocar un concilio en el que confío se aclaren las cosas, aunque dudo mucho que en suelo francés —se cita como sede Viena del Delfinado— y con mayoría gala pueda adelantarse algo. A mayor abundancia, las intenciones del pontífice no parecen ser para tres días, pues ha ordenado la construcción en Avignon de una especie de palacio-fortaleza en el que imagino pretende perpetuarse, bien por sí o a través de cualquiera de los cardenales adictos que, cual plaga abominable, infestarán los cónclaves de los próximos ochenta años. O mucho me equivoco o tenemos Avignon y papado francés para lo que resta de siglo y el que viene.

Son cerca de las doce de una noche callada. He salido a pasear unos momentos a la luz de una tímida luna, pálida, rodeada de un halo nacarado. Sé que ello tiene un significado meteorológico, pero no sé bien cuál. Es posible que tengamos rocío matinal o venga quizá el temido pedrisco. Recuerdo ahora mis charlas de zagal con los aparceros de mi padre, aquí, en Montuyri. Tonet, un vendimiador moreno, bien parecido, que traía fama de mujeriego, sabía por el vuelo de las grullas si soplaría el cierzo o habría tramontana. Conocía por el tono y brillo de nuestro satélite si tendríamos lluvia, sequía o si aparecería el violento y abrasador terral de poniente. Salvador, un viejo cazador en sus ocios, responsable del huerto de limoneros y naranjos, adivinaba en las puestas de sol la aparición súbita de tormentas de verano y si vendrían acompañadas de truenos o relámpagos. Veía por el color de los crepúsculos si las precipitaciones ocasionarían avenidas, apresurándonos todos a dejar expeditas ramblas y barrancos pues nunca marraba en sus predicciones. Un año vaticinó con seis días de antelación —a finales de octubre— una nevada que cubrió todas las cumbres de Mallorca. Yo, que no creo en adivinos, magos, hechiceros o astrólogos, me descubro ante la intuición —sin duda basada en signos naturales que desconozco— de estos personajes campesinos, verdaderos conocedores de los meteoros, que generalmente ignoran la escritura y suman con los dedos.

El aire del sereno viene muy quieto y frío, aromado de jazmín y de dama de noche. Debo avivar los pasos de mi ronda nocturna pues el relente encoge mis nervios y tendones. La oscuridad es grande, atenuada por el tamizado resplandor lunar. El gañido lastimero de un perro rompe esporádicamente el silencio y recuerda que hay vida, que no estoy completamente solo en este mundo. Me noto envejecer, sí, caro amigo, apreciando el sofoco del corazón dentro del pecho cuando asciendo hasta Randa y un pálpito lastimoso en las sienes que hace pocos meses no sentía. Mas, ¡bienvenida sea la ancianidad! Recibamos la senectud con cariño filial y amémosla, pues viene llena de alegrías si sabes reconocerla y aceptarla. La mejor tajada del caldero es la última, la que lleva todo el jugo del guiso. Disputemos con nuestro pan el postrer arrebaño del fondo suculento de la escudella. La fruta del final del verano está más sazonada y es más digerible que la primeriza, dura y ácida. Lo mejor de la juventud es llegar a la madurez y lo óptimo de ésta es recordarla en una vejez sana y esperanzada, experta y próspera. Jamás cambiaría mi senectud curtida por una nueva, incierta, apresurada, inexperta y dolorosa adolescencia, pues lo más excelso de la vejez es precisamente no necesitar ningún placer. Regresar de nuevo al ardor del zagal... Volver a la ligereza y la inconsecuencia de los años mozos... Ni por pienso. Enfrentarse a otras caras, a otros rostros adustos y desconocidos, someterse al lento aprendizaje escolar y a las mismas tentaciones... ¡Me aterra!

He alcanzado por fin el equilibrio; sólo debo evitar ser malherido por la atracción de una mirada de mujer, a la que pocos y escogidos varones son inmunes. Deberemos permanecer atentos a la postrera cita, al momento culminante y cimero en la vida del hombre para el que hemos nacido: el feliz tránsito al encuentro de Cristo. Pero tampoco precipitemos los acontecimientos; apuremos los placeres sanos que nos ofrece el mundo: una comida ligera y bien condimentada, un paseo por el monte, un buen trago de vino, el estudio, buenos ratos de charla, la lectura de un libro... Gocémonos en la oración y en el trabajo diario que conduce a la sabiduría, único bien verdadero. Citaré como premio a tu paciencia una frase de Séneca —nuestro estoico paisano— que viene ahora al dedillo: *Nadie es tan viejo que no desee alentar una hora más.* Y ahora debo dejarte pues me invade el sopor. Ten salud. R. L.

Post data: Tomo nota, un tanto abochornado, de tus observaciones sobre Roger de Lauria.

✠

Todo el resto del año de 1292 lo pasé en Montuyri, en las soledades de mi refugio del Monte Randa. No perdí el tiempo: recopilé los datos del reciente viaje a los reinos nórdicos, culminé diversos tratados de lógica, retórica y derecho y aún tuve tiempo de acabar un relato novelesco, el *Libre des Maravelles*, mitad ficción caballeresca y un tercio metafísica. Tan sólo bajé al viejo caserón familiar para acompañar a mi anciana madre, viuda desde hacía un año, en ocasiones especiales tal como su onomástica o la Pascua. Una vez nada más me alargué a la Ciudad de Palma para resolver asuntos oficiales, aprovechando para avituallarme de recado de escribir e infolios.

Tras casi un año de descanso la sangre me bullía. En las calendas de febrero de l293, luego de recoger en Palma a mi leal Segundo —quien por mí aleccionado allí se presentó— nos embarcamos rumbo a Barcelona con la intención de peregrinar por todos los reinos españoles. Dos eran mis intenciones: la principal, intentar convencer a los reyes hispanos e involucrarlos en la organización de la nueva Cruzada contra el sarraceno —con la obvia excepción del rey nazarí de Granada— y, *last but not least*, visitar aquellos reinos que, desde siempre, había deseado conocer. Tan sólo al regreso de mis viajes a París o Burdeos me había detenido en tierras de Aragón como el Languedoc o el Rosellón y conocía muy superficialmente los condados catalanes, patria de mis ancestros.

Encontré una Barcelona curiosa y amable, luminosa. Hace dieciséis años era ya, con Sevilla, la ciudad más poblada de la Península Ibérica, por encima de Valencia, Valladolid, Lisboa y Zaragoza, contando con más de ochenta mil vecinos. Su puerto se igualaba con el de la ciudad del Turia, si bien era de menor importancia que el de Génova. Ciudad abierta al mar, Barcelona se encuentra limitada en el interior por una cadena montañosa, de alturas discretas, desde cuyas faldas una vasta llanura desciende suavemente hasta el Mediterráneo. Antigua urbe, su fundación se debería al general cartaginés Amilcar Barca, siendo privilegiada por Julio César y engrandecida por Augusto, quien le concedió el estatuto colonial con la denominación de Faventia Julia Augusta Pia Barcino. A mi llegada se trabajaba en la explanación de los terrenos y en la cimentación de una gran seo, cuya primera piedra terminaba de ser colocada por el rey D. Jaime II. Podían verse en su puerto naves de todos los portes y banderas, aunque las de estandarte aragonés aventajaban a las demás en número y desplazamiento. Algo hacia el norte del puerto, siguiendo la ribera, se ofrecía una aldehuela en la que en multitud de tabernas, sobre la misma playa, podían degustarse infinitas variedades de pescados y mariscos aprestados sobre ascuas de leña. Apenas pude acostumbrarme, habituado al silencio y sosiego de Randa, al incesante tráfago de carruajes y caballerías, mucho mayor que en Palma y a la especie de locura colectiva que parecía poseer a los infelices ciudadanos de tan enorme urbe, quienes se afanaban disputándose en tiendas y mercados las subsistencias en medio de una infernal algarabía. Al contrario que en París o Venecia, las mancebías —que me pintaron numerosas y bien abastecidas— funcionan en Barcelona sobre todo en las mañanas, siendo legión las rabizas que ejercen su viejo oficio a plena luz del día, bien es verdad que dentro de su barrio por el que se pasean medio en cueros. En él me aventuré con Segundo más de tres veces, intentando adoctrinar con desigual fortuna a aquellas pobres descarriadas puestas en tan penoso trance por su mala ventura. Me gustó la actitud de Segundo. Sería que la edad lo estaba sosegando o venía bien despachado de su tierra: el caso es que ni siquiera se inmutó a la vista de aquellas desnudeces. Cumplido el trámite de visitar a mis parientes, lo que me llevó algunas semanas pues son varias decenas entre tíos y primos, se me informó que D. Jaime II, que acababa de regresar de Sicilia, me recibiría en personal audiencia lo que así hizo.

Las entrevistas, pues hubo varias, fueron muy cordiales. El rey, que había sucedido a su hermano Alfonso el *Liberal*, hubo de dejar su cetro siciliano en cumplimiento de la voluntad del fallecido convirtiéndose, de Jaime de Sicilia, en Jaime de Aragón. El trato era legar la corona siciliana a su tercer hermano, el menor de la saga, Federico. Pero, en la práctica, era el momento en que aún no había obedecido la voluntad fraterna y retenía para sí la isla, cuyo gobierno tenía encomendado a D. Fadrique como lugarteniente. Informé prolijamente al monarca de mis planes al tiempo que le facilitaba uno de mis libros formativos y es lo cierto que me escuchó con creciente interés. Prometió su apoyo incondicional a una cruzada, mas no inmediato, pues, según me explicó, se encontraba engolfado en el problema siciliano y al tiempo inmerso en una delicada estratagema de alianzas con Sancho IV de Castilla, la monarquía françesa, Portugal, Bonifacio VIII y el rey de Granada, para delimitar las respectivas zonas de influencia en el Norte de África. Le preocupaba la recuperación de Navarra como reino hispano, mediatizada como estaba por los franceses desde la muerte de Sancho VII, aprestando tropas y pertrechos de guerra para el caso. Me aseguró por fin que tanto ingleses como franceses eran gentuza poco de fiar, pues se trataba de monarquías corruptas, sin capacidad militar para una empresa de tal envergadura como una cruzada. Ésta —hizo hincapié— habría de ser el logro de una magna coalición. Firmada la paz con Castilla en Monteagudo, confiaba en el rey castellano y en Génova para intentar una liga tripartita que reconquistase Tierra Santa y dominase por completo el *Mare Nostrum*. Esperaba que se sumaran a ella el Papa, Venecia y parte del Imperio. Recuperados los Santos Lugares, siguió, podría restablecerse el tráfico de especias y sedas orientales desde el Asia Menor, con el arbitraje del reino aragonés. Estudiaba la posibilidad de enviar una flota que ocupara estratégicos puntos de apoyo, como Malta, Lampedusa y la Isla de Djerba.

Yo escuchaba al monarca con creciente desasosiego y un sentimiento de impotencia que me guardé muy bien de demostrar. Eran demasiadas cuerdas para ser templadas a la vez y, por desgracia para el tañedor, resultaba más fácil caer en chirriante disonancia que llegar a un afinado acuerdo. D. Jaime mostraba un talante quimérico y soñador, poco congruente con el realismo práctico que mostrara su abuelo de igual nombre. Con gesto escéptico alabé sus buenas intenciones. Manifesté luego mi intención de partir para Navarra, León, Galicia, Portugal, Castilla y el reino Nazarí; diome entonces cartas para sus respectivos príncipes, así como un pasaporte con su real sello y una mediana saca de doblas valencianas de oro, que en principio rehusé y sólo acepté tras su insistencia, pues no quise agraviarlo ni parecer terco: había insistido en que me alojara en su palacio —a lo que me negué aduciendo el compromiso con mis franciscanos— y me había manifestado inequívocos signos de cariño, por lo que el recibir sus dádivas era casi obligado: ¿quién más cualificado que un príncipe para ser generoso? Si negarse a admitir los espontáneos beneficios de otro es caso excepcional, rehusar los obsequios reales es de ingratos. Al retirarme me mostró el rey su afecto recordando a mi padre, al que conociera en sus visitas a Mallorca, y alabando a mi madre de quien se consideraba prohijado.

Presentome otro día D. Jaime a su senescal, quien me enseñó el bello palacio que alojaba el Consejo de Ciento, institución creada por su abuelo el rey *conquistador* con la misión de velar por la conservación de los antiguos fueros de los condados catalanes, asesorar al rey e impedirle extralimitarse en sus funciones, tal como ya ocurría en el resto de Aragón, en Castilla y León con sus cortes, en Valencia con las suyas y en el Señorío Vascongado con sus Reales Fueros. Contraponía yo in mente la limitación de poder de los reyes hispanos al brutal despotismo, cuando no abierta tiranía sanguinaria, de las monarquías nórdicas. Me mostró el senescal el Libro del Consulado del Mar, pionero del derecho mercantil con más de cien años de antigüedad, actualmente modelo imitado por todos los reinos europeos.

Barcelona era una Babel de razas que coexistían en paz. Se veían catalanes y aragoneses, castellanos, navarros, vizcaínos, portugueses, provenzales, genoveses, sicilianos, griegos y hebreos, amén de una pequeña minoría morisca. La libertad de cultos era absoluta, entendiéndose tan abigarrada población en lengua castellana, que era el nexo de unión de tantas etnias y en mi lengua catalana, materna de los barceloneses, las cuales se empleaban indistintamente siempre en medio de gran corrección y amabilidad. Si alguien que se producía en catalán era interpelado en castellano, su interlocutor le respondía en esta lengua y viceversa cuando era posible. Tal espontáneo bilingüismo es un ejemplo de riqueza cultural único en la ancha Europa, que convierte a Barcelona y a Cataluña entera en un caso de convivencia educada y amable que debería ser imitado en Flandes o en Escocia y perdurar por siempre.

Seguimos hacia Gerona, la vieja ciudad a orillas del Oñar, en cuyo palacio episcopal nos alojamos huéspedes del vicario Guillén Ramón de Flaciano, mi fraterno amigo desde que coincidiéramos en Roma en mi primera estancia italiana. Encontré a Guillén igual de afable que cuando paseábamos por el Trastevere, pero extraordinariamente obeso, hasta el punto de moverse con gran dificultad. Se hallaba el meollo del caso en una vieja cocinera y ama, que lo atendía y mimaba lo mismo que a un infante, habiéndolo echado a perder irremisiblemente. En las dos semanas de nuestra estancia gerundense se sucedieron sin interrupción una inacabable serie de delicadezas gastronómicas que se superaban en un perfecto *crescendo*. Se repartían las pitanzas con horarios fijos: a las seis de la mañana el desayuno, a las diez un desaforado almuerzo, comida formal de cuchara, tenedor y cuatro platos a la una y media, continuaba una merienda de composición inalterable: un gran tazón de cremosa leche con *panets*, justo a las seis de la tarde, terminando la orgía alimenticia al filo de las nueve de la noche con una cena de mantel y cristalería en toda regla. La variación culinaria a que era sometido mi buen Guillén Ramón por su fámula no daba lugar a aburrimiento alguno. En las amanecidas solía encontrar sobre la mesa frutas diversas, queso tierno, pan candeal con manteca de vaca y huevos fritos con papada de cerdo, amén de leche con una capa de nata tan espesa que parecía requesón. En los almuerzos jamás faltaban pingües ristras de butifarra negra, queso viejo de cabra y, en temporada, tiernos boletos y robellons del Pirineo a la brasa o salazón de anchoas. La comida del mediodía era toda una ceremonia ritual: se iniciaba con ensaladas de lechuga, escarola, aceitunas y atún, que eran seguidas por escalibada y un cuenco hondo de espeso caldo hirviente con algún tropezón para sentar las madres; el plato principal solía ser escudella i carn d'olla, no perdonando jamás ninguna de las siete carnes que deben componer tan exquisito guiso. Podía rematar el refrigerio con algún pescado ligero a la plancha o un suquet de lubina o sepia al horno, culminándolo una gran fuente de frutas de estación, natillas requemadas al modo de Solsona y una tabla de quesos. Ya hablé de la merienda y, en cuanto a las cenas, no presentaban el aspecto formal de las comidas pues mi amigo dilecto había comprobado que una ingesta excesiva a partir de las nueve hacía poco apacible sus sueños. Se limitaban pues a unas acelgas hervidas con butifarra blanca, algunas rebanadas cumplidas de pan de payés con jamón, ajo y aceite, una buena porción de calçots de estación y, los viernes de cuaresma, mongetas amb bacallà. La comida de los domingos y festivos era sistemática y monográficamente paella del senyoret, en la que todos los mariscos y crustáceos se encontraban adecuadamente despojados de su piel y cutículas. Excusado es decir que sometido a semejante dieta nuestro buen vicario ponderaba más de diez arrobas aragonesas, que apenas conseguían disimular las holgadas sotanas que portaba y que únicamente se quitaba para dormir. Yo, que le sobrepujaba en altura más de un palmo, jamás llegué a pesar por arriba de las cinco arrobas. Intenté aleccionarlo, recordándole lo dañinos que son para el espíritu los regalos excesivos del cuerpo y, dentro de ellos, la exagerada dependencia del vientre que deviene en una servidumbre casi animal, sin olvidar el acicate que para los placeres venéreos representan. El comilón acaba por entregarse fatalmente en brazos de la gula, que es de todos los vicios el peor. Y ello sin contar con las pestes, podagras, hidropesías y demás enfermedades que suele conllevar la gordura y que tantas veces me recordara Vilanova. A todas mis reconvenciones asentía persuadido y sinceramente arrepentido mossèn Guillén, quien afirmaba al tiempo ser incapaz de reprimir su voraz apetito. Me confesó que le era imposible caminar treinta varas pues el corazón se le salía del pecho, cuáles no serían sus palpitaciones desbocadas, doblándosele las canillas al tercer paso.

A la vista de mi compañero, envejecido y valetudinario, me afirmé en mis principios y modos de vida sólidamente arraigados en mi ánimo desde mi conversión: bástame desde entonces un manjar fresco y natural que no precise cocineros expertos ni comensales deslumbrados; habiendo un catre de limpia y seca paja, me sobran camas con testero y dosel; no requiero otra vestimenta que una túnica limpia e inodora, sin añorar mis antiguas camisas de hilo egipcio o sedas de Lyón; me estorban los criados, el mobiliario de realce, la plata repujada, las mesas de tan abastecidas fatigantes, los escarpines y coturnos italianos, las alfombras orientales y los techos refulgentes de dorado artesón. Todo ello aviva la envidia del prójimo o despierta la codicia de la parentela que calcula, entornando los ojos, el valor del patrimonio y el tiempo de vida que le queda a su dueño. Venido de las anchas vegas de la demasía y cegado por su resplandor, me cercó la frugalidad con su estrechez serena, llevándome sin resistencia a mi pobre morada que no cambio por cámaras reales. Dispongo avaramente de lo que más valoro, que es el tiempo, no consintiendo ahí intromisión alguna: ninguno me ha de quitar una sola jornada —qué digo, ¡ni una hora!— pues no existe indemnización equivalente a tan gran despilfarro. Me complazco en mi pobreza, en mi tranquilidad y únicamente creo en el estudio, la escritura, la oración y la sabiduría.

Luego de recorrer el pintoresco casco viejo gerundés con sus callejas tortuosas e imbricadas, la venerable catedral, la judería, el torreón de Carlomagno, así denominado por atribuirse su construcción al emperador carolingio, y los antiguos baños árabes que me recordaron a los de Alejandría, partimos para Lérida. Hicimos la mayor parte del recorrido en tartanas campesinas, medio el más común y popular en tierras catalanas; dormíamos en cualquiera de los monasterios o abadías benedictinas, cistercienses, cluniacenses o trapenses que topábamos o en posadas y mesones a la orilla del camino real, compartiendo la comida con nuestros ocasionales compañeros de viaje. Nuestras ropas talares nos ayudaban, pues daban confianza a aquellas buenas gentes que en ocasiones sufrían los asaltos y desvalijamientos de cuadrillas de forajidos, especialmente en zonas próximas a las montañas. No lo he dicho hasta aquí: Segundo vestía ya ropa de postulante, pendiente de sus votos para alcanzar los hábitos de fraile. Cruzamos la rica Plana de Vic, la ciudad de Manresa y las antiguas poblaciones de Cervera y Tárrega antes de entrar en Lérida.

La antigua Ilerda romana me sorprendió por su hermosura. Situada al pie de un cerro a la sombra del antiguo castro, se ultimaban los trabajos en su bella catedral y se construía su universidad, la primera de Cataluña y una de las más antiguas de entre las españolas, bajo el patrocinio del rey D. Jaime. Nos recibió el obispo, con el que mantuve agradables entrevistas y que acogió entusiasmado mis ideas de Cruzada. El caserío ilerdense, apiñado junto a la catedral como los polluelos en torno de la clueca, resultaba acogedor por lo parejo de sus construcciones, la claridad del aire y la limpieza de sus callejas que descendían en marcado declive hacia unas anchurosas alamedas sobre el Segre, caudaloso afluente del río Ebro que baña la ciudad. Luego de unas semanas de estancia en el convento franciscano, que aproveché para escribir de manera febril, nos dirigimos hacia Zaragoza.

Previamente a nuestra partida habíamos decidido mercar un par de mulas, pues debíamos afrontar un gran periplo que de otra forma se haría incómodo y eterno. Segundo era experto en toda clase de équidos y ambos medianos jinetes, pues nuestras posaderas conocían ya los lomos de caballos, yeguas, mulas, borricos y aun camellos de nuestras estancias africanas, si bien hablamos en este caso de rumiantes. El domingo previo a nuestra marcha nos encaminamos a la feria de ganado que, semanalmente, tenía lugar en un espacioso ejido junto a la puerta de Fraga, a orillas del Segre. Igual que en el resto de España, en Cataluña una feria de ganado es el acontecimiento de máxima trascendencia, siendo su cadencia mayor o menor con arreglo a la importancia de la cabaña en las zonas limítrofes, que en Lérida es muy grande. Ya el hecho de celebrar cualquier feria es signo de alegría y regocijo, pero en las de ganado, que son las más comunes, puede sentirse más intensamente el ambiente festivo. Bajo un sol despiadado y en medio de una luz deslumbrante, varios centenares de compradores y curiosos inspeccionaban entre los improvisados corrales la abigarrada fauna, mientras los gritos de los vendedores atronaban el espacio. Uno alababa la airosa estampa de un corcel andaluz de tres años, que piafaba orgulloso al verse por tantas miradas codiciado. Aquél mostraba los dientes de una hermosa yegua árabe, que relinchaba nerviosa y excitada. Éste culminaba la venta de una pareja de caballos jerezanos, que caracoleaban de placer para mostrar a su nuevo dueño lo acertado de su compra. Estotro acariciaba las ancas de un percherón gallego, capaz por sí solo de arar un erial de doscientas fanegas arrastrando la pesada reja del arado romano. Había cuadrillas de gitanos vendedores de jumentos, otros especializados en mulas y borricos y los más dedicados al comercio de arreos para todo tipo de acémilas de carga.

Nosotros, previamente alertados por uno de los frailes que nos hospedaban, nos dirigimos derechos a un gitano conocido en la región por la calidad de sus mulas. Nos atendió el calé muy amablemente mostrándonos una de sus mejores parejas, sanas de aspecto, de cinco años de edad y recién herradas. Nos enseñó con mucha profesión la dentadura de los animales, mientras Segundo las inspeccionaba simulando práctica. Después de algún mediano chalaneo, absolutamente obligatorio, llegamos a un precio que nos pareció justo. Cerramos el trato con un recio apretón de manos y, luego de aceptarle un vaso de buen vino, partimos. Los tratantes de ganado jamás utilizan papeles o documentos para sus transacciones, que llevan a cabo comprometiendo tan sólo su palabra, sagrada y con más fuerza que una sentencia del Justicia Mayor de Aragón.

El camino a Zaragoza, que hicimos sin urgencias, resultó muy agradable: éramos caballeros en nuestras mulas en verdad dóciles y apacibles. Abandonamos Cataluña y lo ameno de sus tierras por Fraga y, tras cruzar el río Cinca por el puente romano, nos adentramos en Los Monegros, inhóspito desierto que sólo alegran algunos villorrios a lo largo del polvoriento camino real. Tuvimos malas noches de chinches y de pulgas en posadas de arrieros, como las de Candasnos o Bujaraloz, antes de entrar en la capital del reino donde permanecimos más de un mes. Hay muchas cosas que admirar en la romana Cesar Augusta. Nos impresionó la vista de la basílica del Pilar desde el Puente de Piedra y la riqueza de su interior, especialmente el camarín de la virgen patrona de España. Son bellísimas las iglesias de San Pablo, con su curiosa torre-campanario, la de San Gil, y la de Santa Magdalena adosada a su torre mudéjar. Se construye una seo a tiro de piedra del Pilar que, por sus trazas, promete ser grandiosa. Entre la fábrica civil destaca la Lonja, el palacio de los condes de Luna y, sobre todo, el castillo-palacio de la Aljafería, residencia de los reyezuelos árabes y en la actualidad de los monarcas de Aragón si están en Zaragoza.

✠

Castillo de Ollers, en los idus de febrero
del año de nuestro Salvador de 1310.

Fiel Raimundo: agradecí sobremanera la tuya de Montuyri. Y es que me invade el gozo al recibir tus cartas que preciso como el aire. Perdimos mucho tiempo en pasados silencios: recuperémoslo acortando las pausas de esta correspondencia. Hasta aquí desperdigamos nuestro esfuerzo en quehaceres ingratos, en viajes agotadores cegados por la niebla y en tratar de convencer a los demás de la verdad. Tal vez llegó el momento de arrinconar nuestro exiguo equipaje, de abandonar los inseguros piélagos y acogernos al abrigo del puerto. Lejos de mi ánimo incitarte a una holganza incompatible con tu naturaleza e invitarte a buscar recóndito escondrijo al margen de la vida, de espaldas a la lucha. Pretendo únicamente que hallemos el sosiego, que ahondemos en una amistad que es la envidia del mundo.

En tu misiva mallorquina me inquietas con el enunciado de unos síntomas que traducen los males que padeces. Esa hinchazón matinal de tobillos que aumenta con el día, tu cansancio, las palpitaciones que aceleran tu pulso ante el esfuerzo, ¿quizá también un incipiente edema palpebral vespertino?, son signos seguros de incompetencia cardíaca, al parecer aún leve y controlable, pero que conviene atender y atajar de inmediato. Debes iniciar al instante una dieta de acelgas lo más frescas posible, pues tal hortaliza ejerce un efecto depurativo de los fluidos corrompidos, favoreciendo su eliminación por los filtros renales y aumentando la diuresis. En lugar de agua, bebe durante varios días del caldo resultante de la cocción de aquéllas. Las tisanas de belladona y valeriana sedan el espíritu y fomentan el trabajo del corazón, motor corporal que, de la misma manera que una noria, precisa engrase y estimulación; deberás tomar tres al día: al amanecer, al tiempo de comer y poco antes de acostarte. Tendrás que evitar la ingesta de grasas y de sal, pues está averiguado desde Hipócrates que aquéllas propenden a introducirse sutilmente en los vasos sanguíneos, tanto de sangre pura como impura, obliterándolos, al cabo que la sal retiene —por un proceso de orden químico no aclarado— la mayor parte de los líquidos ingeridos que, de esa forma, son atesorados por el cuerpo provocando su engrosamiento y los edemas. El postrer consejo que te envío te agradará: resulta muy indicado para el corazón practicar diariamente un paseo de al menos una hora, por terreno llano y libre de guijarros, provisto de calzado adecuado —es decir cómodo— y, si es posible, bien acompañado para al tiempo de caminar con calma, poder charlar. Ganarás de forma simultánea salud para tu cuerpo y placer para el alma. Lástima que no tengas mujer que se te asocie: nada mejor que una hembra cultivada para un paseo agradable. A todo ello habría que añadir paz y tranquilidad, extremos cuya enumeración resultará superflua pues si hay alguien calmo y sosegado, mi fiel amigo, ése eres tú.

Algunos de mis escritos mantienen alborotado el cotarro teológico del reino y los vecinos. Mi respuesta del otoño pasado al maestro Jacobo Albi, canónigo de la diócesis vignense y uno de mis más firmes detractores, corifeo sin duda del taimado Certós y de su mentor el obispo gerundense, contenida en un breve pero sustancioso opúsculo intitulado: *Apología contra las astucias y las perversidades de los seudo teólogos*, no tiene desperdicio. En él, aludiéndolo sin tapujos y dirigiéndome a frailes y monjes aseglarados, lanzo mil diatribas contra aquellos corruptos y apestados miembros de la Iglesia, enumerando al tiempo las veintiuna torpezas o vicios declarados que definen a gran parte de los religiosos de este malhadado siglo que padecemos y que paso a exponer para tu regalo y alborozo:

1. La generalidad de los monjes en abadías, monasterios y claustros, no para en sus celdas, dedicándose a curiosear donde no deben y a ser vistos ufanos a la hora del mercado.
2. Pasean, a veces sin sus ropas talares, por alamedas, plazas y cortes seculares, buscando notoriedad o quizá algo más.
3. Invaden los derechos ajenos, en ocasiones despóticamente, abusando de la preeminencia que supone su estado en la actual sociedad.
4. Despojan a los sencillos e incautos de dineros, joyas y hasta propiedades, con promesas de prebendas celestiales e incluso, en no tan raros casos, acelerando el tránsito final de aquellos pazguatos directamente al Paraíso.
5. Tienen la desfachatez de gloriarse de sus malvados actos entre sus cómplices, alardeando de su habilidad e inmunidad en hacer perjuicios a cualquiera.
6. Son especialistas en fingir grandes ocupaciones, simular trances espirituales poniendo los ojos en blanco o musitar con los labios aparentando estar en oración, cuando se pasan el año en el más despreciable ocio y en lo último que piensan es en orar.
7. No disimulan su apetencia por acumular honores, procurarse pingües congruas, ostentar dignidades y escalar canonjías pisoteando, si es preciso, hasta a sus propias madres.
8. Son vanidosos de ciencias y linajes, cayendo frecuentemente en la pedantería o haciendo ostentación de la grandeza de su cuna y solar, incluso sin venir al caso.

9. No tienen empacho en esquilmar los rebaños ajenos si conocen que pueden sacar alguna ventaja de los cristianos que confían o son penitentes de otros miembros del curato.
10. En medio del mayor cinismo se despojan mutuamente de los mejores cargos, mintiendo por mitad de la barba si fuere menester, incluso ante el abad.
11. Son expertos en persuadir, con falacias a veces infantiles, a las viudas adineradas, a las que incitan a poner a sus nombres haciendas y dineros y, hartas veces, a engatusarlas hacia el pecado de la carne tergiversando el sentido de los textos bíblicos.
12. Se transforman, impasibles, en abyectos mercaderes de las cosas sagradas que venden al mejor postor en medio de la plaza de abastos.
13. Son falsos, ejerciendo la caridad de visitar a los enfermos siempre por interés y, en consecuencia, sólo a los ricos y poderosos a la espera de ser recompensados.
14. Beben del vino de las sagradas vinajeras tras los funerales, vomitando en los setos del claustro y alegrándose en medio de grandes risotadas de la muerte de aquellos que ordenan enterrar en las seos e iglesias.
15. Mienten sin recato diciendo al que lo quiera oír que pueden resucitar a los muertos o sacar las ánimas del purgatorio, fingiendo trances y afirmando hablar y entenderse por signos cabalísticos con seres de ultratumba.
16. Son venales, admitiendo todo tipo de sobornos, arrogantes, sin escuchar jamás al inferior, narcisos, contemplando su figura rechoncha en los espejos de los corredores y en los estanques de sus huertos, envidiosos, adelgazando ante cualquier progreso del vecino de su misma orden y soberbios, creyéndose siempre en posesión de la verdad.
17. Son devorados por la lujuria que practican en sus celdas a plena luz del día, a veces entre ellos, corrompiendo en su impudor satánico a vírgenes, casadas y viudas, visitando prostíbulos y lupanares y alardeando de su virilidad.
18. Su especialidad es la perversión de novicias, profesas, religiosas y monjas consagradas, que envician abusando de su magisterio y a favor de la impunidad que les presta el confesionario, fornicando con las infelices en sus aposentos sin respetar horarios ni clausuras.

19. Se encuentran casi todos devorados por la pasión de la gula, trincados por el vientre que muestran insolentes al siglo mientras ventosean y regüeldan con mayor desparpajo que los mozos de cuadra.
20. Son en su mayoría avaros hasta de lo ajeno, robando en los cepillos y no haciendo nunca la menor misericordia con los desvalidos.
21. Este último capítulo es consecuencia y síntesis de todos los demás y atiende al definitivo apartamiento de la virtud cristiana, con radical olvido de la caridad y del ejemplo debido a la santidad de los fundadores de sus órdenes, mártires en ocasiones de la Iglesia.

No tengo que decirte el revuelo que ha causado entre las órdenes regulares y especialmente entre los que se llaman a sí mismos *predicadores*, la virulencia de mis invectivas que, quizá y a ti puedo decírtelo, sean más enconadas de lo que admiten las costumbres al uso, pero yo, en la prerrogativa de mi sagrada libertad y exagerando un poco pero sin mentir en lo esencial, debo velar por la pureza de la vida religiosa, prefiriendo pasarme un punto que no llegar al nudo del problema. Les duele mi seglaría que estiman mediatiza mi opinión y la invalida; no pasan por mi bien ganado prestigio médico, lentamente labrado, que me da independencia y autonomía económica; envidian la privanza que desde siempre ha tenido la Casa de Aragón con mi persona; odian mi preeminencia teológica europea y mi presencia en tantos renombrados eventos allende las fronteras; temen —evidenciando un total desconocimiento de mi forma de ser— posibles represalias, a instancias mías, del poder temporal sobre sus personas y bienes, cuando aquéllas y estos sólo desprecio procuran en mi ánimo y, por fin, desarmados y rabiosos, descargan sobre mí su ponzoña y rencor tachándome de visionario y hereje de mil clases, intentando perderme, cuando saben que jamás me apartaré del dogma. Me tachan de grosero, embaucador, visionario, soñador oportunista y de atacar al vicario de Cristo.

Si, firmado de mi mano, hice llegar por escrito lacrado a Bonifacio VIII una visión que tuve, en la que le anunciaba que sería arrojado de su silla y llevado al destierro, quedando vacuo el suntuoso sepulcro que se había ordenado labrar, como tal sucedió, fue por inspiración no sé si del maligno o del Espíritu, pero no por ello me tengo por profeta. No te oculto que me inicié en la escritura sobre el fin de los tiempos ante la aparición, no sé si en mi mente o en el cielo, de la leyenda *Sede cito et scribe* que, después, al abrir al azar una Biblia, me golpeó los ojos con letras dobles. Fue paseando una mañana por un claustro. Más tarde, en los *Proverbios*, hallé la cita clave, el texto esencial que transformó mi vida: *Homines pestilentes dissipant civitatem*, que me compelió a tomar la pluma para exponer en el tratado que lleva por encabezamiento tal lema mis teorías sobre el Anticristo y el fin del mundo. Todo ello no empece el que, noblemente, reconozca que puedo estar equivocado e incluso alucinado por falsos espejismos. De lo que estoy seguro es de la podredumbre de parte de la Iglesia o, mejor, de los hombres que la malgobiernan. A ellos me dirijo y a ellos pretendo reformar, que no a la fe ni al dogma. Tú luchas contra los infieles exteriores, adoradores de dioses paganos, al fin pobres ilusos ignorantes o mal informados, pretendiendo reconquistar Tierra Santa para edificar la nueva Jerusalén, mientras que yo batallo con los infieles interiores, malos cristianos, gentuza a la postre peligrosa por seudo cultivada y cizaña venenosa que cuartea los cimientos de la Iglesia y que hay que destinar al fuego. Mas, cambiemos ya de tema: no quiero aburrirte con mis disquisiciones.

He aceptado el consejo y utilizo, desde hace mes y medio, la tinta de tu invención que, efectivamente, supone un alivio en los gastos de mi escritorio. Da, luego de oreada, un agradable color negro azulado de cuya permanencia es pronto para poder juzgar. Seca rápido y presenta una propiedad que has pasado por alto: es prácticamente inodora, evitando el fuerte olor de otras tintas que a veces marean o producen cefalalgias molestas. Apreciarás que envío junto a esta epístola un atadillo con plumas procedentes de cisnes de mi estanque que confío lleguen a tus manos en buen uso, pues los correos son cada día más calamitosos y menos de fiar. De todas las que hasta ahora he utilizado son, con mucho, las más eficaces por su elasticidad, finura, deslizamiento fácil y trazo del grosor adecuado. Con ellas es raro emborronar cualquier escrito, catástrofe temida como sabes por todos los que nos dedicamos al ingrato oficio de plasmar las ideas en el pergamino.

Pasé la Pascua de Navidad en Valencia y Burriana. Visité a mi única hija, monja como sabrás en el convento de Santa María

Magdalena, donde la encontré radiante de felicidad, entregada a sus rezos y trabajos. Entre oraciones y estrecheces, las religiosas hacen las labores de aguja y los bordados más excelsos que puedan ponderarse, la mayoría destinados a ropajes del Papa y príncipes de la Iglesia. Siempre he creído que la sorda labor de las monjitas y buenos frailes de clausura son el motor del mundo, lo que impide una nueva lluvia de fuego sobre nuestras Sodomas. Tras la quietud de la hospedería junto al claustro monjil, pasé al tráfago de la capital del reino valenciano, un emporio de gracia y de riqueza abastecido de todo lo que pueda apetecer el más exigente ciudadano. De antiguo origen romano, patria de su patrono y mártir San Vicente y predio el más preciado de Rodrigo Díaz de Vivar que la tomara al moro, sus amplias avenidas, sus mercados, su abundancia de agua y lo industrioso de sus gentes, amables y hospitalarias donde las hubiere, hacen de Valencia ramillete de todas las virtudes de España. Entre sus opimos vergeles destaca la agarena Ruzafa, tenida por uno de los jardines más deliciosos de la tierra. El sol, desde que nace, se mira en las aguas plateadas de su Albufera singular y en sus talleres se tejen los brocados y las sedas más finas. Valencia confiere fama y prez a la ciencia de sus sabios, al ingenio de sus poetas y al valor de sus guerreros.

Visité los trabajos de la catedral, ya avanzados, aunque dada su magnitud dudo que su culminación la vea este siglo. Pero lo más de ver, por su antigüedad y por la originalidad de su organización, es el Tribunal de las Aguas, estamento creado por los árabes para la ordenada distribución de la riqueza acuífera en la huerta, que data de mediados del siglo X. Lo integran los siete síndicos acequieros de la Vega de Valencia, representando a las siete acequias que sangran del río Turia, siendo su competencia entender las cuestiones que atañen a la conservación y distribución de las aguas de riego de aquel cauce fluvial. Reúnense en audiencia pública cada jueves no festivo, a las doce en punto, debajo del arco de la catedral que da a la plaza llamada de la Seo. El tribunal oye a los interesados citados previamente; admite la prueba si se ofrece; escucha alegaciones; acuerda el reconocimiento pericial si se precisa y dicta su fallo que es inapelable, ejecutándolo el síndico a quien corresponda para lo cual impetra, si fuere menester, el auxilio de la autoridad administrativa. Este tribunal, cuyas actuaciones son seguidas por una enorme masa de curiosos, es esencialmente popular y en su sencillo modo de proceder nada se escribe, ni intervienen secretarios, procuradores ni abogados, gozando de un gran predicamento por la rectitud, economía y celeridad de sus juicios. Yo tuve ocasión de presenciar dos de ellos. Ante los siete jueces y en presencia de los guardas de las acequias y los atandadores o encargados de los turnos de riego, comparecen los que se creen perjudicados o han cometido faltas. A todos se los oye según les toca hablar, siendo la edad la que marca la pauta, de más viejo a más joven. No se consienten interrupciones del contrario durante el turno establecido, habiendo momentos para la contrarréplica, mas si esta surge en el calor de la refriega para rectificar un hecho, sufre el interruptor amonestaciones o multas progresivas según vaya reincidiendo. Oídas todas las partes y tras breve deliberación, pronuncia la sentencia el presidente del tribunal que siempre es el síndico más antiguo.

Admiré yo en silencio la eficacia, simpleza y prestigio del citado tribunal, preguntándome al tiempo por la complejidad a veces artificial de la justicia en nuestros reinos, lo intrincado del juego de intereses humanos que la desvirtúan, las prácticas corruptas de alguno de sus oficiales, jueces y magistrados, sin mentar la putrefacción que impera en los tinglados eclesiásticos. En el Tribunal de las Aguas no se mira el poder económico de los litigantes —quizá su actuación en plena calle y ante la ciudadanía lo impida— ni su estado o raza —uno de los querellados, que resultó absuelto, era un pobre aldeano morisco—, mientras que en nuestra justicia priman abiertamente los doblones y Roma sólo privilegia a los ricos y poderosos.

Arreglados mis asuntos valencianos subí a mi lar del Grau de Burriana donde, como sabes, poseo merced a la munificencia de nuestro señor D. Jaime una preciosa heredad sobre el mar al pie de unas salinas que, desde que me fueron conferidas, tengo bien arrendadas. Las gabelas en dineros que me producen las salinas —que a ti puedo decir son sustanciosas— han menguado preocupación a mis postreros años y dan tranquilidad a los míos. Y es que por mucho que prediquemos la austeridad y el ascetismo es inevitable, llegando a la achacosa senectud, que empiece a trabajar la mente, el principal adversario del hombre inteligente, para procurar miedos e inseguridades a la ancianidad. Por ello me afirmo en la opinión de que dineros y bienes son imprescindibles a los viejos e innecesarios, cuando no perjudiciales, a los jóvenes. En mi mentado abrigo, que no es sino una humilde casa rodeada de naranjos y pinos, con cuatro habitaciones y un mediano salón que se abre al mar y desde el que, en días claros, puede verse Ibiza, pasé cinco inolvidables semanas con la única presencia de mi mujer que es mi ayuda y sostén. Culminé allí la traducción al catalán del ameno tratadillo de un médico judío andalusí, Costa Ben Luca, que se intitula *De phisicis ligaturis* e inicié mi *Brebiarium practicae*, que constará de varios tomos —si me es dado acabarlo— y tratará de compendiar y poner al día los actuales adelantos de la práctica médica.

Fuera de la escritura pasé muy buenos ratos con Pascualet, el guardés de la finca, que es el hombre más feliz que conozco. Debe ser tan mayor como yo pero se conserva infinitamente mejor: sin duda la ausencia de preocupaciones alarga la vida. Su ocupación favorita es la pesca, que efectúa con rara habilidad. La practica durante horas sentado en la punta del viejo malecón de madera, pudiendo observarle desde mi escritorio. Sabía sin levantar la vista del papel la calidad y el peso de sus capturas, con arreglo al tono e intensidad del griterío que organizaba con cada nueva presa. Las más de las noches no pude negarme a sus invitaciones para degustar juntos el pescado, que preparaba en la misma arena de la playa, asado sobre ascuas. Pero, más que los peces y mariscos que captura y cocina, me agrada de Pascualet su conversación, que es llana y espontánea, demostrando un ingenio fuera de lo normal aunque no excepcional entre los marineros y pescadores de la costa. Su pasión es el mar, que conoce mejor que las rayas de sus manos, no interesándole ninguna otra cosa. Su única posesión es una vieja barca de remos que puede enarbolar una vela latina: con su bote, su aparejo de pesca y buen tiempo, estamos ante la felicidad suprema que hombre alguno pueda ambicionar en este mundo; jamás he conocido a nadie tan dichoso y ante él siento sana envidia.

He llegado hasta aquí sin hacer relación de mis dolencias, pero de aquí no paso. Tus achaques se quedan en nada ante los míos. A los que afectaban a la vista y oído e importunaban mis articulaciones, habremos de añadir una casi absoluta inapetencia que me ha hecho rebajar al menos cuatro libras desde el pasado otoño, casi media arroba. Y ello me da que pensar. He perdido gran parte de mis fuerzas en los últimos meses. Me alerta un cierto dolorcillo epigástrico que me desvela y no calma la ingestión de leche: o mucho me equivoco o estamos ante algún neoplasma y hay muy pocos buenos. Ello no afecta para nada a mi ánimo, que es excelente, como no sea para intensificar mi trabajo y abundar en el estudio y la oración. Nunca temí a la parca, que me encontrará firme y derecho cuando Dios sea servido de alcanzármela. Pero no seamos agoreros y confiemos en la divina providencia.

Quedo vigil a la espera de tus cartas que me confortan y estimulan. Ten salud. Arnau de Vilanova. Vale.

✠

Declinando el verano de 1293 nos dirigimos hacia Navarra siguiendo el Ebro arriba. El calor apretaba. Daban ganas de zambullirse en el río que bajaba sereno y tal hicimos. Segundo fue el culpable del remojo, pues venía dando la tabarra a cuenta del sofoco y de lo apetecible del baño desde casi salir de Zaragoza. Al tercer día, poco antes de llegar a Cabañas, hallamos un soto solitario y umbrío en un recodo de la orilla y, tras dejar a las mulas retozando en la media libertad de un par de sogas largas y luego de quitarnos las ropas, nos chapuzamos tan desnudos como nos parieron nuestras santas madres. El padre Ebro se llevó con nuestro sudor la mugre del camino, quedando frescos y reconfortados, más livianos, dispuestos a proseguir nuestra azarosa ruta. Cruzamos sin mayor novedad la frontera navarra por Cortes, tras ser sellado nuestro pasaporte por las guardas del puerto y, dejando atrás Buñuel y Ribaforada, atravesamos el viejo puente romano y entramos en Tudela no sin identificarnos otra vez a miembros de Las Hermandades que nos impedían franquear la puerta oriental de la ciudad. Era Tudela residencia del rey de Navarra si se encontraba en sus señoríos, cosa rara, pues habitualmente residía en Francia. La región presentaba un aspecto empobrecido con relación al vecino Aragón, llamando la atención la apatía de sus gentes y un visible abandono de cultivos y campos de labor en detrimento del progreso logrado años atrás, con Sancho VII. Fue el rey *Fuerte* quien, tras la victoria de Las Navas de Tolosa en 1212, reactivó la vida comercial en Navarra. En su largo reinado se iniciaron los regadíos en Tudela y Corella, se hicieron grandes construcciones eclesiásticas y civiles, se desarrollaron todo tipo de transacciones comerciales al amparo de la ruta de peregrinación a Santiago de Compostela, se intensificó la ganadería importándose mulos e impidiéndose la exportación de caballos y se emitió moneda, las codiciadas doblas de oro con la leyenda *navarrorum*. Yo llegué a conocer tales monedas en mi mocedad e incluso conservo algunas, cotizándose en la proporción de una a tres con respecto a la dobla castellana. Pamplona, la capital comercial del reino, creció con Sancho el *Fuerte*, distinguiéndose en ella sus tres seculares barrios: el burgo viejo de San Cernín, el nuevo de San Nicolás y la Navarrería.

Pero antes de seguir repasemos la historia siquiera sea sucintamente. En 1231 Sancho *el Fuerte*, de setenta y tres años, y Jaime I de Aragón, veinticinco años más joven, se prohijaron mutuamente en solemne reunión en el castillo de Olite y, en un loable intento de reunificar reinos hispanos, cada uno designó al otro heredero de su reino. Pero, al morir tres años más tarde el septuagenario monarca, no fue reconocido tal prohijamiento por parte de la nobleza y ricos-hombres navarros y ello dio lugar a que se sentara en el trono Teobaldo I de Champaña, hijo de Doña Blanca, hermana de Sancho, y por tanto sobrino carnal del rey difunto. Con los dos millones de doblas en oro que halló Teobaldo en las arcas de la Corona, no le fue difícil comprar voluntades y consolidar su poder. Jaime I, ocupado entonces en la conquista de Valencia, se conformó con la posesión de cuatro castillos navarros a cambio de la formal renuncia a sus derechos. De esta forma se instauraba en Navarra la Casa de Champaña.

El reinado de Teobaldo transcurrió en medio de las violencias de los hombres de linaje y los barones-bandidos contra labradores, ganaderos e infanzones. El monarca reinaba desde París hasta que las Hermandades —cofrades de la nobleza e hijosdalgos— lo obligaron a presentarse en Tudela y firmar los Fueros que sentaban las bases de las libertades navarras. Al morir Teobaldo le sucedió su hijo de igual nombre, de catorce años de edad. Se nombró tutora real a Doña Margarita hasta la mayor edad de su hijo, que se fijó en los veintiún años, siendo hasta entonces asesorada por doce ricos-hombres que componían su Real Consejo. Se ocupó la habilidosa viuda en afianzar la amistad con Castilla y Aragón. Se trataba de una bella mujer, en la plenitud de sus treinta y cuatro años, con fama de fogosa. Los rumores de un idilio en el palacio de Olite entre ella y D. Jaime, fundados en las casi cuatro horas que estuvieron encerrados en el salón de respeto, sin la presencia de secretarios ni ayudantes, son fantasías sin pies ni cabeza. Añoraba Margarita su palacio parisino y allí se dirigió desde que pudo, abandonando el reino acompañada de su hijo; quedó en Navarra su primer senescal, con plenos poderes.

Teobaldo II contrajo matrimonio con Isabel de Francia, hija de Luis IX. Cuando el monarca francés emprendió en 1270 la octava Cruzada, que inició en Túnez, los esposos lo acompañaron en la lucha contra el infiel. La presencia de la real pareja entre las tropas expedicionarias siempre ha sido, por absurda, una incógnita: ¿Pensarían los monarcas navarros que iban en viaje de placer? ¿Creerían que la morisma los recibiría genuflexa? ¿Qué pintaba una mujer ante aquellos fanáticos muslimes en pie de guerra? La peste negra, que diezmó el campamento cruzado y que causó la muerte al rey francés, hizo presa también en Teobaldo que falleció durante el viaje de regreso, en Trápani, la bella población siciliana. La infortunada Isabel le siguió al sepulcro días más tarde. Tras los duelos y al no haber descendencia, subió al trono navarro Enrique, hermano menor de Teobaldo. Enrique I fue acogido con recelo por las villas y tuvo que hacer frente a la nobleza y a la iglesia. La población empezaba a hastiarse de los galos. Intentó el monarca congraciarse con ella bajando los impuestos del trigo y los peajes y fielatos, pero su prematura muerte en 1274 significó el fin de la dinastía de los Champaña y la caída de Navarra por completo en las garras francesas: la corona vino a parar a una hija del extinto rey, Juana, menor de edad, bajo la tutela de la reina viuda Doña Blanca.

¿Fue asesinado el rey Enrique? Todo parece indicar que sí: su brusco óbito —había estado cazando esa misma mañana y aparecía sonrosado y lleno de vigor—, la rápida salida de la corte de un misterioso personaje rumbo a los Pirineos, la firma de las actas de defunción por físicos franceses... En cualquier caso nada pudo probarse. Doña Blanca, para burlar las apetencias de los nobles que rivalizaban en la crianza de la niña, buscó el apoyo de su primo Felipe III, conviniéndose entonces el matrimonio entre Juana y el heredero del trono galo, también un niño. Desde el acto de los esponsales, celebrado en París en 1276, Navarra entraba a formar parte de la esfera francesa. Fue nombrado un gobernador que juró los fueros de boquilla, por lo que hubo de enfrentarse con la iglesia, los ricos-hombres, los infanzones y las villas, que se aferraban a sus privilegios y estatutos. Se reactivaron las Juntas, surgió la Hermandad de Olite: toda Navarra se levantó en armas. Castilla y Aragón intentaron competir con Francia adelantando algún preparativo bélico, pero los galos fueron más rápidos y les ganaron la partida: un fuerte ejército francés al mando del conde de Artois cruzó los Pirineos y pacificó a sangre y fuego a los disidentes, diezmando los focos de resistencia. Hubo cuantiosos daños en cosechas y bienes y ocurrió la destrucción total del barrio de la Navarrería pamplonés, acompañada por matanzas y violaciones sin cuento.

Implantó Felipe III en Navarra una administración calcada de la gala: se acabaron los fueros, finiquitaron los estamentos y se enterraron las regalías. Tropas galas se estacionaron de forma permanente al sur del Pirineo. La contabilidad del reino se centralizó en París. Hasta la más pequeña decisión se cocía a orillas del Sena. Las contiendas de Alfonso X de Castilla contra moros y las de Pedro III de Aragón contra sicilianos y angevinos, impidieron a aquellos reyes españoles expulsar al francés de Navarra. Al llegar Juana a la edad núbil se cumplieron sus desposorios en París y, dos años después, era reina de Francia al convertirse el príncipe en rey —Felipe IV el *Hermoso*— por el fallecimiento de su padre.

Y esta era la situación Navarra cuando pisamos aquella bella y recia tierra. Se palpaba en el ambiente la desesperación de la ciudadanía ante el continuo atropello de sus ancestrales derechos por los galos y ante los abusos de la soldadesca. La desidia y un fatalismo cuasi oriental se apoderó de los vecinos de las villas y de los campesinos y ello explicaba el desorden y atraso en el reino. Eran frecuentes las asonadas de la población —los navarros son arriscados y de genio vivo, no soportando ninguna sumisión— presenciando nosotros en los dos meses de nuestra estancia más de media docena, siempre en ciudades importantes. Los movimientos de tropas francesas por caminos y carreteras eran cotidianos, generalmente escuadrones de arqueros o compañías de lanceros a caballo; pero ello ocurría tan sólo en La Rivera, la zona próxima al río Ebro, más despejada y accesible, pues en los valles pirenaicos de Ansó, Roncesvalles o el Roncal y en las cumbres que rodean Pamplona, jamás se aventuraban. Allí se mantenían en revuelta permanente guerrilleros que hostigaban desde la impunidad de sus riscos y escondrijos a las fuerzas francesas.

Tras dejar Tudela recorrimos La Ribera deteniéndonos en Alfaro, industriosa villa productora de grano, Calahorra, la heroica luchadora contra cartagineses y romanos con cuyo obispo nos entrevistamos, Olite, la visigótica población fortificada residencia ocasional de los reyes navarros, y Tafalla, de gran riqueza agrícola. Pasamos de allí a Pamplona, ciudad en auge, en la que se encontraban los centros administrativos del reino. Nos recibió el gobernador, verdadero virrey francés, pues jamás apareció por Navarra Capeto alguno. Bernard de Lalange era un personaje malencarado y sinuoso, que miraba de través y a quien entregué la misiva de D. Jaime. Se le veía preocupado y con el ceño adusto: precisamente aquellos días se recrudecían en la ciudad las algaradas provocadas por la demolición de una torre fortificada, que habían levantado los pamplonicas para hostigar a los franceses residentes en el burgo colindante de San Cernín. Espárrago, el obispo, profrancés como la mayoría de la curia, actuaba cual sumiso lacayo a las órdenes del gobernador. Odiado por la población, que sabía de su afrancesamiento, jamás se atrevía a salir del palacio episcopal sin escolta pues había sufrido varios atentados. Enterado de mi presencia por el superior de los franciscanos y sin mediar demanda por mi parte, nos mandó llamar a su residencia. Conocía de oídas al prelado, un hombrecillo calvo y sonriente que se había formado teológicamente en París y del que se comentaba su simpatía o tufillo averroísta. El mentecato nos ofreció una merienda copiosa y extemporánea al menos para horario español, pues no eran las cuatro de la tarde. Segundo hizo los honores por los dos, pues yo no abrí la boca si no fue para lanzar sutiles invectivas contra averroístas, valdenses y demás heréticos secuaces. El prelado, que sudaba copiosamente sin dar abasto a secarse con varios pañuelos que guardaba en las mangas de la sotana, devoraba impertérrito las viandas mientras aguantaba sin pestañear mis andanadas: no conseguí que respondiera a mis preguntas mirándome a los ojos ni una vez, escudándose siempre en evasivas. Tan sólo saqué en limpio que me encontraba ante un cínico tragón, tan mendaz y corrupto como sus compañeros de la curia romana y a quien le interesaba la novena cruzada lo que la teología mariana a un pastor de cabras.

Recorrimos muchos monasterios y abadías de Navarra; únicamente en los contemplativos encontramos verdadera paz y espíritu cristiano. Nos detuvimos una semana en Leire, panteón de los reyes navarros, que seguía la regla del Císter y era un oasis de frescor y de renovación espiritual en aquel páramo.

El seis de los idus de noviembre de 1293, partiendo de Puente la Reina, iniciamos la peregrinación a Santiago de Compostela por el camino interior, el más utilizado por los caminantes. El momento elegido por los andariegos para hacer tan largo trayecto suele ser el inicio de la primavera, siendo pocos los que se aventuran a partir del otoño para evitar ventiscas, lluvias y mal tiempo. Son ciudadanos de todos los reinos europeos, nobles y plebeyos, hermanados por las fatigas del camino y por la esperanza de ver la tumba del apóstol de Cristo. Salimos de Navarra por Estella, bella capital bañada por el Ega, recién incorporada al reino castellanoleonés. Oramos en la iglesia de San Pedro antes de continuar hacia Viana —cuyo principado ostenta el heredero del trono navarro— y Logroño, la Juliobriga romana, ferozmente disputada debido a su estratégica situación por navarros y castellanos, siendo estos los vencedores en la brega.

Nada más salir de la capital riojana, a la altura de Fuenmayor, ya habíamos congeniado con dos caballeros normandos, naturales de Brest, que hacían el viaje a lomos de hermosos corceles. Cabalgamos juntos una legua antes de que Segundo los interpelara en italiano. Eran cuñados, ambos burgueses acomodados, propietarios de buenos campos de labor en su tierra. Hablaban en francés —lengua en la que me entendía con ellos— y en su ininteligible dialecto regional, habiendo dejado a sus mujeres e hijos en cumplimiento de una promesa sobre la cual ni ellos se pronunciaron ni yo me aventuré a indagar. Se armaban con aceros y dagas para prevenir cualquier asalto, nada infrecuente en los numerosos descampados que habríamos de atravesar, abrigándose con buenas pellizas aforradas para protegerse de las lluvias y cierzos, prendas que envidiábamos más según se adentraba el invierno. Nos detuvimos en una venta del camino, a la orilla del Ebro, para reponer fuerzas ante una jarra de vino de la tierra.

—¡Gran vino! —aseguró Gastón, el que parecía mayor de los bretones, un hombretón con manos como hogazas de pan, de larga cabellera castaña y ojos claros, como pasmados, que emanaba vitalidad por todos los poros de su cuerpo.

—Trajimos en las alforjas un pellejo de vino de Borgoña, por si venían mal dadas, y ahí se queda... —afirmó el otro, un tipo más relamido y difuso, alto, con mostacho solemne y cejas pobladas y muy negras, que atendía por Pierre. Decoraba su pómulo derecho un gran lunar negruzco del que emanaba un ramillete de cerdas como de jabalí, que prestaba a su fisonomía un matiz intrigante, zoológico.

—Confesaré que estoy igual de sorprendido —afirmé—. Conozco casi todos los mostos europeos y no he catado ninguno como éste, ni tan arreglado de precio.

—Pensé que los frailes consagrados, lo digo por la tonsura, no entenderían de vinos que no fuesen de sacristía —dijo Gastón.

—Pues marró vuesa merced, que la tonsura no se riñe con la buena bebida tomada con mesura —aseguré.

—Pues yo, que soy todavía lego —dijo Segundo—, voy más allá: no hay nada, después de una mujer, que alcance la bondad del vino nuevo. Y añado que conozco bien los vinos de mi tierra y no son comparables a los españoles que llevo catados hasta aquí.

—Son bondades distintas —aseguró Gastón—, la mujer te ameniza la vida, la llena de problemas y el vino te ayuda a soportarlas.

—Qué me den a mí los problemas que ocasiona una mujer hermosa —dijo Segundo.

—Cuando es de uno... —opinó Pierre—. Yo purgo en el camino mis pecados, los disgustos que una hembra veleidosa originó en mi vida por mi mala cabeza. Y ya no hablaré más.

Las jornadas de viaje eran todas iguales: al clarear el día se iniciaba la marcha después de un reconfortante y recio desayuno con pan candeal preñado de chorizo, torreznos de tocino de pecho, huevos fritos y buenos tazones de leche hirviente. Se alternaban cuatro leguas cabalgando y una a pie, para que nuestras monturas descansaran, antes de parar para comer en posadas del camino real, muy abundantes y bien abastecidas, algo sólido: generalmente cocido, alubias con tocino y morcilla o lentejas estofadas con pierna de corzo o jabalí. Hacíamos otras tres leguas por la tarde hasta dar con algún mesón o parador de caminantes donde, tras refrescarnos, rezábamos el Santo Rosario dirigido por turno y cenábamos algo caliente para caer en el lecho y dormir como piedras a partir de las diez. Tan sólo yo escribía o leía un buen rato antes de entregarme al sueño.

Cruzamos Nájera y Santo Domingo de la Calzada, la ciudad fundada por el santo de igual nombre, en la que recalamos varios días hospedados en el hostal de peregrinos que regentaban los padres franciscanos, anejo al monasterio. Admiramos la bella Colegiata donde, bajo su altar mayor, se veneran los restos del Santo y en cuyo pórtico y en una curiosa jaula de madera se encontraba el gallo más hermoso que jamás contemplé: un ejemplar, grande como un pavo real, que cacareaba desde el amanecer con gran potencia y era tratado a cuerpo de rey por el fraile portero. Seguimos por Belorado, cruzando los Montes de Oca, hasta Ibeas de Juarros y de allí a Burgos, ciudad en la que permanecimos varias semanas.

Burgos, *Caput Castellae*, capital del condado castellano, después reino y residencia de los reyes de Castilla y León hasta que fue cambiada por Toledo en 1087, es la misma bellísima ciudad donde el Cid hizo jurar a Alfonso VI que no había tenido participación en la muerte de su hermano Sancho, siendo reconocido tras este acto rey de Castilla. Nos hospedamos junto con nuestros normandos en el convento franciscano hasta las calendas de febrero de 1294, pues Burgos es ciudad tan admirable que ninguno quisimos abreviar nuestra estancia. Nunca pasé más frío que en sus calles y plazas: ni siquiera en mis viajes por el Norte de Europa alcancé a sentir un rigor semejante. Amanecía todo congelado, desde las aguas del Arlanzón —su grácil río— hasta las de las fuentes y piletas de abrevar el ganado, zumbando por lo común un viento helado que tabardos y mitones de cuero —quien los disfrutaba— apenas si bastaban para amortiguar. Recorrimos extasiados su catedral, prácticamente terminada, fabricada con piedra caliza de Ontoria, con pocos parangones entre sus émulas españolas y europeas. La altura del cimborrio, la esbeltez de la linterna, sus altas, agudas y gemelas torres, la infinita belleza del interior del templo, su riquísima ornamentación, la rara simetría de sus capillas, la hermosa reja de hierro cincelado que cierra la sin par del Condestable, el inigualable claustro del mismo estilo que el conjunto... Toda la obra de fábrica parece hecha por seres inmateriales, quizá ángeles o serafines, con manos de tacto y finura celestiales. Otro día visitamos el cercano y riquísimo monasterio cisterciense de Las Huelgas, en un edificio que fuera palacio real. Vimos también, algo más alejada, la antiquísima abadía de San Pedro de Cardeña, del siglo VI, en la que se encuentra la tumba de Rodrigo Díaz de Vivar y de su esposa Doña Jimena.

El personaje del *Campeador* es subyugante: encarnación de la virilidad, paradigma de fidelidad, adalid de firmeza, desinterés y valentía, es espejo en el que la raza hispana debería intentar reflejarse. Le tocó en suerte un rey mediocre que no estuvo a la altura del vasallo y aun así supo obedecer a aquel monarca inepto y quien sabe si prevaricador, siendo precisamente aquélla su mejor acción, su mayor mérito, pues si mandar es difícil, obedecer a un incompetente lo es en grado sumo. Divagando sobre la figura del Cid pasamos muchas veladas conventuales al amor de la lumbre de tocones de encina, ante una jarra de vino recental, retardando todo lo posible el ingreso en la gélida celda.

Proseguimos camino por Villasandino a Osorno y Carrión de los Condes, donde nos hospedamos en el castillo de los Templarios luego de admirar la Colegiata románica de Santa María, del siglo XI, algo raro de ver. El frío iba cediendo pero aún era muy intenso, por lo que viajábamos sólo en las mañanas aprovechando las tardes para descansar, visitar lugares interesantes o, en mi caso, escribir. Continuamos avanzando hacia Sahagún, donde nos sorprendió una ventisca que nos obligó a permanecer en tan bella ciudad cuatro días. Nos recibió el prior de la Abadía de *Santi Facundi*, antigua institución encomendada a los benedictinos, que es la más importante de España de aquella contemplativa y laboriosa orden. Recorrimos las intrincadas callejas de la vieja ciudad donde el tiempo parecía haberse detenido, su antigua y poblada judería y su admirable iglesia románica de Santa Gertrudis. Pasamos de seguido a Gordaliza, Mansilla de las Mulas, Santas Martas y avistamos León.

✠

Montuyri, segundo día tras las calendas de mayo
del año de nuestro Señor Jesucristo de 1310.

Mi buen Arnau: lo primero expresarte mi preocupación por tus molestias gástricas, posiblemente exageradas y tal vez pasajeras; confío que, al recibo de ésta, hayan desaparecido por completo. Quizá el ajetreo del viaje valenciano y el cambio en tus hábitos alimenticios fueran la causa de aquel malestar abdominal, de la inapetencia y adelgazamiento que refieres, síntomas todos que confío habrás ya superado. Vuelto a tu régimen normal y mimado de nuevo en tus lares, te imagino recuperado de lo que espero no haya sido más que una vulgar gastritis. En cuanto a mí, sigo al pie de la letra tus consejos médicos y dietéticos y, ciertamente, me noto más liviano, mis ahogos y sofocos van menguando y descanso mejor. El ánimo por el contrario se encuentra algo alterado, apenas terminados de deshacer los bártulos, recién llegado de mi gira italiana.

El Capítulo Franciscano de Asís transcurrió normalmente. Di Sannazzaro resultó reelegido general de la Orden por aclamación. Es un buen capitán: modesto, culto, trabajador, una fiera defendiendo a los suyos. El ambiente entre los delegados franciscanos —éramos más de cien, lo que te dará idea del incremento de la orden en toda Europa— era de franco pesimismo. Se leyeron por los delegados provinciales los informes bianuales y, con las raras excepciones de Polonia e Irlanda, el estado de la Iglesia es deprimente en el resto de los reinos europeos. El nepotismo existente en Roma se ha instalado también en Avignon, donde triunfa descaradamente, pero no falta en parte alguna. Todo el mundo arrima el ascua a su sardina en una innoble lucha por ganar intereses y prebendas. El Papado ha logrado por fin aquello por lo que ha luchado en el pasado siglo: la organización de la iglesia romana como una monarquía pontificia que en Avignon se manifiesta sin tapujos. Teólogos, expertos en derecho canónigo y una legión de lameculos y correveidiles proclaman al Papa como definidor del dogma, exclusivo fundador de la ley y hasta dispensador de la gracia sobrenatural. Es para ellos la única luz, la sola fuente de la jerarquía, el juez supremo espiritual y temporal, centrando en él toda la administración pontificia. Los Papas son también, desde Alejandro IV, los amos del dinero: se arrogan el derecho a disponer de los beneficios eclesiásticos, es decir de los cargos, de los ingresos y demás sinecuras de las diócesis. Como sabes, mantienen el derecho a nombrar prelados, a designar canónigos y hasta párrocos, priores y capellanes. Hasta aquí, malo, pero ahora viene lo peor: al tiempo de bendecir los nombramientos *su santidad* señala los tributos que los paniaguados deberán satisfacerle ¡directamente a él! Los ingresos papales, enormes, muchas veces mayores que los de algunos reinos europeos, en lugar de remediar a los necesitados se gastan en comprar voluntades, armar guerras para obtener nuevas gabelas, mantener coimas lujuriosas o edificar suntuosos palacios dobles, como el de Avignon, que es la comidilla y el hazmerreír de la cristiandad sana. Escuché decir en Milán a un venerable abad trapense, que en la decoración de los salones de respeto de la sede de Avignon, entre reposteros, tapices, frescos y pinturas costosas, sedas, cordobanes y mobiliario suntuoso, se dispensarán más dineros que los que se destinan a los seminarios franceses en diez años. Todo se va en litigios pues todos quieren medro, por lo que no han tenido más remedio que inventar un tribunal de pacotilla para resolverlos: la Santa Rota. ¡Bendito sea tu Tribunal Valenciano de las Aguas! Pero será peor el remedio que la enfermedad pues, escucha atento, de no mediar un cambio sustancial en la política y en las actitudes de los hombres que nos mal gobiernan, lo que no se vislumbra ni de lejos, el pleito que se avecina no es para resolver con tribunales sino a mandobles con la espada y tiros de ballesta. La gresca va a iniciarse. Empiezan a escucharse las primeras voces de protesta en Inglaterra, en el sentido de proteger a aquella fiel iglesia de las nefandas prácticas papales. Como respuesta a la indecencia de Clemente —y de la curia en pleno— surgen iluminados, orates, truchimanes, mendicantes y ascetas, que predican locuras y caen en aberraciones aún mayores que aquellas que pretenden corregir, intentando reformar a la Iglesia como institución, cuando lo que requiere renovación y savia nueva son los hombres, las costumbres y, si acaso, pequeñas parcelas doctrinarias. O mucho me equivoco o nos aproximamos a un cisma que dejará pequeño al que desgajó del común tronco cristiano a la Iglesia Ortodoxa. Al hilo de ello, dan ganas de ponerse a llorar al recordar el fiasco del Congreso de Lyon, en el 74, cuando se intentó la reunión con nuestros hermanos orientales: aquello fue un cúmulo de despropósitos alimentado por la visión directa de nuestras lacras y podredumbres, que no tuvieron la decencia de intentar ocultar los padres conciliares a nuestros visitantes siquiera fuese por vergüenza. Yo conozco de cerca la ortodoxia, pues harto la he contemplado *in situ*, siendo triste reconocer que, salvo honrosas excepciones, las Iglesias Griega y Rusa nos dan cien vueltas en honestidad, ascetismo y decencia: ¿Quién va a querer volver a la autoridad de un Urbano IV, venal, corrupto y afrancesado? ¿Cuál al redil de un Nicolás IV, ambiguo en todos los sentidos, prevaricador, deshonesto y también proangevino? ¿Dónde están los que desean continuar en el seno de un Clemente V entregado a sus bajas pasiones, ambicioso e insaciable de poder y dineros? Mejor habrá que desechar la tentación de pasarse con armas y bagajes a la ortodoxia e instalarse en cualquier cenobio de los de Meteora o el Monte Athos.

La conclusión del Capítulo Franciscano fue decepcionante pero lógica: hacer oídos sordos al fragor que escuchamos fuera de nuestros claustros, desviar la mirada ante los latrocinios del entorno, proteger la nariz con paños aromados para paliar el hedor de tanta deyección y trabajar; trabajar duro en los colegios misioneros para formar hombres íntegros; laborar entre los pobres de la tierra dando ejemplo de austeridad y bondad y ampliar la lucha evangelizadora entre los infieles. Mas a ti, mi verdadero amigo, no puedo ocultarte la verdad: me siento profundamente frustrado por la cobardía que supone desviar la mirada a otra parte; cansado, terriblemente agotado e impotente tras una batalla de treinta y cinco años; hastiado por la indiferencia del mundo ante tanta injusticia y prevaricación. Me noto forastero en todas partes, incluso entre mis compañeros de orden, quienes me miran de soslayo y cuchichean a mi paso sin disimulo alguno. Sé que me dicen visionario —*doctor iluminado* los he oído decir— por los sistemas que idealizo en mi *Arte General*, que ninguno hace por comprender. En la reunión de Asís expuse una vez más —prolija y pacientemente— los pormenores de mi tratado que es a la vez lógico y metafísico. El hecho de que pase sin cesar de lo real a lo ideal y de la idea al símbolo, les molesta porque se sale de lo acostumbrado y aprobado por cómodas, arcaicas e insípidas reglas tradicionales. Yo engarzo con hilo de oro fino espíritu y materia, procedo alternativamente por síntesis y análisis y tiendo a resolver las antinomias para que, resuelta a la unidad la muchedumbre de las diferencias, venza y triunfe aquella razón infinita de la verdadera sustancia, aquella expiración cumplida, eterna, al tiempo activa y pasiva, donde la esencia y la existencia se compenetran y son fuente de luz, foco de sabiduría y de grandeza. No me aparto ni un ápice del dogma ni de Tomás de Aquino, que es mi guía, cuando intento demostrar lo indemostrable. Entre la incredulidad de los averroístas y el roce de la heterodoxia en mi afán de desentrañar algunos misterios de la fe, como el de la Trinidad por ejemplo, me inclino por lo último. Ni mucho menos pretendo hacer racional la teología, pues ese sería el principio del fin de tal ciencia. La fe debe estar sobre el entendimiento como el aceite sobre el agua. Si la desconfianza en mis escritos se da entre franciscanos, mi propia gente, ¿qué no será entre los miembros de la curia vaticana? A veces me parece estar arrojando margaritas a los puercos.

¿Y qué decir de mi cruenta lucha misionera y por la nueva Cruzada? Muestra mi acartonada piel las huellas de la batalla que sostengo contra los infieles en forma de mataduras por decenas de pedradas, desgarros mal cicatrizados de latigazos en el rostro, sietes en mis espaldas y, en todas partes, señas de topetazos, sablazos y palos de mil clases. Y aún confío en alcanzar más para gloria de Dios. Me dirigí suplicante a todos los grandes de la tierra y me despacharon con medias verdades o mentiras enteras por mitad de la barba, despidiéndome de vacío como a cualquier orate. Bienvenidas sean todas las negativas a colaborar en la recuperación de los Santos Lugares: así se les indigesten sus agrias bacanales y revienten bañados en sus vómitos los que me despreciaron, pues no fue a mí, si no a sus propios hijos que serán violados junto a sus mujeres a poco más tardar por la morisma turca. Pero no quiero entristecerte. Dejemos ya este enfadoso asunto y encaremos el futuro con hombría.

Terminado el Capítulo, y antes de regresar a Mallorca, me alargué a Roma haciendo de tripas corazón pues conoces mi aversión, no a la ciudad que adoro y es magnífica, sino a la confusión y caos que en ella reina. Aún permanece allí la Secretaría de Estado vaticana, único estamento pontificio no trasladado todavía a Avignon. El cardenal Di Andrea, a quien presenté las cartas que Clemente v me entregara no ha mucho en Burdeos, en las que me asignaba trescientas onzas en oro para la creación de un colegio misionero en Túnez, afirmó no disponer ni saber nada de esa suma y me remitió al cardenal Baccigaluppi quien, según Di Andrea, se encontraba al frente de los restos de la tesorería que aún perdura a orillas del Tiber. Baccigaluppi se mostró sorprendido ante tal petición, pues las órdenes que tenía de Clemente eran no soltar ni un doblón sin la autorización del Secretario de Estado. A mí todo aquello me olió a vulgar chalaneo entre tunantes de parecida estofa y monté en cólera. Sabes del poco respeto que tengo por las gentes protervas. No pude dominar mi rabia e impotencia y estallé en denuestos y groseras imprecaciones contra el Papa, Di Andrea, Baccigaluppi, la curia y los romanos. Dejé al cardenal rojo de cólera, queriendo balbucir no sé qué patochada y, dándole la espalda, abandoné la sala. Cuál no sería mi deprimente estado de ánimo que, sin despedirme de nadie, alquilé un carruaje y me dirigí al bosque de Vicóvaro, al pie del Monte San Gennaro. Allí, en una posada de aquellas soledades, permanecí aislado cinco días al principio encolerizado con el universo, después irritado con Roma, más tarde con el Papa, luego conmigo mismo por mi airada reacción impropia de un hombre conocedor de la humana naturaleza y, al final, ya sosegado, meditando y filosofando: ¿Cómo puedo dejar que me atribule la negativa a algo a lo que me creo graciosamente acreedor? ¿En qué medida puede afectarme la mala acción de gentes venales y perversas? Antes, ¿no debería recibir una y otra con júbilo? Tú, poseedor de enormes bríos, probado repetidas veces por las embestidas de la fortuna, a quien ha templado la amargura y que ha luchado con ambos brazos contra la calumnia, sabes mejor que yo del gusto amargo de la traición y el desengaño. Habré, emulándote, de levantarme y volver a comenzar con renovados ánimos a enfrentarme a la vida. "*Mucho añade a su fibra la virtud hostigada*", dijo Séneca. El hombre se atormenta por cosas intrascendentes, banales, causando la mayoría de nuestros males la aprensión. Lo cierto es que hallé consuelo en mi voluntario retiro, sólo roto al partir hacia Ostia, sacudiéndome el polvo de mis viejas sandalias. En la Boca del Tiber embarqué de inmediato. He jurado no volver más por Roma ni a las rastras. Ya en Montuyri visité a mi antigua esposa e hijos, todos hombres hechos y mujeres maduras, a los que hacía años no veía. Viven como pequeños propietarios agrícolas en una estrechez desahogada, si me permitieses la antinomia, pues la mayor parte de mi patrimonio se fue en viajes, donaciones, ayudas a los pobres y gastos en libros y recado de escritorio. De los dineros para Túnez, Dios proveerá. Soy un desengañado de la alquimia, pero si tienes alguna novedad que ofrecerme, no importa sea en plata, sabes dónde encontrarme.

Y ahora quisiera mencionarte una interesante amistad que trabé en mi estancia en Asís y que, sola ella, ha compensado con creces lo amargo del viaje. Asistía a la reunión franciscana como observador, con permiso expreso de nuestro general, un poeta italiano natural de Florencia que rondará los cuarenta y cinco años y es uno de los seres más válidos e inteligentes que he conocido nunca. Estudia al parecer, desde dentro, las distintas órdenes regulares y monásticas, sobresaliendo entre sus contemporáneos trasalpinos por su ingenio y la amplitud de su mundo espiritual. Dotado de un verbo fácil y persuasivo, escribe prosa, rima con gracia y hace alarde de una cultura clásica dotada de un fresco espíritu renovador, exhibiendo a la vez una fe profunda y emanando de su figura tal ambición de gloria, que afirmo que su nombre resonará muy pronto en todos los confines del orbe. Se llama Durante Alighieri; se formó en la *Santa Croce* franciscana de su ciudad natal, simultaneando las letras y la milicia, pues ha sido soldado de caballería entre los *feritori*. Me prestó una de sus obras recientes, el *Convivio*, trabajo filosófico-literario que le ha dado ya prestigio entre sus compatriotas, pues viene impreso en toscano vulgar y es ciertamente meritorio. Trabaja desde hace varios años en un tratado en verso de tan formidable complejidad científica, filosófica e histórica, que es difícil trasladarte las explicaciones que sobre él me hizo. Tiene ya decidido su nombre: *Divina Comedia*. Me subyugó la profunda religiosidad del personaje y su seguridad en sí mismo, hasta el extremo de acordar iniciar una relación epistolar.

Desde que recibí tu atadillo con las plumas de cisne no he vuelto a utilizar las de otra clase. Son en efecto de escritura suave y uniforme, además de muy duraderas. Tenía entendido que el plumaje de ganso, especialmente el que nace en el codo de los alerones, era el más adecuado para la escritura, pero me veo obligado a reconocer la superioridad de la pluma del cisne, más larga y de cañón más recio; el cálamo es casi transparente y el raquis mucho más largo y flexible, con la hendidura más profunda, lo que hace que la tinta discurra con mayor fluidez y en cantidad pareja evitándose grumos. El tacto, en fin, de las barbas, bárbulas y barbicelos es sin duda mucho más delicado en la pluma del cisne que en la de gansos, pavos reales y faisanes. El secreto, no obstante lo antedicho, para una escritura correcta y similar a lo largo de muchos pergaminos es el corte practicado en la base del cálamo, que debe hacerse con un cortaplumas especial de acero muy amolado, dándole un sesgo exacto que formará ángulo agudo con el eje del raquis, dejando a cada lado un fleco lateral de igual altura. Me he permitido encargar para ti a mi proveedor de Palma un cortaplumas similar al de mi propiedad, fabricado con acero toledano y con mango de carey, material que se obtiene del caparazón de una tortuga marina que habita en los mares de la Isla de Ceilán, en la India. No existe acero superior al de las fundiciones de Toledo, ni un material que supere el tacto cálido y agradable del carey. Yo siempre he sido un gran perfeccionista —incluso algo maniático— en la selección del material de mi escritorio, siendo la única licencia que me permito en cuanto a gastos personales, digamos suntuarios. La mayor parte de mi equipaje lo forman los componentes del recado de escribir y no reparo en gastos para disponer del más costoso estuche portátil de madera de ébano, el mejor pergamino, la mejor base de piel de anca de potro para apoyarlo, tintas, cortaplumas y los mil etcéteras que componen hoy día un escritorio digno de tal nombre. Por ello no has podido hacerme mayor beneficio que enviarme tus plumas.

Intentando corresponder a tu delicado obsequio y a la espera de poder mandarte el cortaplumas, te envío una copia de mi pequeño tratado: *De articulis fidei*, que inicié en Roma y terminé en la misma ciudad en la vigilia de San Juan Bautista del año de 1296. En él, como verás, demuestro razonable y fehacientemente la existencia de Dios, *summe bonum*, *infinite magnum* y apoyo el dogma de la Trinidad precisamente en estas razones profundas: suma bondad e infinita grandeza. Repasa despacio las pruebas que aporto de la Creación, Pecado Original, Encarnación, Resurrección, Ascensión y Juicio Final, pues son todas, creo, lógicas, originales y hábilmente entretejidas. Confío disfrutes con mi libro y pases un buen rato. A la espera de tus cartas queda vigil y deseando tu pronto restablecimiento Ramón Llull. Vale.

✠

León, edificada sobre el campamento de la legión romana de igual nombre, es una bella capital que ha crecido en torno a la estilizada catedral cuyos trabajos se ultiman estos días y que, a su vez, se levanta sobre la que ordenara edificar Ordoño II en 915. La seo, de estilo gótico francés, más chica y recogida que la burgalesa, más coqueta, presenta un interior magnífico por la acertada distribución de sus componentes y sobre todo por la luminosidad, extraordinaria, que le prestan sus doscientos treinta ventanales además de los calados del triforio. El trabajo de sus vidrieras es poco corriente, tan notable como lo que viera en York, siendo ello lo que presta al templo su originalidad y un aire de gracia y delicadeza ejemplares. Visita uno sus capillas y obras de arte, así como el sepulcro de Ordoño II, extasiado y con la sensación de que un estornudo extemporáneo puede arruinar las cristaleras, tan sutiles y frágiles aparentan. Visitamos la Colegiata de San Isidoro, fundada en los albores del milenio, en la que se encuentra la tumba del santo sevillano, que es uno de los más acabados ejemplos del arte románico español. Su nártex, recubierto de pinturas al fresco de insólita belleza, es panteón de los primeros reyes leoneses.

A la salida del enrevesado caserío leonés, junto al río Bernesga, recalamos tres semanas en un mesón de viajeros mientras Pierre, uno de los caballeros franceses, era atendido en el hospital de peregrinos de un molesto lobanillo en salva sea la parte. Y hasta suerte tuvo de que el apostema lo afectara en León y de caer en buenas manos. El cirujano-barbero de San Marcos, que tal es el nombre de aquel humanitario nosocomio, resultó ser aragonés, un viejo conocido de mis tiempos de Montpellier, afincado en la ciudad tras matrimoniar con leonesa. Me llevé una grata sorpresa cuando, al entrar en la enfermería acompañando al bretón, me lo topé. Yo llevaba sobre el hábito una sobrepelliz de lana oscura, para matar el frío.

—¡Nicolás Estébanez! —dije asombrado.

—El mismo...

Al principio no me reconoció. Habían pasado más de treinta años. Luego me miró ladeando la cabeza, calculando. Al fin dijo:

—¿Desde cuándo los frailes utilizan sobrepellices negras?

Nos abrazamos. En cinco minutos dilucidamos los acontecimientos de seis lustros. Después le presenté al normando y le conté el problema, pues Pierre se desenvolvía muy mal en castellano. Le ordenó descubrir la parte afecta que inspeccionó con profesión.

—Se trata de un divieso muy serio —sostuvo—. Por la zona y por lo que me cuentas, es fruto del roce con la silla del caballo. Hay que actuar de inmediato; antes de que se propague la inflamación y se infeccionen la sangre y los humores.

Traduje al bueno de Pierre la opinión del galeno y me dio el visto bueno para el tratamiento. Nicolás administró al paciente medio vaso de orujo y aconsejó que se tumbase boca abajo en unas parihuelas. Luego me dijo:

—El orujo asturiano es el mejor lenitivo del dolor. En quince minutos hará efecto.

Aprovechó ese tiempo para hablarme de su mujer e hijos. Luego, tras comprobar que el bretón dormitaba, me pidió que separara con fuerza las dos nalgas. Apareció a mi vista el absceso purulento lo mismo que un volcán, con las laderas rojas de lava incandescente y el cráter negro, casi humeante, a punto de estallar. Nicolás semejaba tan tranquilo como yo después de comulgar en día festivo. Mi amigo asió con decisión el escalpelo y, sin encomendarse ni a Dios ni a Satanás, largó un tajo en las carnes del peregrino que lo hizo revivir. Junto al aullido, como un frémito de osa parda cuando le arrebatan un osezno, surgió un chorro de pus amarillento, bien trabado, como un caño de grueso. Poco a poco fueron remitiendo sus gritos y alaridos y se quedó traspuesto. El físico, tras drenar el absceso, colocó en la herida una mecha empapada en vinagre.

—Tráemelo mañana a la misma hora para hacerle la cura —dijo y nos despedimos.

Muy aficionado a las humanidades y a la astrología, mantuve con mi viejo camarada sabrosas discusiones hasta de medicina. Pero sobre todo me puso al día de los estragos que hacen en tierras leonesas los seguidores del Pedro Valdo citado más atrás, predicador de la pobreza. Vimos a uno deambular por las callejuelas de la judería. Se distinguen los sectarios fácilmente por llevar las botas cortadas a la altura del tobillo, en señal de austeridad, por lo que en Roma son conocidos como *insabattatos*. Se diferencian de los albigenses en ser gente de buena vida y nimia sobriedad, si bien son tan fanáticos extraviados como aquellos, negando la propiedad privada y arrogándose todos, hombres y mujeres, el derecho de predicar y administrar los sacramentos. Son partidarios de la igualdad absoluta y de una cierta promiscuidad sexual, siendo los fundamentos de la secta la comuna y el laicismo, peregrinando en pos de una utópica Arcadia feliz. Tras ser condenados en Letrán por Inocencio III hace ahora varias décadas, parece ser, siempre según mi informador, que los valdenses han entrado en lento retroceso y descomposición, quedando en todo León docena y media.

Nuestras charlas se prolongaban hasta el amanecer, siempre en casa del médico, y, para alegrarlas, su mujer nos obsequiaba de fijo con un caldo del Bierzo, fuerte y afrutado, de color amatista, y unos chorizos picantes de su propia matanza como jamás he degustado otros. El final de nuestras filosofales controversias se aderezaba siempre con una copa colmada del mismo orujo que utilizaba Estébanez para dormir a sus pacientes, traído de algún lugar de Asturias, imprescindible para afrontar a la intemperie el trayecto al mesón, tal era el frío reinante.

Luego de recuperarse nuestro normando y desde que pudo cabalgar, proseguimos hasta Oviedo atraídos por la fama de su Cámara Santa y en verdad que no nos defraudó tan gran desvío. Oramos ante la bellísima Cruz de los Ángeles y contemplamos el Arca de las Ágatas, relicario de mártires. La catedral ovetense, prácticamente terminada, compite en esplendor con cualquiera española; no así dos bellos templos románicos a pocas leguas: Santa María del Naranjo y San Miguel de Lillo, que, en su estilo, no admiten parangón posible.

Retornamos atravesando el Puerto de Pajares y bajando otra vez hasta León, desde donde, sin parar, proseguimos por Hospital de Órbigo hacia Astorga, capital maragata. La primavera reventaba en sotos y praderas de un verdor lujurioso y las cigüeñas se amaban ya en sus nidos cuando penetramos en la antigua Astúrica por la puerta del rey. Mucho tiempo capital de los várdulos y cántabros, rendida por el romano Augusto, Astorga es sede episcopal desde el siglo III. Sus murallas, destruidas por Almanzor, han sido reconstruidas y encierran notables casas y una bellísima plaza Mayor, toda soportalada y con airosos arcos. Nos alojamos en su viejo seminario. No recuerdo despertares más entrañables que los de aquellas jornadas. Las cigüeñas producían con las medias cañas de sus picos un dulce crotorar, una especie de mágica diana que te esponjaba el alma. Luego, encaramadas en las espadañas más altas, se cortejaban haciéndose arrumacos. Proseguimos por Torre del Bierzo y San Miguel de las Dueñas a Ponferrada, ciudad la más importante del Bierzo, zona a caballo entre León y Galicia. Ponferrada es antigua población de origen celta, poseyendo un delicioso muestrario de iglesias a cuál más antigua e interesante. Su bella colegiata admite pocas comparaciones. Pasamos cinco noches en el castillo que los Caballeros del Temple regentan en la parte más alta de la población, disfrutando de unas vistas deliciosas sobre el río Sil con los Montes Aquilianos al fondo, hacia el sur, que la separan de Sanabria.

Aunque yo no participaba, era cotidiano espectador de las comilonas con las que Segundo y los normandos festejaban el santo del día, sin importarles la categoría del mismo o su escalafón en el martirologio. No hubo lugar ni venta desde el instante en que se conocieran donde no encontraran pitanza interesante, superando siempre el condumio del día al de los anteriores; pero una ocasión, en Ponferrada, debieron llegar al clímax culinario, pues estuvieron devorando desde el mediodía hasta el anochecer: seis horas en total. No se apartaron un segundo del caldero que les preparó la dueña del mesón, lleno al parecer de nueve carnes distintas amén de una selección de legumbres y embutidos de la zona. Parece imposible que pueda comerse tanto y tan seguido, o tal vez la calidad de las viandas era tal que resultaba difícil despegarse de ellas. Regaron todo con más de dos azumbres de vino de la tierra y, casi a gatas, se encamaron en sus catres durmiendo de un tirón dieciséis horas sin cambiar de postura. Hubo el trío de gastar media jornada en recuperarse del atracón y recobrar tino y conciencia. Ya repuestos, proseguimos hacia Villafranca del Bierzo, desfilando por Columbrianos y Cacabelos.

El camino, que era sinuoso y pintoresco, de ruta mal apelmazada y con continuos baches y altibajos, sirvió para que Gastón se explayara conmigo. Me confesó que había descubierto el paraíso del yantar, que nunca sospechara que existieran platos de la increíble variedad y calidad que encontrara en España. Me habló, llorándole los ojos, de un cordero lechal que probara en Carrión de los Condes, de unas alubias rojas que tropezó en Tolosa, de un tostón epicúreo que alcanzara en Viana, de la gran calidad del más humilde plato de cuchara. Terminó asegurando que al año siguiente volvería con toda su familia. Llegamos en ello a Villafranca, que es vistosa ciudad fortificada, con una hermosa Colegiata de Santa María y un convento franciscano donde nos alojamos. Aproveché los tres días de estancia para, en la tranquilidad de un bello y recoleto claustro, poner en limpio las notas con las impresiones del viaje, mientras mis compañeros se solazaban en las tabernas y figones más recomendados de la localidad. Una noche fuimos los cuatro a cenar a un mesón muy afamado por la calidad de sus mostos y asados. Hubo cabrito al horno. Lo devoramos regándolo con tres frascas de vino de Toro, un caldo espeso, recio, que olía a uva negra y tenía regusto floral. Era un local de arrieros, labradores, capadores de cerdos y caminantes a Compostela. Nos servía una mesonera vistosa y llamativa, dispuesta, con tablas y redaños suficientes para hacer frente ella sola a un batallón de aldeanos lúbricos. Lucía por su gran descote al uso, casi al completo, unos pechos maduros e incitantes. Es sabido que no existe fuerza mayor en el universo que un par de lindos senos. A Segundo y a los normandos les hacían los ojos chiribitas. Yo los cerraba.

—Buenas tetas, preciosa. Déjamelas tentar... —dijo Pierre con la lengua de trapo al tiempo que la hermosa retiraba los platos. Había mejorado su español pero se pronunciaba con su deje francés, arrastrando las erres. Yo había catado el vino, que era en verdad excelente, pero ellos se empaparon y tenían la lengua estropajosa.

—Tienta a tu madre, marrano —contestó la tarasca—. Confórmate con ver. Si quieres algo más será cuestión de hablarlo...

—¿Y a quién hay que echar la instancia? —dijo Segundo.

—Yo me manejo sola en mis negocios —afirmó ella—. Dejarme terminar la faena y será el tiempo de llegar a un acuerdo con los cuatro. Primero el trabajo y después el placer.

—Eso es correcto —dijo Segundo—. *Chi non labora non fa l'amore.*

La moza se retiró meneando el culo. Segundo prosiguió dirigiéndose a Gastón:

—¿Cómo os las arregláis para estar tres meses sin tocar una fémina?

—Malamente —aseguró el francés—. Yo me conforto escribiendo a la mía. Ella ni siquiera tiene ese consuelo al ignorar dónde me encuentro y no poder dirigirme sus cartas.

—¿Qué edad tiene? —preguntó mi lego.

—Segundo... —intervine tratando de pararlo. No me gustaba aquel descaro.

—Veintidós —contestó—. Es diez años más joven que yo. Estará entretenida con nuestros tres diablillos...

—Poco desconsuelo podrá tener con esa edad —sostuvo Segundo. Le bailaba en los ojos como una danza pícara, trabucándose al hablar—. Los diablillos chicos tan sólo logran entretener —añadió—. Lo que divierte de verdad es el diablo grande...

—¡Segundo! —lo interpelé con brío.

—¿Qué insinúas barbián? Guarda la lengua o probarás el sabor de mi acero —dijo el galo.

—Calmaos, caballero. Ni insinúo nada, ni pretendo ofender —dijo Segundo—. Sólo afirmo que la naturaleza es idéntica en hombres y mujeres. Igual que vuesa merced pretende darse gusto con una barragana, podría ser que algún vivo esté tentando en este preciso instante a vuestra esposa, Dios no lo permita. ¿O es que ella no es de carne y hueso?

—Henriette es de fiar —intervino Pierre algo amoscado—. Lo mismo que Danielle. Son hermanas. Y ambas mamaron la honradez en la cuna.

—Seguro que así será cuando lo dicen caballeros nobles y veraces. Pero no pondría yo la mano en el fuego por ninguna mujer —insistió el italiano—. Todas son iguales. Más de una faltaría a sus esposos, incluso nobles y reyes, cuando se inventó el cinturón de castidad.

—Hablamos de otra época —dijo Gastón—, cuando los viajes se hacían eternos. Los caballeros cruzados tardaban en regresar a veces dos largos años.

—En los asuntos de colcha no interviene el tiempo. Y no han cambiado desde que la noche sigue al día —aseguró Segundo—. Tampoco es cuestión de años. En diez minutos emite lava ardiente un volcán apagado...

—¡Ya está bien Segundo! —hube de intervenir, pues no me gustaba el cariz que tomaba la conversación. ¿Qué bicho te ha picado? —añadí—. La mujer que es honrada lo es hasta de pensamiento, que será sin duda el caso de Danielle y de Henriette. Y el cinturón de castidad es una salvajada de aquellos tiempos bárbaros. No hay mujer, por depravada que sea, que merezca tamaña humillación.

Segundo no volvió a chistar pero, como precaución adicional, lo arrastré hasta la habitación donde durmió la mona. En el mesón quedaron los bretones apurando los vasos y ajustando el precio con la tabernera. Debió de ser noche brava pues amanecieron frescos y distendidos, como infantes en jornada ferial. Partimos. Entramos en Galicia por el Puerto de Piedrafita, expedito en aquellas fechas pero que suele cerrarse por las ventiscas y los hielos hasta mayo mediado. Vimos unas pallozas, curiosas chozas celtas de techumbre de paja, antes de bajar hacia Samos y seguir por Pacios hasta Puertomarín, ya a orillas del río Miño. De allí, por floridas aldeas y campos de verdor exultante, alcanzamos Lalín en donde recalamos dos días enteros. Era ya casi finalizado junio y el calor se dejaba sentir, aunque en menor grado que en tierras de Aragón a iguales fechas. Tras refrescarnos y coger resuello proseguimos para efectuar la última etapa: seguimos el cauce del río Deza hasta su desembocadura en el Ulla y cruzamos por el puente romano hasta Vedra. El mar podía olerse y los corazones de los peregrinos brincaban en sus pechos. Me pidieron confesión los dos normandos. Tras escucharlos contritos y absolverlos a la sombra de un pino, elevé al cielo mis plegarias por mis propios pecados. El día 7 después de los idus de julio de 1294 avistamos las torres de Santiago desde el Monte del Gozo.

Santiago de Compostela habría sido un villorrio anodino de no haberse encontrado en sus inmediaciones el sepulcro del apóstol Santiago, pues ni su situación geográfica ni su importancia agrícola bastarían para explicar el desarrollo que, desde 812, lo ha convertido en la principal ciudad gallega, meta religiosa y centro espiritual de Occidente tras Roma. Al parecer, en aquellas fechas, una misteriosa estrella habría guiado al obispo de Iria Flavia hasta el lugar en el que los discípulos de Santiago el Mayor, Atanasio y Teodoro, habrían enterrado su cadáver en el siglo I. Por ello, Santiago se denominó inicialmente Campus Stellae. La ciudad se encuentra sobre ambas orillas del río Sar, al pie de una colina, siendo su principal monumento la catedral, cuya culminación es muy reciente. Adosada a ella se alza el bello palacio arzobispal, dando ambos edificios a una gran plaza llamada del Obradoiro. Tras la puerta principal de la seo, que da a la plaza, se abre un magnífico portal labrado por el maestro Mateo, conocido como de *La Gloria*, joya escultórica notabilísima por su labor de filigrana en piedra, que quiere representar las Iglesias cristiana, judía y las de los gentiles. El altar mayor es de una belleza deslumbrante y, bajo él, encerrado en una urna de plata repujada, se encuentran los restos del apóstol. Lo más característico del templo no estriba en sus incalculables riquezas y joyas o en las innúmeras obras de arte, sino en un inmenso incensario de oro, plata y pedrería que llaman botafumeiro, el cual alcanza casi dos varas castellanas de altura y pesa tres quintales. Un ingenioso juego de poleas, situado en lo alto del crucero, hace posible el manejo de tan pesado artilugio por ocho hombres, los que le comunican un espectacular y amplísimo vaivén de una parte a otra del crucero del templo, esparciendo por el mismo un agradable olor a incienso y hierbas aromáticas. Este es precisamente el objetivo que se busca con el botafumeiro: intentar amortiguar el insoportable hedor de los cientos de peregrinos que llegan diariamente, sucios y apestando a sudor, pasando directamente del camino al templo. Por ello se emplea a diario y, en fechas señaladas y festivas, en más de una ocasión. Pero Santiago es más que su espectacular seo. Son decenas las iglesias y capillas notables, destacando la de las Reliquias —que es panteón real de Alfonso IX de León y de Alfonso VII el emperador—, la Colegiata, la Real del Sar y un largo etcétera. Impresiona también la homogeneidad del caserío y sus rúas de piedra, brillantes por la lluvia que a veces no cesa en semanas enteras, siendo posible guarecerse de ella sin esfuerzo pues casi todas las casas presentan arcadas y soportales. La ciudad fue devastada por Almanzor en 997, durante el califato cordobés. Desde el nombramiento de su célebre arzobispo Diego Gelmírez, poco después, se instauró en ella el dominio absoluto de los prelados que aún perdura.

Si hay una región misteriosa y mágica en España ésa es Galicia. Anduve recorriendo sus monasterios, abadías y templos durante seis meses, conversando con sus sencillos y admirables pobladores e intentando penetrar en su espíritu. Divagué por sus caminos de herradura y sus trochas selváticas aspirando el aroma mitad flor y salitre de sus bosques, desbrozándolo todo y comprobando sobre el terreno la importancia que los gallegos conceden a lo celeste y sobrenatural. Es complicado intentar dibujar el carácter galaico, encerrado en sí mismo, que decenas de supersticiones célticas y druídicas, a las que se añadieron las herejías gnósticas y agapetas, priscilianas y maniqueas, han contribuido a cincelar. Tuve ocasión de hablar con varios *nubeiros*, anunciadores de la muerte, que tienen por señal ominosa recibir la última mirada de los moribundos, aconsejan matar a los reptiles que se encuentran en los caminos yendo de romería —pues aseguran que las almas en pena van en aquella forma a cumplir la penitencia que no hicieran en vida— o pueden maleficiar, con la mirada de soslayo, a alguien en los entierros. Achacan los galaicos a las brujas, allí llamadas *meigas*, la tisis y a los espíritus malignos o *mengues* el baile de San Vito. Presencié en la cumbre de un bosque, en un *cabyr* o templo celta, una curiosa ceremonia en la que el ensalmador —que se consideraba un buen cristiano— conjuraba el alma de una difunta que andaba en figura de estornino, haciendo arder en el ara unto de oso, pelos de zorro y dos hojas del breviario del cura del lugar. Como se ve, más que de acto irreverente o irreligioso, puede hablarse aquí de evocación nigromántica, no para atraer sino para ahuyentar a los espíritus, en todo caso condonada por la incultura ancestral del paisanaje, muy acusada en Galicia.

Todo el periplo gallego lo hice acompañado tan sólo por Segundo, pues los normandos regresaron a su tierra en barco desde un puerto cercano, tras cumplimentar al apóstol. Mientras yo me dedicaba al estudio del carácter y costumbres célticas mi franciscano en ciernes regalaba su cuerpo. Afirmaba haber llegado al Edén terrenal de la gastronomía, alabándome cada noche las viandas que había degustado y el vino trasegado. Según él, daba lo mismo el lugar y el precio: jamás había probado mejores carnes, pescados, salazones, mariscos, quesos y deliciosos postres. Ensalzaba especialmente la *empanada*, una variedad culinaria gallega única por la finura de sus componentes y el pulpo *a feira*, simplemente hervido con sal y aderezado con pimentón y aceite. Del vino decía maravillas, siendo raro el día que no se achispaba con los ribeiros, albariños o mostos *del rosal*, que yo también probé más de una vez y he de reconocer son admirables, mucho más suaves que los riojanos o catalanes. A duras penas conseguí arrastrarlo para continuar nuestro viaje hacia la Lusitania, pues pretendía el muy ladino partir en dos la bolsa y permanecer en Galicia hasta que yo culminara mi periplo peninsular, reuniéndonos en Barcelona. No pregunté, pero seguro que tras aquella reticencia había una enagua.

Cruzamos el río Miño, por Túy, en las calendas de febrero de 1295. Un barquero nos cruzó la corriente fluvial, ancha y caudalosa, dejándonos en Valencia do Minho, pintoresca población desde la que seguimos hasta Braga pasando por Viana do Castelo. Atravesamos el río Lima por un puente romano largo y de gran belleza. Se trata del mismo legendario río Letes que vadeara, en 135 antes de Cristo, Decius Junius Brutus al frente de sus huestes romanas para probar a sus hombres que, haciéndolo, no se perdía la memoria, cosa que demostró llamándolos por sus nombres desde la otra orilla. Reinaba en Portugal desde 1279 Dom Dinis, hijo de Doña Beatriz, bastarda de Alfonso X de Castilla. Dom Dinis se encontraba desposado con Doña Isabel de Aragón, hija de Pedro III *el Grande* y hermana por tanto de nuestro rey D. Jaime. Ambos eran queridos por su pueblo: el rey por su caballerosidad y buen gobierno y la reina por su vida cristiana ejemplar, con fama de santidad que trascendía todas las fronteras europeas.

Es sabido que el condado lusitano fue entregado por el rey castellano Alfonso VI a su hija Teresa, como dote al desposarse con Enrique de Borgoña, en 1090. El hijo de ambos, Alfonso I Enríquez, fue el primer rey portugués, haciéndose coronar en Braga en 1143 por el arzobispo Juan Peculiar. Para alzarse con el cetro hubo de aprovechar la guerra civil castellana en tiempos de Doña Urraca, negándose después a prestar vasallaje a su primo, Alfonso VII de Castilla, cuando éste lo llamó a las cortes de Valladolid en 1127. Su baza definitiva la ganó al conseguir el apoyo del Papado, declarándose vasallo de San Pedro para no tener que admitir sobre sí otro poder salvo el de la Sede Apostólica. De esa forma infeudó a Portugal, pagando tributo anual al Papa, mientras ganaba nuevas tierras al Islam llegando hasta la cuenca del río Sado. Conquistó en sus campañas unas tierras que Castilla no podría reivindicar sin incurrir en anatema, por estimarse dominios feudatarios de la Santa Sede. La igualdad de derechos políticos entre Portugal, León y Castilla quedó plenamente establecida en el año 1179, fecha en la que el Papa reconoció a Portugal como estado soberano y en la que su rey, agradecido, le envió mil monedas de oro. A nuestra llegada a Portugal se había completado totalmente la reconquista del solar lusitano a los agarenos, ultimándose con la toma del Algarbe.

La Lusitania alta es región fantástica y secreta; está, como su hermana galaica del norte, circuida de ancestrales creencias y prácticas supersticiosas anteriores al cristianismo. Ya Estrabón define a los lusos como proclives a los sacrificios, prediciendo el futuro por la observación de las entrañas de las víctimas o palpando las venas de los costados. En mi visita, que se alargó varios meses, pude hallar reminiscencias del culto druídico a las encinas y robles sagrados, allí llamados como en Galicia *carvalhos*. Muchos veneran las aguas minerales naturales, tal como pude apreciar en Alcarrede, donde hay una cisterna de aguas pluviales que beben en ayunas para preservarse del mal de ojo y de las brujerías, rociándose con ellas poco antes del crepúsculo. Las utilizan también para hervir las alubias en el sábado santo, matando así el *piolho das fabas*, un parásito que las coloniza. No cabe duda de que la tormenta priscilianista fue un buen abono para el medro de supersticiones, hechicerías y fábulas. Mucho daño infligió el gallego Prisciliano a toda la orilla atlántica peninsular y especialmente a la región de Braga, lugar preferido para divulgar sus herejías. Sabemos que, de origen noble, había hecho sus primeras armas en la magia, seguramente céltica o druídica, pero sin descartar que conociera las doctrinas arcanas del Oriente divulgadas por el persa Zoroastro. Arrastrados por el brillo de su falsa sapiencia y riqueza ostentosa, le siguieron nobles y plebeyos pero principalmente mujeres, ansiosas siempre de novedades, curiosas y atraídas por la discreción y presencia del heresiarca, agradable y proporcionado al parecer también de cuerpo. No es tiempo aquí de divulgar sus errores teológicos; tan sólo recordemos que, ante el avance del incendio que lo abrasaba todo, hubo de reunirse a la carrera un Concilio en Zaragoza en 380, al que asistieron obispos de Aquitania y españoles, entre ellos Higinio, de Córdoba, el sucesor de Osio. En él se condenó la herética doctrina persistiendo tenaz en el error Prisciliano quien, finalmente, fue degollado en la germana Tréveris, en 385, durante el consulado de Arcadio.

Vinieron a mi mente estas evocaciones al pasear por la bella y populosa Braga y recorrer las naves de su hermosa catedral. Me reuní con el arzobispo, que no consintió me alojara en parte alguna sino en su mansión aneja al templo. Me comunicó el prelado que los reyes podían encontrarse en Coimbra o Lisboa, pues tan sólo subían a Braga en verano para huir de los ardores del estío sureño. Hablamos distendidamente del estado religioso en su archidiócesis, sensiblemente mejorado con relación al pasado, si bien perduraban, sobre todo en las zonas rurales, nigromantes, hechiceros y brujas. Los portugueses son muy celosos de su independencia, disminuyendo el celo en relación directa a su cultura. Los más pobres e iletrados, los miembros de la gleba —mucho más oprimidos por la nobleza feudal que en Castilla o Aragón— se declaran defensores a ultranza de su independencia de Castilla, reino que algunos les han hecho creer prepotente y despótico. Las pocas gentes cultas —no la aristocracia— se sienten españolas, miembros de un reino más de Hispania con la que no desean desvincularse por completo. Los lusos son místicos y trascendentes, idealistas y aparatosos, rodeando cualquier actuación de gran prosopopeya. Adoran las fórmulas sociales y son corteses hasta decir basta, llegando a veces en sus tratamientos al borde del ridículo. Pueblo profundamente religioso, ama sus tradiciones y el terruño de manera entrañable y añora ambos con la misma morrinha gallega que ellos dicen *saudade*.

Nos detuvimos en Porto varios días admirando la belleza de sus casitas agrupadas y lo complicado de su topografía, especialmente las estrechas y empinadas callejas de su centro, alrededor de la catedral y del palacio episcopal. Situada a ambas márgenes del Duero, aquí ancho y de escarpadas orillas, procede la ciudad de la aldea prerromana de Cale, que tras la dominación imperial tomó el nombre de *Portus Cale* quien a su vez, por extensión, prestó su apelativo a todo el reino. Visitamos el monasterio cisterciense de Escariz de camino hacia Aveiro y Figueira da Foz, pasando de Figueira a Coimbra donde nos esperaban los reyes.

Me ilusionaba visitar Coimbra, uno de los asentamientos urbanos más antiguos de Lusitania y en verdad que mi expectación se vio colmada. La capital de Portugal, a orillas del río Mondego, es de una belleza poco usual. Sus casas, cuidadas y asimétricas, bordean las rúas sinuosas alrededor de la catedral, el monumento románico más importante del país, alineándose a lo largo de ambas márgenes fluviales enlazadas por un original puente romano. Sede episcopal desde los albores del cristianismo, posee una universidad que a pesar de su juventud —fue inaugurada por Dom Dinis hace siete años— va ganando prestigio entre las ibéricas. El Palacio Real es también reseñable y en él nos recibió el rey y Doña Isabel, a quienes hicimos entrega de las misivas del rey de Aragón y de mi libro en pro de la cruzada. La actitud de D. Dinis fue en extremo cordial, insistiendo en alojarnos en palacio a lo que me negué cortésmente, pues no deseaba agraviar a los padres Franciscanos que nos acogían. Le expuse brevemente mis proyectos de Guerra Santa, que acogió con calor, si bien insistió que su atención preferente —una vez culminada la reconquista hacia pocos años— se centraba en reconstruir y repoblar el Alemtejo y el Algarbe, en manos infieles durante varios siglos.

Su esposa, que preparaba un viaje a Zaragoza para visitar a sus hermanos, era un ser celestial de acabada belleza, que había dado numerosa prole a su marido y que dirigía personalmente el hospital y un asilo de ancianos, atendiendo con sus manos a los menesterosos y enfermos. Daba audiencia diariamente a todo aquel que la solicitaba, sin ninguna excepción, siendo adorada por sus súbditos. Vestía sayas rústicas, no lucía anillos o joyas de ningún tipo y jamás utilizaba afeite alguno, por lo que ya en vida era tenida por santa en todo el reino, especialmente a raíz de un singular suceso acaecido hacía pocos años y del que fui informado por el abad de mi convento. Al parecer, la reina fue sorprendida una mañana de invierno por su marido saliendo al alba de palacio con la saya recogida sobre su regazo, muy abultado, en ademán como de escabullirse. Es el caso que llevaba allí ocultas parte de sus joyas, además de monedas de oro y plata de su propio peculio, al objeto de entregarlas a la abadesa de las clarisas para, tras ser vendidas, repartir lo obtenido entre los pobres. D. Dinis, que partía de caza, le interpeló muy amablemente sobre lo que portaba en su regazo tan de mañana y con tantas urgencias. Doña Isabel, de por sí tímida y recatada en sus obras de caridad, tras titubear unos instantes, contestó sofocada y en un hilo de voz:

—Son sólo... rosas, mi señor.

—¿Rosas en pleno mes de enero? —replicó su marido incrédulo—. Mostrádmelas...

Entonces la reina, que era un puro arrebol, angustiada y sorprendida en su falsía, destapó muy lentamente el cargamento y, ante los ojos atónitos de D. Dinis, de varios cortesanos, de miembros de la guardia y de algún viandante, pues se hallaban en el portón de entrada de palacio, mostró el ramo de rosas frescas, rojas, como recién cortadas, más hermoso que pueda imaginarse, en lo que desde entonces se conoce en todo Portugal como el *milagro de las rosas*.

Coimbra, además de por los monumentos referidos y sus iglesias venerables, es famosa por sus jardines y paseos recubiertos de flores y por su célebre alameda. En los alrededores se cultivan las naranjas más deliciosas que he probado, jugosas, llenas de pulpa rojiza muy aromática, que superan en sabor, según algunos, a las afamadas de los huertos valencianos. Mientras yo disfrutaba de mis paseos y lecturas, Segundo había descubierto la gastronomía de Coimbra, excelsa como todas las ibéricas, especialmente por sus dulces. En las nonas de mayo partimos hacia Castilla orillando por el norte la Sierra de la Estrella y, tras dejar atrás Viseu y Guarda, llegamos a la raya fronteriza por Vilar Formoso en lado lusitano; luego de acreditar nuestro pasaporte, visado con el sello aragonés, cruzamos a las guardas del lado castellano frente a Fuentes de Oñoro.

✠

Conca de Barberá, en los idus de octubre del año 1310 del nacimiento de Cristo redentor.

Caro Ramón: me alegra la bondad de mi tratamiento en tu organismo; abunda en él y no descuides sobre todo el paseo matinal antes que el sol caliente. En cuanto a tu tratado *De Articulis fidei* no tiene desperdicio: lo he leído ya dos veces y creo que si fuese traducido al árabe y explicado por los misioneros africanos se multiplicarían las conversiones entre los sarracenos. Nada de lo que me dices sobre el Capítulo Franciscano, el batiburrillo italiano —saldo vaticano incluido— o la indiferencia para con tu cruzada me sorprende: estoy curado ya de espantos. En este puerto de arrebatacapas en que se ha convertido la Iglesia, sólo son ya posibles dos posturas: la de la rebeldía constructiva y la protesta sensata y razonada que tú y yo abanderamos y la del entreguismo, el aborregamiento y la más abyecta sumisión representada por los aduladores de Clemente y sus corifeos, prácticamente todo el clero y gran parte del monacato.

Pero dejemos atrás lo intrascendente y vayamos al meollo: tengo sabrosas noticias para ti. Nada más regresar de Burriana apareció por mi casa de Tarragona un emisario del arzobispo de Barcelona quien, con mucho misterio y circunloquio, me entregó una misiva del Secretario de Estado de Avignon. La carta venía lacrada y con el sello de Clemente v. El contenido debía conocerlo toda la archidiócesis, pues resultaba evidente para un mediano entendedor que el sobre había sido manipulado y lacrado de nuevo en una burda chapuza más propia de un asentador de la lonja del pescado que de un eclesiástico. Escuetamente, decía que su santidad se vería muy honrado recibiéndome en audiencia cuanto antes para un asunto de gran trascendencia que me concernía. Sin dilación, me trasladé a Avignon ignorante de la causa de tan curiosa citación y haciendo cábalas sobre el asunto que preocupaba a la Santa Sede. Llegué ante el Papa en apenas tres días, baqueteado, molido de cuerpo pero tranquilo de ánimo. No lo reconocí, tales eran su aspecto súbitamente envejecido y su sonrisa estúpida y forzada. Pero, antes de entrar en materia, quisiera para tu alborozo describirte la residencia papal, aunque, en puridad, no sé si habría más motivo de llanto que de júbilo. Aprovechando los cimientos de un antiguo castillo yuxtapuesto a la vieja muralla romana, que era una fortaleza semi derruida, sórdida y habitada de ratas, Clemente ha ordenado construir un palacio de un estilo indefinible, fantástico y absurdo, con torreones, almenas, recovecos, sinuosos corredores, logias vastísimas y mal iluminadas, lóbregas y húmedas, ante cuya visión el recuerdo y la comparación con las del Vaticano, con sus amplios pasillos y cámaras ventiladas y luminosas, resulta inevitable. Me esperaba el pontífice, visiblemente ansioso, en un oscuro y helado salón muy alto de techo que era el paradigma de lo inhabitable. De su belfo colgante, violáceo y algo trémulo, rezumaba una especie de baba amarillenta, densa y desagradable, que enjugaba sin cesar con un paño bordado. Después de muchos preámbulos abordó al fin el tema: había llegado a sus manos la copia de un libro con mi firma dedicado al rey de Sicilia, Federico de Aragón, por título *Interpretación de los sueños*. Ya sabes que D. Fadrique es, desde su infancia, proclive a ensoñaciones y quimeras. Es también noctámbulo y amante de la noche, no acostándose jamás antes de las cinco de la mañana: los habitantes de Palermo saben que pueden encontrarlo paseando de madrugada por los alrededores del palacio real y muchos pescadores del puerto han charlado con él al clarear el día. Es un libro que compuse a instancias del rey para uso familiar, privado y por lo tanto inédito. En él relato algunos sueños que me refiriera D. Fadrique en los que aparecía su madre, personaje el más frecuente en sus ensoñaciones, rodeada de frailes lujuriosos. Aquélla, levitando sobre la monacal jauría lasciva, le ordenaba repetidamente fuese en todo tiempo honesto y esclavo de la verdad. Al ignorar el rey el significado del sueño, consultó a algunos teólogos sicilianos que tuvieron por anodina la visión; mas tornó a aparecérsele la autora de sus días aconsejándole que me llamase, citando claramente mi nombre, lo que hizo enviándome una nave a Barcelona. Entre tanto había tenido su majestad otro sueño; en él aparecía su madre, radiante de belleza y con una diadema en la cabeza con cuatro grandes gemas: un brillante, un rubí, una esmeralda y un zafiro, diciéndole: "*Esta diadema llevarás sobre la testa*". En el ínterin había llegado yo a Mesina, donde se encontraba D. Fadrique, quien me puso al corriente de sus pesadillas e ilusiones nocturnas desde que alcanzaba a recordar en su primera infancia. A todas di cumplida explicación, pues mi experiencia —como es notorio en todo el reino— es amplia en ese campo. Muchos sueños eran banales, pero los dos que aquí refiero tienen para mí y así lo dije al rey, un origen claramente divino y sobrenatural que, en línea con la tradición evangélica, son comparables a los de San José. Referí a D. Fadrique que su hermano D. Jaime había tenido un sueño parecido —del que tuve noticia como médico y consejero real— en el que veía la sombra de su padre, quien le entregaba cuatro barras de oro puro, todas del mismo peso, encomendándole las llevara a la ceca de Zaragoza para que hicieran de ellas buena moneda con las efigies de los reyes de Aragón desde Jaime *el Conquistador*. Advertido por D. Jaime de que le interpretara el sueño, le aseguré que las cuatro barras de oro representaban los cuatro evangelios y le aconsejé que, a partir de entonces, la enseña aragonesa llevara cuatro listas doradas. Holgó el monarca sobremanera de la explicación e hizo copiar en cinco volúmenes mis opúsculos teológicos, para su regalo y la instrucción de su mujer e hijos. Abundando en mi interpretación onírica, expliqué a D. Fadrique que la diadema de piedras preciosas que portaba su madre representaba las virtudes evangélicas que él, como príncipe de la Casa de Aragón y por ende cristiano esclarecido, debía practicar, mirando sobre cima de todo a la Justicia, dándola por igual en todo tiempo a ricos y pobres sin distingos, libre de miedos, dudas y vacilaciones. El apreciar la perversión de legos y seculares, continué, más que enturbiar su fe era motivo para acrecentarla, puesto que el fundamento de la Iglesia es eterno e indestructible y está por encima de la eventual corrupción de sus miembros. Hice hincapié en la defensa de algunos pobres evangélicos, aconsejé a D. Federico que aprobara la Sagrada Escritura en lenguas vulgares castellana y catalana, le anuncié estragos y calamidades sin cuento tal como sucedieron y lancé mis acostumbradas invectivas contra frailes, falsos predicadores dominicos, inquisidores, monjes alcahuetes y trotaconventos.

Clemente escuchó mi relación con cara inexpresiva. Por fin me preguntó si lo escrito era mío y lo afirmé. Inquirí al Papa por la procedencia de tal copia y se negó a citarla. Recriminó el gascón mis interpretaciones oníricas tachándolas de pura elucubración fantástica, rayando en la herejía, y mi carcajada estruendosa resonó entre aquellas frías paredes multiplicada por los ecos. Me amenazó —ya a gritos— con la excomunión si no me retractaba en público, léase ante su domeñada Curia, de mis disparates teológicos y entonces fue cuando surgió de mi garganta una voz que no reconocí, pues al menos conscientemente no quise pronunciar palabra alguna y que espetó: "*Tal haré, santidad, en cuanto la sede apostólica sea restituida a Roma*".

¡Para qué dije aquello! El simple de Clemente, que había ido sofocándose a cachos, estalló en dicterios propios del tabernero que lleva dentro: una vena azulada, gruesa como un pulgar, reventaba en su cuello; su rostro chorreaba de sudor viscoso que impregnaba alzacuellos y túnica; el susodicho belfo, caído y tembloroso, dejaba resbalar goterones de saliva espumajeante —verdadera sialorrea incontinente del anciano— y sus mofletes sanguíneos —de beodo recalcitrante, que delatan su afición al morapio a tres leguas— oscilaban en penosos resoplidos de cetáceo mientras me insultaba ferozmente. Perdido por completo el control que debe suponerse en el legado de Pedro, se alzó de su sillón, lanzó al suelo su grueso impertinente, pataleó sobre él levantando una mediana polvareda y, señalando con el índice convulso la puerta, me expulsó del salón. Salí de él muy despacio, aparentando una serenidad que no tenía. Mientras lo hacía tuvo tiempo de nombrar a mi santa madre, me llamó español loco, orate desquiciado, valdense, médico histrión y teólogo de conventillo, llegando a mentar en su disparatada verborrea al rey de Aragón, nuestro señor D. Jaime. Éste es quien le obsesiona, pues sabe de su devoción a mi persona lo que a sus ojos me hace invulnerable. Escuché al Pontífice con una mezcla de regocijo —Dios me perdone— e incredulidad. Por una parte disfrutaba aviesamente con su azoramiento, sabiéndome dominador de la situación, y por otra no daba crédito a la extravagante posición de todo un Papa, alterado, sudoroso, perdidos los papeles, ante un díscolo súbdito y además seglar. Era obvio que estaba mal aconsejado: ¿por quién? Ni lo sé ni me quitará el sueño. Los tiros vienen de un personaje de la Curia, posiblemente un dominico. Es el mismo que ha intrigado en Palermo para obtener en mi ausencia la copia de mi escrito. ¿Quién es el traidor siciliano? No puede ser otro que el Consejero de Estado, el indigno Meneghini cuyas infamias puse al descubierto, quien, tras ausentarme de la isla, sé que volvió a la corte. Si hubiera de dar más nombres me inclinaría por Guillermo Caucolíbero, inquisidor de Valencia, como uno de los responsables de la trama. Lo saludé fríamente en mi anterior estancia levantina y creo recordar un rictus en su cara y un visaje del rostro, un tanto descompuesto, que ahora traduzco muestras de su falsía. Dios los confunda a todos y a mí me ampare, pues nada más que en Él, en el rey nuestro señor y en ti, puedo ya confiar.

Hasta aquí la parte cómica, chusca diría, de la tragicomedia: vienen ahora los problemas y los sinsabores. Pretenden malquistarme con el rey D. Jaime achacándome conductas desleales al trono o atribuyéndome cartas, sin duda falsificadas, en las que tacho de vacilantes en la fe y de creyentes en sueños a ambos hermanos Jaime y Federico. Han arrancado con mil mentiras a D. Jaime una misiva, que no he visto, pero de la que me da fe un informador de confianza próximo al Secretario de Estado, en la que me acusaría de intrigante y embustero, negando haberme referido sueño alguno. No puedo dar crédito a tal carta que, de existir, pondría en evidencia la importancia de la urdimbre tejida contra mí con el propósito de perderme. Por ello, nada más volver de Avignon, solicité audiencia al rey para aclarar las cosas; y a la espera de la misma sigo, amostazado, pues es el día en que aún no la he obtenido oficialmente por estar su majestad de viaje, según me dicen, ya que no quiero pensar se me estén dando largas. Nunca fui suspicaz —triste defecto— pero he de reconocer que algo anormal sucede. He sorprendido cuchicheos sofocados en la Secretaría de la Archidiócesis, en Barcelona, donde el consejero —hasta aquí buen amigo— no sabe nada del rey que sin duda se encuentra en Aragón. Confiemos y esperemos. Todo antes que pensar mal de nadie. Nada temo: si creen causar en mí pavor por lo futuro o pánico ante la pérdida de mis presuntos privilegios, topan con roca. Fortalecido y ahincado como estoy contra toda embestida, con la ayuda de Dios, no moverán mis pies aunque me aspen o cerquen la pobreza, la ignominia, la calumnia y el dolor. No tengo vicio alguno ni otras rémoras y mi mejor abrigo es mi crédito lentamente labrado.

Dejo para lo último el cuento sin final de mis achaques que te resumiré para que no me odies: mi peso se ha estabilizado, mis coyunturas chirrían y resuenan a más de veinte varas de distancia, pero el dolor y las fluxiones articulares han remitido; utilizando un cayado apropiado y merced a la ingesta de un cocimiento de hierbas cuya composición sería harto prolijo relatar, camino mejor y mis molestias gástricas incluso retroceden. Lo que ha aumentado es la sensación de plenitud epigástrica, una especie de creciente peso en el estómago acompañado de ardores nocturnos y aguas de boca matinales que, estos días, quizá por el trasiego de tanto viaje y tanta incertidumbre, se me ha acentuado.

Quedo a la espera de tus deseadas noticias sobre el ya inminente concilio vienés. Te desea salud tu Arnau de Vilanova. Vale.

5

El tres de las calendas de abril de 1295, tras cruzar sin novedad la aduana castellana por Fuentes de Oñoro, llegamos a Ciudad Rodrigo, feudo que fuera del conde Rodrigo González quien la repoblara y amurallara tras tomarla a los moros en el pasado siglo. Visitamos su hermosa catedral, su excelso claustro, la iglesia de Santa Clara y el hospital de La Pasión regentado por los franciscanos, donde nos alojamos. Pasamos luego a Salamanca tras pernoctar en San Muñoz y Barbadillo. Más que ilusión, conocer Salamanca era una antigua obsesión largamente soñada y hacerlo satisfizo todas mis esperanzas. Ver Salamanca para un español, al menos una vez en la vida, debiera ser lo mismo que peregrinar hasta la Meca para un mahometano: es la ciudad más bella que conozco, compitiendo ventajosamente con Santiago, Sevilla, Barcelona, Toledo y Burgos, que son por este orden y a mi entender las más hermosas ciudades españolas. Jamás olvidaré los áureos reflejos de su caserío en el primer crepúsculo en que la contemplé, boquiabierto, desde el puente romano. Toda la obra de fábrica de sus edificios civiles y religiosos, las piedras de sus casas desde las humildes de los menestrales a las encopetadas de los poderosos, los adoquines de sus calles, las decenas de palacios a cuál más fascinante, la calzada romana sobre el Tormes, las balaustradas y cimborrios, absolutamente todo el material de construcción de la urbe, es piedra dorada de Villamayor —lugar vecino—, lo que le presta una luz especial, una pátina rosada de insólita hermosura. Visitamos la catedral, con su retablo mayor y sus ricas capillas, destacando entre ellas la de Santa Bárbara toda esculpida en alabastro y la de Anaya. La seo se ha quedado pequeña ante la avalancha estudiantil que desborda la población, terraplenándose un solar para edificar otra nueva, adosada a la vieja que se conservará. Son muchas las iglesias de mérito y los palacios destacables, que no relataré para evitar fatigas al lector, pero es imposible pasar por alto el edificio de la Universidad, la más antigua de entre las españolas, fundada por Alfonso IX de León en los albores del pasado siglo. Impresiona su fachada en la que aún se trabaja, la capilla, el claustro, la biblioteca, el paraninfo, los colegios menores y, adosados a estos, el Hospital de los Estudios. Antes que por sus edificios, la Universidad salmantina destaca por el número de cátedras, más de cuarenta, en las que se enseñan a cientos de estudiantes de toda España, Portugal y algunos italianos y franceses, todas las ramas del saber en calidad y cantidad no igualada por Oxford, París o Bolonia, que son las universidades europeas que le hacen sombra y compiten con ella en solera. Al contemplar un templo del saber de tal categoría, visitar sus aulas y dialogar con profesores y alumnos, se siente uno orgulloso de pertenecer a un reino hispano. Si, además, el visitante vibra con el conocimiento y con la ciencia, la sensación es la de haber llegado al paraíso. Nos alojamos en la hostería de San Benito, aneja al templo de igual nombre, enterándonos allí de que el rey de castilla, Sancho IV *el Bravo*, agonizaba en Toledo.

El segundogénito de Alfonso X de Castilla y Doña Violante de Aragón, alcanzó el trono después de mil vicisitudes. Recordemos los hechos a pesar de ser, por recientes, conocidos de todos. En 1275 murió el heredero del rey *Sabio*, su hijo mayor Fernando, llamado el *de la Cerda* por presentar en la mejilla un rosetón rojo vinoso que la desfiguraba y del que brotaba un áspero ramillete de cabellos negruzcos muy semejantes a las cerdas del jabalí. El primogénito había casado años atrás con la princesa Blanca de Francia, quien le diera dos hijos, Alfonso y Fernando, el mayor de los cuales, Alfonso, tenía cuatro años a la muerte de su progenitor. En virtud del derecho tradicional en tierras de Castilla, la sucesión al trono debía pasar del hijo mayor al segundo, sin que cupiera reconocer derechos a los hijos del muerto puesto que no había llegado a reinar. Pero lo cierto es que Fernando había actuado como regente en las ausencias de su padre y contaba con el apoyo de una parte de la nobleza a la que aquél, agonizante, había encargado velar por los intereses de sus hijos. Alfonso X, obsesionado por la referida cuestión del Imperio, había dejado en manos de Fernando prácticamente todo el poder real y, en las Partidas que él mismo redactara, se establecía para los hijos del primogénito difunto un derecho de representación que los anteponía al segundón en el orden sucesorio. Las Partidas, no obstante, eran más una recopilación de derecho que un código, y no tenían fuerza legal pues jamás fueron promulgadas al basarse en el Derecho Romano e ir en contra de los fueros castellanos. Sancho, en uno de sus arranques viscerales típicos, abandonó la lucha contra los benimerines en Andalucía y se presentó ante las cortes reunidas en Segovia, que le aceptaron como heredero con las bendiciones de su padre. Esta decisión llevaba en sí el germen de la guerra civil: el clan nobiliario de los Lara, la reina Violante y Felipe III de Francia, que apoyaban las pretensiones de los infantes *de la Cerda*, se consideraron agraviados, permaneciendo los ricos-hombres castellano-leoneses y el señor de Vizcaya, Lope Díaz de Haro, al lado de D. Sancho. Pronto se encresparon las diferencias entre padre e hijo. Ante la presión francesa en apoyo de los infantes *de la Cerda*, al fin y al cabo nietos de San Luis, Alfonso X *el Sabio* reconsideró el asunto sobre la base de una partición de sus reinos a la que se opuso, lógicamente, Sancho. Pretendía D. Alfonso —aquí dio pocas muestras de sabiduría— crear un reino artificial en Jaén para su nieto Alfonso. El choque paterno filial cobró toda su virulencia cuando, en abril de 1282, una asamblea de nobles y eclesiásticos reunida en Valladolid, en una actitud sin precedentes, depuso al monarca. Sin asumir el título de rey —a lo que siempre se opuso en vida de su padre— Sancho tomó las armas contra aquél, refugiado en Sevilla. Entonces el rey sabio buscó la alianza con los benimerines y desheredó a su hijo Sancho en favor de sus nietos *de la Cerda*. La muerte de D. Alfonso, en 1284, vino a poner fin a una situación de consecuencias imprevisibles. Sus últimas voluntades fueron ignoradas y Sancho IV se coronó de inmediato rey de Castilla y León.

Si el reinado de Sancho *el Bravo* se iniciaba con problemas, el propio monarca añadió uno más: el dimanante de su matrimonio con su tía María de Molina, enlace por amor que, celebrado sin dispensa papal, concitó de inmediato la censura de Roma y proporcionó a sus adversarios un arma eficaz. A pesar de ello el joven rey jugó sus cartas con habilidad: se atrajo a la nobleza y aprovechó las disensiones entre Aragón y Francia por causa de Sicilia para limar asperezas con ambos, ya que ambos pretendían asegurarse el favor castellano. De Pedro III de Aragón consiguió que retuviera en blanda prisión a los infantes *de la Cerda*. De esa forma pudo dedicarse el castellano a sus verdaderas aficiones: guerrear sin cuartel contra el moro y amar a su mujer, una hembra en verdad espléndida. Los benimerines, que habían conquistado Algeciras y Tarifa, lanzaban incursiones de castigo contra Sevilla y Córdoba. Hacia ellos se dirigió D. Sancho con un potente ejército que destrozó a los agarenos que habían cercado Jerez, persiguiéndolos por tierra y mar —la flota castellana los cortó el paso en el estrecho— obligándolos a firmar una paz muy ventajosa para los cristianos.

Castilla no disponía a la sazón de capital fija, siendo Toledo la ciudad donde era más frecuente encontrar a los monarcas castellanos, quienes también pasaban temporadas en Valladolid, Toro, Burgos, León o Tordesillas. Habíamos pensado pasar por esta última ciudad hacia Valladolid, localidad que ansiaba conocer, pero las noticias del precario estado del monarca nos hicieron cambiar los planes y partimos para Toledo seis días antes de las calendas de mayo. Estando en Ávila de los Caballeros nos llegó la noticia del fallecimiento del monarca. Apenas si pudimos contemplar a la carrera sus bellas murallas, los avanzados trabajos de su sobria catedral y la iglesia románica de San Vicente, notabilísimo monumento extramuros. Con el lúgubre sonido de las campanas doblando a muerto en todas las poblaciones del trayecto, hicimos el recorrido en apenas dos días, llegando a Toledo con el tiempo justo de presenciar la última de las misas de corpore insepulto en la soberbia catedral. Era el día 3 después de las calendas de mayo de 1295, séptimo del óbito real. El comentario general era que D. Sancho había contraído unas violentas fiebres pútridas en el campamento levantado frente a Tarifa, para hostigar a la morisma que sitiaba la plaza en septiembre de 1294; tras obligar a los benimerines a levantar el asedio de la ciudad, Sancho se sintió enfermo trasladándose a Sevilla donde pasó el invierno en medio de fuertes tiritonas y quebranto del cuerpo. Pareció mejorar en primavera, lo que se aprovechó para trasladarlo a Toledo, penoso viaje que efectuó en litera de mano pues le resultaba imposible cabalgar. Llegó el animoso rey molido y extenuado al alcázar toledano, tras casi mes y medio de martirio por caminos polvorientos y bacheados. Nada más llegar se sintió morir, pidió confesión y, luego de quince interminables días de terribles dolores, continuos vómitos, diarreas y emaciación general —dicen que al final se contaban sus huesos— expiró en los brazos de su esposa la reina Doña María.

La catedral, impresionante monumento en el que se trabaja desde hace setenta años, presentaba un aspecto imponente: colgaduras y pesados cortinajes negros decoraban capillas y el crucero, tapices y banderas castellano-leonesas con crespones negros pendían de arcos y ojivas. Los asistentes, enlutados y en sepulcral silencio, llenaban por completo el colosal recinto. María de Molina, en el esplendor de sus treinta años que no amenguaban lágrimas ni lutos, presidía los funerales en una muestra de entereza poco común, acompañada por la nobleza de Castilla y León en pleno. Oficiaba el cardenal arzobispo de Toledo, primero entre los españoles. Sobre el féretro, cubierto por las enseñas castellana y leonesa, aparecía la espada de campaña, el yelmo y la coraza del rey guerrero: no había cumplido aún los treinta y siete años.

El ambiente era tórrido. Un profundo hedor a cadáver descompuesto se esparcía por el templo, impregnándolo todo de tal forma que ni inciensos, ni pebeteros de nardo y de jazmín generosamente repartidos por doquier, lograban amortiguar. Los varones soportaban la situación estoicamente, María de Molina parecía ausente e indiferente, el resto de las hembras aplicaba pañuelos aromados de esencias a sus fosas nasales y algunas caían desmayadas. El cuerpo del difunto llevaba siete días insepulto: demasiados para el calor africano que desde hacía tres semanas padecía la meseta. Una vez inhumados los despojos reales en una cripta bajo el altar mayor, permanecimos dos meses en la ciudad imperial, pues me había sido concedida audiencia con la reina el primer día de los idus de julio.

Aprovechamos para recorrer despacio la antiquísima ciudad, construida sobre una roca que circunda el río Tajo, pudiendo admirar con calma la catedral, sus capillas, el altar de alabastro de su ábside, el admirable claustro y la magnitud de su gran torre y campana mayor. Paseamos muchas veces por las angostas callejas de su barrio judío, habitado por miles de hebreos que residen aquí desde la última diáspora. Tienen bellas sinagogas y opulentas mansiones, una de las cuales, perteneciente a una rica familia de apellido Leví, visitamos al ser buenos amigos de unos chuetas mallorquines muy apreciados por mis padres. Conviven sin problemas en Toledo cristianos, hebreos y moriscos, continuando con ello la tradición de cortesía y tolerancia de la urbe. Vimos multitud de interesantes y antiguas iglesias, destacando la del Cristo de la Luz, edificada sobre una antigua mezquita y la de San Lucas. Son notables las puertas que se abren en las viejas murallas edificadas por los moros, así como el alcázar real, que es el mismo remozado que albergara a los emires y reyezuelos islamitas. Comprobamos la pujanza de su comercio y el colorido del mercado de su plaza principal, Zocodover, cuyo nombre habla por sí solo de su origen árabe.

Por fin fuimos recibidos por Doña María, a la sazón confirmada por las cortes de Valladolid como reina regente durante la minoría de edad de su hijo el infante Fernando, de diez años de edad. La regente imponía por su deslumbrante belleza, que explicaba a las claras el por qué de la lucha de su difunto esposo por mantenerla a su lado contra viento y marea. A pesar de su bisoñez, mostraba al producirse el aplomo y el dominio propios de una reina con cuarenta años de experiencia. Denotaba una gran cultura, excepcional en una mujer, y un exacto conocimiento de la política ibérica y europea. Desprendía un aura de misterio y grandeza que ella misma se había forjado con tesón al conservar el trono para Sancho en los primeros años, tras sus bodas. Consciente de que su debilidad principal era la falta de dispensa papal para su matrimonio consanguíneo, desplegó toda su energía en conseguirla. Ante la negativa de sucesivos pontífices para bendecir su unión, a la muerte de Nicolás IV, en 1292, D. Sancho, instigado por ella, falsificó una bula papal que sancionaba su enlace, maniobra descubierta poco después por Bonifacio VIII. Se enfrentó a los privados del rey, quienes pretendían la separación del matrimonio y temían a Doña María más que al propio monarca. Tal intento costó la vida a D. Lope Díaz de Haro, señor de Vizcaya, enemigo personal y político de la reina.

Díaz de Haro, uno de los nobles que apoyara con más ímpetu al rey en los días trágicos de la rebelión contra su padre, era el verdadero privado real, encumbrado a la fama, odiado y envidiado por el resto de la nobleza. Puesto en la tesitura de elegir entre la alianza con Francia o con Aragón, optó por esta última cuando ya D. Sancho —sin duda mediatizado por María— se había decidido por la amistad francesa. Aun así, D. Lope intentó imponer su punto de vista ante D. Sancho en el curso de una discusión mantenida por ambos en Alfaro. En el calor de la disputa, el noble debió de olvidar que no era más que un consejero y encolerizó al rey con su insistencia. En lo más ardoroso de la polémica, dicen que Haro mentó a la reina como causa de todos los males de la Corona, pidiendo una vez más la disolución del matrimonio. Sancho, fuera de sí, desenvainó su espada y dio alevosa muerte con ella a su privado. Hay quien afirma que el valido intentó combatir acero en mano, otros aseguran que quiso agredir al rey, pero, conociendo la fidelidad de D. Lope al monarca, es lo más probable que fuera muerto sin oponer resistencia. En cualquier caso, si el Señor de Vizcaya no hubiese aludido a Doña María quizá siguiese vivo, tal era la pasión que despertaba aquélla en su marido.

La reina, de luto riguroso que en Castilla se guarda tres años, me recibió vestida con un sobrio y fino sayal de hilo de holandas que perfilaba su figura de hembra en sazón. Era esbelta, proporcionada, armoniosa de formas. Un ajustado corpiño y una cincha de brocado muy prieta levantaba sus senos, que insinuaba sin pudor a favor de un generoso escote. La maternidad no había dejado huella en su cintura y la curva de sus caderas se dibujaba esplendorosa, pues no utilizaba guardainfantes. Se refrescaba manejando con gracia un abanico de nácar —la mañana era de un calor sofocante— mientras con un pañuelo que ocultaba en la manga se enjugaba las gotitas de sudor ambarino que asperjaban su frente. Unos ojos enormes, negros, de querencia magnética, guarnecidos por las pestañas más interminables y rizadas que haya visto jamás, le llenaban la cara. Parecía destilar por ellos una corte de estrellas rutilantes. Su boca y su nariz eran cabales, completando su encanto irresistible una larga y sedosa cabellera castaña que recogía en un airoso y bien trenzado moño. Rompía la simetría de su cara, enmarcada en un óvalo perfecto, un gracioso lunar junto a la comisura bucal que aumentaba su hechizo. Viéndola, se entendía de una vez que hubiera vuelto loco de amor al difunto monarca. Nos invitó a sentarnos y, al adelantarse, mostró unos tobillos delicados, muy blancos como toda su piel y unos escarpines también de seda negra que ocultaban sus pequeños pies. Fue entonces cuando advertí el tenue aroma que exhalaba su cuerpo: una deliciosa y fresca fragancia floral, desconocida para mí. Antiguo y experto adorador de la mujer, comprendí que me hallaba ante un ejemplar excepcional del femenino sexo, capaz de enajenar de pasión a cien emperadores. Estuvo atenta, amable, cariñosa, alabando la Orden Franciscana y mi labor de la que, halagándome, manifestó estar al corriente habiendo ojeado alguno de mis escritos. De vez en cuando sonreía de manera hechicera, con la coquetería natural de una mujer auténtica, mostrando entonces unos dientes muy blancos y alineados con simetría perfecta. Recibió mi obsequio manifestando su entusiasmo ante la idea de la nueva cruzada en la que, dijo, estaba dispuesta a colaborar con aportaciones económicas pues, en cuanto a mesnadas, no podría distraer ni un sólo hombre de la lucha contra los benimerines en el sur de sus reinos.

Salí de la entrevista con sentimientos encontrados; de alegría, por la suerte inestimable que para Castilla y León suponía contar con regente tan eficiente y decidida, y de preocupación: ¿sería capaz Doña María de enfrentarse a tantos peligros como le acechaban, entre los cuales no era el menor superar los riesgos de su propia belleza? Cuando escribo estas líneas, quince años después, puedo afirmar categóricamente que sí. Venció de las facciones nobles que intentaron aprovechar la minoría de edad del futuro Fernando IV; el infante D. Juan, hermano de Sancho IV, se proclamó rey apoyado por una facción de las cortes y parte del clero, pero a unos y a otros los ganó con inteligencia y femenil astucia; otro cuñado menor, Enrique, intentó seducirla deslumbrado por su hermosura pero fue despreciado, por lo que urdió una sórdida trama hasta conseguir ser nombrado regente en Valladolid, por poco tiempo, pues María lo puso en evidencia; otros nobles y aristócratas se prendaron de ella, disputándosela, pero a todos rechazó entregándose con energía y probidad a la regencia. Se habían rebelado en Vizcaya D. Diego de Haro y en Logroño el señor de Lara, quienes buscaron la alianza extranjera estallando la guerra civil. Aragón proclamó a D. Alfonso *de la Cerda* rey de Castilla y el infante D. Juan fue investido, con ayuda de Francia, rey de León. María de Molina, lejos de amilanarse, supo deshacerse de sus adversarios luchando con habilidad en cuatro frentes: dirigió personalmente las operaciones militares cabalgando incluso al frente de sus tropas, aprovechó las disensiones entre nobles, fomentándolas, y cediendo sólo si la correlación de fuerzas le era negativa; se atrajo el fervor popular con importantes concesiones a las ciudades, visitándolas y suprimiendo algunas alcabalas y, en el plano internacional, logró por fin la bula de legitimación de su matrimonio concedida por Bonifacio VIII en 1301; desbarató la alianza de los nobles con Francia simplemente entrevistándose con Felipe IV en Bayona. En la reunión, que duró siete horas y que el monarca galo no quería terminar, hay quien dice que lo trastornó con su hermosura. Se aseguró la alianza con Portugal, casando al futuro Fernando IV con la princesa Constanza y a la infanta Isabel con otro hijo del soberano portugués. Incluso, en la mayoría de edad de D. Fernando, no abandonó María el gobierno efectivo de Castilla a la vista del carácter débil, la naturaleza enfermiza y las escasas cualidades para gobernar que demostrara su hijo.

Ante la actuación de María de Molina como reina y regente, no me cabe duda alguna de la especial disposición para el gobierno y la política de las mujeres. Son intuitivas, flemáticas, flexibles, pacíficas, duras cuando hay que serlo, tiernas si llega el caso, proclives al diálogo y a la conciliación antes que al exabrupto y la pelea. Y, además, se hacen amar por sus súbditos por los atributos propios de su sexo: belleza, ternura, bondad y espíritu de sacrificio. Su menor inteligencia, hasta aquí presumida, tengo la certeza absoluta de que no es real y está en íntima relación con la misión que los hombres les hemos encomendado y fomentado: el cuidado del hogar y de los hijos, con expresivo apartamiento de cualquier actividad cultural. Llegará un día, espero no lejano, en que veremos a la mujer en la universidad. Entonces hablaremos...

Partimos hacia Córdoba en medio de un calor infernal que me recordó a los estíos del desierto Sirio. El Campo de Calatrava aparecía yermo, devastado además por una hambruna que sucedía a tres años de malas cosechas. Cruzamos aquellos páramos santiguándonos y, tras pasar Despeñaperros, alcanzamos Andújar a primeros de septiembre cambiando el panorama. El calor cedió súbitamente y el rumor de las aguas del Guadalquivir, entre miles de olivos, aquietó nuestros ánimos. La *Andura* romana, *Alturja* mora o *Illiturgis* para los naturales, es una población bellísima. Sus murallas árabes —con algunos lienzos derruidos—, el impresionante torreón mozárabe y la iglesia de Santa María la Mayor, realzan sus blancas calles adornadas de flores. Siguiendo el cauce del río, que bajaba al parecer menguado en comparación con otros años y siempre entre plateados olivares, llegamos a la ciudad califal en los idus de septiembre.

✠

Montuyri, a dos días de las nonas de febrero del año 1311 del nacimiento de Cristo.

Ilustre Arnaldo: recién llegado de Francia y sin sacudirme aún el polvo del camino, cojo la pluma para referirte algunas nuevas. Me place sobremanera te agradara mi libro: nuestras obras son hijas esclarecidas de la mente y si escuchar elogios resulta siempre grato, lo será en grado sumo cuando vienen de expertos. No obstante, no me esponjo por ello. Escribir y predicar es lo único que sé y ambas cosas me son cedidas en calidad de préstamo: hasta que Dios me iluminó apenas si alcanzaba a decir tres palabras seguidas, trazaba palotes sinuosos y escribía la O sosteniendo la pluma con ambas manos. Reconozco que abuso del don que se me ha dado y escribo cada vez con más furia: desde mi última carta he concluido un tratado de metafísica, un grueso opúsculo de derecho civil y un libro sobre matemáticas y álgebra. No he sentido en mi espíritu las trazas de la edad —si acaso se muestran en mi cansado cuerpo— y no se cumple en mí aquello de la mella del intelecto en el anciano. Tan sólo envejecieron mis vicios y sus órganos: mi alma se muestra vigorosa y feliz de haber roto sus vínculos somáticos. Soy un incurable tacaño del tiempo, sobre todo del mío que siempre me falta, añorando inconsolable aquellos años tan vilmente perdidos que daría cien vidas por recuperar.

Me inquietan tus noticias sobre lo sucedido en Avignon. No desde luego tu encuentro con el Papa, en el que estuviste colosal, sino la actitud que pueda tomar el rey D. Jaime ante las calumniosas informaciones que le habrán llegado de tus enemigos. Es preocupante porque me da la sensación de que, esta vez, se trata de una maquinación en toda regla lanzada contra ti de varios frentes: las andanadas te llegarán al alimón desde Clemente, Puig Certós, Caucolíbero —lo conozco desde antiguo y es mal enemigo— y la Orden de Predicadores en pleno. Coincidí en Viena del Delfinado —ya llegaré al Concilio— con fray Romeo Ortiz, general de la Orden Dominica, tirándolo discretamente de la lengua y dándomelas de nuevas: van por ti, has conseguido hacerles perder la paciencia al poner en evidencia los vicios de que adolecen y no están dispuestos a olvidar ni a perdonar. El que más y el que menos se siente al descubierto aludido por tus escritos, afilando sus cuchillas para descabezarte si te alcanzan. Ortiz, si no me ha engañado, dice ser uña y carne de D. Jaime y asegura haberlo confesado más de una vez. En cualquier caso es muy mala señal que el rey no quiera recibirte, pues eso y no otra cosa son las dilaciones y reticencias conque tratan de engatusarte. Clemente es peligroso: si alguien le da alas —y esa parece ser la actitud del rey francés— es muy capaz de hacer cualquier barbaridad, máxime habiendo sido desairado por ti prácticamente en público. Admíteme un consejo de perro viejo y muy baqueteado: toma cuanto antes el portante y embárcate a Sicilia hasta que las aguas se remansen. D. Federico te aprecia de verdad y allí estarás seguro.

Me alegra infinito tu mejoría; muchas veces los médicos no ven sus propias afecciones o no quieren verlas cegados por su sabiduría y otras, sin embargo, ven doble y se diagnostican por exceso. No hay peor hipocondríaco, ni nadie más temeroso del dolor, que un galeno. Verás que te recuperas, como voluntariosamente te indiqué, para desgracia de tus detractores y esperanza de buenos. Y paso sin más preámbulos a referirte las vicisitudes del Concilio Ecuménico de Viena del Delfinado, desarrollado durante el mes de enero en la pequeña capital ribereña del Ródano, muy cercana a Lyon.

Obviaré las cuestiones dogmáticas y doctrinarias, todas aprobadas por unanimidad por la Curia y los prelados asistentes, en su noventa por ciento paniaguados del Papa. En el tema de las Órdenes de Caballería, que consumió varias jornadas, sólo se habló de los templarios: su inmensa riqueza ha sido al final su perdición pues ha despertado la codicia de Felipe IV y de Clemente, que quieren repartirse de consuno sus pertenencias en un sórdido contubernio. No contentos con ello —podían haberse limitado a expulsarlos de Francia y a confiscar sus bienes— pretenden anatematizarlos y llevar a la hoguera al Gran Maestre, acusado de terribles y vergonzosos crímenes nunca probados. Éste, acompañado de algunos caballeros que portaban sus vistosos mantos blancos muy parecidos a los cistercienses, con una gran cruz roja pectoral y las insignias de su rango, leyó una prolija relación en la que protestaba de su inocencia arrogándose cualquier responsabilidad en las imputaciones, si se encontraran, en un valiente gesto de nobleza para librar a su gente de la quema y no es metáfora. De nada le valió recordar que en el sínodo de los obispos españoles en Salamanca, celebrado en octubre pasado en la capital charra, fueron los templarios declarados libres de toda culpa. Aludieron gallardamente los caballeros a las torturas a que han sido sometidos para arrancarles confesiones absurdas y mostraron las señales de heridas y contusiones mal disimuladas por sus carceleros. Presentaron sus acusadores como testigos de cargo a varios personajes siniestros, de aspecto patibulario, sin duda alguna comprados, que lanzaron peregrinas inculpaciones que no se sostenían. Uno de ellos aseguró haber presenciado una misa lujuriosa y satánica, en la que el celebrante lucía una capa pluvial idéntica a la de los templarios. Otro, un individuo pintoresco de rasgos agitanados que mostraba un gran costurón que le cruzaba el rostro, afirmó sin pestañear que fue testigo de la extorsión a un campesino para que cediera sus mejores tierras a la Orden del Temple. En medio de la indefensión más lacerante, fueron por mayoría —quiero recordarte que yo tenía voz pero no voto— condenados a penas de prisión, confiscación de bienes o destierro, excepto el Gran Maestre, cuya sentencia quedó pospuesta con toda seguridad para nada bueno. Yo me hice portavoz de las escasas voces disidentes, rompiendo una fogosa lanza en favor de la Orden que San Bernardo sancionara y redactara con su regla bajo el modelo del Cister e hice una encendida defensa de la actuación de los templarios durante más de un siglo, asegurando los caminos hacia Jerusalén y protegiendo contra la morisma a los peregrinos de los Santos Lugares. Mi prédica fue acogida con un silencio ominoso.

El ínclito Clemente se quita la careta y ello es de agradecer; en cumplimiento de lo aprobado en el Concilio se propone redactar una bula suprimiendo la orden templaria. Y mucho me temo que, en cuanto el asunto pierda actualidad, el Gran Maestre será llevado a la pira para eliminar los rescoldos de tan feo problema e impedir que se reavive el fuego. En compensación al latrocinio, parte de los bienes del Temple serán transferidos a una Orden de nueva creación, los Caballeros Hospitalarios de Jerusalén, engendro concebido y parido entre Felipe *el Hermoso* y su amaestrado y prevaricador pontífice, pasando el resto a engrosar las arcas galas y vaticanas, léase Clemente v-Felipe iv sociedad limitada.

Yo sentí vergüenza ajena y abandoné el anfiteatro de modo tan ostensible que Clemente tembló en su sitial, pretendiendo fulminarme con la mirada y tratando incluso de impedir por las bravas mi salida del recinto, debiendo zafarme de las garras de un guardia suizo a empellones. Sabes que nada temo y que no hubo orgullo en mi actuación; si acaso un desprecio infinito hacia la intolerancia, la prepotencia y el cinismo. Enterrados de un plumazo los templarios, muy pocos se aventurarán a peregrinar a Tierra Santa, pues los miembros de la nueva Orden, si es que se pone en marcha lo que está por ver, apostaría un brazo a que no se dejan ver más allá de los burdeles de Roma y de Venecia. El fin del Temple es el mejor testimonio de la intención del rey francés y de su Papa títere de organizar cruzadas. El Capeto, indigno descendiente de San Luis, es ya conocido en su reino como *Hermoso* por su apostura y valentía ante las damas: contar con él para luchar contra turcos y mamelucos y pasar fatigas en las costas sirias sería como pedir a un roble que eche brevas.

En cuanto a mi intervención conciliar te la resumiré. El primer día hice una fundamentada solicitud de creación de Colegios para el aprendizaje de las lenguas semíticas, apoyándome en el éxito del fundado por mí en Mallorca con el patrocinio de la Corona de Aragón, hace ya muchos años. Harían falta al menos tres, en los lugares donde la semilla evangelizadora es más floreciente: Zaragoza, que formaría a misioneros de los reinos ibéricos, Londres para irlandeses, ingleses y escoceses y un tercero en Venecia, donde culminarían sus estudios los provenientes de los estados imperiales e italianos. Tras una pequeña controversia mi solicitud fue aceptada. Me pellizqué sin creer lo que oía, pensando si me hallaría ante una estratagema dilatoria, pero, para mi sorpresa, el secretario de la Tesorería libró los pagarés correspondientes dirigidos a los nuncios respectivos para que se inicien las obras de inmediato. Otro día planteé la oportunidad de iniciar la novena cruzada y, ante la negativa aduciendo siempre problemas de dineros, indiqué la necesidad de proteger a los cristianos de Armenia y los Santos Lugares enviando ayudas para proveer a su defensa reparando fortificaciones y puntos de apoyo. Nuevamente vi denegada mi pretensión. Insistí en la conveniencia de fundir y congregar todas las órdenes militares en una para aunar fuerzas, que es el lógico resultado de cualquier alianza, huyendo de particularismos y protagonismos estériles. Sé que mi propuesta sonaba un tanto utópica, toda vez que el juego de intereses desplegados es muy grande, pero la defendí con energía pues creo en ella. No comulgaban con la misma los padres conciliares pues, en medio de un murmullo de desaprobación, ni tan siquiera fue sometida a votación.

En el capítulo dedicado a errores doctrinarios y sectas heréticas, disputé ferozmente contra los disfrazados seguidores de Averroes, solicitando por enésima vez que en todos los gimnasios cristianos y universidades sean prohibidas sus obras, con poco o ningún resultado inmediato. Repartí varias copias de mi último opúsculo sobre el tema: *Ars theologiae y philosophiae misticae contra Averroem*, en medio de la general indiferencia. No quise abundar en la bondad del sistema que recomiendo en mi *Arte Magna*, pero sí recordé que tanto en París —donde más de cuarenta maestros catalogan la misma como buena y útil a la fe católica—, como en Mallorca —donde Raimundo Guafredi, ministro general de la Orden de Menores, recomienda a sus religiosos que apoyen mi doctrina y la impartan— son cada vez más numerosos los convencidos de su trascendencia

En dos ocasiones me encontré a solas con el pontífice que, efectivamente, se ve avejentado. No quise recordarle que su palabra vale menos que la de un ovejero —en referencia a los dineros que me prometió para el colegio misionero en Túnez— en parte por conmiseración ante su pobre aspecto: con ese lastimoso belfo colgante del que hablas, pálido, ojeroso, tembloroso y vacilante, arrastrándose como alma en pena y atento a la voz de su amo. En resumen: no adelantamos nada. Si acaso se experimenta retroceso, desánimo y en mi caso una mezcla de cansancio y desesperación. Con tales sensaciones a cuestas abandoné Viena sin dejarme ver por nadie, a hurtadillas, igual que un apestado que se sintiera desplazado del mundo, perteneciente a otro planeta. Rumiaba en el camino mi despecho por todo y hacia todo mientras resonaba en mi cabeza, al son del cansino trote del caballo, una monótona canción: partir, partir, partir, volver de nuevo a mi destino: Tierra Santa, Egipto, Cyrene, Túnez... Lo más lejos posible de la falsía y el engaño, de tanta deyección y pestilencia. Era el día de mi aniversario: cumplía setenta y cinco años.

No pude evitar la tentación, encontrándome tan cerca de Avignon, de pasar a curiosear por la sede apostólica. Como bien dices la realidad supera ampliamente cualquier ficción: jamás vi reunidos adefesios arquitectónicos de tan pésimo gusto. Al menos, en Italia la corrupción y el nepotismo moraban en palacios de clásica belleza e imperaba la luz. En Avignon todo es sombrío y lúgubre, reinando un frío húmedo tan distinto del templado rigor del invierno romano. Para más inri las gentes son silenciosas y hoscas, introvertidas, mirando de soslayo a los desconocidos. Daban ganas de salir de naja cuanto antes y eso hice dirigiéndome a Montpellier, ciudad mediterránea, abierta y de ambiente agradable en la que poseo infinidad de amigos.

Mi problema, buen Arnaldo, no es buscar un lugar apropiado donde cobijarme y serenar mi espíritu, sino hallarme a mí mismo. Llegado a mi destino y sin apenas tiempo de deshacer mis bártulos, siento una desazón que me impele a reanudar la marcha. Recorrí medio mundo en busca de ayuda para mi utopía: organizar la novena cruzada, expulsar de Tierra Santa a los infieles, recuperar los Sagrados Lugares para el cristianismo. Unos me ignoraron, otros, inmersos en sus luchas y ambiciones, me dieron largas y el resto me mintió con descaro. Pero no es hora ya de hipidos, lamentos o amargas quejas. Si he de decir verdad, no creo que exista ser humano con capacidad de hacer el mal; el mal lo imaginamos, tan sólo está en nuestros pensamientos y bastan pocas horas o un reparador sueño, para alejar lo que únicamente era aprensión. Afrontemos por tanto el porvenir con gesto alegre y paguemos los tributos que la vida nos presente con buen ánimo: arreció el dolor de mi pobre cadera, las noticias recibidas no son las esperadas, mi negocio fue al traste y quedo en la miseria, mis opiniones son desdeñadas en público, soy ignorado, tachado de visionario y loco por gentes arribistas e innobles... ¿Acaso desconoces que cualquier sinsabor es puntual alcabala que pagamos al destino? ¿Niegas que todo lo que nos hace gemir y padecer es adelantado tributo, gravamen antepuesto que obrará en nuestro haber en el gran día ya cercano? La vida, fiel amigo, es batalla cruenta en la que sólo triunfan los más aventajados y aguerridos. Por ello es que nosotros, los que nos afanamos en la búsqueda de la verdad, los caminantes incansables por sendas pedregosas, los que acometemos inauditas empresas y acampamos bajo el cielo raso, quienes nos embarcamos en naves indefensas por piélagos furiosos, seremos los primeros en llegar a la orilla desde la que se atisba al Ser Supremo. Nada más que nosotros. El resto, aquellos que se apoltronan indolentes y sólo resuellan ante la bazofia en sus banquetes, los que tiemblan de ansiedad ante la carne impura de sus coimas o a la vista de aumentar sus riquezas a costa del sudor y del hambre de los desgraciados, sólo son haraganes lascivos que no merecen el calificativo de humanos, que verán desde lejos al Señor luego de años sin fin de Purgatorio y a quienes se permite vivir simplemente para su propio escarnio.

Aún haré un último intento en mi lucha contra la incomprensión antes de abandonar. Posiblemente me dirija a Sicilia para entrevistarme con el rey Federico. Es la única cuerda que queda por tañer. A favor de aquel monarca están su idealismo y cristianía, su valor y nobleza junto con las demás prendas que adornan la Casa de Aragón. De ser así, quizá nos pudiéramos ver en Palermo muy pronto. Ten salud. Te la desea de corazón tu buen Ramón Llull. Vale.

✠

Córdoba romana, hebrea, sultana, bella y sobre todo misteriosa. No era ya la populosa urbe del emir Abderraman y su hijo Hixem, cuando albergaba en sus murallas y cobijaba en su inmenso arrabal quinientas mil personas, siendo la mayor ciudad del Occidente, ni la capital de Abderrahman III, el poderoso califa Omeya, pero conservaba su encanto y el aroma sin par mezcla de azahar, dondiego de noche y jazmines morunos. Paseamos por el laberinto de sus callejas salpicadas de flores, habitadas por cristianos, judíos, moriscos y por miles de duendes. Visitamos sus zocos olorosos de especias y fritangas e incluso predicamos en los barrios árabes logrando conversiones. Nos perdimos en el dédalo intrincado de su Judería, tan extensa como la de Toledo y más bella, pues a la hermosura de sus casas enjalbegadas, decoradas con cientos de macetas de rojas gitanillas, hay que añadir el delicioso aroma de albahaca y romero que lo inundaba todo. Las sinagogas no tienen la importancia y el realce de las toledanas, pero son más íntimas. Recalamos varios días en la gran mezquita, hoy felizmente consagrada al culto cristiano. Su visita debe hacerse despacio para descubrir sus infinitos recovecos. Es el templo más fantástico que he visto y todo es reseñable: la increíble Puerta del Perdón, de bronce cincelado, por la que se accede al Patio de los Naranjos, sus alminares, sus lucernarios, su inmenso bosque de columnas de mármol —más de mil y todas diferentes—, lo airoso de sus arcos y capiteles, sus diecinueve naves, el gracioso almimbar de mármol blanco, la riqueza de su artesonado y lo deslumbrante del *mihrab* o lugar sagrado desde donde dirigía la oración el imán. La mezquita cordobesa es un lugar singular, poco parecido al resto de las mezquitas del mundo árabe y sé bien lo que digo. En el centro del templo van muy adelantadas las obras de construcción de una seo cristiana, habiéndose destrozado para ello multitud de columnas y seis naves. Craso e irreparable error: el culto religioso puede hacerse en cualquier iglesia —y aun sin ella— pero el arte es patrimonio de la humanidad, incluso el creado por infieles. Numerosos testimonios del reciente pasado islamita salpican la ciudad: el alcázar de indefinible belleza, los restos del palacio de Medina Azahara, vivienda de verano de los califas y sus favoritas y algunas puertas y edificios civiles notables.

Dos meses reposamos en el convento de San Lorenzo, de regla trapense. Yo escribía, meditaba y oraba adaptándome al ritmo de los monjes, incluso los maitines, mientras Segundo hacía incursiones lúdicas y tal vez de placer voluptuoso. De otra forma no se explicaban sus gozos sibaríticos, el brillo de sus ojos extraviados ni aquella terquedad en no querer dejar la plaza. Con él casi a las rastras crucé el Guadalquivir por el puente romano hacia Écija, la antigua y opulenta Astigis romana, salpicada de torres de azulejos refulgiendo bajo el templado sol del invierno andaluz. Llegamos luego a Carmona, la antiquísima Carmonia, *Bustum Ustrinum* para los romanos, residencia ocasional de soberanos árabes de cuyos vestigios quedan hermosas muestras, tales como sus almenadas murallas, dos alcázares y varias puertas. Situada en la cima de un mediano otero, desde ella se divisa una interminable extensión de dehesas y labrantíos, posiblemente los más feraces de toda la Península. Cruzamos las murallas árabes de Sevilla —la mayoría derruidas— por la puerta de Carmona, el cuarto día de los idus de enero de 1296. Se asienta la antigua Hispalis fenicia, capital de la Bética romana, en la margen izquierda del río Guadalquivir frente al Aljarafe, vastísima extensión de tierras de labor de extrema feracidad todavía explotadas por colonos mudéjares. Rendida la morisma ante Fernando III de Castilla, en 1248, no hace medio siglo, la urbe es compendio de su belleza monumental y del gracejo incomparable de sus habitantes. Reflejada en el río e iluminada por una luz especial que le presta su colorido único, Sevilla huele al azahar de los naranjos de sus huertos y calles y a romero, arbusto muy apreciado por los sevillanos y que adorna numerosas ventanas. Pasear entre su albayaldado caserío causa un placer incomparable, sin parangón posible, pues a lo antedicho se suma la cortesía y buen humor de los hombres y la gracia y belleza de sus féminas. Sevilla es ciudad alegre y cordial donde las haya, en la que nadie es extraño y en donde conviven fraternalmente todas las razas y religiones. Visitamos primero los trabajos de su catedral, recién iniciados y que van para largo, pues quieren edificar la seo mayor de toda España, la más rica y artística. Construida sobre la antigua gran mezquita, han conservado de ésta muy acertadamente su alminar, una gigantesca torre-campanario almohade, bellísima, que muchos llaman ya Giralda por la enorme veleta que corona su cima y el patio anejo, llamado como en Córdoba *de los Naranjos*, que es de una elegancia y hermosura difícil de igualar. Admiramos los restos de unos murallones romanos y, otro día, las ruinas de Itálica, a una legua, populosa ciudad la más importante en su día de la Bética, patria de Adriano y de Trajano. Son innumeras las construcciones árabes sevillanas, destacando entre ellas el Alcázar Real —muy deteriorado, hablándose de una próxima restauración— y una curiosa torre redonda a la orilla del río, que llaman *del Oro*, donde dicen se encontraba el fielato para los barcos que navegaban por la corriente fluvial. La Judería sevillana, de calles estrechísimas y llenas de misterio y el barrio de la Santa Cruz, donde moran los cristianos viejos, antiguos mozárabes, con sus plazuelas recoletas y fuentes rumorosas, son sin duda lo más pintoresco y atrayente de esta sin par ciudad. Puede verse en sus calles y plazas multitud de tropas de infantería, alabarderos y lanceros reales, muchos de ellos con sus ricas libreas, sus cotas de malla, refulgentes corazas y cascos adornados de vistosos plumajes, junto a caballeros sobre airosos corceles bellamente enjaezados, pues Sevilla es plaza fuerte y en sus cuarteles y regimientos se acantonan miles de soldados de los ejércitos castellano-leoneses, amén de fuerzas mercenarias al servicio de Castilla. Entre ellas pudimos ver aragoneses, catalanes, vizcaínos, navarros, franceses, tedescos y de distintas partes de Italia. Todos ellos guerrean para recuperar las plazas en litigio en poder de los benimerines, respetando el reino granadino con el que Castilla mantiene una paz inestable.

Fue en estas tierras donde el extinto Sancho IV ganó el apelativo de *Bravo* y escribió la página más brillante de su reinado. Se había propuesto el castellano una ambiciosa meta: acabar con el peligro de las invasiones norteafricanas o, lo que es lo mismo, dominar el estrecho de Gibraltar, vía obligada para tales penetraciones. Sólo de esa forma podría controlar la periódica llegada a las costas españolas de expediciones magrebíes, como sucediera en el pasado y fuera causa del estancamiento o retroceso en la cruzada por la reconquista del hispano solar. Pudo dedicarse a ello tras firmar la paz con los nazaríes granadinos y llegar al entendimiento con Aragón a la subida al trono de Jaime II.

En nuestra estancia sevillana atracaban en los muelles fluviales multitud de naves comerciales de distintas procedencias, junto a navíos de guerra castellanos, catalanes, genoveses y sicilianos. Multitud de marinos haraganeaban por los tinglados a la espera de ser convocados al combate naval. El almirante de la flota castellana, Benito Zaccaria, era posiblemente el personaje más popular de Sevilla, especialmente a raíz de sus victorias sobre los benimerines en aguas del estrecho. Militar todavía apuesto cuando lo conocí —una mañana en el Palacio del Adelantado— era genovés de nación y estaba desposado con una hermosa sevillana, poseyendo el genio marinero propio de los ligures. Hacia cuatro años que, comandando galeras castellanas y genovesas, Zaccaria se enfrentara a los bajeles benimerines frente a Ceuta, logrando una victoria que sorprendió al propio rey D. Sancho: hay que recordar que la flota de Castilla era primeriza en aquellas lides y la respuesta de la marinería y el comportamiento de los barcos representaba una incógnita. Animado por el buen resultado inicial, el castellano solicitó y obtuvo la ayuda de D. Jaime II, quien envió sus galeras catalanas, curtidas ya en decenas de combates navales. Únicamente entonces se atrevió *el Bravo* a plantar cerco a la plaza clave de Tarifa, que dominaba el estrecho desde la punta más meridional de Europa. Luego de varios meses de hostigamiento por tierra y mar, cayó Tarifa en manos cristianas en octubre de 1292. No contaba Castilla con la reacción nazarí: el reyezuelo granadino Muhammad buscó la alianza con el infante D. Juan, despechado hermano del rey Sancho y contra él rebelado, poniéndose ambos del lado de los benimerines.

La coalición lanzó, dos años después, un feroz contraataque sitiando Tarifa. Utilizaron para el asalto, amén de los medios clásicos para batir puertas, tundir fortalezas y escalar murallas, un moderno material explosivo de origen chino llamado pólvora, compuesto de salitre, azufre y polvo de carbón, ya empleado por los árabes en el sitio de Niebla y posteriormente en numerosos choques y escaramuzas. Dicha mezcla —que envuelven en trapos embreados y tensados conectados a un pabilo— tiene la propiedad de inflamarse al aumentar la temperatura y la utilizan, tras encender la mecha, lanzándola como un proyectil por medio de una honda. Según dicen, son de ver los estragos, incendios y mortandad que ocasiona el invento. A pesar de la pólvora no lograron recuperar la estratégica plaza pues, Alonso Pérez de Guzmán, su heroico defensor, mantuvo en alto el pabellón cristiano aun a costa del sacrificio de su propio hijo.

Desconocía yo tan cercana hazaña, que es la comidilla de toda Andalucía y pronto lo será de Europa entera. Alonso Pérez, el valiente capitán leonés, es hijo natural del Adelantado Mayor de Andalucía, don Pedro de Guzmán, mereciendo su historia ser descrita: ofendido porque los hijos legítimos de su padre lo tacharan de bastardo ante el rey D. Alfonso, huyó de España poniéndose al servicio del sultán de Fez. Al mando de sus benimerines obtuvo numerosas victorias contra su propia raza, luchando en ocasiones frente a sus hermanastros a los que derrotó. Conoció a una hermosa sevillana, María Coronel, a la que desposó, volviendo a Fez. Hasta allí le mandó una embajada el rey *Sabio* para desagraviarlo y, vuelto luego a Castilla, guerreó por su monarca contra el moro con notables éxitos. Muerto su valedor ofreció su espada a Sancho IV, el cual le encargó la defensa de la recién ganada Tarifa frente a la ya descrita coalición. Resistió el de Guzmán un durísimo cerco y, al ver el príncipe Juan que no lograba doblegar a los sitiados ni vencer la voluntad del leonés, logró apoderarse arteramente de un hijo suyo, alférez de caballería, que al frente de una compañía había intentado romper el cerco para aliviar la situación aportando vituallas y alimentos frescos. Nada más capturarle lo presentó maniatado ante los muros de la fortaleza, al lado de la puerta de Cádiz, exigiendo la presencia del comandante de Tarifa quien no tardó en asomarse a las almenas. Anunció entonces el infame D. Juan que lo degollaría de inmediato si no rendía la plaza. La reacción de Alonso de Guzmán fue instantánea: al tiempo que sofocaba sus sollozos, arrojó su puñal para que sacrificaran a su hijo en un gesto de indomable coraje que dejó mudos de asombro a sus propios verdugos. D. Juan, perseverante en su ignominia, ordenó a un cruel sayón lo ejecutase a la vista de todos. Coincidieron ante aquellos muros dos actos contrapuestos, uno de ruin bajeza que estigmatizará para siempre a su abyecto e infortunado autor y otro de heroísmo y gloria inmarcesible, vana quizá para cínicos, egoístas y logreros, que elevará al pedestal de la inmortalidad a su intérprete. Sancho IV tuvo tiempo de acudir en socorro de la plaza. Luego, sabedor de los hechos y perplejo ante tan esclarecido acto de lealtad, concedió a Guzmán el calificativo de *Bueno*, con la facultad de poder añadirlo a sus blasones y el título de duque de Medinasidonia para sí y sus descendientes.

Casi un mes permanecimos en Sevilla acogidos al convento de los padres Mercedarios. Yo siempre con mi ritmo de rezos y de estudio y Segundo en lo suyo. Hacía incursiones en los barrios moriscos con el pretexto de descubrir hetairas descarriadas que traer al buen camino y, en realidad, dándose gusto. Una tarde se sinceró conmigo.

—¿Cree vuesa merced, mosén Ramón, que sea pecado amar a una mujer de pago?

—Me pones en un serio compromiso, buen Segundo —respondí—. La idea del pecado lleva dentro el germen de la soberbia: el pensar que, desde nuestra pequeñez, somos capaces de ofender a un Dios insondable y todopoderoso. Para mí ofende al Creador el que mata de hambre a sus aparceros, el que los esclaviza, el que martiriza o trata mal a su mujer...

—Entonces no halla culpa en el fornicio de alquiler.

—Yo no he dicho eso —aseguré—. Opino y no lo divulgues por ahí, que el varón que se satisface con una hembra cumplida sin haber por medio engaño, sin forzarla, con su libre albedrío, si acaso cometerá falta venial. Y, en cuanto a los burdeles, se peca más escatimando el precio o saliendo por patas, sin pagar, que por el propio hecho del laboreo carnal.

Segundo era un ser sin malicia. Su conversación era sencilla, nada alambicada, dando gusto contemplar el brillo infantil de sus ojos ante cualquier explicación. Costaba arrancarlo de cualquier lugar, pues pronto echaba raíces y hacía amigos. Sus pesquisas sobre el amor de pago se debían a que frecuentaba un lupanar en la calle de Luna, según averigüé, habiendo terminado por enamoriscarse de una de las furcias. Le dio la vena mística y pretendía redimirla casándose con ella. Me costó Dios y ayuda convencerle de lo disparatado de su plan y por ello hube de adelantar mi marcha de Sevilla. Sin previo aviso, una mañana le ordené recoger sus cuatro cosas y, sin tiempo de charlas ni despedidas, partimos al Monasterio de la Rábida, el más antiguo cenobio franciscano de España, cuya fundación atribuyen algunos al mismo San Francisco con motivo de su visita a la Península en 1212. El lugar es ameno, situado sobre un ventilado promontorio en la confluencia de los ríos Tinto y Odiel y en él nos recogimos antes de partir hacia Cádiz, uno de los enclaves más antiguos de Hispania y aun del entero Occidente. Hicimos el trayecto cruzando las marismas del Guadalquivir, hermoso paraje recubierto de pino bajo y habitado por decenas de especies de mamíferos y aves, que hacen alto en sus humedales antes de proseguir viaje. Nos transbordó un barquero por el estuario del río Guadalquivir, que allí es de orillas bajas y arenosas, llegando así a la ciudad tartesia, fenicia, romana —la vieja Gades—, goda y árabe, situada en la punta de una estrecha lengua de tierra y fuertemente amurallada. Apenas si nos detuvimos allí tres días y medio, pues no tiene monumento o iglesia reseñable, siendo su único aliciente escuchar el ceceo y el gracejo innato de sus habitantes. Anduvimos por sus calles y plazas con los ojos entornados, pues es tal su esplendorosa luz que ocasiona cegazón deslumbrante. Pasando por Jerez de la Frontera, Arcos y la pintoresca Grazalema, llegamos al Reino de Granada. En la frontera, entre Benaoján y Ronda, no tuvimos problema alguno; al contrario, el oficial nazarí, al ver nuestros pasaportes con el sello del rey aragonés, se deshizo en atenciones e incluso nos asignó una escolta que nos acompañara hasta Granada salvos pues, según manifestó, pululaba por la serranía la cuadrilla de un facineroso muladí que se dedicaba a asaltar a caminantes indefensos. En Ronda, cuyo caserío está partido en dos por un impresionante tajo, pudimos apreciar la belleza de sus murallas y de su puente árabe, que parece volar sobre las oscuras aguas que corren al fondo del barranco. Cabalgamos con cierta premura por Antequera y Loja antes de avistar las puertas de Granada.

El reino Nazarí, último vestigio de la presencia árabe en la Península Ibérica, es el resultado del Pacto de Jaén de 1246 a favor del cual Muhammad Ibn Nasr, señor de Arjona y de Granada, a la vista del imparable avance de las tropas cristianas, se declaró vasallo de Fernando III de Castilla a cambio de conservar la independencia de su flamante enclave. En las cláusulas del citado compromiso se indicaba la doble obligación vasallática de consejo y auxilio: Muhammad debía asistir a las cortes castellanas o suscribir los documentos de la Cancillería de Castilla que le fuesen presentados. Cumpliendo lo pactado, el reyezuelo acudió con sus tropas en apoyo del castellano en la toma de Sevilla, en 1248, luchando contra sus hermanos de raza. Anualmente el feudatario granadino envía a su señor, en calidad de parias o tributos, importantes sangrías en moneda de oro —más de doscientos mil doblones— que engrosan las arcas de Castilla.

La población nazarí, más de cuatrocientas mil almas en todo el reino, se compone de un elemento árabe debilitado, pues se encuentra diluido entre muladíes y descendientes de las *castas del desierto*, que en los tiempos de esplendor del califato cordobés formaran la crema de la sociedad islámica. Los restos de linajes sirios o yemeníes, antiguamente preponderantes, son mínimos. Hay núcleos beréberes dedicados al pastoreo, en la Sierra de Ronda, mientras se asiste a la llegada incesante de norteafricanos que alimentan las filas del ejército y de musulmanes procedentes de las regiones recién conquistadas por Castilla y Aragón. Éstos constituyen un problema creciente, pues se hacinan en los suburbios de las principales ciudades, mal nutridos y en condiciones insalubres. Entre la población no musulmana destacan en primer lugar los mozárabes, que habitan barrios propios donde ejercen sus profesiones y abren sus negocios, poseyendo iglesias y ermitas en las que celebran sus ceremonias cristianas sin ser molestados. A nuestro paso por el Reino de Granada era continuo el trasiego de soldados castellanos y aragoneses mercenarios de la corte nazarí, de nobles leoneses, castellanos, catalanes y mallorquines que se exiliaban en la ciudad de la Alhambra, de frailes redentores de cautivos y sobre todo de mercaderes. Los genoveses sobresalían entre ellos, sin descuidar a los catalanes, valencianos y mallorquines. Todos tenían consulados abiertos en los puertos de Málaga y Almería, dominando los intercambios comerciales y disputándose la exportación de aceites, sedas, vinos y la importación de cereales y tejidos. Otro porcentaje notable de cristianos lo formaban los cautivos capturados en el mar o en las fronteras del reino, que vivían como esclavos, obligados a realizar los más duros trabajos en las haciendas de sus dueños, hacinados después de la faena en celdas subterráneas que los moros llaman mazmorras. Algunos de ellos, apretados por las circunstancias, se habían convertido al Islam y eran llamados por sus amos *elches* o tornadizos. Otros, con más fortuna, eran intercambiados o rescatados por religiosos pertenecientes a diversas órdenes, siendo la más importante la Real y Militar de La Merced. Fisgando una tarde en la Alcaicería, me contó un viejecillo mudéjar que el heroísmo de los frailes mercedarios llega a veces al extremo de permutarse por cautivos enfermos o sin medios económicos para manumitirse, permaneciendo en su lugar trabajando e incluso entregando sus vidas. Me informé que existían intermediarios remunerados dedicados a este tráfico, llamados alfaqueques, viéndose además truchimanes y judíos ejerciendo el oficio: consistía en localizar a los familiares de los siervos y cobrarles el importe de la manumisión, para retornar con ella y abonarla a sus amos nazaríes reteniendo un porcentaje.

—Cosas veredes cada día que alientes, mosén Ramón —dijo Segundo—. Hace falta estómago para ejercer de mayorista en carne humana, cobrando comisiones como si se tratase de una partida de lechugas.

—Cierto —corroboré—. Gracias debemos dar al Señor a cada instante.

Había una importante colonia hebrea, muy disminuida tras las matanzas acaecidas durante la dinastía Ziri, pero que aún conservaba su poder e influencia. Los semitas habitaban en sus juderías de estrechas callejuelas, muchas de ellas adarves; pagaban un tributo especial y llevaban un distintivo adherido a sus vestiduras que denotaba su condición judía. El reino nazarí es rico en bosques y cultivos: encontré una agricultura más avanzada que en cualquiera de los reinos cristianos y también más desarrollada que en las regiones árabes que conozco. Vi grandes campos de cereales en la Vega y en la Alpujarra. Los molinos hidráulicos son muy abundantes cuando en Italia, Castilla o Cataluña apenas se ven. Se produce buen aceite de molienda en muchas almazaras. Los viñedos proliferan y son numerosos los huertos y jardines; aplicando un complejo sistema de irrigación en el que son maestros, producen higos, uvas, manzanas, castañas, bellotas, nueces y almendras en cualquier época del año; en Salobreña y Motril florecen la caña de azúcar y extrañas frutas como el chirimoyo, que los islamitas cultivan en el Delta de Nilo; la ganadería es próspera en sierras y planicies, siendo bueyes y vacas codiciados por los cristianos quienes procuran capturarlos en sus incursiones; la minería está muy adelantada en aquel reino, encontrándose plomo en Berja, hierro cerca de Almería, galena en Baza y metales preciosos en la cuenca del Darro. Las pesquerías nazaríes son afamadas: deliciosas sardinas en Marbella, inigualables boquerones en Málaga y los excelsos salmonetes almerienses. Con los frutos de la tierra los campesinos se dirigen a las ciudades para intercambiarlos por productos manufacturados, siendo innumerables los zocos para el menudeo y las alhóndigas para el comercio al por mayor. Entre los géneros textiles destacan el *dibach* de Málaga, los brocados de Almería y las sedas granadinas. Pude ver grandes plantaciones de moreras, mayores que en Francia o Italia. El cultivo de la seda lo hacen en un curioso régimen de explotación: el obrero recibe del patrón un cierto número de moreras junto a una determinada cantidad de huevos de gusanos de seda, los cría y obtiene finalmente la cuarta parte de la seda bruta. Tras hilar la seda en el campo la comercializan en la Alcaicería, un típico barrio granadino desde donde se exporta —bajo control de mercaderes genoveses y mallorquines— a Inglaterra, Brujas y Borgoña, vía Lisboa. La moneda nazarí es el *dirhem* de plata, de forma cuadrada, y el *dinar* de oro, similar a nuestro doblón, pero con menor peso y ley que éste. Para las transacciones comerciales menores utilizan el *dinar* de vellón, equiparable a la *blanca* castellana, que es medio maravedí. Nosotros, con los escasos doblones y doblas castellanas que conservábamos, hicimos maravillas pues se trata de monedas codiciadas que nos arrebataban de las manos.

Granada es, de todas las ciudades nazaríes, la más extraordinaria. Situada al pie de la Sierra Nevada, entre ésta y Sierra Elvira, ocupa el extremo oriental de la feraz y extensa vega de su nombre. Su barrio de *Rabad el-bayasin* o de los halconeros, ocupa una de las laderas de las dos colinas que conforman la ciudad y está habitado por gentes humildes, de mayoría gitana, que moran en cuevas labradas en los taludes arcillosos y que recorrimos admirados por su colorido y tipismo. Los gitanos andaluces proceden de la India, como sus hermanos del resto de Europa; son nómadas también, se dedican a comerciar con ganado y a fabricar utensilios de caña, esparto y cacharros de cobre, pero son más joviales y abiertos y, sobre todo, cantan con un sentimiento que produce estupor y bailan unas danzas extrañas, que lograron conmoverme hasta el extremo de pasar tardes enteras viéndolos y escuchándolos, perdida la noción del tiempo.

La profunda garganta del Darro separa *El-bayasin* del Monte Asabica, donde se levanta el edificio civil más hermoso que existe. Es la alcazaba granadina, conocida como La Alhambra, un alcázar real con sus torres siamesas, bermejas, así denominadas por el color de su fábrica de ladrillo que en los atardeceres cobra un tono cobrizo, majestuoso, difícil de olvidar. Conforman el alcázar una sucesión de cámaras, salas y patios de belleza fantástica, decorados con un arte que no parece humano. En su Salón de Embajadores nos recibió Muhammad II revestido de su magnificencia, solemne y afectuosa. Entregué al monarca mis credenciales y cartas y recibí un obsequio para el rey D. Jaime: una costosa gumía de plata repujada con pedrería en el mango y una copia del Alcorán encomiable por su delicada encuadernación en cordobán y oro, traducida al romance castellano. Mientras Segundo se despachaba en la ciudad con sus exquisiteces y quién sabe si regalando el cuerpo en algún gineceo, yo visité despacio la Alhambra de la mano del aposentador, quedando deslumbrado por su arquitectura, la labor de buril de sus frisos, columnas y artesonados, lo sutil del calado de sus estucos, lo ameno de sus fuentes y estanques, los ventilados baños —aún más adelantados que cualquiera de sus homónimos de Argel, Orán, Túnez o Alejandría— y sobre todo por la belleza de los jardines reales que dicen del *Generalife*, con sus rumorosos surtidores, sus flores, plantas y frondosa vegetación. Paseando por sus veredas de piedrecillas blancas entre el verdor hiriente, los rumores del agua, el aroma embalsamado del ambiente y el canto de los pájaros, el tiempo se detiene. No quise permanecer mucho tiempo en la Alhambra, a pesar de la insistencia real, por no contagiarme de la indolencia paradisíaca que se respira allí, dedicando mi tiempo a predicar el evangelio en los barrios granadinos y ante las mezquitas, en medio de la atención creciente de sus gentes en nada parecidas a sus parientes árabes africanos o asiáticos. Daba la sensación de que sorbían mis enseñanzas en previsión de practicarlas si, como espero, se produce el final de la ocupación mora andalusí y su anexión a Castilla. Algún día me acompañó Segundo. Jamás fuimos molestados por alguaciles o fanáticos islamitas, ni en Granada ni en ninguna otra población nazarí, encomiable ausencia de dogmatismo religioso imposible de hallar entre cristianos.

Tras recorrer la *madrassa* granadina y comprobar el elevado rango de las ciencias y letras nazaríes, en las nonas de octubre de 1296 —más de tres años y medio después de iniciado— embarcamos en Málaga en una galera genovesa rumbo a Palma, dando fin a nuestro viaje por los reinos hispánicos.

✠

Castillo de Ollers, tercer día tras las calendas de diciembre del año del nacimiento de Cristo Salvador de 1310.

Caro Ramón: sin carta tuya desde junio, tomo otra vez la pluma suponiendo en tu poder la mía de octubre. Por aquí los acontecimientos se precipitan: he pasado dos meses angustiosos sin respuesta a mi solicitud de audiencia real y ahora veo la causa: mis enemigos, capitaneados por Clemente v, han envuelto a D. Jaime en una conspiración tan insidiosa contra mi nombre que, hasta hace tres días, no sabía por dónde vendrían a asaetearme. Entonces se presentaron en mi casa dos clérigos beneficiados de la sede episcopal acompañados del notario de Barberá, quienes, tras leerme un exordio del obispo de Tarragona refrendado con el sello papal, me exigieron la entrega de un ejemplar de cada una de mis obras teológicas con el fin de ser expurgadas por una junta de venerables y discretos religiosos. Les respondí que mis obras estaban en la calle, que podían ser adquiridas a mis editores de Barcelona o Montpellier, leídas por cualquiera —seglar, religioso, discreto o indiscreto— pues nada ignominioso o contra el dogma se veía en ellas y que se dirigieran a buscarlas fuera de mi domicilio, el cual, con arreglo a las libertades del reino, era inviolable. Levantó acta el notario —un sudoroso y barrigudo antiguo paciente mío— de mi negativa y, acto seguido, me entregaron la copia de un breve de Avignon en el que el Papa nombra a una camarilla de inquisidores, todos uña y carne de Clemente, quienes, lo mismo que raposas hambrientas, se disponen a lanzarse sobre mis escritos para anatematizar su doctrina. El cónclave en el que *seré condenado* tendrá lugar, de no remediarlo Dios y su santa Madre pues del rey no me fío, para la Epifanía próxima, en la Sala Capitular de la Orden de Predicadores del reino de Aragón, en Zaragoza.

El sitio elegido, conociendo el amor que sienten por mí los dominicos, no puede ser más sospechoso. Te remito la lista de firmantes de la copia en cuestión para que compruebes por ti mismo su mala catadura, salvo honrosas excepciones. Son, en el mismo orden: Jofre de Cruilles, prepósito de Tarragona y fray Juan de Longerio, inquisidor, quienes presidirán el tribunal; con ambos he tenido gruesas controversias en el pasado aunque los considero nobles y de fiar. Completan la jauría fray Bernardo Domingo, lector en Barcelona de la Orden de Predicadores, un verdadero energúmeno atento sólo a su particular medro; fray Arnaldo de Canells, lector de la Orden de frailes menores, un personajillo insignificante y huero que bebe en las manos de Certós, a quien venera; fray Bernardo de Pin, lector en la seo de Lérida, hombre culto y circunspecto, completamente legal; fray Bernardo Simón, también predicador, amigo de Puig Certós y sin duda elegido por éste. Simón es punto y aparte: pérfido, venal, prevaricador, amancebado como es notorio con una prima hermana que le ha dado tres hijos, es capaz de dejar morir de hambre a su madre si ello aumenta sus rentas; la sola mención de su nombre me produce escalofríos. Siguen fray Guillermo Carocha, lector franciscano en Tarragona a quien conozco de oídas, fray Jaime Ricart, lector cisterciense en Poblet de quien no tengo noticia y fray Ramón Otger, lector cisterciense en Santa Creus, que coincidió conmigo en la Sorbona y es varón bueno, recto y confiado en exceso —no cree el infeliz en la maldad humana— pues se deja influir por cualquiera y por ello quizá compone el grupo. Viene como brillante colofón fray Vicente Roig, ínclito dominico, capellán del inquisidor de Valencia Guillermo Caucolíbero, quien me la tiene jurada desde antiguo; Roig es un soberbio que deja en pañales a la mismísima corte de Luzbel y se caracteriza por su rabia, rencor incombustible y afán vengativo. Le escuché decir una vez que el perdón traduce debilidad de ánimo. Algo que en palabras de un guerrero tártaro puede ser comprensible, pero que dicho por boca de un consagrado suena trágico. Comprenderás que, a la vista de camada tan burda y sanguinaria, no piense presentarme en Zaragoza para ser escarnecido y devorado, quizá no metafóricamente, pues algunos de ellos son verdaderas fieras.

Hasta aquí lo anecdótico, que no otra cosa representa lo dicho. Conoces ya mi temple y sabes que nada en el mundo, ni calumnias, ni mentiras, ni amenazas, hará mella en mi ánimo. La otra parte —más seria— de mis cuitas es la salud, que no es precisamente buena. Se han reanudado mis molestias gástricas, ahora más intensas y acompañadas de regurgitaciones agrias. Antesdeayer vomité la ingesta matinal, acompañada de mucosidad ácida y con hilillos sanguinolentos. He perdido nueve libras en el último mes. Mi inapetencia —verdadera repugnancia por cualquier comida pero más acusada ante las carnes— es absoluta. Me alimento a la fuerza, con la nariz tapada igual que un niño, buscándome mi mujer el gusto con cosas delicadas que ingiero a tercias por no desairarla y porque sé que es necesario. Esta mañana descubrí entre mis heces un reguero de sangre ennegrecida que no presagia nada bueno: mi mano, experta en miles de tactos y palpaciones, aprecia a través de mis adelgazadas paredes abdominales una gran masa gástrica, dura, sensible, que posee vida propia y medra con rapidez.

Sé, mi querido Raimundo, fiel amigo, que estoy condenado sin necesidad de tribunales ni de jueces: yo mismo soy fedatario del mal que me carcome. Hace más de cincuenta años que ejerzo la más noble de las profesiones y no puedo engañarme a mí mismo; conozco y temo el morbo que me devora interiormente: es el neoplasma gástrico, una infiltración tisular maligna e incurable que corroerá mis vísceras, lenta e implacablemente, hasta la emaciación. Contemplaré cómo se desmantela mi organismo, pero no mi espíritu. Mi sentencia es ya firme e inapelable, pero el plazo de ejecución es todavía incierto. Jamás he sido partidario de hacer pronósticos sobre el futuro de mis pacientes incurables, porque siempre se marra. El médico no debe ser profeta en materia tan aleatoria como su ciencia, acerca de la cual ignoramos muchas más cosas de las que sabemos. Quizá dure seis meses. Posiblemente menos, pues noto evolucionar el mal en mis entrañas muy velozmente. Más que afrontar la muerte con valentía, puedo asegurarte que la desprecio; pero temo al dolor y sobre todo a la incapacidad mental y a la locura que muchas veces acompaña al deterioro físico. Nadie hay tan necio que no sepa que ha de morir alguna vez, pero muchos se aferran a la vida, esconden la cabeza cuando asoma la parca, tiemblan, se deshacen en lágrimas y pretenden alargar y estirar lo que llegará a plazo fijo. No es mi caso. Ni es cosa de gran mérito vivir, pues todo alienta en la naturaleza de manera espontánea y sin derecho propio: plantas, insectos, animales y, entre los humanos, algunos hombres y mujeres indignos de tal nombre. Lo verdaderamente grande y meritorio es morir sabiamente, dignamente, entregando el espíritu en un acto de amor interesado, en unos esponsales eternos con nuestro Salvador. Hace ya mucho tiempo que no gano ni pierdo, ni ofrecen interés para mí deleites, lascivias, dineros o poder, cuanto más ahora que soy viejo. Pienso que he completado mi vida en la virtud y en el trabajo honesto; pondré todo mi afán en culminar el viaje al tiempo justo de agotarse el viático, con los cinco sentidos puestos en saber bien morir, con la mirada atenta y el rostro vuelto a mi único Señor.

A la vista del acoso que recibo de una parte y ante la indiferencia de la otra, he decidido partir para Sicilia cuanto antes pues sé que el rey Fadrique anhela mi llegada. No hace mucho recibí una misiva de la corte palermitana exhortándome a embarcar de inmediato, lo que haré en los idus de este mismo mes. Hay una nave que zarpa de Valencia y va derecha a Palermo aquella fecha y tengo ya reservada camareta. Mi propósito es conseguir del rey apoyo y pruebas de mi inocencia en el asunto de la interpretación de los sueños, que tanto revuelo e incomprensión ha despertado entre gentes protervas, y al tiempo cartas para su hermano el rey D. Jaime en las que tan cristiano príncipe avale mi recta trayectoria al servicio de la Casa de Aragón y al suyo propio durante tantos años. Nada temo, pero he de luchar por reivindicar mi nombre ante la sociedad y por el mantenimiento de mi crédito entre mi parentela. Sé que te entristecerán las nuevas sobre mi salud, pero es lo que hay y tengo que afrontarlo. Queda con Dios. A la espera de tus noticias, te desea salud Arnau de Vilanova.

✠

Pasé los últimos meses de 1296 y los dos años siguientes en Montuyri, sin dejar de escribir. Una especie de delirio ansioso me compelía a tomar la pluma, que apenas dejaba para alimentarme frugalmente y descansar cinco horas en un convulso duermevela. Creo que en aquel tiempo hice rico a mi proveedor de Palma: gasté más en infolios, resmas de papel y demás recado de escribir que diez notarios. Compuse una obrita: *De Fine*, declarando los caminos más favorables y seguros para acceder a los Santos Lugares con expresión de los fuertes y castillos de las distintas órdenes de caballería, pozos de agua, monasterios, conventos, hospederías y puntos de apoyo para los peregrinos, especialmente en las rutas del Asia Menor y Siria. Culminé un extenso tratado contra los averroístas, el enésimo, en el que, dialogando con interlocutores imaginarios como inteligencia, materia, voluntad y memoria, pretendo confirmar y probar las verdades reveladas. Sé que mi empeño es audaz, además de peligroso en los tiempos que corren, pero desafío a mil cónclaves plagados de averroístas a que encuentren en él la menor brizna herética. Ultimé un grueso opúsculo sobre la cábala judía, donde estudio y defino tal sistema con ánimo crítico imparcial. La cábala hebrea abunda en sabiduría y hay que apreciar en ella un hábito racional, de conocimiento verdadero y contrastado, al lado de largos pasajes de relleno sin meollo alguno o con graves errores doctrinarios. Algunas de sus teorías basadas en las Sagradas Escrituras pueden ser tenidas como válidas. Como en todo, es necesario saber deslindar los errores emanatistas de la metafísica cabalística y sus huellas heréticas, de los artificios lógicos, de las combinaciones de números, nombres y figuras que aparecen en la cábala y que pueden conformar una metafísica sana. Es el mismo principio que cualquier teólogo cristiano debe seguir al examinar las doctrinas judaicas: el mosaísmo es simplemente la ley antigua y sus verdades son las nuestras, mientras que el sionismo es pura aberración partidista y hasta afán de revancha. Cristianismo, judaísmo y mahometismo son religiones monoteístas con algunos rasgos capitales en común; el islamismo tiene de bueno lo que Mahoma plagió de la ley antigua y de la nueva, por ello es que en mis prédicas evangelizadoras entre árabes siempre procuré apoyarme en las verdades que ellos admiten y a partir de ellas llevarlos hábilmente al terreno evangélico.

Los nueve primeros meses de 1299 los viví en París impartiendo en la Sorbona lecciones teológicas y explicando mi *Arte*. Ya dije que coincidí allí e hice amistad con Arnau de Vilanova, guardando buen recuerdo de aquellos meses de relativa indolencia. Seguí en octubre a Roma, donde entregué a Bonifacio VIII una copia de *De fine*. El Papa, de imponente aspecto y recia personalidad que oscurecía a todos sus antecesores inmediatos, se encontraba enfrascado en los preparativos del primer Año Jubilar, que iba a celebrarse en 1300, pudiendo decir que me ignoró olímpicamente. Se intensificaban ya sus belicosos escarceos con Felipe IV de Francia, premonitorios de la batalla que se avecinaba y ello debía absorber su mente por completo contribuyendo a su desprecio displicente para conmigo. No iba yo al Vaticano de pedigüeño ni esperando obtener sinecuras, por lo que respondí a su desdén con arrogancia partiendo sin despedirme hacia Éfeso acompañado de mi fiel Segundo. Cruzamos desde Roma a Bríndisi y de allí a Patrás en un navío vaticano. Atravesamos el Peloponeso en humildes jumentos, admirando la legendaria Olimpia, Trípolis, Corinto, Epidauros y Nauplion. La Arcadia que cruzamos poco tenía que ver con la mitológica: una hambruna asolaba la zona luego de tres años de sequía, la peste negra acampaba a sus anchas y los labriegos vagaban famélicos por los campos en pos de cualquier cosa comestible. Embarcamos en la bella Nauplion hacia Samos y llegamos a Éfeso en la primavera de 1300.

La ciudad era una sombra de la que fuera capital de la Jonia dominada por griegos, lidios, persas, sirios, romanos, árabes y cruzados. Del célebre templo de Artemisa quedaban en pie algunas columnas del pórtico, el suelo del pronaos y un triste muro de su *cella*. Recorrimos la calle de los mármoles, las ruinas de la biblioteca, los restos de la famosa escuela médica donde Hipócrates impartiera sus enseñanzas, el monumental teatro —perfectamente conservado y el de mayor aforo conocido, pues albergaba en su anfiteatro cuarenta mil espectadores sentados—, los baños públicos y el foro. Éfeso es tenido como el último lugar de permanencia en la tierra de la Virgen María, pero de la capilla que levantaran en su día para conmemorarlo no quedaba ni rastro. Vimos la tumba de San Juan en la basílica de su nombre y en la plaza del templo de Diana el lugar donde la tradición sitúa los sermones evangelizadores de San Pablo a los efesios y sus disputas con los adoradores de aquellos falsos dioses. En conjunto, Éfeso es, junto a Roma, Atenas, Leptis Magna en la Libia y la tunecina Dougga, la ciudad más importante en vestigios monumentales de la antigüedad. Nos hospedamos en el castillo de los templarios y allí supimos que los turcos se aprestaban al asalto de la ciudad, por lo que se revisaban y fortificaban sus defensas. Quise atisbar un aire de resignación fatalista en las palabras del jefe de la guarnición —un caballero templario por nombre Juan de Osorno, palentino de cuna, quien nos ofreció un modesto refrigerio— y no me equivoqué: abandonado por toda la cristiandad a su suerte, el enclave, importantísimo en la ruta por tierra a Palestina, cayó en manos de los otomanos capitaneados por el sultán Osmán pocos años más tarde.

Durante año y medio recorrimos todo el Asia Menor, predicando el evangelio en sus bellas y antiguas ciudades: la cercana Esmirna, grácil capital de la Anatolia cortejada por lidios, griegos, bizantinos y genoveses, sus actuales dueños. Nos acogieron los Caballeros de San Juan de Jerusalén en su fortaleza-hospedería, donde eran numerosos los caballeros castellanos y aragoneses. Pasear al atardecer por las hermosas alamedas y jardines de Esmirna, entre magnolios florecidos, jazmines y gardenias, es un regalo para cualquier espíritu selecto; visitamos Iznik, la antigua Nicea junto al Mar de Mármara, elegida por Constantino el Grande como sede del Concilio Ecuménico que condenó —bajo la dirección de nuestro cordobés Obispo Osio— la herejía de Arrio y adoptó el actual Credo o símbolo niceno; pasamos a Bursa, señoreada por los cruzados, con sus bellísimas mezquitas destacando entre ellas la llamada Verde; seguimos hasta Angora, circuida de murallas romanas datando de los tiempos en que fuera muy visitada por Augusto. Vimos después Sivas, con su humilde caserío bajo la sombra del inmenso castillo cruzado; Cesárea, capital de la Capadocia, bautizada con tal nombre por Tiberio en honor de Augusto; Adalia, hermoso puerto mediterráneo erizado de fortalezas cruzadas; Adana, al pie de la cordillera del Taurus, plagada de mezquitas notables y con su bello puente que edificara Adriano; Konya, verdadero vergel de todo lo que la naturaleza vegetal es capaz de ofrecer, feudo que fuera de Godofredo de Bouillon y sus cruzados hasta caer en manos otomanas; Edesa, antigua colonia romana sede del condado de su nombre y por fin Tarsus, colonia griega y capital romana de la Cilicia, cuna de San Pablo. Recorrimos su gueto, no muy diferente de los que puedan verse en otras latitudes, que ofrece el atractivo singular de ser patria de Saulo y testigo mudo de sus andanzas juveniles.

Los otomanos son raza ruda pero noble, menos fanática que sus parientes árabes de origen saudí o yemení. Tan soñadores como el resto de los islamitas, son fácilmente influenciables, por lo que hicimos numerosas conversiones y dejamos atrás muchos amigos. Formidables guerreros cuando son incitados al combate, son de por sí apacibles, mujeriegos, jugadores y amantes de la conversación. En las calles de las ciudades turcas —donde raramente se ven mujeres, ni siquiera acompañadas— es muy común ver grupos de hombres sentados al sol luciendo sus grandes bigotes y sus turbantes de colores, saboreando despacio una infusión viscosa de un color intensamente negro que elaboran hirviendo los granos del cafeto, una planta habitual en aquellas zonas y que es desconocida en Occidente. Lo cierto es que su consumo resulta muy agradable —sobre todo edulcorando la bebida con miel, pues su sabor natural resulta amargo— ya que calma la sed y estimula los sentidos favoreciendo la vigilia.

Suelen reunirse desde el anochecer algunos turcos en infames lupanares donde, antes de fornicar, aspiran del humo que desprende una pasta rojiza de olor nauseabundo, previamente depositada en unas cazoletas de barro puestas sobre ascuas al rojo vivo. Al parecer obtienen dicha pasta, maleable, irritante y muy amarga, de los bulbos de la *adormidera*, un vegetal procedente de China que se ha aclimatado perfectamente sobre todo en las zonas orientales del Asia Menor. Según supe, las primeras aspiraciones del humo de la *adormidera* producen una sensación desagradable, acompañada de vómitos y náuseas, que se amortigua si el individuo permanece completamente inmóvil. Cuando los sujetos se adaptan, dicen obtener una sensación de agradable placidez y voluptuosidad, volviéndose indiferentes a las preocupaciones habituales y disfrutando de una euforia y paz que, con la continuación de las inhalaciones, se convierte en grave alteración de la voluntad, con irritabilidad, disminución de la memoria y visiones fantásticas. De proseguir aspirando los perniciosos humos se acentúa la decadencia física: se menoscaban los sentidos, decrece el gusto, se seca la lengua, se arruga y avejenta la piel, se atrofian los órganos genitales, la somnolencia es permanente y se llega finalmente a un estado de estulticia y caquexia irreversible, que es el mismo que he visto centenares de veces en Armenia, Persia, Siria y ahora entre los otomanos con mayor profusión e intensidad que en parte alguna y que nunca supe a que achacar. Aquí brotan estos individuos por doquier, como los hongos tras la lluvia, pero se los ve sobre todo en umbríos callejones, semidesnudos, indiferentes y estuporosos, la mirada perdida y vacua, permaneciendo en la misma postura durante horas. Intentamos recuperar a varios de estos desgraciados aportándoles vestido y alimento, pero fue tarea inútil pues su inapetencia era absoluta y no parecían comprender nada de lo que los rodeaba.

En cuanto a las mujeres turcas, de ojos profundamente negros y menos recatadas que sus primas árabes, suelen pasear los viernes en grandes grupos al salir de las mezquitas, algunas sin sus *hijabs*, solazándose desde el atardecer en las espaciosas terrazas que toda casa otomana dispone sin excepción. Allí cantan, bailan, se lavan y hermosean unas a otras lejos de la vista de los hombres y al tiempo vigilando su paso desde su observatorio. Sé que Segundo intentó más de una vez introducirse en uno de los inmundos lupanares que pululan en los arrabales de las grandes ciudades. Sabía de su empeño pues, en cada tentativa, se revestía de chilaba y pantuflas entronizándose como un árabe más. No queriendo interferir en su sacrosanta libertad, no pregunté.

Pasamos por Iskenderun a Antioquía, donde nuestros viejos amigos nos recibieron con alegría, hospedándonos y no consintiendo que abandonáramos la ciudad en sesenta días. La comunidad cristiana se había enriquecido con nuevos miembros, a muchos de los cuales confirmé. Proseguimos por la bíblica Hamath a la antigua Emesa, de allí continuamos a la fenicia Berytus, importante mercado, salida natural hacia el mar del comercio sirio, entrando en Palestina por los Montes del Golán.

Permanecimos en los Santos Lugares algo más de un año, viendo de cabo a rabo cualquier lugar que tuviera la menor relación con Cristo o su vida evangélica. No quedaba ya vestigio alguno de los cruzados, pues los últimos caballeros de San Juan de Jerusalén habían sido arrojados de Acre por el sultán Melek hacía más de veinte años, y seguían gobernando la región los mamelucos egipcíacos. Disfruté en mi segunda peregrinación cien veces más que en la primera: recorrí los caminos del país del Salvador con ilusionados ojos de enamorado de Cristo, reconociendo en todo las huellas de Él; temblé de emoción en la renegrida cueva de Belén, colmé mi alma de inenarrables sentimientos de paz a orillas del Lago de Genesaret, anonadé mi espíritu ante la gruta y pueblo de Nazaret, me estremecí de compasión ante la roca de Getsemaní, lloré con lágrimas serenas, profundas, graves y penitenciales ante el Calvario, cundió en mi corazón una inmensa tristeza al ver el abandono en que los poderosos de los reinos cristianos mantienen Tierra Santa, se traspasó mi alma de alegría ante la vista del sepulcro vacío del Resucitado y contemplé, con anhelantes ojos de segura y luminosa esperanza, el cielo al que ascendió Jesús desde el Monte Olivete.

Predicamos en todas partes sin percance alguno, siendo identificados por algunos viejos conocidos con los que coincidiéramos veinticinco años atrás. Nos cruzamos con apenas tres docenas de peregrinos en toda nuestra estancia y, en cuanto a sacerdotes y monjes, vimos un par de ellos pues, prácticamente, habían huido en desbandada. Y menos habrán quedado al desaparecer los pocos templarios que aún permanecían en las distintas rutas. En las calendas de marzo de 1303 nos embarcamos en Jaffa para Atenas, Siracusa y Palma.

6

Ha muerto Arnau. Me enteré no ha mucho de su óbito y aún prosigo anonadado, entristecido por la cruel noticia. Quizá siguiendo mis consejos, mi fiel amigo se desplazó a Sicilia; pero su estancia allí fue breve pues, en las calendas de febrero, se embarcó para Génova y Avignon comisionado por D. Federico para entrevistarse con el Papa Clemente y entregarle cartas y documentos del rey. Entre otros documentos de su valija apareció una carta a mí remitida que transcribo:

Palermo, Isla de Sicilia, a tres días de las calendas de febrero del año de Jesucristo Redentor de 1311.

Mi fiel Raimundo: tras pasar algo menos de dos meses en Sicilia embarco rumbo a Génova. Fui recibido por el rey y su familia con cariño, siendo atendido y mimado como un príncipe. Don Federico me entregó cartas lacradas para su hermano el rey D. Jaime y para el pontífice, en Avignon. En ellas —sé de su contenido pues me fueron leídas por el propio monarca— queda probada mi inocencia en el asunto de los sueños y visiones oníricas, así como la pureza de mis convicciones católicas, que merecieron siempre la atención del rey hasta el punto de encomendarme la educación de sus hijos. No deseaba retornar tan pronto ni dar explicaciones al Papa, entre otras cosas porque no las merece, pero D. Federico insistió vehemente y no quise desairarlo. Hace varios días, con el correo real que periódicamente se intercambian Sicilia y Aragón, recibí una misiva de D. Jaime en la que me comunica su disposición a recibirme tan pronto como regrese a Zaragoza o Barcelona, extendiéndose en alabanzas a mi persona y agradeciéndome los servicios prestados a la Casa de Aragón durante tantos años. Podrás imaginar mi alegría al recuperar el favor real.

Desearía verte a mi vuelta a Palermo, para lo cual no me importaría pasar a recogerte en Palma y disfrutar unos días contigo de tu maravillosa isla. En cuanto a mi salud no hay grandes novedades: mi enfermedad sigue su curso, provocándome molestias intensas que aumentan gradualmente y procuro ignorar. Sólo si los dolores son lacerantes —que es lo habitual— ingiero un espeso cocimiento de hojas de láudano y belladona que los calman, causándome al tiempo un adormecimiento desagradable y, tan artificial, que evito su ingestión en lo posible. Espero con ansiedad tus noticias. Ten salud. A. V.

Post data: abro la carta para añadir estas líneas desde el mar. Nada más dejar atrás la costa de Sicilia tuve un intenso vómito de sangre, seguido de un desfallecimiento súbito que me tiene postrado en mi húmedo cubil rodeado de mercancías diversas, maromas y toneles de vino de Marsala. Creo que es el final. Sufro un mareo profundo, no sé si ocasionado por el pleonasma gástrico, el intenso oleaje o los vapores que desprenden las barricas del oloroso néctar. Mentiría si dijera que sufro lo más mínimo. Si albergo alguna pena no es desde luego por dejar la vida, préstamo a plazo fijo del que ya devolví hasta los réditos. Si osara pedir prórroga al Altísimo, sería para que se me permitiese trabajar algo más en esta destartalada viña en la que queda tanta labor que hacer y tanto mal que remediar. Confiaba —la esperanza es excelsa virtud que siempre alienta— en recuperar mis energías durante los intervalos de mejoría hasta aquí habidos, mas lo de ahora es nuevo: he sufrido varias diarreas tintas en sangre oscura plena de cuajarones, sintiendo que una alimaña devoradora y cruel roe mis tripas mientras doy fe de sus progresos. Es como si un hurón insaciable mordisqueara por dentro mis entrañas sin dejar una ni darse un instante de reposo. Apenas tengo fuerzas para sostener la pluma y pienso cada vez con más dificultad, aunque mi mente sigue lúcida. Un caballero genovés que viaja conmigo me atiende y consuela con una devoción más propia de un samaritano que de un desconocido. A él le daré esta carta y el resto de la correspondencia que, junto con algunas mandas para mi familia y el breve testamento que ultimé en Palermo, confío hará llegar a sus destinatarios. A ti, mi buen Ramón, mi verdadero amigo, te dejo como legado el encargo de mi vindicación, empresa nada fácil. Mi recio carácter, mis prontos, el amor a la verdad y el desprecio a las vanidades humanas, me han traído como sabes enemistades y viejos odios enconados. Mi osado espíritu y la inquietud por reformar a las gentes de la Iglesia, han abatido sobre mí envidias, malquerencias, calumnias y anatemas. Pero me siento fuerte al saber que nada hice en mi propio provecho, ni acepté prebenda inmerecida: jamás prevariqué, admití cohecho alguno, practiqué nepotismo o consentí a mi lado la más pequeña corrupción. Aun así, soy consciente de haber cometido el pecado de orgullo y quizá de soberbia y por ello me confieso y me humillo ante Dios y ante nuestra Señora de la Merced, implorando perdón para que se me acorte en lo posible el Purgatorio.

He pasado una noche en relajada vigilia. Es como si mi alimaña interior, ahíta al fin, descansase conmigo. Han desfilado por mi mente escenas de mi niñez remota, de mi primera juventud junto a mis hermanos y padres en nuestro mediterráneo predio familiar. Oía con claridad las reconvenciones de mi madre ante mis travesuras infantiles y aspiraba su aroma inconfundible, con igual nitidez que si reviviera aquellos felices momentos. Han cesado por completo mis dolores y he entrado en una fase de placidez estuporosa. Percibo la llegada de mi buen genovés que pretende hacerme beber algún brebaje, que rechazo. No preciso de nada que me distraiga de mi propia muerte y al momento feliz, largamente deseado del tránsito, dedico todos mis sentidos con singular aplicación. Veo ahora a mi mujer, hijos y nietos, sonrientes, conocedores de mi final dichoso. Resulta muy agradable morir solo, sin dar trabajo ni pesar a nadie. Termino de sufrir una penosa arcada seca seguida de interminables bascas; tras una gran angustia he logrado vomitar algo de mucosidad sanguinolenta, pues no otra cosa pueden ya regurgitar mis vacuas vísceras.

Luego de una pausa balsámica parecen recrudecerse las molestias. Ardo en escalofríos. No sé si en sueños o despierto, veo con diáfana luminosidad una especie de cónclave universal en San Juan de Letrán donde aparecen todos los pontífices que jalonan mi vida: están Inocencio, Alejandro y Urbano, todos ellos cuartos de su nombre, junto a Gregorio X, *Nicolás* III *y Martín* IV. *Nicolás* IV *y Celestino* V *sonríen beatíficos a la sombra de un imponente Boni-*

facio VIII. *Clemente* V *y su jauría de predicadores entonan un Magnificat junto a un inmenso coro de cardenales, obispos, abades, curas, beneficiados, ecónomos, frailes y monjes de mil distintas órdenes. Puedo apreciar el interior de sus almas: aparecen inmaculadas como las de los niños, sin rastro de deseos lascivos, odios, afán de medro, nepotismos, envidias, gulas, rencores o sed de venganza. También se adivina en su espíritu el amor a los pobres y al trabajo evangélico, la entrega al prójimo, la caridad con los necesitados y la disposición a inmolarse en tierras de misión. ¡Es la Iglesia luminosa y perfecta que siempre deseé!*

Me falta el aire. Tengo la cruel sensación de querer alentar y no poder, la que pueda sentir el prisionero al contemplar por el estrecho ventanuco de su celda la cúpula celeste. Se apodera de mí un cansancio infinito, tan grande que me es imposible abrir los ojos o quizá los tenga abiertos y no pueda cerrarlos; en cualquier caso un espeso velo opaco se cierne ante mi vista y me impide distinguir los objetos con total claridad. Un frío glacial asciende desde los dedos de mis pies mientras mi bestia interior reanuda su labor de zapa, devorándome y convirtiendo mis asaduras en una como fragua alimentada por coladas hirvientes. El contraste es curioso y el dolor reavivado tan intenso que, poco a poco, resulta anestesiante. El cálamo resbala de mis dedos insensibles y rígidos... Muy pronto veré a Dios. Me oprime el alma el pensamiento de contemplar su rostro amado. La esperanza me asiste al confiar en que me acogerá en su seno como indigno hijo suyo. Al final de un largo y negro túnel poblado de arpías y esperpentos deformes, en el que resuenan espantosos gemidos y alaridos, puedo apreciar un diminuto punto de luz reverberante e intensísima que, con infinita lentitud, parece ir agrandándose...

Debió de producirse la muerte de Vilanova el tres o el cuatro de las calendas de febrero, en alta mar, muy cerca de Mallorca. El portador de las noticias de su fallecimiento y de la carta no era el caballero genovés benefactor de Arnaldo, que quedó en Italia, sino un amigo de aquél que se negó a facilitarme señas o dato alguno que me permitiera identificarlo a pesar de mi insistencia. Ignoro por ello el momento y las circunstancias exactas de su defunción o el lugar en donde fue inhumado. Tengo intención de partir para Génova y desde allí a Palermo, para conocer de primera mano los pormenores del final de mi excelente amigo.

✠

Tras regresar de Tierra Santa pasé mucho tiempo en Montuyri escribiendo y meditando, con fugaces escapadas a Palma, Barcelona y Avignon. Todo mi afán seguía siendo la organización de una Cruzada a los Santos Lugares, meta cuya consecución veía cada vez más lejana. Mantuve intensa correspondencia con todos los reyes cristianos, estéril en cuanto al logro del antedicho fin. Intentando atraerlos a mi bando, sostuve simultánea relación epistolar con pensadores como Juan Escoto o Hebrando de Frisa, frailes tal que Accursio o Gil de Villesponte, profesores de la talla de Pedro Burgundo, Mateo Guidón o Pedro de París, los esclarecidos teólogos Gilberto de Normandía y Juan de Normans y nobles del prestigio de Enrique de Borgoña o Guillermo de Escocia, todos bravos polemistas, escritores ilustres, cultos controversistas, incisivos oradores o probados guerreros. No anduve pues ocioso, pero la sangre me hervía otra vez de ambición misionera. Era la sensación de algo quemándome debajo de la piel, un prurito gozoso que me impelía a mantenerme en movimiento eterno, como si la tierra caliente no permitiera el apoyo a mis cansados pies. A mediados de 1306 embarqué rumbo al Norte de África —acompañado por mi inseparable Segundo— que recorrí otra vez predicando en Nador, Meknes, Fës, Orán, Argel, Bujía, Constantina, Bona y Túnez. Fuimos acogidos de modo desigual: casi con entusiasmo en Nador, Constantina y Bujía, donde ya teníamos antiguos partidarios e hicimos numerosos prosélitos; con indiferencia, como en Argel o Meknes; con abierta animadversión que fue el caso de Fës y Bona, ciudades de donde hubimos de salir a escape y con nocturnidad o con franca hostilidad como ocurrió en Túnez, lugar en el que fuimos apedreados varias veces pasando algunas noches en prisión.

La ciudad más curiosa del Magreb profundo es sin duda Fës, ubicada en un valle rodeado de colinas y partida en dos por el caudaloso río que presta su nombre a la población, capital religiosa de Marruecos. Fundada en los albores del siglo VII por Idris, descendiente de Alí, yerno de Mahoma, Fës es un regalo para los sentidos. Circuida de huertos de naranjos, granados, magnolios, limoneros y olivos centenarios, anidan allí el color, la música, el sabor y los aromas. En la cima de sus vigilantes colinas destacan las siluetas de fortalezas y castillos beréberes y almohades que la protegen, viéndose en el interior de su apretado caserío las más estrechas y sinuosas callejuelas donde apenas cabe una persona, los zocos más pintorescos del Islam, la *medersa* más ilustre del Magreb con cátedras de acrisolado prestigio desde antiguo en religión, medicina, astronomía o filosofía, además de la mezquita mayor y más imponente desde el Cairo a Marräquech, llamada de Karuein, tan sólo superada en esplendor por la de Córdoba. No nos fue permitido visitarla, pero supimos de la magnificencia de sus más de mil setecientas lámparas diferentes, con centenares de columnas de mármol, pórfido rojo y amarillo y alabastro. Tan interesante como la ciudad resultan sus gentes, con sus primitivos y singulares modos de vida y la diversidad de oficios que practican en barrios diferenciados, como en el resto del mundo islámico. Vimos los tabucos más diminutos que imaginarse pueda y en ellos a zapateros acuclillados manejando las leznas con increíble precisión. Contemplamos tenerías subterráneas de característico e insoportable hedor, tintorerías con lanas y telas de chillones tonos oreándose al sol, platerías como las cordobesas, miserables covachas en las que se hacinaban diez familias, herrerías, ardientes fraguas, obradores donde se trabajaban las alfombras más bellas a la altura de las orientales, perfumistas, encantadores de serpientes, barberos, sacamuelas, domadores de asnos, obesos tragaldabas junto a escuálidos mendigos de mil clases diferentes organizados en escuadrones y un interminable etcétera conformando la fauna humana más variopinta y heterogénea que darse pueda y que, en conjunto, representaba una aparición del milenio anterior.

Pero lo más reseñable de Fës —para un español— es el barrio llamado de los muladíes, extensa zona suburbial al pie de la *Colina Andalusí*, que ha tomado ese nombre desde que sus pobladores andaluces se instalaran allí, en 820, a raíz de su expulsión del arrabal cordobés por el emir Alhaquem. Tras cruzar el estrecho, la parte más numerosa de aquellos infortunados muladíes se dirigió hacia Alejandría, mientras que unos diez mil lo hicieron hacia Fës, donde medraron, constituyendo hoy sus descendientes casi un cuarto de la población. Entre ellos, que han conservado como un tesoro sus costumbres y delicioso hablar romance, pasamos casi dos meses, adoctrinándolos e intentando hacerlos abjurar de sus islámicas creencias, que la gran mayoría profesa. He de reconocer que fue vano el empeño, pues no conseguimos evangelizar a ninguno; y ello es comprensible dado el calor, cuando no abierto fanatismo, conque se ven las cosas religiosas en Fës. Lo cierto es que salimos de la ciudad corridos y sofocados, con el rabo entre las piernas.

De mi estancia en Bujía y de mi accidentada vuelta a Mallorca al comienzo de 1308 desde Túnez, ya hablé en otra parte. Igualmente relaté mis vicisitudes desde aquella fecha hasta el presente. Ahora, aún no repuesto de la desaparición de Arnau de Vilanova, me dispongo a partir para Sicilia invitado por el rey D. Fadrique. En Palermo confío encontrar apoyos para mi gran proyecto, aunque habrá de esperar pues primero y cumpliendo los deseos de mi controvertido compatriota, quiero poner todo mi empeño en reivindicar su figura y su obra. Es tarea complicada, como reconocía el propio Arnaldo en su última misiva, pues algunos de sus escritos teológicos tontean con la heterodoxia cuando no caen abiertamente en la herejía. Conociendo como yo conocí a Vilanova, creo que si llegó a rozar el error fue sin intención de hacer daño; si desbarró una vez, lo hizo para poner de manifiesto los males que afligen a muchos frailes y miembros de la curia. Su cerril inquina a escolásticos y dominicos pone de manifiesto que en Vilanova prevalecía antes la sinrazón maníaca y la ceguera que la mala intención; englobaba en la misma saca a predicadores, monjes de cualquier laya y curas vaticanos. Con los médicos hebreos le ocurría tres cuartos de lo mismo, tachándolos en masa de impostores y mendaces, siendo inútil intentar demostrarle que existían buenos físicos entre los judíos. Pasamos muchas horas dialogando sobre los semitas: para mí no son diferentes a otras razas en aptitudes humanas, siendo tan nobles, trabajadores y capaces como el que más, debiéndose su presumida mayor inteligencia al hecho de haber tenido que ingeniárselas de mil formas para sobrevivir; al cabo, para Arnaldo los hebreos eran chusma, usureros y logreros que acechaban en la sombra esperando su oportunidad. Estoy convencido de que sus sentimientos eran viscerales, predominando en este caso más la *rauxa* que el *seny* de su tierra, sin que debiéramos tomarlos textualmente impidiendo apreciar la grandeza del resto de su obra. Referente a la alquimia le sucedía lo contrario: creía como un infante todas las simplezas de aquella ciencia aberrante, verdadera plaga entre ambiciosos, soñadores, cándidos y logreros. Mi problema será tratar de convencer a gentes de moral discutible, como los actuales dirigentes de la Iglesia, de que Vilanova tenía más de inocuo visionario o de inofensivo orate que de peligroso heresiarca.

✠

Pasé en Sicilia el resto del año 1311 y todo el 1312. D. Federico me acogió bien, apadrinando con entusiasmo mi idea de Cruzada que se ofrecía a acaudillar. Mi alegría era tan grande que levitaba de placer. Al final mis desvelos tendrían su merecido premio: me veía ya desembarcando en Palestina al frente de mis cruzados, liberando al fin Jerusalén de la morisma infiel. Recuerdo que estuvimos una tarde estudiando el asunto con gran detenimiento sobre un mapa. Contábamos con seis mil hombres, casi todos caballeros suficientemente pertrechados, pero estimábamos harían falta otros tantos para formar un cuerpo expedicionario con mínimas garantías de éxito. Los embajadores del rey trabajaban en Zaragoza, Nápoles, París, Génova, Londres, Venecia y Florencia para conseguir reunir tropas y, sobre todo, naves para el transporte de la expedición. Agentes apasionados en el proyecto, comisionados por D. Federico y por mí mismo, como el pisano Marino Sanuto o el marsellés Pierre Dubois, ambos antiguos camaradas y amigos de Montpellier, recorrían Europa en el intento de sumar a la magna empresa el mayor número posible de socios. El paladín de la Novena Cruzada sería D. Federico de Aragón, buscándose dos lugartenientes adecuados. Yo iría como una especie de general castrense al frente de un grupo de franciscanos, frailes que serían los encargados de la asistencia espiritual de los cruzados pero que irían armados. El plan era sencillo: zarpar de Siracusa tan pronto estuvieran dispuestas tropas y navíos rumbo a El Arish, pequeño abrigo conocido por mí al sur de Ghazza, para desde allí progresar con rapidez hacia Belén y Jerusalén explotando la sorpresa, pues el grueso de las defensas árabes se encontraría hacia el norte, en la ruta otomana, desde siempre elegida en anteriores cruzadas para ganar el interior de Palestina. Quedarían algunos escuadrones en el puerto de desembarco, protegiendo la retaguardia, ante una posible reacción de los mamelucos desde Egipto. Conocía bien la disposición de los soldados de la guarnición islamita desde mis anteriores estancias en los Santos Lugares: eran pocos, mal pertrechados, indolentes, atentos sólo a sestear bajo los efectos de la adormidera; estaba seguro del triunfo de las armas cristianas.

Pero el tiempo pasaba y los barcos prometidos por Génova y Venecia no llegaban. Los dineros eran otra causa de preocupación para el rey, pues armar una flota de más de cien galeras y galeotas abasteciéndola para al menos diez meses y contar con suficientes doblas y ducados para pagar a los mercenarios que constituirían el ochenta por ciento de la gente de guerra, era empresa que excedía las posibilidades de sus arcas. Otro problema era la gente de remo, la chusma encargada de la boga, muy escasa. Aquí entraba Bizancio, que había prometido enviar galeotes suficientes y cómitres expertos. En la nerviosa espera recorrí los más bellos rincones de la isla, añorando en todas partes a mi buen Vilanova. Parecía querer ver por doquier su figura, rememorar sus gestos y echar de menos sus coloquios preñados de gracejo inigualable. Semejaba que era ayer cuando charlábamos de alquimia y habían pasado ya dos años: inaudita resulta la rapidez del tiempo; todo lo vivido puede resumirse fugazmente y formar tan sólo un minúsculo punto en nuestra historia. La mía se enriqueció con su amistad y su recuerdo de hombre cabal e íntegro jamás se extinguirá de mi memoria. Visité los principales monasterios de la isla, sus cenobios, sus iglesias, abadías y ermitas, comprobando el estado del monacato siciliano, superior por lo general al del reino hermano de Aragón.

Hice averiguaciones en el puerto de Palermo y conseguí el nombre del bergantín en el que hizo Arnaldo de Vilanova su última singladura. Se trataba de un velero cuyo capitán me informó de los pormenores de su óbito. El buen médico falleció sin apenas sufrimiento a la vista de la costa ligur y su cuerpo fue recogido en Génova por amigos del consulado aragonés, enterados por un miembro de la tripulación al conocer la patria del finado. Ignoraba el marino el lugar de su inhumación, aunque presumía que sería en el oreado y bello cementerio genovés de Staglieno. Fue imposible conseguir más datos, por lo que dejé para una ulterior visita a la capital de la Liguria la posibilidad de conocer el sitio exacto del enterramiento.

El mundo es un pañuelo. En una de las incursiones por el puerto palermitano topé casualmente con el mejor amigo de mi infancia. Hablo de Lluis Puixart, compañero de correrías por los tinglados del puerto de Palma, ya citado, a quien no veía desde hacía más de sesenta años. Por increíble que pueda parecer, ambos nos reconocimos de inmediato y nos fundimos en un estrecho y mudo abrazo. Me llevó a una taberna y allí pasamos la mañana recordando nuestras andanzas mozas. Lluis era mucho más ágil, veloz e intrépido que yo. Trepaba hasta la cofa de los palos mayores y se arrojaba al agua desde alturas superiores a quince varas. Zigzagueando entre bultos y cajas de la lonja del pescado, era imposible de atrapar por tres hombres. El hecho de su humilde procedencia nos hermanaba más. Admiraba su fortaleza, deseando llegar a formar con él, en el futuro, una sociedad corsaria, actividad muy prestigiada —y productiva— desde siempre en Mallorca. Cuando lo reencontré estaba hecho una ruina, igual que yo, pero conservaba el mismo brillo inteligente en la mirada, los mismos gestos y ademanes y similar capacidad de seducción, cualidades raras de mantener. Parecía un niño grande, algo destartalado y barrigudo pero deseoso de comerse el mundo. Era mayor que yo pero no lo mostraba. Su verborrea infantil se había convertido en conversación deslumbrante: sabía de todo, entendía cualquier tema, hablaba cinco idiomas y los comprendía todos. Se dedicaba al comercio del coral, según pude apreciar con gran éxito, habiendo matrimoniado ventajosamente, ya maduro, con mujer rica y veinte años más joven que lo había hecho feliz, dándole once hijos algunos malogrados. Sólo después de un rato reparó en mi hábito, que lo dejó perplejo pues no me figuraba de tal guisa. Habían llegado a sus oídos rumores de mis andanzas mozas y me imaginaba viviendo en mi palacio mallorquín como un sultán, rodeado de lujo y de mujeres. Pero de inmediato se amoldó a mi estado, moderó su lenguaje y me convidó a almorzar con los suyos en su casa del Monte Pellegrino, una preciosa villa que parecía suspendida en el aire, semejando flotar sobre el mar de un glauco esperanzado. A pesar de su edad seguía siendo un ser dinámico, al que resultaba reconfortante ver vivir. Lo cierto es que a su lado, durante un año entero, casi olvidé mis cuitas y engordé siete libras. Recuerdo la expresión de sus ojos cuando le hablaba de mis objetivos, de la razón que me ataba a la isla. Por la luz interrogante en su mirar se veía que no entendía nada, que le parecía un proyecto de locos, pero se guardaba mucho de expresarlo. Mi opinión sobre él no sólo no menguó: acrecentó su crédito por su desenvoltura, el cariño que a diario demostraba a su esposa, su amor filial —convivían con él seis de sus hijos y once nietos— y lo excelso de su caldereta de langosta que preparaba ritualmente, precisando de media mañana para su elaboración. Nunca olvidaré las veladas pasadas a su lado en la terraza de su hogar, dialogando de mil temas al amor del vino de Marsala, con el Mare Nostrum como fondo.

A finales de 1312 sufrí mi primera crisis seria de sofoco: pensé que iba a morir. La sensación de querer alentar y no poder es cien veces peor que la muerte. Es una angustia que paraliza el ánimo, que hace saltar los ojos de sus órbitas mientras el corazón brinca desbocado en el pecho artificialmente insuflado. Elevé al cielo mis plegarias suplicando se abreviase mi agonía pero, lentamente, fue desatándose el nudo que me aferraba el gañote y pude otra vez suspirar, al principio con cierta prevención, luego de un modo fácil y espontáneo. Aquel invierno, inusualmente frío en Sicilia, trajo un agravamiento en mis molestias reumáticas. Las cosas de la cruzada no adelantaban mientras mis coyunturas rechinaban como las cuadernas de un navío listo para el desguace. Harto y desengañado, embarqué hacia Mallorca en los idus de enero de 1313. Fue un viaje incómodo. Mis rodillas semejaban dos informes talegas de garbanzas, enrojecidas y crujientes al menor movimiento, cuyo simple tacto me producía lacerantes dolores. Mi cuello era un rosario de nódulos empastados y deformes: solamente el pensar utilizarlo en su función normal, que es girarlo, me causaba profunda desazón. Ya en Montuyri, apoyado en los consejos médicos del desaparecido Vilanova, logré sanar de un modo milagroso. En la quietud silente del Monte Randa y paseando entre sus pinares por antiguas veredas familiares, transcurrieron seis meses. Sin duda el aire balear embalsamado y tibio, añadido a unos emplastos calientes de ruibarbo y genciana colocados en las zonas afectas, contribuyó a paliar mis molestias. Sin noticias de Palermo —el rey había quedado en escribirme— y casi completamente recuperado, pude dirigirme a Zaragoza donde, el tercer día de las calendas de septiembre, se iba a celebrar el examen y la expurgación de los escritos teológicos de Arnau de Vilanova, a cuyo acto fui invitado en representación de la Orden Franciscana.

A la muerte del vilanovano se habían recrudecido los ataques a su doctrina, si cabe con mayor saña que en vida del autor. Los dominicos aragoneses Pedro Maza y Sancho de Besarán habían tomado el relevo de los Certós y Caucolíberos y capitaneaban la jauría que pretendía emporcar su memoria. En tal fecha y bajo la supervisión del prepósito de Tarragona, Jofre de Cruilles, se reunieron en la Sala Capitular de la Orden de Predicadores de Zaragoza prácticamente los mismos inquisidores, frailes, abades y lectores que me citaba Arnaldo en una de sus últimas cartas. Se examinaron durante tres interminables sesiones varios de sus libros y opúsculos, entre ellos *De fine Mundi*, *Informatio Beguinorum*, *De humilitate et patientia Christi*, *Rahonament* y once más, la mayoría en lengua catalana. Lo cierto es que muchas de sus proposiciones eran temerarias y algunas claramente heterodoxas, por lo que todos ellos fueron condenados. Leídas y calificadas hasta catorce proposiciones, el inquisidor Lletger ordenó se entregaran en el plazo improrrogable de diez días las quince obras anatematizadas, requisando las que estuvieren copiándose en cualquier amanuense o se encontraran en propiedad de particulares, bajo pena de excomunión. Al efecto se anunciaría lo acordado en todos los templos del reino para que los fieles en posesión de cualquiera de las obras expurgadas obrara en consecuencia. Yo expuse en mis turnos de réplica y contrarréplica la sabiduría médica de Arnau, su buen quehacer al servicio de la Corona de Aragón y su general buena intención religiosa. Añadí que, deseando contribuir al saneamiento de algunos miembros podridos de la Iglesia, había confundido churras con merinas y errado gravemente en temas teológicos —materia en la que presentaba apreciables lagunas— pero siempre sin maldad. Jamás conscientemente pretendió reformar la doctrina o el dogma, añadí, y sí a los hombres de iglesia susceptibles de ello. Mis palabras se acogieron con murmullos de desaprobación.

Pasó adelante el abad de Poblet y expuso un tema referente a Arnau que yo desconocía por completo: sus extravagantes experimentos médicos sobre la generación humana. Presentó el animoso clérigo documentos escritos de puño y letra de Vilanova, que se me mostraron y que reconocí, en los que se relataban intentos de conjugar simientes de hombre y de mujer —obtenidas tras una eyaculación forzada y un tamizado de sangre menstrual del primer día— en un vaso de cristal de cuarzo herméticamente cerrado, en ambiente silente, oscuridad completa y mantenido frío durante varios días, rodeado de nieve, con la vil intención de crear un homúnculo aberrante y obsceno. Según el informante, tal ensayo de formar un cuerpo humano lo llevaba adelantado Vilanova, si bien había fracasado muchas veces. Tras oír al abad, la asamblea se conmovió y se escucharon reprobaciones y hasta denuestos soeces. Calmados los ánimos me levanté para exponer, primero, lo repugnante e impío de tal conato experimental de ser cierto y, después, afirmar que tal vez Vilanova no trataba de crear vida, pues ni siquiera somos capaces de identificar la simiente humana, sino que quizá pretendía hallar algún antídoto eficaz contra la esterilidad. Abundé en ello aportando dos tratados de Arnau sobre dicha materia, *De concepcione* y *De sterilitate*, en los que expone diversas causas y tratamientos de aquel mal femenino. Aduje que sin la presencia del finado —que podría aportar información, datos sobre su verdadera intención o esgrimir testimonios ignorados— y sin opción a su propia defensa, no deberían condenarse sus experimentos médicos, reflejo nada más del carácter visionario y utópico de Arnaldo y en todo caso progresos de cara al futuro. En un último intento de achacar los errores de mi amigo a su semi-demencia en aspectos concretos y puntuales, insistí en su entusiasmo por la alquimia, ciencia propia de zotes e ignorantes —esta vez organicé un mediano alboroto— y sin embargo consentida y practicada por gentes que se tienen por cultas y avisadas.

A pesar de mis alegaciones los citados ensayos de Vilanova fueron tachados de peligrosos, sectarios, con visos de magia negra y, como tales, condenados. En presencia de toda la asamblea fueron quemados los originales y seis copias en un brasero colocado en el centro de la sala y asperjado después con agua bendita. Y ello fue lo que dieron de sí las sesiones expurgatorias de la obra de Arnau de Vilanova. Salí de allí con el alma encogida, sorprendido del alcance de sus errores y sobre todo del silencio que guardaba conmigo sobre muchos de sus escritos y actividades. Nadie me pudo disuadir de que, por encima de todos sus fallos doctrinarios, de sus obsesiones apocalípticas, de sus inquietantes experimentos y de sus fobias dominicas y semitas, Arnaldo fue un gran médico, el precursor europeo de la higiene y la dietética, un verdadero adelantado en su arte, un buen creyente y una excelente persona. Era obvio que de haber concurrido el interesado a la expurgación de sus obras habría salido tan chamuscado como ellas, por lo que casi celebré su desaparición.

De regreso a Mallorca me alargué a Génova para intentar localizar al anónimo benefactor de Vilanova en sus últimas horas. Un otoño magnífico incendiaba las copas de los árboles en ocres y amarillos al crepúsculo. La Riviera italiana exultaba de luz y del verdor amable de sus pinos. En Marina di Andora, una humilde aldehuela, degusté sobre la misma playa un delicioso espetón de salmonetes, vivos, recién salidos del agua. Nada como el mágico toque de la humilde brasa para dar al pescado su mejor sabor. El vino nuevo de Borghetto, un pago muy cercano, contribuyó también a hacerme olvidar los malos ratos de la pasada refriega contra Arnau. Sólo quedaron en mi mente los aspectos positivos de su labor, su simpatía, su hombría de bien. Me hallaba junto al mar, viendo morir las olas a mis pies, escuchando el silbo de los pájaros. Paz, silencio, pescado fresco y vino recental: qué poco necesita un hombre honesto para ser feliz... Algunas viejas desdentadas, descalzas, zurcían en la arena largas redes de pesca. ¿Se hallaría el edén en aquella minúscula cala tapizada de pinos?

Ya en Génova y tras arduas gestiones en el puerto y el consulado aragonés, pude dar con el samaritano. Se trataba de un mercader en pieles que se negó a que publicara su nombre y que me acompañó hasta el cementerio de Staglieno, descubriéndome la sepultura de mi amigo. Me chocó la riqueza, cuando no el abierto derroche, que imperaba en aquel *cimitero*: la más modesta tumba parecía un mausoleo y algunas de sus capillas eran mayores que cualquier colegiata. Muchos sepulcros dispensaban en su ornato en mármoles y bronces más que un trono real. Hasta después de muertos la vanidad domina a algunos hombres hueros. En contraste, descansaba Vilanova en un sencillo túmulo a la sombra de un ciprés habitado de pájaros. En la lápida, una breve leyenda: *Arnau de Vilanova. Metge*. Después de recogerme unos instantes para orar y tras entregar al genovés uno de los trabajos sobre higiene del desaparecido, como recuerdo y en agradecimiento, partí hacia Palma.

✠

Amo la vida. No en el sentido epicúreo de apego a los goces mundanos, sino en el trascendente de pasión por el don más caro que fluye del Creador. Si he procurado postergar el descanso nocturno, limitándolo, ha sido porque considero el sueño como la antesala del morir, una especie de muerte en miniatura. Siempre he encontrado mil pretextos para retrasar mi desvelo en el lecho —me considero un mal durmiente— afanándome en mi trabajo, corrigiendo escritos, esbozando proyectos, buscando conversación si estaba acompañado. Jamás pensé con delectación en la muerte como liberación, al modo estoico, pues considero a los suicidas como los más viles de entre los cobardes, pero tampoco temo la llegada inexorable de la parca. Cuando venga —y ello habrá de ser pronto— me encontrará dispuesto y con ánimo viril, pero no alegre. No sé de nadie que no desee prolongar algo más su vivir. Incluso en medio de crueles sufrimientos, hasta los más ancianos luchan por intentar remediarlos y esperan un milagro que los permita seguir alentando, poder contemplar nuevos crepúsculos y amaneceres, disfrutar de la visión de una mujer hermosa o de un paisaje ameno. En mi caso, el fundamento de la existencia se basa en el trabajo. Si pido a Dios que me alargue la vida un poco más no es para regalo de mi cuerpo: emplearía cien existencias sucesivas en consagrarlas a Él, recorrería el mundo en todas direcciones predicando la buena nueva, estudiaría todas las ciencias e idiomas conocidos, escribiría sin pausa libros que abarcaran todas las ramas del saber, sería a la vez caballero y montura, escudo y lanza en pos de la conquista de los Santos Lugares.

Desde que maduré me dio quehacer guardarme de fatuos y engreídos. Me da pavor la ignorancia atrevida, la vana presunción, la inconsecuencia. Temo sobre todo la estulticia, la imbecilidad y la senil demencia. El dolor de mis rodillas, a veces tan lacerante que me obliga a gemir, no me preocupa. No soy tan insensato como para pensar que desaparecerá; al contrario, sé que irá empeorando, pero también que puedo controlarlo: hay bastones y cayados que facilitan la marcha de los cojos y además no existe daño que dure un año entero. A todo se hace el cuerpo: hasta al dolor. Con respecto al oído, lo he perdido por completo en el lado derecho y en el izquierdo siento sólo rumores. He recuperado la trompetilla de mi padre y, en los raros casos en que siento necesidad o interés de escuchar algo, la utilizo. He perdido visión y ello es más preocupante pues me impide escribir con la misma intensidad que antes. Jamás tuve migrañas hasta que perdí capacidad visual, por lo que sin duda el forzar la vista tendrá algo que ver en la etiología de mis cefaleas. Compadezco a los cegatos y a los présbitas: si algo agradezco a Dios fue mi visión de lince. Me enseñaron en Roma, hace ya muchos años, una lente de cristal verde y grueso que, según afirmaron, facilitaba la visión a los cortos de vista. Entonces veía perfectamente, pero recuerdo que intenté utilizarla —no me opongo a los avances de la ciencia— sin conseguir divisar con claridad objeto alguno.

Conozco hasta la saciedad los deleites del mundo y, desde la experiencia, estoy capacitado tanto como el que más para enjuiciarlos. Nadie ha tramado tantos y tan aviesos planes para lograr poseer a una mujer. Pasé mi mocedad meditando encuentros fortuitos, urdiendo tramas con viejas alcahuetas, comprando voluntades, mediatizando fámulas y dueñas, acicalando el rostro y componiendo mi figura, todo con miras a obtener el placer cimero en este mundo, el que es causa de guerras, aquél por el que las gentes roban, asesinan, engañan a su mejor amigo, cometen perjurio y se deshonran: ayuntar hasta el éxtasis con una hembra hermosa y deseable. Aquello ya pasó. Desde mi conversión, no cambiaría a la más bella cortesana por una charla amena o un simple paseo por el bosque. En mi juventud me acostumbré al lujo y a la ostentación huera. Me consideraba gratuito merecedor de todo. Todo se me iba en alcanzar selectas sedas valencianas, cordobanes, linos de Sohäg en el Egipto, brocados damasquinos, yeguas de linda capa y carrozas de ocho tiros. Cambiaba mis jubones de holandas cuatro veces al día y ungía mi cuerpo con perfumes y aceites olorosos y caros. A partir del momento en el que vi la luz, me dura una camisa dos jornadas y unas buenas sandalias cuatro años. Baña mi cuerpo diariamente el agua de la fuente, duermo en esterilla de esparto sobre el suelo y sólo uso montura cuando voy de viaje. Me iniciaron tras la adolescencia en banquetes y ágapes sin cuento y tuve que aprender el complicado protocolo que comporta sentarse a una mesa lujosa y distinguida. Usaba tenedores y cuchillos de plata, bebía en copas de cristal tallado vinos de añada hasta embriagarme y devoraba lo mismo que una acémila hasta catorce platos para vomitar después igual que un cerdo. Me sonrojo, aun ahora, al pensar en la gula que me poseía. Tras de mi mutación, comencé de verdad a disfrutar de las viandas normales: ¿Hay algo superior a un pescado fresco asado al fuego? ¿Qué hay mejor que el agua cristalina del venero para calmar la sed? ¿Puede algo aventajar al delicioso vino que da nuestra Península ingerido con adecuado paladar y con mesura?

En medio de mis infinitas vanidades, de mis comilonas, borracheras y lujurias me aburría soberanamente. Dilapidaba el tiempo, ese tesoro que ahora me falta siempre y que dedico a escribir, a meditar, a orar y a uno de los gozos más sublimes de que es capaz el hombre: conversar. He charlado incansable con miles de personas sin prejuzgar su inteligencia o escalafón social, atendiendo tan sólo al interés de lo que me decían, pues para conversar es imprescindible saber escuchar. Pasé noches enteras hablando de religión con frailes y con legos, vi amanecer en controversias metafísicas con teólogos, supe del clima y de los meteoros oyendo a los pastores y aparceros de mi lar solariego; polemizar acerca de los misterios del hombre y la naturaleza me apasiona, convencer al que está en el error y llevarlo hasta la claridad me fascina, incluso oír la delirante exposición del extraviado puede resultar seductor: tal era el caso de las muchas discusiones habidas con Arnau de Vilanova sobre alquimia. He de reconocer que el verbo cálido de Arnau actuaba en mi ánimo con mayor subyugación que la ejercida sobre un áspid por un flautista hindú. Podía escucharlo insomne largas veladas sin pestañear, tal era su fuerza expresiva y la concisión con que se producía. Cuando hablaba de medicina, maravillaba su conocimiento sobre drogas y venenos o el saber clínico y anatómico que demostraba. Si versaba la charla sobre teología, era capaz de convencer con sus teorías a un santón chino. Dialogábamos normalmente en catalán, pero también en castellano, latín, francés o toscano. Vilanova era un ser especial de los que aparecen una vez cada siglo, tocado por la gracia, dotado por la naturaleza para el arte de curar —ninguno de sus coetáneos lo ha igualado— y al tiempo un fantástico polemista, siendo difícil rebatir sus teorías y sistemas.

Y en cuanto a la ambición y al afán de poder, ¿qué decir? Pocos más ávidos que yo del placer hedonista. No achacaré a influencia de mis padres la codicia que a partir de la mocedad me dominaba anhelándolo todo; ellos procuraron para mí la mejor formación, la educación más exquisita, pero mis demonios interiores me compelían a hacer siempre lo más disparatado y aberrante: tenía varias sastras cosiéndome casacas del más fino brocado que desechaba tras usarlas dos veces, mercaba las más caras preseas y los botones de brillantes y rubíes más pretenciosos y exclusivos, daba fiestas y orgías sin tasa adocenándome con inmundas rameras pues me excitaban más que las doncellas y los caballos de mis cuadras eran famosos en la isla por la pureza de sus razas y por sus costosos arreos de plata y cordobán. Desde que ingresé en La Almudaina al servicio del rey, mi único pensamiento fue medrar, subir, trepar, escalar posiciones, allegar poder y oro sin cuidarme de los que mancillaba y pisoteaba a mi paso. Durante quince años sólo atendí a mi provecho despreciando el ajeno. Fui mendaz, perdulario, prevaricador, jugador de ventaja, pendenciero y adulador sumiso ante el más fuerte. Cuando obtuve el nombramiento de Senescal Mayor uní a un poder casi omnímodo los devastadores efectos que en todo tipo de hembras obraba mi varonil presencia, cometiendo entonces atropellos y adulterios sin cuento. Las mujeres se me rendían al menor envite y aun sin él, engañadas por mi apostura y falsa apariencia de caballerosidad, enloqueciendo de placer entre mis brazos. Una de las pocas ocasiones en que se me resistió una mujer —una fémina adorable, joven y bellísima madre de dos criaturas— envié a Valencia a su consorte, un alto funcionario, comisionándolo durante cuatro meses y, tras comprar a su dueña, la sorprendí en su dormitorio donde, luego de un forcejeo encantador, la poseí loco de amor. Después de tres meses y medio de lascivia desatada —en nuestra inconsecuencia no nos cuidábamos de copular casi en presencia de sus doncellas, a plena luz del día— hube de enviar por su marido pues la insensata pretendía huir conmigo alegando estar embarazada. Pisoteé el honor de los demás y ensucié el mío en una sucesión interminable de degradaciones y bajezas. Desde que inicié mi nueva y definitiva andadura he dedicado el tiempo a trabajar por los demás, pidiendo perdón a Cristo a cada instante. Mi único temor es que me falte tiempo para hacerme perdonar tanta maldad. He suplicado misericordia a la *Mare de Deu* con cada aliento durante cuarenta años. Ahora, al final de mi vida, ya no me quedan lágrimas y sólo pido al Redentor que me acorte en lo posible el merecido purgatorio.

✠

El desengaño es, de todas las contrariedades que un hombre puede alcanzar en su azarosa vida, la más cruel. La magnitud del desengaño se acrecienta de modo proporcional a la ilusión puesta en la obtención del logro. Si el objeto de nuestras ansias es aleatorio, por ejemplo la consecución de los favores de una bella dama prohibida o encumbrada en la que creíamos haber atisbado signos de aquiescencia, el desencanto, siendo grande, será efímero, pues pronto comprenderemos lo irreal de nuestra pretensión. Cuando la desilusión proviene de un fiasco tras largo tiempo de esfuerzo y preparación, verbigracia, al ser rechazado por un tribunal un proyecto, un libro o un trabajo que creíamos perfecto, la decepción, no menor, será momentánea, pues al fin entenderemos que, en leal competencia con los otros, nuestra obra puede ser de menor calidad o no del gusto del examinador. La vida está llena de frustraciones desde el primer sollozo: al infante se le niegan caprichos y juguetes, se le invita al estudio cuando su natural son las travesuras y la holganza; ya de zagal, se intensifica su educación —que no es sino la represión de los instintos primitivos— siendo dirigido por sus padres hasta convertir en marinero al que pretendía arar la tierra, en monje al que quería ser herrero y en físico a quien soñaba la milicia. Y ello por lo común al objeto de colmar las ambiciones, no de los púberes, sino de sus progenitores o tutores. Ya hombres hechos, cien mil contrariedades nos rodean y abruman. Uno perdió a su mujer de sobreparto, éste vino a arruinarse con un pedrisco que asoló sus sembrados, aquél se quebró una pierna en vísperas de cruzar la mar y malogró el negocio, estotro malgastó su herencia con el juego o entre sucias rameras, tal vio incendiar su casa por el rayo quedando a la intemperie, acá vemos que el infortunio se ceba en un buen hombre cuya mujer se fugó con su mejor amigo y acullá apreciamos cómo otro, recién acogido al retiro tras treinta años de servicios al reino, fallece de repente sin tiempo para disfrutar del jubileo. Son decepciones todas desprendidas del propio hecho de vivir, tenidas por normales y de las que sólo un pequeño grupo de ¿afortunados? conseguirá escapar. Y el interrogante es adecuado, pues sólo los que sufren en sus carnes las asperezas y los desastrados vaivenes de la vida están en disposición de afrontar sus avatares, con pocas excepciones trágicos. Se soportan mejor los desengaños que afectan a los bienes materiales que los que interesan a las cosas del ánimo. Tantas veces como se arruina un hombre, otras tantas estará en disposición de levantarse y reanudar la lucha hasta recuperar el patrimonio. Pero, tocante al espíritu, el alma humana se resiente ante los varapalos con magnitud creciente, máxime si se tiene la certeza de la bondad de nuestras ideas y proyectos, hasta llegar al caso de entregar desfallecido el testigo a un tercero o, de no hallarlo, abandonar la lidia. He conocido a multitud de gentes que, sumidas en la desesperación al ver decepcionadas sus ambiciones, se encerraban en sí propias, melancólicas, tristes, sin levantar nunca más la cabeza. Son espíritus no necesariamente débiles, pues algunas de ellas eran personas preparadas, cultas y en ocasiones ricas. Pero ante la desgracia no todos reaccionamos igual. Arnau de Vilanova soportó estoicamente humillaciones y reveses sin cuento, de los que se recuperaba con vigor renovado. Yo no debo ser tan fuerte de ánimo como mi buen amigo fallecido, pues es el caso que, tras más de cuarenta años de batallar con tirios y troyanos, he llegado al final del camino exhausto y entregado.

Mi último desengaño fue el mayor: las esperanzas de organizar la novena cruzada se desvanecieron definitivamente al recibir, en enero de 1314, una carta de D. Federico de Sicilia en la que, cortés y diplomático, me explicaba sus cuitas. Bizancio daba la callada por respuesta a su petición de galeotes. Sus relaciones con el rey de Nápoles se habían agriado. Roberto de Anjou, incluso, le amagaba con algunas barcazas en zonas despobladas de la costa oriental de la isla, con la aviesa intención de intentar un desembarco. Por falta de dineros no había tenido más remedio que licenciar a parte de sus tropas mercenarias. El resto —luego de cuatro meses sin cobrar sus pagas— amenazaba con sublevarse y entrar a sangre y fuego en Palermo repitiendo los trágicos episodios de tres años atrás, cuando dos mil infantes ocuparan Catania y Siracusa durante dos semanas saqueando los mercados, incendiándolo todo, robando a los desprevenidos ciudadanos, destrozando parques y monumentos y violando a cualquier hembra que pillaban. Para terminar sus desventuras —que creo sinceramente ciertas— desde Génova y la Serenísima República le llegaban fidedignas noticias negándole los barcos, sin los que cualquier tentativa de cruzada a Tierra Santa era pura entelequia pues los puntos de apoyo terrestres en el Asia Menor hacía tiempo que habían sido recuperados por los otomanos. Terminaba su misiva el rey invitándome a regresar a su corte, esperando al efecto mi señal para enviar a recogerme con una de sus naves.

Después de releer la misiva varias veces, intentando atisbar un resquicio de esperanza que no vi, me dirigí a mi cenobio de la montaña hundido moralmente y allí permanecí en soledad completa más de cuatro meses, rezando y meditando, con tan sólo esporádicas bajadas a Montuyri para reponer mis sencillas vituallas. A medida que pasaba el tiempo iba contagiándome la tranquilidad de tan agrestes parajes. Di largos paseos por mis bosques dilectos y ejercité la paciencia hasta conseguir apreciar de nuevo la belleza de la naturaleza y la dulzura de la vida incluso en los aciagos momentos de la adversidad. No tenía motivos para odiar —ni me era permitido— y, a pesar de lo injusto de la existencia en muchos casos, no podía perder mi fe en la condición humana. El mundo sólo se acabaría cuando así lo decidiera el Creador.

A pesar del intenso frío reinante en mi covacha sólo utilizaba una ligera pelliza que actuaba de segunda piel, pues la mía, más curtida que el cuero, me protegía tanto como aquélla. Me despertaba de mi leve modorra el silbo de las aves. Desayunaba algo de queso y un mendrugo de pan arrullado por el rumor de un arroyo cercano, al amor de los rayos del tibio sol de invierno. Caminaba desde el amanecer por las solitarias navas de la sierra, que conocía mejor que las arrugas de mi cara, entre pinos centenarios y castaños silvestres. Mi paso debía de resultar familiar para los pájaros, ardillas, liebres y puercoespines, pues los volátiles cantaban al verme y el resto de la fauna acechaba mi andar como algo natural, sin espantarse. A mediodía comía tocino crudo y frutos secos de mis provisiones, reanudando mi paseo hasta el atardecer. No existe lugar más apropiado para meditar que el bosque. Cavilaba todo el tiempo sobre mi futuro, por fuerza breve: terminaba de cumplir aquellos días setenta y nueve años. Había adelgazado varias libras —siempre he sido delgado— pero conservaba gran parte del vigor juvenil. Mis rodillas proseguían tumefactas, crujiendo al caminar de forma audible mas, paradójicamente, el dolor había menguado y desaparecía por completo luego de algún trecho de marcha. Mi cuello me molestaba más, pero no hasta el extremo de reparar en su existencia. Tras intenso acomodo había conseguido controlar el dolor cervical con la fuerza de mi mente. El resto de mi organismo funcionaba de manera aceptable: mis riñones producían un líquido excreticio apenas coloreado y de olor natural, nada más levantarme mi vientre exoneraba su producto matemáticamente y sin esfuerzo, el aire ventilaba mis pulmones con fluidez y sin sofocos, mi corazón trabajaba mejor por efecto de los consejos de Arnaldo, mis oídos se habían cerrado casi por completo en medio de mi indiferencia pero mi vista no había proseguido su deterioro y, por último, el temblor de mis manos se había estabilizado. En cuanto a mi espíritu, se había transformado por completo en aquellas soledades volviendo a reencontrarme con la vida. Me olvidé de cruzadas y de reyes, de Papas y de cónclaves, de achaques y alifafes y, en la alternativa de permanecer en Montuyri para esperar una muerte decrépita en la cama o volver a tierras de misión para alcanzarla allí luchando de pie, como los hombres, opté por esta última. Bajé de mi refugio algo antes de terminar la primavera y, tras despedirme de los míos y sin solicitar esta vez la asistencia de Segundo, el día anterior a los idus de julio de 1314 me embarqué en la rada de Palma rumbo a Trípoli.

✠

La capital de la Tripolitania continuaba siendo el burgo destartalado y sórdido que conociera de pasada treinta y ocho años atrás, si bien sus casas se habían multiplicado y se veían más gentes. La otrora próspera colonia romana en tiempos de Marco Aurelio, de cuyo emperador permanecían los restos de un airoso arco triunfal en pórfido amarillo, era un conglomerado de razas destacando por orden preeminente almohades, beréberes, tuaregs del desierto, hebreos, europeos —docena y media de comerciantes genoveses y aragoneses— y Caballeros de la Orden de Malta. Los caballeros habitaban un castillo-fortaleza en las afueras de Trípoli desde que fueran expulsados de Tierra Santa, alojándome en él tras aceptar la invitación del castellano, un gigante sajón ancho como una carretela y alto cual mástil, que debía de pesar doce arrobas. El trasiego de naves que enlazaban la ciudad con Barcelona, Valencia, Génova y Nápoles era constante, traduciendo el interés que aragoneses, valencianos e italianos demostraban por Trípoli y su privilegiada situación estratégica. Permanecí allí hasta entrado el otoño, predicando el evangelio y poniendo de manifiesto los errores islamitas en sus calles y plazas con aceptables resultados, hasta el punto de conseguir catequizar a doce neófitos. Más que apacibles, los habitantes de la población eran abúlicos, siendo su principal ocupación permanecer tumbados a la sombra de sus casas bajas, pues árboles no había, con sus sórdidas chilabas resguardándoles del polvo y grandes *tarbusch* protegiéndolos del sol infernal que calentaba inmisericorde catorce horas seguidas.

Un día antes de mi partida hacia el oeste merqué un borrico diminuto, lo más chico que viera nunca en asnos y, a su grupa, me dirigí siempre por la costa hacia la Isla de D'Jerba. Atravesé un rosario de pueblecillos todos igual de pardos y anodinos hasta llegar a Djardjiz, donde un barquero nos cruzó, a mí y a mi aprendiz de pollino, hasta la isla franqueando un buen brazo de mar. Debía de resultar curioso contemplar nuestra estampa: aquel jumento al trotecillo corto, casi invisible bajo mi sotana y yo arrastrando mis polvorientos pies por los caminos. Mi interés en visitar la antigua Meninx se debía al hecho de ser feudo aragonés desde hacía tres años, cuando el caballero catalán Ramón Muntaner la conquistara para D. Jaime II. La isla había sido siciliana, un regalo del rey Federico a su almirante Roger de Lauria, quien construyó un hermoso castillo y pasaba en ella temporadas. A la muerte del marino la presencia siciliana en D'Jerba se difuminó, así como el progreso de la isla, pero tras ser ocupada por los aragoneses se trabajaba en multitud de fortificaciones, torreones defensivos y numerosas obras públicas. Isla baja y de llanura uniforme, posee un clima más ventilado y agradable que el del vecino continente y una gran riqueza y variedad de frutos, siendo famoso el aceite de sus viejos olivos y reconocidos sus dátiles como los mejores del Magreb. Las guardas del puesto fronterizo se deshicieron en atenciones conmigo al comprobar mi pasaporte aragonés y me ofrecieron un carruaje que rehusé.

Después de predicar entre los árabes de Houmet es Soüq —que es su principal localidad— varias semanas y tras despedirme del gobernador de la isla, pasé a Zarat y a la vecina Gabës, preciosa población en el centro del golfo de su nombre, antigua colonia fenicia denominada por los romanos Pequeña Sirte. En su puerto pude ver naves españolas e italianas cargando dátiles, vinos —muy dulces y afamados— y sobre todo esparto, que es de gran calidad. Las gentes, a medida que me adentraba en la Tunicia, se alborotaban contra mí, siendo rara la jornada en que no hube de interrumpir mis prédicas al ser soezmente insultado y a veces zarandeado. Proseguí por la costa hasta Safäqis, frente al islote de Sfax, pasando de allí por el interior a Kairouán, escenario de anteriores andanzas con Segundo y mis legos. Era ya entrado enero de 1315 cuando traspasé las murallas de aquella ciudad santa musulmana y me instalé a la entrada del zoco para iniciar mi labor evangélica, procurando evitar las proximidades de la espléndida mezquita donde fuéramos prendidos y encarcelados, mis ayudantes y yo, en la anterior visita. Al principio la morisma me ignoraba, pero a los pocos días empezó a congregarse a mi alrededor un número creciente de curiosos, muchos de los cuales me increpaban e incluso los más decididos me golpeaban con bastones y cayados. Era imposible que me identificaran —mi aspecto había cambiado y, sobre todo, habían pasado más de treinta años— pero es lo cierto que una mañana de viernes, cuando el muecín llamaba a la oración del mediodía, un mendigo andrajoso que parecía de una vejez extrema se acercó a mí y me espetó a grandes voces:

—¡Te reconozco, maldito imán cristiano, eres el mismo hereje embaucador que encerramos por blasfemo años atrás!

Aquel debía de ser el toque de rebato que todos esperaban pues, sin otro particular, arreció la lluvia de palos y empezaron a menudear las piedras. Escapé con vida gracias a mi buen asno —de quien no me separaba ni de día ni de noche— pues, saltando sobre él, pude huir a su trote menudo. El pollino, viendo los apuros de su amo, colaboró con sus rebuznos y enseñando los dientes. Jamás olvidaré la fecha: cumplía ochenta años. Traspasé las murallas y al llegar a una covacha deshabitada en las afueras hice recuento: salí del trance con sólo un verdugón en un costado, medio chirlo en la mejilla izquierda, que sangraba pero que pude restañar con algo de agua fría y un moratón contuso en mitad de la frente.

Dos días después, sin reponerme del rifirrafe, me dirigí hacia Constantina por el interior evitando Túnez capital y el peligro de ser nuevamente descubierto y quizá escarnecido, con la idea al tiempo de visitar la zona montuosa y sus pobladores que desconocía. Bordeando por el norte las últimas estribaciones del Atlas Sahariano, me adentré por senderos abruptos en una zona despoblada, rica en lo que allí llaman *oasis de montaña*, hasta llegar a un mísero pago en la linde de un bosquecillo de palmeras. Se desencadenó una fuerte tormenta que me obligó a pedir asilo en una choza donde moraban un anciano provecto con dos mujeres, una anciana seca y arrugada con aspecto de bruja, que resultó ser su esposa, y una hembrita insignificante que tomé por la nieta y que en realidad era su concubina. Componía el chamizo de adobe un habitáculo con forma de rectángulo irregular, con uno de los lados largos algo mayor que el otro. En el lado más corto se hallaba la cocina, con un lar en el que ardían varios tocones secos que bastaban para preparar las viandas y calentar sobradamente la estancia. Un caldero de cobre, abollonado y tiznado, humeaba sobre el fuego alegrando los oídos con su borboteo y esparciendo por el ambiente un aroma reconfortante y tranquilizador. Multitud de ristras de ajos y cebollas, perejil, zanahorias y varios pedazos de tasajo de vaca ahumado, pendían del techo, mientras varias orzas de barro conteniendo alubias, garbanzos, aceitunas, lentejas, harina y sémola, junto a diversos cacharros que conformaban el ajuar doméstico, aparecían sobre un vasar bordeando el fuego. Sobre el suelo de tierra, en el centro de la vivienda, había una mesa de gran rusticidad y tres taburetes por todo mobiliario. En una esquina, separada por una cortinilla de un blanco inmaculado, estaba la esterilla donde dormía el viejo con la joven que, estoy seguro, servía al anciano más de termóforo que como amante. En el rincón opuesto se veía una yacija desvencijada pero limpia, donde se acurrucaba en soledad la esposa. No había ventanas, penetrando la luz por la puerta si se encontraba abierta y por un orificio practicado en el techo, defendido por tejas árabes, que era la salida natural del humo del hogar. A varias varas de distancia de la casucha, tras unos polvorientos arbustos, se encontraba la letrina. Dos palmeras resguardaban el hogar del viento de levante y proveían de dátiles. Varias gallinas correteando por un pequeño huerto compuesto por dos tablas de verduras, frutales y hortalizas, completaban la hacienda familiar que aparejaban ambas mujeres de consuno. Todo aparecía compuesto y aseado, reinando en la casita mayor orden y paz que la que recuerdo haber visto en parte alguna. Permanecí allí tres días, pues el tiempo se mostraba inclemente, no consintiendo mi anfitrión que partiera hasta que mejorara. La vieja, desmintiendo su aspecto, tenía un carácter apacible, sin dejar de trabajar todo el día en mil tareas mientras silabeaba entre dientes suras del Corán. La niña suplía su falta de belleza con su risueña juventud y alegraba aquel hogar cantando sin cesar y brincando como una cabritilla. No creo que pasara de los catorce años, mas parecía aceptar su destino con alegría antes que con resignación. Nos entendíamos casi por señas, pues ni yo comprendía su dialecto montañés ni ellos calaban en mi árabe académico. No escuché en ese tiempo reconvención alguna, ni un mal modo, ni un gesto desabrido. El responsable familiar era sin duda el varón, pero nunca tuvo necesidad de levantar la voz: todo parecía hacerse de forma natural, los acontecimientos cotidianos fluían espontáneamente entre sonrisas no fingidas y el anciano —que se movía con la agilidad de un rapazuelo— demostraba gran afecto a su esposa y un cariño especial a su risueña manceba a quien trataba, no como a una esclava al modo usual entre islamitas, sino como a una nieta de su sangre.

Pasé las tres noches hecho un ovillo cerca de los rescoldos del hogar, recostado sobre mi tabardo, meditando una vez más sobre el hombre y la condición humana. ¡Cuán poco necesita un varón recto y noble para ser dichoso! Yo mismo, que presumo de frugal y austero, preciso un asno, ropa de abrigo y recado de escribir especialísimo. Estas humildes gentes hacen una comida al día y no requieren más, mientras que yo consumo queso y miel, higos secos y pan, vino y pescado cuando lo tengo a mano. Ellos hacen de cada día una Natividad en torno a su pobre pero aseada mesa, fundando su riqueza en no poseer nada, mientras yo calculo el patrimonio que me queda en la bolsa sin pensar en el precepto evangélico: Dios proveerá. Parten sus capas conmigo igual que San Martín, sin pedir nada a cambio y sin dudar de mí, al fin un cristiano desconocido y extranjero, al tiempo que yo hasta ayer dormía con los ojos abiertos desconfiando de ser desvalijado.

Detrás de la largueza suele haber mejor estrechez que abundancia. Es extraño que el rico sea pródigo si no es consigo mismo. Tratándose del patrimonio en la generalidad de los mortales surge el cálculo y, en las raras horas de dar algo, la mayoría aplica estrecha vara de medir con los demás: a aquél podré prestarle, dirán muchos, porque, aunque tiene deudas, sus posesiones y pertenencias son vastas y notables y de ellas me resarciré si no me paga; a éste no le daré, pensarán otros, pues si su morada es propia fue adquirida con dinero ajeno y quizá esté hipotecada. Tomamos por acaudalados y dichosos a los que beben en copa de plata, malamente recorren a caballo sus haciendas en una jornada, viajan en carrozas suntuosas con tiros triples de mulas lucias y gordas, visten de raso con botones de rubíes, lucen esmeraldas al cuello y preseas orientales o mascan alimentos exóticos con sus muelas de oro, pero en verdad son más pobres que mis humildes anfitriones porque lo deben todo, si no hacemos distinción entre los préstamos del usurero y los de la fortuna. El metal amarillo suele ir acorde con la mediocridad y en muchos casos con la ignominia, siendo raro que coincidan riqueza e hidalguía. Supe una vez de un tendero afortunado en Palma, que acreció un gran caudal y nunca supo hablar: su distracción favorita era hacer daño a su antiguo patrón, al que trataba de arruinar por la sola falta de haber sido su jefe. Conocí otra a un opulento despreciable y soez que había logrado sus doblones de oro haciendo el corso, de lengua tan indecente como nauseabunda, cuyo placer cimero era libar en las cloacas de las rameras más repugnantes sin recatarse de describirlo en público: ¿fue el vil metal quien lo volvió asqueroso o más bien él quien emporcó al dinero?

Sin duda fue el destino quien me guió hasta la humilde choza, pues cobré allí más fuerzas que ante cien cardenales para proseguir mi camino. Hice repetidos intentos y ademanes de pagar a mi casero algunos honorarios por mi estancia pero, no sólo se negó a aceptarlos, sino que reconvino amablemente mi conducta. Pasé después a Constantina con un tiempo ya primaveral. La ciudad, muy poblada, se encuentra encaramada sobre varios escarpados barrancos siendo notables sus mezquitas, especialmente la llamada Roja por el tono carmesí que desprenden los azulejos de su cúpula. Ante su mezquita principal me afiancé, lanzando a diario mis soflamas bíblicas que llamaban a la conversión a aquellas equivocadas gentes. Un atardecer hubo un revuelo en torno a mí a raíz de tachar a Mahoma de visionario predicador de guerras. Detenido por los alguaciles, luego de dos semanas de calabozo fui llevado a la puerta occidental de la ciudad. Grande fue mi alegría al comprobar que mi borrico me esperaba allí, orondo y satisfecho, dando muestras de los hartazgos de cebada en sus regüeldos. El pelo le brillaba y había engordado, pero le pendían lacias las orejas y su mirada aparecía mortecina y triste, seña inequívoca de añoranza hacia su amo. Tras una larga serie de rebuznos, muestras de su contento, partimos por Sétif y Akbou hacia Bujía adonde llegamos en las calendas de junio.

La villa de Bujía, con su aroma mezcla de eraje silvestre y cera virgen, su bello palmeral al borde mismo del Mediterráneo en esta parte intensamente azul, su ambiente templado todo el año, el embrujo de sus atardeceres perfumados de jazmín y dama de noche en los largos estíos y sus noches preñadas de luceros, muy quietas, siempre ha ejercido sobre mí una fascinación especial. Creo que es el lugar más hermoso de toda la Tunicia. Me atrajo desde el primer momento el colorido de su apiñado caserío que, en algunos aspectos, me recuerda las aldeas marineras de mi tierra. Aquí quedaron muchos amigos y discípulos y aquí logré catequizar en anteriores estancias a buen número de infieles, la mayoría bautizados por mis manos. Sabía que era ciudad peligrosa para mi actividad evangelizadora, pues los caídes locales siempre me distinguieron con su animosidad y procuraron encerrarme en sus mazmorras, pero no temía nada. En mi última estancia, va para siete años, había dejado en funcionamiento un pequeño dispensario donde se atendían a los más míseros de entre los sarracenos. Bajo su techo de trabado cañizo, que en los cortos inviernos reforzábamos con telas embreadas para impedir que las aguas calasen la ligera cubierta, se refugiaban, comían, se solazaban y morían decenas de mendigos desarrapados y hambrientos, enfermos y demás abandonados de la fortuna de cualquier condición, raza o credo. Lejos de adoctrinarlos —se encontraban tan emaciados y estuporosos que no aprovechaba el intento— predicábamos con el ejemplo, con la única licencia de rezar el rosario en su presencia tras las cenas, debiendo ellos en grupo corear las letanías. Pensarían aquellos desgraciados que tal salmodia representaba el pago, una especie de canon, que habían de abonar por las pobres viandas y la estera de esparto, pues, sin excepción, emitían una especie de cacareo de corral en el que era imposible identificar palabra alguna.

Del mentado dispensario apenas quedaba nada. Dos estacas requemadas hincadas en el suelo y un murallón semiderruido, eran todos sus restos. Supe que había sido incendiado a poco de mi marcha, esparciendo los alguaciles del caíd sobre sus ruinas calcinadas sal gorda y cal. No fue difícil encontrar —preguntando en el zoco— a mi principal colaborador, un árabe obeso y sonriente por nombre Abdul, que me recibió cordialmente alojándome en su casa. Me contó que la mayoría de mis discípulos, tras ser azotados ante la mezquita, fueron desterrados a cincuenta leguas de la ciudad y que él mismo recibió ochenta y cinco latigazos, siendo enviado cargado de cadenas y cepos a la cárcel de Argel. Sólo merced a la mediación ante el caíd de una sobrina suya, quien conocía a una de las favoritas del mandatario, consiguió de éste le fuera levantada la pena con la promesa de abjurar del cristianismo y de no volver a intentar catequizar con sus doctrinas ni hacer proselitismo. Me aseguró que su retractación tan sólo fue fingida y que, si bien acudía puntualmente a la mezquita a la llamada del muecín, sus plegarias mentales iban siempre dirigidas a María y al Crucificado. Se le veía inquieto, con su gran papada bamboleándose en el cuello como una gelatina de pescado. Me desaconsejó formalmente cualquier intento de predicar en las calles y plazas de Bujía, pues el actual caíd era un sectario déspota mucho más sanguinario que su antecesor, a quien había hecho bueno. Atento nada más a su regalo y al abastecimiento de su harén, odiaba a los cristianos como públicamente manifestaba cada vez que tenía ocasión, por lo que me recomendaba me alejara cuanto antes de la población aprovechando la feliz circunstancia de haber pasado hasta el momento desapercibido. Comprendí que el buen hombre —se había casado y mantenía tres esposas— se encontraba asustado ante la posibilidad de ser nuevamente flagelado, escarnecido y quien sabe si muerto y, por ello, asegurándole que nada había más lejos de mi ánimo que comprometerlo, me despedí dirigiéndome a lomos del borrico a una especie de caverna situada extramuros, al pie de unos riscos que dominan Bujía.

✠

He predicado tres tardes seguidas ante la mezquita principal, a la salida de la oración vespertina. El primer sermón transcurrió en medio de la indiferencia general: tan sólo mi borriquillo parecía escuchar atento mis encendidas palabras sobre la Encarnación, tema de la homilía, y la incendiaria soflama que contra Mahoma y sus escritos lancé a continuación impertérrito. En la actualidad domino el árabe casi a la perfección, lo que, junto a mi estentóreo vozarrón, me hace ser entendido hasta por los más sordos. Los escasos viandantes que se paraban a escucharme proseguían enseguida su marcha o meneaban la cabeza en signo de desaprobación. La segunda jornada fue más animada: un grupo de árabes cetrinos y malencarados parecía esperarme y al tiempo de iniciar mi prédica fui abucheado. El número de espectadores aumentaba coincidiendo con la intensidad y ardor de mis palabras. Se organizó un mediano tumulto. Pude escuchar varios insultos soeces que intentaban apagar mi explicación sobre la natividad del Redentor. Cuando me extendía —para combatirlas— sobre algunas descarriadas suras del Alcorán, una súbita y fuerte lluvia veraniega de las que tanto abundan en el Mediterráneo me golpeó el rostro, anegando en pocos instantes las calles y poniendo en fuga a mis detractores. La tercera sesión fue dramática. Una mediana turba de furibundos islamitas, armados de objetos contundentes, aguardaba mi llegada con expectación. Mientras colocaba algunas Biblias y preparaba mi modesto pedestal hicieron corro en actitud retadora, amenazante. Impasible, inicié mi plática, que versaba sobre la resurrección de Jesucristo, en medio de un aluvión de injurias y denuestos a los que pronto se añadieron salivazos y destempladas blasfemias contra el Hijo de Dios. No pude sufrir escucharlas y arrecié en mis descalificaciones a su profeta y a las descaminadas propuestas del Corán. Fue entonces cuando pude escuchar una tronante voz que me acusaba:

—¡Por más que intentes disfrazarte, no nos engañarás! ¡Tú eres el mismo orate e infame felón desorejado que hace siete años trataba de engatusarnos con sus blasfemas herejías y que hubimos de arrojar dado por muerto a la ribera! —me espetó un sarraceno apestoso y desdentado que parecía tener más años que el palmar de un oasis.

Hice frente al bribón con no menos retumbante verbo:

—No marras en tu identificación, maldito, pero sí en los hechos: ni me disfrazo, ni soy orate, ni felón, ni infame, ni trato de engatusar a nadie. Soy el mismo cristiano que hace años metisteis en la cárcel y que mi Redentor, que es también vuestro Dios y Señor pues no hay otro, se encargó de librar de vuestras garras. Ante Él y para los que en Él confían no hay cadenas, ni cepos, ni prisiones, sino sendas de luz y libertad. ¡A tiempo estáis, infieles, de bautizaros y abjurar de vuestras idólatras creencias!

Aún resonaban mis palabras cuando un frémito animal surgió de decenas de gargantas, dejando las manifestaciones verbales y pasando a la acción. Se abalanzaron sobre mí con furia muchas manos a un tiempo, cundiendo palos, vergajazos, más que patadas coces, coscorrones y puñadas terciadas en el rostro. Aún no sé cómo, logré zafarme. Debí burlarlos agachándome y escurriéndome lo mismo que una anguila entre sus piernas. Escuché imprecaciones surgidas de entre ellos mismos pues, en el calor de la refriega, se golpeaban involuntariamente. Logré llegar hasta mi asno, que en su instinto animal rebuznaba sospechando que a su amo no le iban bien las cosas y salí a escape hacia la parte alta. Desde allí, luego de sortear a varios desalmados que intentaban descabalgarme a batacazos, pude ganar la puerta de poniente justo en el instante en que cantaban las nueve de la noche y los guardas procedían a cerrarla.

Ya a cubierto y en mi refugio he repasado los acontecimientos y termino de estudiar la situación. Sin la menor duda ésta no es buena: me escabullí de milagro, por los pelos y, aunque malparado, sigo vivo porque ignoran la localización de mi cubil. Saben a ciencia cierta quién soy y el peligro que represento. Conocen mi temple y decisión y están seguros de que puedo soliviantar a muchos y hacerlos daño con mi palabra donde más les duele. A estas horas estarán cavilando la forma de prenderme e indagando entre mis pocos conocidos y amigos. Confío no les hagan ningún daño, especialmente a Abdul.

Escribo estas líneas, que presiento las últimas, a la mala y oscilante luz de un cirio. Si esta desangelada caterva de facinerosos pretende acobardarme, pincha en hueso. Recrecido por la luz del evangelio soy capaz de enfrentarme a un titán: sólo espero a restañar medianamente mis heridas para volver a la carga con renovados bríos. No preciso para ello de dagas ni puñales: mi palabra es mi espada. Ni requiero rodelas, cotas de malla, golas o corazas pues mi combate va a ser a pecho descubierto. He hecho inventario de mis golpes y heridas. Las rodillas, resultado del ajetreo quizá o por causa de algún mal topetazo, andan congestionadas y sensibles. Mi ojo derecho se encuentra algo inflamado y su párpado inferior late desaforadamente fruto de un testarazo: no tengo espejo a mano, pero seguro que estará amoratado. Un chichón del tamaño de un huevo de gallina deforma mi pelada testuz y un descomunal chirlo —producto de un cantazo— cruza mi mejilla izquierda que sangra copiosamente. Me duele todo mi pobre cuerpo pero mi corazón exulta de placer en el pecho. ¿A quién puedo temer? ¿Qué mal puede acecharme? Me pesa por larga la existencia y barrunto que se aproxima ya la claridad, el momento cimero del encuentro con mi Salvador, con mi único Señor.

✠

He pasado una noche sobresaltada e insomne, entre escalofríos. Las horas transcurrieron lentas, con desespero, en un tenso y fatigado duermevela que no acababa nunca, arrebujado con mi pollino que me sirvió de almohada. Han desfilado por mi mente los acontecimientos cimeros de mi vida visualizados por orden cronológico, con rara nitidez. Se iniciaban desde antes de nacer, en el seno materno. Trepaba por el interior del vientre de mi madre resbalando por sus paredes lisas y brillantes, tropezando con el cordón umbilical, hundiéndome en el líquido amniótico y alzándome de nuevo hasta lograr grabar mi nombre con un hierro candente —parecido al que empleaban en casa de mi padre los vaqueros para marcar ganado— en alguna parte de sus entrañas. Luego nacía y corría desnudo en pos de una corona de afiladas espinas. Se sucedían, en exacta y desesperante relación, nítidas como el agua, mis interminables aventuras amorosas, mis lascivias revenidas, mis gulas, mis engaños, mis lujuriosas estratagemas, apareciendo al fin Ambrosia, la única mujer que amé en la Tierra y que originó mi conversión. Sonriente, se mostraba tal como debió ser en su edad núbil, no existiendo en su pecho trazas del nauseabundo cancro que lo segara en flor. Le declaré mi delirio y fui correspondido. Ella era libre, por lo que enlazamos nuestras vidas en unos esponsales en los que Arnaldo fue testigo. Nos amamos ante él igual que dos lunáticos. La visión de Ambrosia entre mis brazos se deshizo en una espesa niebla mientras aparecía en procesión una turbamulta de penitentes tocados con tiaras, azotados por una especie de aquelarre diabólico de repugnantes meretrices. A medida que se aproximaban apreciaba con claridad sus rostros: eran los catorce Papas que se sucedieran desde mi nacimiento encabezados por Clemente v, camino del purgatorio. Desnudos, presentaban sus sexos aferrados por sabandijas monstruosas que los devoraban. Entonaban un desacordado miserere mientras se golpeaban el pecho con manoplas de hierro incandescente. Tras ellos, un ejército de gigantes de piernas arqueadas sostenía sobre su cabeza el mundo y los planetas. Pretendían aplastarme con sus manos deformes, grandes como aspas de molino, pero los enfrenté mostrándoles la cruz. Retrocedieron y pude escabullirme hasta ganar el cielo gateando por las encrespadas y resbaladizas laderas que lo defendían. Asomando por la espalda de los colosos, una gigantesca luna creciente y negra ascendía hacia el cenit mientras el sol, girando alrededor, derretía sus cuernos. Sobre un mar encrespado avanzaban las naves catalanas junto a las capitanas de Aragón, Castilla, Mallorca y Sicilia con sus reyes al frente. Se batían contra los otomanos a los que destrozaban, obligándolos a saltar desde la bóveda celeste a los restos ardientes de la luna en medio de alaridos que retumbaban por todo el firmamento. La Sagrada Familia contemplaba desde el séptimo cielo el triunfo de las cristianas y españolas armas y la recuperación de los Santos Lugares, mientras un coro de arcángeles y serafines entonaba canciones de cuna de mi infancia. Un gran carro de fuego se alejaba hacia el abismo dejando tras de sí un reguero de humo viscoso y pestilente y, desde lo más profundo del averno, ascendían los bramidos que emitían miles de malos monjes muertos impenitentes, centenares de frailes obesos y lascivos, decenas de Papas libidinosos y corruptos y más de un lujurioso rey francés. Entonces me espabilé desorientado, trémulo y febril. Al menos en mi fantasía onírica he visto liberar Jerusalén...

A pesar de mi sobresaltada pesadilla me encuentro liviano, más que fresco. Me invade la pujanza de un gladiador antes de salir a la palestra y no siento inquietud. Han menguado mis inflamaciones con el descanso y la tibieza ambiente. Mi rostro sigue sensible y congestivo, pero no me preocupa. Han cicatrizado como por ensalmo mis heridas, que están secas, pudiendo abrir los ojos tumefactos. Termino de salir al exterior de mi covacha: desde mi atalaya se me ofrece rendida la ciudad de Bujía, en un signo premonitorio de mi triunfo. Tengo la sensación del ser el último cruzado, de contemplar Jerusalén desde este Gólgota, de dominar el Mare Nostrum que me viera nacer. Las gentes discurren allá abajo igual que hormigas mientras el nuevo día se despereza lentamente entre humos del mercado, chirriar de eje de carros, rumor de chirimías, ecos de los tambores y salmodias del muecín llamando a la oración. Absorbo la energía del sol reverberante que anuncia una jornada cálida y me dispongo nuevamente a luchar y a vencer...

Epílogo

Raimundo Lulio fue lapidado por las turbas en Bujía, en fecha imprecisa entre el 11 y el 19 de junio de 1315, quedando agonizante. Sus verdugos lo abandonaron, dejándolo por muerto, tras desnudarlo y robarle la bolsa. El lugar preciso de su martirio puede reconocerse hoy. Según una antigua tradición trasmitida oralmente por los cristianos de Bujía, se encuentra en un rincón de la Alcazaba, frente a la mezquita principal de la ciudad, no muy lejos del zoco. Cuando se retiraron los sarracenos, sus discípulos recogieron el cuerpo todavía palpitante y lo trasladaron a algún lugar seguro donde lavaron sus heridas, suturaron las que lo precisaban, sedaron su dolor con tisanas de hierbas, ungieron con bálsamos contusiones y magulladuras y lo reconfortaron con abrigo y comida. Dos mercaderes genoveses en tránsito por la ciudad, Esteban Colón y Luis de Pastorga, conocedores de los hechos y sabedores de la fama de santidad de Lulio, se hicieron cargo de él cuando lo vieron algo restablecido y, tras solicitar permiso al caíd local, embarcaron en un navío con carga general que zarpaba hacia Génova. La intención de sus benefactores era trasladarlo a la capital ligur para intentar allí lograr su curación, pero, según consta en el relato de ambos mercaderes y en crónicas de la época, al cruzar la nave frente a Mallorca cesó de pronto un viento que, hasta el momento, había soplado felizmente y sin pausa. Una pertinaz calma convirtió la mar en una balsa. Las velas de la embarcación pendían flácidas y las jarcias y maromas aparecían distendidas e inertes. Casi dos días permaneció la embarcación inmóvil, como si estuviese uncida a un bolardo quimérico. Ningún miembro de la tripulación, experta y curtida en mil lances marinos, recordaba nada parecido ni siquiera de oídas. Sólo Colón y Astorga comprendieron que tal anomalía pudiera ser debida a un signo, a un deseo del Altísimo de que el mallorquín descansara en su patria. Comunicaron su pensamiento al capitán del buque, quien lo recibió con el natural escepticismo. Después de una terca insistencia, el capitán reconsideró la situación y prometió poner proa a la rada de Palma desde que Eolo soplara nuevamente. Pensar el buen marino en cambiar su derrota y presentarse una ráfaga de aire impetuoso, fue todo uno. De inmediato reapareció una fresca y uniforme brisa que cargó la mayor, infló la escandalosa, tensó aparejos, cabos y cordajes y rizó las aguas. El barco enfiló veloz su nueva singladura mientras Ramón Llull, que empeoraba por momentos, se sentía morir.

Apenas atracado el buque en el muelle de Palma y una vez desembarcado el moribundo, corrió por la ciudad la noticia del regreso de su ilustre vecino. Llevado en volandas al convento de San Francisco, Lulio fue rodeado de familiares, amigos y parientes que velaron sus postreras horas. Allí, en presencia del obispo balear y de la comunidad franciscana en pleno, expiró la misma noche de su llegada tras una agonía dulce y apacible, luego de recibir los auxilios espirituales de la fe católica. Era el 30 de junio de 1315. Después de ser expuestos sus despojos durante nueve días en la capilla del convento, tiempo en el que desfilaron miles de mallorquines para darle su último adiós, fue inhumado en un sencillo nicho de la sacristía, excavado bajo el lugar donde el sacerdote se viste para la Santa Misa y allí permanece hasta nuestros días. Dicen las crónicas de la época que un delicado aroma embalsamaba la capilla ardiente, a pesar del calor propio de la estación y de los nueve interminables días de exequias de córpore insepulto.

Atrás quedó la época en la que el *doctor iluminado* era tenido por desquiciado charlatán y su obra menospreciada como jerga cabalística y huera, método de impostura rayana en la herejía, arte decepcionante o ciencia vana. El filósofo inglés Francis Bacon en el siglo XVII y nuestro padre Feijoo en el XVIII, hicieron mucho daño a Lulio desde la altura de sus magisterios, valorando peyorativamente una obra que tal vez no habían entendido o leído. También Giordano Bruno, el dominico que renegara de su hábito tras ser tentado por la reforma de Calvino, influyó malamente en la escasa confianza que inspiraron las doctrinas del mallorquín durante mucho tiempo. Gran parte de la fama que adquiriera en vida el filósofo de Nola es debida a las explicaciones del *Sistema Lógico* de Lulio y a la admiración que hacía él expresó siempre. Cuando, en febrero de 1600, Giordano Bruno fue quemado en Roma por la inquisición italiana, ardieron junto a las cenizas del heresiarca el crédito y la reputación de Ramón Llull. Por fortuna, durante el siglo XIX hubo una fuerte reacción pro luliana comandada por pensadores de la talla de Roselló, Canalejas, Helfferich, Laviña, Weyler y Luanco, que ha colocado a Raimundo Lulio en el lugar cimero que le corresponde sobre la base de estudiar al personaje antes de juzgarlo. A partir de Menéndez Pelayo, Ramón Llull ha dejado de ser un visionario heterodoxo para convertirse en un pensador original, profundo, un precursor del enciclopedismo, fundador del realismo racional, observador avispado de la naturaleza, eximio poeta, novelista con pocos rivales catalano parlantes en el simbolismo y las formas didácticas y uno de los puntales de la lengua de mosén Jacinto Verdaguer.

El pueblo balear lo veneró muy pronto, tras su muerte. Siempre se habló de curaciones milagrosas entre los enfermos que acudían en bandadas a orar en su sepulcro. Los naranjos del claustro conventual florecían dos veces al año, nunca se marchitaban las flores de azahar y un cierto culto a su memoria y vida fue autorizado por el Vaticano durante los papados de Clemente XIII y Pío VI. Los intentos de canonización se han sucedido desde el siglo XVI, no siendo el menor el que acaudilló Felipe II, quien puso gran empeño en auparlo a los altares. Por fin, Pío XI en el siglo XIX, ratificando su culto inmemorial, le concedió los honores de beato, confirmando lo que ya era un hecho entre los mallorquines, señalándole misa y rezo propios.

En cuanto a Arnau de Vilanova, tenido por hereje albigense o valdense por algunos, se ha demostrado hasta la saciedad que no fue tal. Es cierto, en una observación somera, que sus teorías parecen enlazarse con aquellas sectas por su laicismo y con los seguidores del abad Joaquín por sus profecías y revelaciones oníricas, pero, con propiedad, fue sólo un médico genial, adelantado de la higiene, descriptor de numerosas enfermedades, técnicas quirúrgicas y pionero de la investigación clínica. En cuanto a la parcela doctrinaria, fue un filósofo un tanto extravagante, quimérico y hasta un punto fanático, un reformador adelantado propenso a confundir la corrupción de las instituciones eclesiásticas con la podredumbre de sus miembros. A ello habrá que añadir su ligereza en aspectos puntuales y su falta de rigor teológico. Su coexistencia vital con una Iglesia lamentable y podrida, influyó en el desvío de sus ideas y ello habrá que descontárselo en su debe. Mas, sopesando con calma y en balanza adecuada por un lado sus méritos y de otro sus dislates, triunfan con meridiana claridad aciertos sobre errores hasta hacer de Arnau de Vilanova un médico eminente adelantado al tiempo, un puntal de la cultura catalana, uno de los varones más preclaros en nuestra historia científica e incluso en la general española desde la Edad Media.

El Último Cruzado es historia novelada. Basándome en el dato cierto del encuentro de ambos pensadores en la Sorbona, en 1299, he trabado una novela en la que se entremezcla ficción y realidad. Son muchas las licencias que me tomo en el relato. Por ejemplo los viajes de Lulio, cuyo exacto itinerario se desconoce, las menudas vicisitudes de Vilanova o la existencia del Palacio de la Almudaina, ordenado edificar por Jaime II de Mallorca, por lo que nuestro héroe sólo pudo conocerlo en su vejez.

BIBLIOGRAFÍA

CANALEJAS. *Las doctrinas del doctor iluminado*. Madrid, 1870. Biblioteca Nacional.

CORNEJO, DAMIÁN. *Vida admirable del ínclito mártir de Cristo Raimundo Lulio*. Madrid, 1686. Biblioteca Nacional.

LUANCO. *Raimundo Lulio considerado como alquimista*. Barcelona, 1870. Biblioteca Nacional.

MENÉNDEZ PELAYO, MARCELINO. *Historia de los heterodoxos españoles*. Biblioteca de Autores Cristianos. Madrid, 1956.

SEGUÍ, JUAN. *Vida y hechos del admirable doctor y mártir Ramón Llull*. Biblioteca Nacional.